此散文集由上海财经大学浙江学院发展基金资助出版

风起江南
陆春祥／主编

# 今夜月色朦胧

陆咏梅 著

春风文艺出版社
·沈阳·

图书在版编目（CIP）数据

今夜月色朦胧 / 陆咏梅著；陆春祥主编. -- 沈阳：春风文艺出版社，2024.9. -- （风起江南）. -- ISBN 978-7-5313-6790-1

Ⅰ.I267

中国国家版本馆 CIP 数据核字第 2024U05R50 号

春风文艺出版社出版发行

沈阳市和平区十一纬路 25 号　　邮编：110003

四川科德彩色数码科技有限公司印刷

| 责任编辑：孟芳芳 | 责任校对：陈　杰 |
| --- | --- |
| 装帧设计：书香力扬 | 幅面尺寸：145mm×210mm |
| 字　　数：293 千字 | 印　　张：12.125 |
| 版　　次：2024 年 9 月第 1 版 | 印　　次：2025 年 1 月第 1 次 |
| 书　　号：ISBN 978-7-5313-6790-1 | 定　　价：48.00 元 |

版权专有　侵权必究　举报电话：024-23284292
如有质量问题，请拨打电话：024-23284384

风起江南系列第三季总序

# 我们将整个世界视为自己的花园

陆春祥

## 1

这里是富春江畔、寨基山下的富春庄,地图上却没有。进大门,过照壁转弯,上三个台阶,两边各一个小花岛,以罗汉松为主人翁,佛甲草镶岛边,杂以月季、杜鹃、丁香、朱顶红、六月雪等,边上,就是一面数十平方米的手模铜墙。

墙上方主标题为:我们将整个世界视为自己的花园。

小说家、诗人、散文家、报告文学作家、文学评论家,这些作家,有的已入耄耋,有的则刚过不惑,手模有大有小,按得有浅有深。经常有参观者这样对我说:看这位作家的手模,手指关节硬,粗大有力,应该是工人或者农民出身;看那位作家的手模,手指细小,浅纹单薄,应该是个没有劳动过的知识分子。我往往惊叹:谁说不是呢,手模不就是作家的人生吗?五十五位作家的铜手模,在正午的阳光下,会发出耀眼的光芒,看模糊了,再看,那些手模,竟然纷繁如灿烂的花朵一样。

所有的优秀写作者，不都是将整个世界视为自己的花园吗？

话说回来，既然是花园了，那还不得草木茂盛？

现在的富春庄，建筑面积一千多平方米，花园也有一千多平方米。植物是花园的主角。它们就像挤挤挨挨的人群，只是默默无语罢了。除前面提到的一些外，还有山茶花、红花继木、榔榆、海棠、红梅、鸡爪槭、枸骨、竹子、青艾、芍药、六道木、菖蒲等。比如我住的 A 幢旁边计有海桐、枸骨等灌木，月季、杜鹃，墙角的溲疏、绣球花、萱草，一棵大杨梅树，萼距花、菊花、迷迭香、南天竹、石竹、黄金菊、水鬼蕉、朱蕉等，林林总总，竟然有百余种。如果有时间，真的很想写一本《富春庄植物志》，在我眼中，它们都是山野的孩子。

春夏季节，草木们似乎都在比赛，赛它们的各种身姿。那些花们，熬过秋冬，在春天争艳的劲头，绝对超过小姑娘们春天赛美时与别人的暗中较劲。而四季常青的雪松、冬青、枸骨们，则显得极为冷静，它们就如村中那些见惯世面的长者，默默地看着身边的幼者，时而会抚须微笑一下。时光慢慢入秋，前院后院那些鸡爪槭，我叫它们枫树，则逐渐显现出无限的秋意，细碎的红，犹如撑开一把把大伞，那些春季里曾开出过傲慢花朵的低矮植物，此时都被完全遮蔽。其实，鸡爪槭春天绽放出铜钱般的细叶，也令我无限欢喜。

无论是花的热烈、浓香，抑或是树的成熟、伟岸，草木们其实都寂然无声。有时经过树下，一片叶子会轻轻搭上你的肩头，那也是悄无声息的。不过，在我眼中，每一种植物，都有蓬勃与盎然的生命，它们既是我的陪伴者，也是我的观察对象。我知道，它们都有独特的生命演化史，也有自己的生存与交流语言，虽非常隐晦,或许人类根本观察不到,我却认为那一定是意味深长的。

淳熙十一年秋,退休后的陆游在家乡山阴满地跑,那些与他相视而笑的植物,不少被他收入诗囊中。比如《剑南诗稿》卷十六的《山园草木四绝句》,紫薇(钟鼓楼前官样花,谁令流落到天涯)、黄蜀葵(开时闲淡敛时愁)、拒霜(木芙蓉,何事独蒙青女力,墙头催放数苞红)、蓼花(数枝红蓼醉清秋)。一路行,一路观,借植物既抒感情,也言志向,信手拈来。

今日清晨,我经过小门边,忽然发现,围墙上的月季太张扬了,花朵怒放,铺天盖地,想霸占周围的一切领地。我立即戴上手套,收拾它一下。我只是想让被遮盖的绣球花们,呼吸顺畅一些。我希望庄里的植物们,与天与地与伙伴,都能默契,共生共长。

## 2

我们将整个世界视为自己的花园。

这个标题中有三个关键词。

"我们"是主角,是观察的人,是写文章的人,但仅仅是我们吗?

"我们"还是"他们""你们"。"他们""你们",是没写文章的绝大多数,是阅读者,是倾听者,是家人,是朋友,"他们""你们"构成了这个社会的主体,而"我们",只是极少数的表达者。

"我们"还是"它们"。"它们",是动物,天上飞的,地上跑的,水中游的,有脊椎的,无脊椎的,形形色色;是植物,有种子的，无种子的，种子有果皮包被的，无果皮包被的，有茎叶的，无茎叶的，一片子叶的，两片子叶的，有根的，无根的，琳琅满目。"它们"以自己的方式交流、对话、思考，"我们"观察"它们"，"它们"也同样与"我们"对视。"我们"与"它们"同属一个星球，同享一个太阳，共照一个月亮，"我们"与"它们"，其实在同一现场。1789年，英国博物学家吉尔伯特·怀特在《塞尔彭自然史》中这样说：鸟类的语言非常古老，而且就像其他古老的说话方式一样，也非常隐晦。言辞不多，却意味深长。

"整个世界"，是重要的辅助，是"我们"的观察对象。世界之大，无奇不有，写作者要寻找的就是这个"奇"字。"奇"乃不一样，奇特，奇异，怪异。奇人、奇事、奇景，总能让"我们"兴奋，激动，灵感爆发。

这个世界说大也大，说小也小，千变万化，"奇"也复杂。那些表面的"奇"，一般人也能观察到，但优秀的探索者，往往能将十几层的掩盖掀翻，从而发现自己独特的"奇"。不奇处生奇，无奇处有奇，方是好奇、佳奇。

"自己的花园"。有花就会有园，你的，我的，他的，关键是"自己的"。一般的写作者，很难形成自己的花园，东一榔头西一棒，学样，跟风，别人家的花长得好，自己也去弄一盆，结果，东一盆，西一盆，南一盆，北一盆，表面看是花团锦簇，细细瞧却良莠不齐。其实，植物的每一种生动，都有着各自别样的原因，个中甘苦，只有种植人自己知道。

契诃夫说：世界上有大狗小狗，它们都用上帝赋予自己的声音叫唤。那么，"我们"面对"整个世界"，就照着自己的内心写吧，脚踏实地地写，旁若无人地写，"春种一粒粟，秋收万颗子"，直到"自己的花园"鲜花怒放。

## 3

风再起江南,这个系列的第三季,又朵朵花开。

这数十位"我们",皆将整个世界视为自己的花园。

"我们",是王楚健、桑洛、林娜、陆咏梅、郑凌红、陆立群、陈羽茜、张梓蘅、张林忠、黄新亮、金坤发、金凤琴。

王楚健的《墨庄问素》,肆意行走,勉力挖掘,与山水互为知音,赋予草木与风景精魂和魅力,并与深厚的人文精神相交融,写人,写事,写物,均古今勾连,字里行间蕴聚了灵性与内涵,文章蓬勃生动,气象万千。

桑洛的《一院子的时光》《总有一缕阳光温暖你》,他一直在追逐着光,他的足迹遍及浙江大地、中国大地,甚至世界大地。人满世界飘,内心却沉静,文字也随之简洁,句式简短,散散的,疏疏的,干净朴素,思维随时跃动毫无拘束,行走时不断碰撞出的火花也不时闪现,思想的芦苇,时而摇曳。

林娜的《醉瑞安》,是一个游子的近乡情怯,亦是一个游子的乡愁总爆发。故乡的人事,故乡的风物,故乡的山水路桥,故乡的角角落落,故乡的任何一处,都会将她的激情点燃,继而汹涌澎湃。故乡即旷野,她在旷野上矫健奔跑。

陆咏梅的《今夜月色朦胧》,在深夜,细数家乡的菜园子,一页一页翻寻,一帧一帧浏览,幸而,已镌刻在心灵的图籍上。漂泊异乡的游子,能做的,就是翻寻昨日残存的记忆,刻下一个历史的模子,留给孩子。然后,修筑心灵的东篱,让童年的骊歌落下。

郑凌红的《红尘味道》，食物的讲义经久不散，不同的食物，就像人生的一面面镜子。青鲫的气质，可以作为清廉的美食代言人。它在岁月的历练与淘洗中，成了家乡味道的外溢，糅合了岁月和人间烟火的智慧，构成与天下食客人生轨迹交融的一部分。

陆立群的《轻舟已过》，在一路的冥想中，走过了孩提、少年、青年、中年，所失与所得，都交还给了时间。记忆与现实，皆需要用脚步去抵达。人生的意义，是各自按审美织就的波斯地毯，季节会带来新的风景。只有那些剩余的梧桐，有着最深的记忆，时而繁盛，时而萧索。

陈羽茜的《壹见》，读小说，读诗歌，读散文，观影剧，看评论，作者博览群书，徜徉在文学的海洋中，肆意吸吮，天上地下，古今中外，人事物事，林林总总，就如一只辛勤的蜜蜂，繁采百花，进而酿出属于自己的蜜。大地上的炊烟，弥漫着经久不息的诗情。

张梓蘅的《无夏之年》，多棱镜般的世界，驳杂的人生，眼花缭乱的影像，羞涩的行走，温暖的过往，少年用她纯净而清澈的双眼观察社会、人生及她所遇到的一切，她在阅读中寻找自己的快乐，她在表达中呈现稚嫩里的成熟，优美与识见如旭日般升起。

张林忠的《杭州唯有金农好》，作者横跨书法、评论、作家三界，对"扬州八怪"核心人物金农做了多角度、全方位的探索。金农的人生、学问、艺术根基，寻求仕途的渴望，终无所遇，他却在另一个王国里创造了自己的辉煌。一个立体的金农，栩栩如生地伫立在我们眼前。

黄新亮的《心中的放马洲》，故乡的风物与山水，一物一事，一草一木，皆让作者心心念念。领悟百味人生，玩赏沿途风景，畅游浩繁书海，呈现质朴的表达，流露真挚的感情。在大地上不断寻找，于细微处探微求知，白云悠悠，满山青翠，富春江正碧波荡漾，春正好！

金坤发的《会站立的水》，在不经意的小小遭遇里，水并不单是谦虚的化身，还充满着神奇与积极向上的进取精神。只有当它融入另一种生命，它才能让万物苏醒，让垂危的生命出现转机。它在每个生命背后都默默地站立与护佑，世界因此处处万紫千红，生机勃勃。

金凤琴的《唱给春风听》，酸甜苦辣，喜怒忧恐，像极了音乐中的七个音阶，生活中的零零碎碎、丝丝缕缕，其实可以谱成一首首声情悦耳的小曲。所有过往，皆为序章，时光，情愫，心态，温馨的，忧伤的，细细的，淡淡的，一曲一曲，都悠悠地唱给春风听。

## 4

画作永远没有风景精彩，无论多么优秀的作家，都做不到百分百还原繁杂多姿的生活，写作就是一场漫长的修行。我们将整个世界视为自己的花园，梅花三万树，园中春深九里花。

癸卯腊月十八<br>富春庄

（序者为中国散文学会副会长、浙江省散文学会会长、鲁迅文学奖得主）

# 目录
CONTENTS

**第一卷　风物光华**

江南的菜园子　　　　　　　　　　　　/ 002

染布染衣裳　　　　　　　　　　　　　/ 006

水桶和水缸　　　　　　　　　　　　　/ 009

爆竹声声　　　　　　　　　　　　　　/ 013

私人定制新年衣　　　　　　　　　　　/ 017

脚底乾坤　　　　　　　　　　　　　　/ 020

八仙桌　　　　　　　　　　　　　　　/ 024

看露天电影　　　　　　　　　　　　　/ 027

大红柿子　　　　　　　　　　　　　　/ 030

人之初　　　　　　　　　　　　　　　/ 033

带子而去　　　　　　　　　　　　　　/ 037

**第二卷　菜根滋味**

臭菜奇香　　　　　　　　　　　　　　/ 042

| | |
|---|---|
| 酒的街舞 | / 047 |
| 青皮蔗与红皮蔗 | / 050 |
| 有一种枣叫金丝琥珀 | / 054 |
| 菜根可嚼滋味长 | / 057 |
| 人情冷暖馃子香 | / 060 |
| 咸淡入妙霉干菜 | / 063 |
| 那一片嫣红点亮雨季 | / 066 |
| 你算哪根葱 | / 069 |
| 悠悠长巷 | / 072 |
| 煨饭·炊饭·煮饭 | / 075 |
| 随心所欲做麦饼 | / 079 |
| 凤翅呈祥 | / 081 |
| 萝卜胜梁肉 | / 084 |
| 花芋·番薯 | / 087 |

## 第三卷　浮世三生

| | |
|---|---|
| 谁曾懂了谁 | / 092 |
| 一只轻灵的蜻蜓 | / 097 |
| 风从东边来 | / 102 |
| 年年芍药为谁生 | / 105 |
| 理发与剃头 | / 109 |
| 花落无声 | / 115 |
| 我的潮妈 | / 118 |
| 明天我要去北京 | / 121 |

| | |
|---|---|
| 文　祭 | / 124 |
| 亏　欠 | / 129 |
| 我用三生来爱你 | / 133 |
| 父亲与闹钟 | / 136 |
| 奶奶的代销店 | / 139 |
| 又　见 | / 143 |
| 欢喜冤家 | / 146 |
| 两位姑姑 | / 151 |
| 醉时，月色如霜 | / 156 |
| 掉羊锅 | / 159 |
| 午间初见，三道茶 | / 163 |

## 第四卷　寻常巷陌

| | |
|---|---|
| 池塘旧影 | / 168 |
| 凉亭生暖 | / 172 |
| 老　屋 | / 175 |
| 灶　台 | / 181 |
| 老街坊 | / 185 |
| 去游埠，看水看街看过往 | / 188 |
| 乡　愁 | / 192 |
| 青藤缠绕的乌石村 | / 194 |
| 花溪：一条释放天性的溪 | / 197 |
| 有你的天堂 | / 201 |
| 水上畅玩 | / 204 |

城市印记 / 211
寒冬西湖 / 215
入乡随俗 / 219
昨夜残茶 / 223

## 第五卷　逝水年华

见字如面 / 226
童年的天井 / 231
虱子与跳蚤 / 237
刷　墙 / 240
当个小官不容易 / 244
过年集结号 / 247
票据时代的残痕 / 251
生命太重笔墨轻 / 256
俗人养兰 / 258
亲爱的螳螂 / 262
到北山去看雪 / 265
旺　仔 / 274

## 第六卷　春华秋实

采采苤苢 / 284
春秋佳日挑猪草 / 287
拖青稻秆 / 291

| | |
|---|---|
| 酷夏晒谷 | / 297 |
| 小学生守梨 | / 302 |
| 童年鸡经 | / 308 |
| 毛脚女婿踩黄泥 | / 312 |
| 柴火：烟火的遗珠 | / 315 |

## 第七卷　春秋佳日

| | |
|---|---|
| 过大年 | / 320 |
| 欢天喜地拜大年 | / 326 |
| 闹元宵 | / 330 |
| 此时正清明 | / 334 |
| 彼采艾兮是清明 | / 338 |
| 蒸一锅乌饭迎接夏天 | / 341 |
| 走亲送节 | / 344 |
| 立秋的水晶糕 | / 347 |
| 中元祭祖米糕香 | / 351 |
| 夏至麦熟 | / 354 |
| 炒粉干 | / 357 |
| 今夜月色朦胧 | / 360 |

**后　记**　　　　　　　　　　　　　　　　　／ 364

## 第一卷

# 风物光华

# 江南的菜园子

嘭嘭嘭,开园门,摘花菜,裹馄饨,馄饨裹得大个小;
带你去开店,开店开不兴,带你去磨镜,磨镜磨不亮;
带你去做和尚,和尚念经,碰到道人,道人射箭;
碰到皇帝,皇帝管天下,碰到老妈妈,老妈妈梳头;
碰到水牛,水牛斗角,碰到老角,老角磨豆腐,
磨得粗,接姐夫,磨得细,接女婿,磨得不三不四,接皇帝。

幼年的儿歌从奶奶掉光了牙的唇间溜出,顺滑如明油,嗓音细长若银针,穿过长弄堂,在炊烟四起、燕子冲天的尾翼间滑行,滑入人的心底,经四五十年沉淀,成明清时期的青花瓷一件,静静沉睡于生命大海的海底。

携着岁月的幽光,这记忆的青花瓷,得着这样一个春末的夜,一次偶然的心灵机缘,化成一道蓝光,腾跃而起,化作年深月久的老歌,盘旋耳际,它是一首家乡的童谣——连锁调。这歌谣从职业辗转唱起,调侃帝王曲终,从"磨镜""和尚""道人"到"磨豆腐",职场跌宕频繁而无果,人生困局层层叠叠,末了,却

以诙谐、落拓不羁收场。故乡先民祖祖辈辈、世世代代，活得豁达、通透而从容！

从容，只因家家户户都有一片菜园子，一年四季瓜果飘香，是稻田麦地的延伸弥补，是肴馔翻新的大后方，是女人孩子劳作的福地。祖祖辈辈，萦回缭绕的童谣声声，职业梦想从菜园子出发。当人漂泊异乡，兜兜转转尘世四五十年，梦回故里，梦里依稀的情形还是"一园青菜成了精"。

园子里，一垄垄长长的菜畦轮番套作，泥土熟透，草木灰、猪鸡牛粪使土地肥得流油。春日，芥菜长可及腰，三月青开了黄灿灿的花，雪里蕻已腌制于坛，窖藏出特有的鲜香，青葱正绿，萝卜开出细小的十字形白花。夏季的菜园热闹，艳若胭脂的花苋菜上场，掐一把可包馄饨，豇豆四季豆挂果累累，白豇豆红豇豆躲在竹架子底，黄瓜丝瓜冬瓜南瓜轮番登场，紫莹莹的茄子与红红绿绿的辣椒唱着对台戏，扮相出彩，一律浓妆艳抹，大俗之中有大雅。

七月种葱，八月埋蒜，九月红扁豆白扁豆，紫紫白白的花爬满园墙，巷弄里孩子们在欢唱："红扁豆白扁豆，双双媒人到我家，我家女儿不在家，我的娘泡两杯茶，我的爷坐在中央间。"秋天的台场刚闹猛，越冬过秋的各路青菜在菜园里就大展拳脚，大白菜、油冬菜、上海青、胡萝卜、白萝卜、芹菜，全是抗寒英雄，越是霜打雪压，越青葱逼眼。大雪天，去雪地挖菜有景致。皑皑白雪真会见缝插针，它们不肯错过一处空隙，从土里起出一棵菜，一堆白雪就会顺应填满，青青白白的小清新，是雪天赐予的视觉福利。

一月一季，一岁一年，菜园子是瓜菜的主场，奶奶轻巧地走进主场,刨、翻、锄、栽,翻熟的泥土成了神奇的天堂,几颗种子,几番雨露,几多暖阳。每一次辛勤劳作都得到青葱翠绿的收获,都如期迎来菜花飘香、蔬实累累的欢乐。

菜园子也是果园子,大伯家的早熟水蜜桃,外婆家的晚熟硬桃,东家的李,西家的橘,年年挂在记忆的枝头,鲜活又甜美。临窗一棵代代花,深秋挂满了橙红的果子。大雪纷飞,一树鲜果像一群热情的鹦鹉,雀跃在白雪绿叶间,温暖明媚的橙黄鲜明亮眼,非常惊艳,那明媚的视觉冲击,点亮晨昏。四五十年后的今天,又想起窗外的雪中代代花,故园的影子由模糊而清晰,菜园,承载太多故土的鲜活符号。

菜园子是全民公有制时代的最后一方自留地,村心村口,屋后池边,稍有空隙,都被开垦。有木栅围栏,有青茅成篱,有何首乌爬满的围墙,东墙西树,一个个私密空间是乡亲惜土如金的经营,是房脚屋后空间的因地制宜,是农民留下耕作的方寸阵地,赖以各自厮守。

菜园子是花园,母亲在窗外一长溜菜畦上种满小花。夏天,开满凤仙花,清晨,透过木窗,看到葱绿的枝叶间,鲜花灿若繁星,清新的一天依此开启。外婆的菜垄上,水仙花年年盛开。邻家八十多岁的奶奶,拄着拐杖,看晚秋满树旺盛的紫茉莉,笑意轻盈满脸皱褶。长满益母草的小路上,瘦高的红蓼、鲜艳的蜀葵,在菜园绿篱边脱颖而出,给人惊喜。花儿轮番争艳,满架蔷薇翻起春末的花海,金银花在篱笆间高歌猛进,攀上高树,然后,悬下一树金银交错的花瀑。

一方菜园,是农家经济的补给,是童年世界的拙朴耕耘,是农民对土地炽热的爱的挥洒,是辛勤劳作无怨无悔的执着。随着工业化、城市化推进,家乡的菜园子留在昨天的梦里。母亲的菜园子被征用,她跑到弟弟的厂区,垦出一块大大的菜地。一生不事稼穑的纺织女,到了晚年,七八十岁,却要种菜。我们姐妹回家,她自豪地捧出自己种的菜,让我们带回城。春天的菜心、腌菜,夏天的南瓜、丝瓜、冬瓜,秋天的花生、番薯,冬天的青菜、萝卜,菜园子不闲,母亲的腿脚不闲。一辈子勤勉,一辈子劳作,一辈子充实丰盈。物质富裕之余,母亲勤劳的脚步不曾停下。

二姐的土地被征用,成了手无寸土的失地人。姐夫在荒废、尚未开工的野外,开垦,种棉花,为家里待字闺中的四个女孩,一人备下一床结婚棉被。种油菜,一户一桶油。种番薯,一家一袋番薯粉。种豆子,二姐企业下班,在灯下做了好多豆腐干,在家族群里发信息:"赶紧回来提豆腐。"我离开故乡三十多年,童年的记忆沉淀在青青菜园里,如今,二姐和母亲,厮守在故园根据地,成为我们与故乡维系的据点,成为城市化进程中最后的田园牧歌。"东篱把酒黄昏后,有暗香盈袖",这样的场景已是大多数现代人一个遥不可及的梦。

家乡的菜园子,这灵动在童年记忆里的鲜活元素,慢慢退隐到历史的深处,连同那些以菜园子版图为生存要义的人们,他们的生活方式和勤勉的样子,也将一并退隐到历史的暗水里。菜园荒芜,是现代生活对乡村版图的挤压,是城市进程对农耕文明的侵入。在深夜,细数家乡的菜园子,一页一页翻寻,一帧一帧浏览,幸而,已镌刻在心灵的图籍上。漂泊异乡的游子,能做的,是翻寻昨日残存的记忆,刻下一个历史的模子,留给孩子。

然后,修筑心灵的东篱,让童年的骊歌落下。

## 染布染衣裳

"染布染衣裳!"

栀子花开时,橙黄橘绿。宁静的午后,沉闷悠长的弄堂里有时会响起一种独特的吆喝声。

"等等,等等。"弄堂里全是妇人们欢快的应答,吴侬软语,像民间小调《茉莉花》,一曲旋律轻快地荡漾开来,从巷头传到巷尾。紧跟着是孩子们轻快的脚步声,赶着弄堂里的四散开来的热闹而去,又把这番景象带得更远,仿佛水中的涟漪,往外扩了一圈又一圈。

瘦削灵活的奶奶、眼窝深陷的姆姆、肤色黝黑的国芝娘、小巧玲珑的忠忠嬷嬷等就会翻箱倒柜,捧出早先备好的土布衣衫,翻出褪了色的旧衣裳:"染布的师傅,等等!"匆匆跑到弄堂口。染布掌柜将担子歇在青石蜿蜒的巷道上,巷口的风阵阵袭来,像一段悠扬的小提琴曲。掌柜穿藏青对襟褂子,蹬圆头黑布白绲边的厚实布鞋,浑身透着一股踏实沉重的稳。担子一头整整齐齐码着本色细洋布、发白的旧衣衫,一头齐齐整整码着发光发亮的新染衣裳。

那些新染衣裳鲜亮啊，把媳妇、孩子们的眼睛都点染出满天幻彩了。鲜艳的玫红，鲜嫩的翠绿，沉稳的藏青，温暖的橙黄，鲜亮的大红，沉默的深黑……叠压在担子一头，整整齐齐，一层层，一叠叠，远远看，像一担彩虹。

故乡有悠久的纺织传统，外公外婆在日寇的枪林弹雨和经济封锁中，用几架牛头机撑起家园老老少少十几口人的营生，母亲豆蔻初开，坐进织机，成了娴静出色的织女。村里老少爷们大娘小姑都靠棉花纺土布，挨过艰难岁月，他们织白坯土布。染布掌柜适时而来，笑脸亲和，身体壮实，走街串巷。祖辈的织与掌柜的染，仿佛锅与铲的应和，筷与碗的契合。

染布的行当，如同卖花，是世间最美丽的事，将单调的日子濡染成七彩的神奇，将本色的素朴渲染成华丽的风貌，将白墙灰瓦的乡村巷道打扮得花枝招展。

"文革"尚未结束，父亲与一帮老党员，办起了现代纺织厂，从十二台纺织机起家，创办起大大的集体企业。二三十年间，纺织村一度成为乡村经济发展的市级典范，母亲站在质检岗上，把着纺织流水线上最后一道关。

祖辈与父辈，从事最拙朴的事业，织白胚布，犹春秋时期齐国东阿出的白绢，丝不染为"缟"，布不染为"素"，树不雕为"朴"。两代人经营的都是素布，不曾濡染的棉纱，纺织成不经渲染的棉布，一代民用，一代工业用。纺织业红火，走街串巷的染布人多了起来，他们用纯天然染料，零碎或成批地加工，让每一匹素朴的布发光，让每个普通的日子都被赋予赶集的意义，隆重而响亮。新三年旧三年，缝缝补补又三年，那时虽然缺衣少食，也要谱写不将就的曲子，借染布人一双巧手，将日子打扮得华丽绚烂。

  姐姐有一件平绒春秋衫，喜庆温暖的橙红色。三年后，那抹橙红撑不下姐姐初长的青春，母亲将它叠压得整整齐齐，交给走街串巷的染布掌柜。过些日子，染布人迈进悠长的弄堂，挑一担衣裳，一头发白掉色的旧衫，一头艳丽明媚的新裳。他将一件墨绿新衣，恭恭敬敬交给母亲。

  眼睛顿时被衬得发亮，云想衣裳花想容，这衣裳有云彩的华幻，有雀翎的炫目，母亲将它罩在我身上，簇新，软滑，平绒美丽的本色又被墨绿唤醒。绵软的面料，发亮的色泽，那是我六岁新添的秋衫。

  "染布染衣裳"，如今，这样的吆喝声只剩零星记忆。外祖父和父亲，这些生活的缔造者，历史的耕耘者，已在生命的长河里退隐。那些不知名的掌柜，生活的调色者，他们在历史的长河里隐隐约约，似时起时伏的浪花，印迹淡远。然而，每当想起那一声"染布染衣裳"的吆喝，心底就会应和一句：当时明月夜，曾照彩云归。

## 水桶和水缸

家中的水桶木头箍的,外公用桐油刷漆,木条拼接的水桶滴水不漏。大陶缸泛着年深月久琥珀色的光亮,水桶成双地乖乖靠着它,如茶杯永远靠着茶壶。徐志摩与陆小曼成婚,梁启超赠言:一把茶壶,一个茶杯,一个志摩,一个小曼。从此,茶壶与茶杯仿佛沾染了书卷气、诗骚气。

家乡的水桶与水缸,只是日常粗鄙之物。水缸有五石缸、七石缸之分,在灶间和檐下各放一只,灶间的储存饮用水,靠一双木桶从井里汲水;檐下的,承接檐头水,用于浇花防火。如今,年深月久,要去记忆的巷陌里寻寻觅觅,思量间,它俩似乎才有了少许风物的雅致。

每天傍晚,十二三岁的姐姐,未到及笄之年,挑硕大一对水桶,从池塘边的水井里打水。做扁担的硬木料,父亲大山里的朋友送的,压在大姐稚嫩瘦弱的肩上。斜阳穿过祠堂屋脊码头,晕染姐姐白里透红的双颊,汗水挥舞,沿下巴旋落,顺眉间滑向眼帘。祠堂前一段高高的青石台阶,姐姐有些趔趄,登一步,水桶晃一步,立定台阶顿一顿,稳一稳,扁担垂下的钩绳透着棕榈踏实的深褐，水桶闪着低调的琥珀色光华。晃悠溢出来的水顽皮地往下迸溅，不安分地落在青石板上，泥地上，一路水印，浅浅深深。

　　姐姐两根粗壮的麻花辫耷拉在双肩，碎花白底衬衫，掩藏不住初长的青春气息，那蓬勃的朝气和青涩，唤醒姐姐作为长女的责任。那条开满蜀葵、红蓼与凤仙花的土路上，她挑着硕大的一双水桶，趔趔趄趄，每天三四个来回，肩头刻下血红的印迹。迈过门槛，白白亮亮的水倒进釉亮的水缸里，缸中漾起一个大大的镜面，映出姐姐红润的容颜，映出我们调皮的笑脸。水满了，取过圆圆的水缸木盖，缸里那明亮的"镜子"顿时被扣在宁静的黑暗里，扁担搁在咯吱作响的木门后，水桶依偎着水缸，歇息了，夜幕沉沉黑黑地压下来。

　　水桶是征程，水缸是根据地。

　　水桶是水缸逐梦的一双翼，水缸是水桶的魂归处。

　　雪落一尺的严冬，井沿落满蓬松莹洁的雪，泥路被乡亲们坚实的脚踩透，雪水掺泥，湿滑泥泞。化雪了，夜间冷风吹，井沿上结满冰，滑溜溜的。母亲不让姐姐去井里挑水。但母亲又极爱干净，洗脸泡脚，我们几个小的，穿上高筒黑雨靴，去晒场，一脸盆一脸盆收雪，倒入锅中，一锅一锅化雪。等水温上来，全家人围坐一圈泡脚。泡了脚，暖了身，美美钻进被窝，享受家的温暖。

　　雨天，姐姐头戴大大的竹丝网、青箬叶斗笠，脚蹬一双黑雨靴，往青石板铺成的井台一站，像盛开的一株蜀葵，娉娉婷婷，浑身闪耀年少的光芒。方形井口映着她两颊纷飞的绚丽云霞，细细雨线落到井里，像银针纷飞，倏然不见，又有银针飞落。水桶倾斜身子，桶口以拙朴的弧线，轻轻切开宁静的井面，清冽的水瞬间覆满桶身。姐姐放钩子，钩桶架，眼疾手快，左腿支撑左臂形成支点，扁担变杠杆，水桶和右臂成天平两端，彼此争势，一个女孩的青葱岁月从担当开始。扁担成了一张弓，弓背卡在姐姐稚嫩的肩头。如雪的两臂伸展，在坑坑洼洼的巷道里，深一脚，浅一脚，姐姐艰难地前行。

那口釉彩细腻的水缸，过三两天，就要清理一通缸底，俗称"刮缸底"。取过竹丝帚，握住玲珑轻手柄，让匀齐绵密的竹丝摩挲过缸内一寸又一寸肌肤，残水悉数倒净，新汲的井水汩汩倾入，腾起微微白浪。清理缸底这样的细活，是祖祖辈辈对生活虔诚细腻的经营。除夕日，要把水挑满，称"缸缸满，氅氅满"，缸沿贴一张青龙甲马，水桶上贴一对红斗方，讨彩，图吉利。

有一年大旱，数月不见雨，池塘晒得底朝天，全村老少喝的、用的全仰赖五六口井。有几次，井底积水只剩一二尺，桶提上来，水不及半桶。井台边，铁皮的、木质的，高高低低大大小小不一，水桶们"一"字长溜排开，老老少少静静等在井边。井水渗得慢，日子过得慢，人们的性子也慢。哪怕夜半起来等水，也坦然；即使挑回半桶清冽半桶浑浊，也无怨怼。母亲们将明矾细细刮了，搁进水，一桶水沉淀出半桶浑浊物。取木勺，轻轻掠过桶面，舀起清水倒入水缸，滴水不洒。面对天灾，恬淡应对。

后来，父辈们请来勘探队，找水源，挖深井，建水塔，清冽甘甜的自来水，滋养乡亲们几十年。从此，一双水桶闲置在楼台，落满了尘埃，落满了寂寞，如秋风团扇。只在年关做豆腐，秋后磨番薯粉，它们才有机会走下楼台，像出阁的新娘，隆重登场。那口水缸，母亲一直不离不弃，现在还安在厨房里，占一席之地。

母亲依旧喜欢用木质圆盖挡尘，喜欢将自来水搁在缸里，静静沉淀一两个夜晚再取用，像沉淀过往的岁月，沉淀孩儿绕膝的日子。依旧喜欢在大年三十的夜晚，注满一缸水，祈祷来年福满财满。水缸沉淀的历史，是家族的昨夜和今晨，是生命的坚韧，生生不息。

姐姐的青春，留在家乡长长的巷子里，高高的石阶前，方方的井台边，高搁在岁月的楼台，一如那琥珀色的水桶。而水缸陪着母亲，走过了悠长的八十多年，明天还将继续。

母亲在，故乡在。背井离乡是躯体的背叛，心里梦里，水桶泛着琥珀色的低调光华依稀，水缸里翻腾的白浪依稀，姐姐的青春依稀。

只是，水桶远离了水缸，女儿远离了母亲，远去的是岁月，是一段回不去的生活原貌。而水缸与水桶曾那样相依相偎，不离不弃，一如茶壶与茶杯，最佳搭档，不二选择。

闲置的水桶，如独守老家的母亲，与水缸相依相偎成了难竟的奢求；空着的水缸，装满儿女不能陪伴娘亲的空无。

## 爆竹声声

嘭——啪！嘭——啪！

震耳欲聋的双响炮脱离男人的指尖，腾空直上九霄，半空里炸裂开来，硝烟顿起。爆炸声左右呼应，东西对举。一瞬间，爆了头、熄了火的半截爆竹，裹着火红的亮光跌落尘土，躲进草间，再无人问津。

孩子、胆小的姑娘和新嫁的媳妇捂了耳朵，斜起眼，抬头看白色烟光四起，浓重的硝石、硫黄味四散开来。双响炮也叫二脚踢，一般连放十个算一回合，娶亲，丧事，十个连一串。一串双响炮后，要点燃挂炮的引硝，颇有餐后甜点的余味。噼噼啪啪！一阵紧一阵的挂炮声，仿佛巨浪过后，细浪收尾，裹着兴奋，显一点收手的内敛。烟雾消散，孩子们低头向挂炮的竹杈底，搜寻没爆开的小鞭炮，神气得像小战士，去战地打扫战利品；精明得像小老头，粮食收割后，第一时间去稻茬间捡稻穗。偶有收获，捡起来，放进裤兜，偷了母亲灶头的火柴，躲到僻静处，一个一个慢慢燃爆，自由快意在爆裂中流溢出来，喧腾起来，荡漾开来。

春节在爆竹声中启幕。农历二十三小年夜，母亲做汤圆，煮汤圆,盛汤圆,灶台燃起一对红烛,酒盅一字排列,放竹筷,燃香,祝祷:"上天成好事,下地保平安。"父亲在院子里放炮仗,晒衣竹杈挂起一长串小鞭炮,像一溜红辣椒。大炮仗放完了,一定要放小爆竹,仿佛爸爸后头紧跟了一堆小毛头。大炮仗细圆筒,全身裹红红的纸,像娃娃穿一身红棉袄,底部偷卧一个白色引硝。小爆竹数百个穿成一串,自下往上引爆,节节高,步步升,接二连三炸裂开来,落一地红纸壳,讨一个"满地红"的新年彩头。

腊月二十七八,谢年。母亲洗净了手,备了双刀肉、全鸡、豆腐和米饭,在腾腾蒸汽里,红烛光摇曳闪烁。父亲手持燃香,香头红亮,拜天拜地拜祖宗,谢天谢地谢神灵,感恩上苍各路神明照拂小家,赐予恩惠。桂树下爆竹腾空而起,响彻云霄,掷地有声,升天如雷。

大年三十举家狂欢,闭门谢客,窗帘床帐拉得严严实实,说是防"年",更像是关起门来偷着乐,狂欢独属自家一份。年夜饭用毕,母亲边拔门闩边唱大诺:"开门大吉,元宝滚进来!"父亲与兄弟去了庭院,放爆竹。左邻右舍,一听爆竹震天,邻里可以热热络络前去串门了,彼此说吉利话,送祝福,素心人行素心礼,乡下人的情感真挚不虚伪。整个村子,爆竹声声连成了片,连成了串,连通宵,彻夜不歇。

十二点的钟声敲响,母亲烧好了新年菜羹,杯子斟满了酒,父亲点燃了炮仗引硝,接新年了,仿佛大戏开场前的闹台场,新春上场了。爆竹将旧年的接力棒有力地传给了新年。"爆竹声中一岁除,春风送暖入屠苏",看着高升夜空的火花,听着乍然爆裂的声响,仿佛眼可见的,所有的厄运从此远离,似乎耳可闻的,柳色新新的明媚已在匆匆奔来的路上。

爆竹，这传统节日的宣示者，节庆的先驱兵，新春和希望的吹鼓手，也是婚嫁丧殡的节奏与鼓点。一户门庭娶媳妇，成了十里八乡的盛事。凌晨三四点，男方浩浩荡荡出门了，迎亲的队伍在鞭炮声里开路。女方七亲八眷、七姑八婆脚不沾地，上上下下忙活。娇客一到，鞭炮齐鸣如密集的鼓点。水潽蛋刚撤下，汤圆又上了桌；汤圆刚撤下，十八碗大菜又上了桌。猜拳的，劝酒的，敬酒的，各种活泛，各种热络。酒过三巡，迎亲队伍总指挥——押轿人起身放鞭炮，二脚踢响十响，下厨的节奏就加快一拍。琥珀色的黄酒满上又满上，再过三巡，押轿人手捏双响炮，取过唇间的烟，再度炸响十个鞭炮，装束嫁妆的节奏又加快了一拍。闺房里，新娘兄弟姐妹齐上桌，上轿饭的筷子动起来，窗外的十个连环鞭炮狠命地响起，声声催促新娘上花轿。阵阵鞭炮，阵阵催促，新娘泪水涟涟起了身，一声声催促，一声声泪下，一步步留恋，一步步不舍。

迎亲队伍十二分威风地放起了上轿炮，一路行一路放，大鸣大放，骄傲宣示，十乡八里娶回了贤德贤能的新娘。新娘进婆家，大鞭炮四方齐鸣，小鞭炮四处乱窜，楼台上，窗户里，阳台上，大姑小姑们撒下大把大把糖果、大堆大堆红鸡蛋，喜庆的氛围渲染得浪花翻卷，一浪高过一浪。繁花嫩枝、如花似玉的生命移植，人们不吝热情与真诚，予以庆贺，予以欢迎，"桃之夭夭，灼灼其华。之子于归，宜其室家"，一桩姻缘开启家园的新未来，萌发新希望。

而一个生命的陨落，人们也不吝惜泪水和哀伤，以最隆重的礼仪送最后一程。将逝者送入祠堂，放炮仗；入殓封材，放炮仗；水陆道场、生祭熟祭放炮仗，起索出殡一路炮仗。哀哀恸哭，声声爆竹，肃穆庄严，警醒节哀。生命的起与落，盛与衰，都会仰赖身如束帛气如雷的爆竹，寄予悲欢离合的情怀。

"千层褥子千层被，黑衣小孩里边睡，一个红孩来敲门，蹬破褥子撕了被。"念着儿时的童谣，想起童年时，邻家男孩手举燃香，以"红孩儿"那一星火苗，点燃炮仗引线，爆炸声响彻云霄。刹那间，平日所有的禁锢全力释放，一切破坏与再造仿佛都借助想象和虚构，一气呵成，在此一刻完成了交响。

造房上梁搭栋，店铺开张，鞭炮齐鸣，生存种种负累和压抑都可在爆竹声中宣泄，毫无羁绊的爆竹声仿佛替人间历经一遭的人们，受了"温良恭俭让"束缚的人们，在心头豁开一道口子，敞亮出粗犷豪放的自我，宣示人生成就的喜悦，完成对庸常凡俗的超越。清明冬至，坟前祭奠，爆竹声声，生死两隔，纵然生前绚烂，终究死后寂灭，这生与死的无奈，明与灭的无常，所有的唏嘘慨叹都可以借一声爆竹，轰然炸裂。烟花易冷，生死瞬间。"金陵十二钗"群芳之冠贾元春尊贵显赫，也不过一声爆竹震响，"能使妖魔胆尽摧，身如束帛气如雷，一声震得人方恐，回首相看已化灰"，那骤响易彻的爆竹，声声淹没在历史的风云里。

声声爆竹，阅尽人间悲欢离合；爆竹声声，唱尽生命荣辱成败。

曾经的单响炮与双响炮，一百响与一千响，噼噼啪啪的小鞭炮，都成了历史的喧嚣，响声有高有低如何？鞭炮有大有小又怎样？清风一笑过！著书作文，"开头当如爆竹，骤响易彻，结尾当如撞钟，清音有余"。生命的始与终，一样风物的始与终，如果也能这般——开头骤响易彻，结局清音有余，便不枉人间一场。

## 私人定制新年衣

过大年,有一个十分隆重的仪式——做新年衣。

急急踩着下班铃声,匆匆跨出企业大门,趁暮色未合,母亲火急火燎赶往镇里,给年幼的我和弟弟扯布料——棉布的衣料、卡其的裤料。母亲的衣料,父亲出差外地时早帮她买好了,呢子料、卡其料、灯芯绒,什么"毛料、的料"。虽然听不懂,想来那是好面料,母亲有时从樟木箱子里取出来,看看摸摸,笑意从嘴角眉梢流出来。姐姐们不肯在镇上的布店里将就,爱去县城或市里的百货大楼选。

有几回,跟母亲去镇上。布店用一长溜木板做店面,青石门槛凿出一长条上木板用的凹槽。白天,木板卸下来靠墙,打烊时,一块一块嵌进凹槽,临街就成了一堵严丝合缝的木板墙。布店二十多米宽,清清爽爽,是镇上最有排面的店铺了。柜台里三两个营业员,脸白,手白,端的"铁饭碗",终年不晒太阳,看上去虽然鲜丽,却比不上庄户人健康。木柜台上,骄傲地摆放着一排排深色布匹,柜台后,花花绿绿的、浅色的面料卷在圆木棍上,一卷卷搁在高架上,码得整整齐齐。母亲摩挲着布料,细看纹理,问门幅，问价格，盘算我和弟弟的身高体型。卷布匹的圆木棍哐哐地转，布店师傅一手持木尺，一手拉布口，一尺一尺量，量好尺寸，宽限出一两寸奉送，因有些布料下水后缩水。取过一把大大的裁缝剪，剪出一道口子，刺啦一声，一块面料扯下来了。料子几经对折，取一张薄薄的浅褐色油纸一裹，取一段青白色麻绳一扎，递给母亲。回到家，细心的母亲将之下水浆洗，拉得平平整整，晾得端端正正，叠得整整齐齐。

秋收一过，裁缝师傅就十分行俏。这些吃百家饭的师傅，方圆数十里，几乎家家户户熟悉。母亲白天上班，只有借着朗朗月色，打着荧荧手电，深一脚浅一脚，沿着衰草匍匐的田间小路，赶到临近的村坊，恭恭敬敬去请师傅。师傅松了口，谈了工时和工钱，不消一刻钟，签了口头协议。母亲踩着一地皎洁的月光，在秋虫呢哝里，或飒飒寒风中，踏踏实实回家。

裁缝上门的日子，母亲备了好菜好酒，中堂铺好操作案台。天蒙蒙亮，师傅就来敲门了，黎明时分的青烟薄雾，门一开，连同清晨的天光一起跟进来。按工计酬，但师傅们愿意早出晚归，这好似裁缝的行规。趁一家老少未出门，师傅取过软尺，一一量过尺寸，肩宽、胸围、腰围、臀围、臂长、腿长、袖口、裤口，案台上一支圆珠笔一个笔记本，长短宽窄，量一处记一处。

量好尺寸，师傅才吃早饭。好客的母亲，拿出最好的佳肴款待，投桃报李，师傅们也做得分外用心。为了连夜赶工，他们带着小徒弟，主人待客的礼数更周到了，一日三餐外，还烧点心夜宵：水潽蛋、炒粉干、炒面，母亲变着花样烧，师傅的活做得更细致了。

裁缝也许是最喧闹又最安静的职业，他们一旦投入工作，师徒之间不再有一声言语,农家院落里只剩裁剪、踩踏、烫熨之声。圆形的画粉在布料上打样,油光的褐色木尺和锃亮的剪刀天作之合,剪出前胸后襟。裁衣的剪刀特别大,特别锋利,循着画粉曲曲直直的线,一刀一刀裁剪,发出"嗞嗞嗞""呴呴呴"的乐声,一刀一刀干净利索。脚踩踏板,缝纫机"嗒嗒嗒"踩个不停;针子顶着手轮,发出"沙沙沙"的响声;熨斗抵着领子前襟,发出"噗噗"之音。拷边、修扣孔、撬裤边、钉扣子、熨烫,十分细致周全。最考验缝纫技术的是父亲的中山装,领子贴不贴合;母亲的衣衫,肩膀服不服帖;姐姐的裤子,合不合身,挺不挺括。毕竟,这是私人定制。

师傅有男有女,那时以为,裁缝是专属女子的职业。有一年,请回一位男裁缝,师傅手艺高,量体裁衣合身,细节处理精细,领子前襟服帖。艺高人胆大,师傅的谱儿摆得也大,好酒好菜好烟伺候。那时的庄户人家,一年也就请一两次裁缝,定做一家老少的新衣,谁都愿出好价钱,讨一个好彩头,不介意人家摆谱儿。

师傅做完一家活计,下一家早早赶来抬缝纫机和案台,生怕被别家请了去。秋收结束到年关,师傅们马不停蹄地裁剪缝纫,为家家户户定制新年衣。老老少少都盼着新的一年,焕然一新,里里外外新崭崭。

## 脚底乾坤

一双千层底布鞋，每一层糊的都是牵挂，每一针缝的都是慈爱，孩子穿上浸润母爱的千层底鞋，踏实走好每一步，勤勉走稳一生。鞋子穿烂了，哪怕烂到鞋帮满是窟窿，鞋底依旧一针是一针，一线是一线，针脚绵密；哪怕扔进垃圾堆，鞋口的针脚依旧清晰匀齐。

秋冬农闲，挑一个大太阳的日子，暄暖干爽，锅里的水烧开了，面粉调成糊状倒入沸水，来回搅拌，调成黏黏稠稠的象牙白糨糊，装入一只白色小瓷碗。

老家有两对正门，一高一矮，一里一外，紧紧挨在一起，好像双重保险。靠里的一对两米多高，像巨人，防贼防盗；靠外的一对叫矮门，高约一米，如小巧玲珑的姑娘，防鸡防鸭。做鞋底的日子，矮门的挂钩一提一脱，轻轻把门卸下来，放在水里洗洗刷刷，刷到纤尘不染，晒得干干爽爽。

红漆脚桶里，堆了高高的布料，像一个柔软的小布垛，是母亲晨昏挤出的点滴空闲，从旧衣旧裤、旧床单旧被单上撕下，一片一片积攒起来的。它们去了襟儿和边儿，只留平平整整的布块，花色各异，大小不一，全都是棉料本色。曾经的衣裤床单仿佛人生一场，到终了要做回最初的自己。

棕刷蘸一蘸糨糊，细细柔柔的棕毛贴着门板均匀地刷一层，挑一块大布料打底，平平整整粘上去，再将大小不一的布料拼接起来，宛如孩子们的拼图游戏。直到矮门被布料覆盖，拼满一层，再刷一层糨糊，又因地制宜地拼接、贴布料，拼出第二层。如此一层又一层，经母亲的手，物尽其用，恰如其分地拼接，拼得齐齐整整，每一层俨然就是一幅地图。最底层许是夏商周版图，第二层又是君临天下大一统江山，母亲心中无谱，才拼得随性任意，因为随意，才会忽而江山如画，忽而战国纷争，忽而三国鼎立，忽而天下一统。层层叠叠，相亲相爱的布片们再也不分离。

风是干燥的，太阳是暄暖的，一扇门板糊好，再糊一扇。糊着袼褙的矮门紧靠水泥柱子，暖烘烘的太阳将它们晒得干透。

一二十层袼褙怎样粘得平整结实？母亲用手腕砰砰砰敲打，誉之"打布褙"。一层又一层，多少光阴在浸润，多少心血在挥洒，多少青春在支取！两扇门布褙糊好，仿佛打下两片江山，平躺在太阳底下，暖暖晒。

晒到里外干透，压在旧杂志册页里的大大小小鞋样该出场了，照着鞋样，切鞋底，一刀一刀切，切轮廓，切毛边，父亲一双，弟弟一双，姐姐妹妹各一双，最后一双才是母亲自己的。用白花花的新布包底，包沿边，大有"人生如襻袍，里面爬满了虱子"的意蕴——面子簇新，里子千万层沧桑重叠。

母亲一边忙不迭地搓麻线，将采摘的苎麻杆剥皮、去壳、分股。二股麻线按压在青灰瓦片上，交错地搓，合力地拧，瓦片扣在近膝处，一搓就是大半夜。为了穿针纳底更顺滑，搓好的麻线要打蜜蜡，滋滋滋，滋滋滋，麻线在暗黄的蜜蜡中间游走，原本方方正正的蜡，麻线游走过后，仿佛遭了打家劫舍的土匪，身子留下一道道伤痕，像千军万马压境过，留下道道车辙。母亲欠欠身子，一晃又是大半夜。

　　布褙、麻绳、锥子、粗针，一切准备停当，纳鞋底的风云大片开场了。取过圆木手柄尖嘴锥子，左手持鞋底，右手持针锥，锥子旋转进千层黏合的布褙，扎出一个通透的窟窿。锥子的钢针往母亲的头发里一抿，一拨拉，蹭下一星发油，再往布褙上扎窟窿时，钢针就下得顺滑。粗针顺着锥子扎出的窟窿，穿到鞋底的另一面，不过，有时到关键时刻，麻线会掉链子，使小性子，它愣是卡在厚厚布褙里，走得艰涩，不利索，甚至停步不前。母亲只好让锥子、顶针齐上阵，用锥子绕麻线三四匝，鞋底扣住膝盖，借腿部发力，锥子扯着麻线使劲拽，吱咕吱咕扯半天，才将长长麻线拉到头。费老大劲，眼见得，麻线却只在鞋底走了一格。这一格走得扎实，轮廓清晰。一格一格走，一线一线扯，一针一针拽，拽十天半月，纳出一双针脚绵密均匀的鞋底。取过榔头，哪哪哪哪一榔头一榔头敲打，想到鞋子合了孩子的脚，多平整，多舒适，母亲笑了。

　　母亲在灯下笑了，做鞋帮，黑鞋帮，白绲边，黑松紧。乡下人的心眼那样黑白分明，单纯到极致，拙朴率真。鞋帮与鞋底严丝合缝对接，一双崭新的布鞋做好了。新鞋子有些紧，逼脚，不仅需用鞋拔子，往鞋跟里一挖，一提，更要用楦头来扩张，撑得合脚舒适。不知多少次夜深，母亲用楦头楦了鞋，为一家人拓展脚底空间，让每一步走得踏实舒展。正月初一，孩子们的床边，红漆踏板凳上多了一双双端正簇新的鞋，春天来了。

童年蹦蹦跳跳，不知穿了多少双平整舒适的布鞋。做鞋是母亲们利用工余赶的活，熬过多少夜晚，耗了多少青春！订了婚的妙龄女子，尚未过门，去男方家画鞋样，公公婆婆、小姑子大姑子、小叔子大伯子，为上上下下所有亲眷一一剪了鞋样，在静待婚期的日子里，一一做好，过门那一天，一双双千层底的布鞋成了新嫁的见面礼，连同嫁妆一起送往新婿家，一位新的母亲又将出场。

　　母亲的一生，就是操持生活、经营生计的一生，夙兴夜寐，靡有朝矣。

　　孩子穿上母亲做的千层底鞋，脚踩两片天下版图，开始征程，高山平地走得稳健。走过的千山万水，都是母亲一针一线缝制的乾坤。

# 八仙桌

浙西农村，家家户户都陈设一长几，一方桌，两太师椅，四骨牌凳。方桌摆在堂屋正中，方方正正，四平八稳，大有稳定乾坤之气，它叫八仙桌。

八仙桌有摆设之仪，也有实用之利，天光初起，门轴初开，八仙桌被门外穿透青烟的霞光映得透亮。天色昏冥，灯下人定，桌边围一家老少，满室天伦浑融圆满。首席叫"上横头"，坐的一定是爷爷奶奶，双亲大人紧挨，下横头是孩儿们的地盘。阴阳昏晓，桑梓荣枯，四季迭替，代际风云，八仙桌初心不改，独立堂中。

八仙桌红漆油亮，面正方，脚直立，档镂空。精美者，桌档精雕细刻，花草人物，丝缕毕现，将木质纹理和油漆华美发挥得淋漓尽致，描金添彩，华丽绚烂。八仙桌一统红漆正色，给质朴的农家院落添几分朱门大户的意味。

不是逢年过节，八仙桌的一面便靠近供几，桌两边摆两交椅，椅背靠供几，仿佛子孙切切实实倚仗先祖庇荫，两把交椅有了尊贵的"上横头"的光辉，临门一侧放四张骨牌凳，摆成一个完整的中堂。供几上方,垂一幅山水画或松鹤延年年画,福寿呈堂。

那时,庄户人家少有书房,八仙桌承担了所有案面活动,围桌吃饭,三餐四季,夜晚劳作,母亲做针线活,父亲读报写计划,姐姐弟弟写作业,桌子是家庭聚集的中心。逢年过节,来客多,八仙桌从供几下外移,交椅紧靠供几,骨牌凳再添两张,主宾"八仙"围坐一桌。《诗经·大雅》"或肆之筵,或授之几",描述的大概是这般光景,主客相欢,猜拳行令,酒酣馔香,稳稳地浮漾在桌边。婚丧嫁娶,左邻右舍的八仙桌聚一处,热闹的宴饮开席。明媚的阳光下,十数、数十张八仙桌和百十张骨牌凳,气势恢宏,漆面闪烁红亮,一派融融盛况。

坐八仙桌上横头是待客礼数,辈分最高的男性落座,尊贵如舅公、舅舅,必须坐上座;来客一二人,不分少长男女,一律上座。主人奉上半盏绿茶,主妇灶间忙活,说话间,一碗白嫩的水潽蛋淋酱油,撒葱花,上桌了,行的是老辈的礼数,讲的是体面和情分。

供几高又宽,一贯条木横亘中堂正中,雕花红漆,用处不大,却比八仙桌排场气派,"室中度以几,堂上度以筵"。几上供花瓶,取意岁岁平安,瓶中插花卉松柏,祈愿四季常青。架几与之相似,两几共架一案,"架几"二字传神。不过,供几与架几,原是祭祀礼器,几经变迁成实用之物。20世纪破四旧,打倒牛鬼蛇神,供几改良,装玻璃移门,移门后放茶杯茶叶,侧柜加抽屉立门,放杯盘碗碟。20世纪80年代,人们将祖上神位敬奉于供几,回归到供几的古典功用上,回归到生生不息的传统里,有了庄严的意义。

几,"踞几也",象形,是礼器,与案大不同。几,人们就座时依凭用的家具,如宴几、香几、炕几、花几、蝶几、茶几;案,人们进食、读书写字支撑用的台面，如食案、敬案、书案、奏案、毡案。供几属香几一类，承礼仪祭祀之功；八仙桌是食案，是实用家具。

　　八仙桌，活色生香在凡俗生活里，而供几，仿佛超越凡俗，指向精神皈依，与它相依的上横头，算得上家族不可或缺的必有，浓缩为宗族文化的一个符号。

## 看露天电影

20世纪六七十年代,庄稼人除了田间辛苦劳作,很少有文娱活动。老板娘为了留住茶客,茶馆会请盲人先生唱道情,尽管只有茶客和孩子凑热闹。各村各寨为了庆丰收,会在桂花飘香的时候,做"八月戏",咿咿呀呀的金华戏,没有字幕,半俗半雅的台词和戏文,孩子们听不懂。能够全民娱乐的,要数看露天电影。

看电影,全民尽享的娱乐活动,老少咸宜。乡里的放映队,轮流走村进寨,安排各村放映顺序。轮到了,村里的宣传委员吃过午饭,就赶往乡政府,挑回一副担子,一头是电影机,一头是电影胶片。家家户户搬了长条凳、骨牌凳、太师椅、藤椅、竹椅到晒场上占位置。天光未暗,暮色未合,高高的放映架子搭起来。放映员脖子里挂一块雪白的毛巾,穿一身绿军装,孩子们觉得这放映员好不排场,好不气派。

离放映机一二十米开外,挂好电影幕布。高大粗壮的两根木柱立在黑夜里,柱子间系一块长方形的黑边白幕布。好大一块布,样子张扬极了,四个角系得紧,有风的日子,像一张微微鼓起的白帆。有时,图省力,晒场边找一堵墙,用石灰刷白了代替银幕。

露天选址一定是宽阔的场院,容得下数百人。有时,电影热映,邻村来的观众太多,场子里站不下,坐不下,可以跑到幕布后面看"反影",反正不碍观瞻,而且,高音喇叭里的配乐、台词分毫不爽。就这样,露天影场扩容一倍,这是拉幕布的好处。

放露天电影,老老少少都到场,邻村的观众们也会不请自来。

曾跟着邻家姐姐,跑过许多村子看电影。有时电影行俏,几个村子跑片,需在露天候场,片子何时到没个准信儿。有一次,放映《红楼梦》,王文娟与徐玉兰主演的越剧,唱词和桥段早了然于心,又是彩色片兼爱情片,这简直是大开眼界,刷出了农村露天电影的新里程。

《红楼梦》被邻村抢先一步,我们就赶到那里先睹为快。时针指向午夜十一点,雨瓢泼而下,大家举着伞,在雨中静默,而片子还在其他村。同一部片子,同一晚上在几个村子巡映,称"跑片"。不过,等"跑片"大家都心甘情愿,大有今天的年轻人为一杯奶茶排队十里的心性。年轻,有的是大把挥霍的热情,等片子的热切抵过一切坏天气带来的坏心情。那天,片子到场,已经凌晨十二点。

在滂沱大雨中等了半宿,没人在乎时间。到邻村赶场,只能站在最后排。前排,众伞高举,观影的视线根本冲不出一丝光亮。姐姐想了个辙,一把将我抱上了前排无人坐的长凳,她也顺势跳了上来。眼前豁然开阔,视线越过伞面,完成了史诗级的观影壮举。看到宝黛出场,刹那间被天人般的容貌折服。自此,吴侬软语、深情款款的越剧,很长一段时间,霸占了露天银幕。

乡村电影的放映档期,一般在秋收后、隆冬前。庄稼人舍不得田间工夫,只有秋收完成,颗粒进仓,农闲开始,才想着要搞赏娱乐自己。不热不燥的深秋,月色清透,辉映在庄稼收完的田野上。

我喜欢在月色中,踩着田间小道,打着手电回家,没有风影,月色清朗。月光将村庄笼罩在安宁祥和中,远处传来几声狗吠,为宁静增添注脚。然而,月色越明,越容易闹笑话。散场时,大家一哄而散,急着往家里赶,但是田间小道狭窄,只容一人单行。有些小伙子敢闯敢拼,不走小路,偏往旱田里跑,逞能斗狠。秋收后的旱田泥土,被太阳晒得柔软有韧性,踩着旱田跑,软软的,还那么自由广阔,更给了他们信心,越跑越猛。眼见前有一块光亮平坦的晒场,大跨步跃入,扑通一声,随之"救命救命"声腾空而起,原来少年郎掉进了水塘。在明月的朗照下,水塘看起来就是一块平整如镜的晒场。小道上徐行的人们,一窝蜂全拥了过去。

唉,都怪这月光如水,水如天!

# 大红柿子

　　想去看看余粮山的柿子。余粮山是老家的一座山，一座只闻其名，不见其形的山。因为不见，所有关于柿子的美好印象全附着于它，就像不见的人，全附着了美好的记忆；就像不见的未来，全寄托给关联未来的愿景。

　　而关于柿子，所有的记忆都离不开那橙红的形色，美好的寓意。年少时，不以为意的水果，人到中年，便把人间所有的寄望托付给一个普通的水果，期盼着"事事如意"。

　　只因，漫漫四五十年，哪有事事如意？不如意八九才是常态。然而，人总要面对，面对春风得意，也面对沧桑不堪；面对顺遂如意，也面对十之八九的一地鸡毛。老人便宽慰说：常思一二，不思八九。不是鸵鸟，却要像鸵鸟一样，将眼睛埋进羽毛底，自欺欺人地避过种种难关，种种生与死的对决，种种人性的龌龊和人情的寡淡。不是透视镜，却已然像透视镜一般，看到了人生一半的底色，还偏要雾里看花，装出云淡风轻来自我麻痹。事事不如意，何不在心头开辟一片桃源？处处不顺心，何不用滤镜过滤一切不忍看的现实？

事事哪能如意？半称心是最高境界。记得初到北京，在颐和园昏黑的暮色里，抬眼看见满树光秃的枝丫挂着无挂无碍的橙红柿子，那是南方人第一次领略北方柿子的风采。南方人所见的柿子都是卧在箩筐里、果篮里，沿街叫卖的声音里，而北京的柿子可以如此奢侈地高挂枝头，旁若无人地昭示一轮春秋的终结。北京的柿子，已然脱离了物质意义本身，超越作为供人品尝果腹的价值，那它的意义是什么？是一种纯粹的象征，一种精神的宣告，一种傲然尘俗的展示。

南方人看见北京街边售卖的柿子，忍不住买了来尝，在电话的一头告诉父母："今天吃到了北京的柿子，好大呀，吃一个晚饭也不用吃了。"没在秋天到过北京的母亲，在物流不那么发达的20世纪，也惊诧莫名。然而，吃着北方的柿子，看着橙红明亮的表皮，冰凉蜜甜在唇齿间停留，心里惦念的依旧是余粮山的柿子——老家的柿子，个子玲珑，是南方的玲珑；对半掰开，缕缕分明的果肉，是南方的精致；轻吮一口，柔韧又绵软，是南方的韵律。一个心底装着生命最初样貌的人，背起行囊远行，背井离乡的念头一动，便注定这一路的行程，不可能事事如意。

2016年，二姐夫癌症转移，而二姐伉俪从未出过远门，无论如何要出一趟远门。母亲、寡居的大姐、二姐伉俪，一起去了北戴河，去了天津，去了北京。可惜，去时暑热未退，北方的柿子并未染红，如江南一般满眼翠绿，偷躲在枝丫里。北方之行结束，二姐伉俪总算了却一桩心愿，二姐夫总算在死亡夺去生命前遂了一回心意，这大概就是如意事中的一二吧。然而，这样的如意，顶着死亡威胁的不如意而行，哪有畅游的开怀？

十多年前，跟人去外地招生，大学同学竭尽地主之谊，给所有同行者各备二箱方柿。方柿，方形，坚硬，熟软后用吸管吸食，它完全颠覆了关于柿子的刻板印象，这种刻板来自地域的局限，来自余粮山柿子的玲珑圆润的刻板印记，柔软中带着坚韧，更来自人生经历的局限，不经一事不长一智。方柿固然饱含同窗的一片赤诚，但同行者却各怀心事，甚至有人心生龃龉。人性善恶各有说辞，人心险恶无法揣度，有时，一份善意未必就能获得善行的回应，一份赤诚未必会得到纯真的解读。人心繁复如此，因果悖谬如此，人生怎能事事如意？

余粮山的柿子年年红，去山上看红柿子，一次都未成行。人生之初的所有纯真和美好，都开启于童年的美妙记忆，内心所有的纯净都源自年少时。在长巷里弄，挑着箩筐叫卖的街贩，他们贩卖的不只是一季时鲜，甜糯了童年的味蕾，鲜亮了年少的视觉，更给普通的生命注入甜美的精神底色。善恶兼具，美丑共存的尘世，更愿信奉如意事一二，忘却不如意八九。

# 人之初

生命华诞，隆重而神圣。

童年时，邻家临盆的婶婶嫂嫂不上医院待产，在自家的卧房里分娩。每个村坊总有几位能干又果敢的接生婆，在紧张严肃的气氛里，匆匆赶赴产房，接圣旨般恭敬肃穆。

婆婆烧一大锅开水，产房里备一只大大的红漆浴桶，一把在烛火上烤红的剪刀。

产妇分娩是一件神秘的事，除了接生婆，只有最亲近的人才能在产房里搭把手，严防死守的就是屁大的小孩，半懂不懂，却爱蹲墙根，在他们纯净明澈的眼里，生孩子是一桩神秘隆重的大事。

听到孩儿响亮的哭声，绷紧的神经才松一松。

产房迎来了新生命，喜气洋洋，禁忌也格外严格。给接生婆包红包，还要送七个红鸡蛋驱邪。宝宝百日内，邻里亲戚进产房探视，主家要递一杯红糖茶，避讳。信佛的善男信女，躲"血房"唯恐不及。随宝宝一起降生的胎盘，托村里稳重的长者，用簸箕远远挑到野外，深深埋了。路人遇见产妇半路临盆，事后产妇家人登门致歉，祛晦驱邪。家室添丁，宝宝新生，长辈却想方设法推迟孩儿与他的哥哥姐姐照面，据说"见得早吵得早"，相见越晚越好。没法解释这其中的玄妙，有些邪门。

宝宝人生第一口喝的不是甘甜的母乳，而是一种叫"鲜味头儿"的中药，极苦，除了药用，有"苦尽甘来"的祝福，人生实苦哇。因为疾病防治不到位，疫苗不足，缺医少药，农村有许多宝宝因麻疹夭折，小儿麻痹症致残，发高烧致聋哑。为祈祷宝宝健康成长，往往取一个贱名，"田缺""矮鬼""狗儿""小贼子"甚至"夜壶"这样的名号满天飞。许多稀奇古怪的小名乳名，有的追随了主人一辈子。孩子们一到上学堂的年纪，赶紧换学名。可是，知根知底的邻里，将人家的乳名一泄露，那贱名在校园里很快传开来，当事人就像曹丞相被人当众叫了"曹阿瞒"。有时上课提问，老师错喊了乳名，同学们可以笑上半堂课。有的上了中学，少不得还会被取笑，这卑贱的乳名不消一刻钟，就被传得沸沸扬扬。

宝宝穿上第一件衣服，要缚手带，用一对红绳将婴儿的双手绑一绑，礼仪叫"缚手带"，长大了，若淘气顽皮，人们冷不丁会讥诮："多半没有缚过手带。"宁馨儿新生，来世间一遭，接受第一个礼仪是行为的束缚，拘缚手礼，据说是接受良好教养的肇始。如今的孩子多动症，用老古董的眼光看，多半因为人之初缺了"缚手带"这一环。

孩儿新生，家人变得格外谨慎。宝宝要出门，找一块方方的红手帕，一角裹进七颗茶叶七粒米，别在宝宝的袖子上。宝宝睡着了，脸上罩一块洁净尿布，辟邪，大有"我至贱我怕谁"的底气。家人夜归，先上一趟茅厕，驱了身上的晦气，才允许接近宝宝，一切唯孩儿马首是瞻。宝宝闹夜，备笔墨纸砚，大红纸上书写"天惶惶地惶惶，我家有个夜哭郎，过往君子念一念，一觉睡到大天亮"，张贴在厕所墙上，拜托过往君子助助力。宝宝若惊魂不定，一惊一乍，发烧惊厥，连夜哭闹，该叫魂。有用碗装水竖筷子的，有用剪刀镜子茶叶米水碗搁床脚的，有去寺庙求神问药喝香灰水的，这些招魂的法式荒诞古怪，仪式感满满。小心翼翼，惶恐不安的招魂法式里，唯求宝宝人之初的平安健康。缺医少药的年代，养育新生儿仿佛渡劫，难关重重。

孩儿满月，一个大惊喜，宝宝终于熬过了人之初的种种难关，历经种种险滩。约了剃头师傅上门，理满月头。师傅必远近闻名，手艺上佳，背一只琥珀色方形木箱，取一把小小剃刀，轻捧宝宝脑袋，细细刮着胎毛。应妈妈长辈嘱托，有剃锅盖头的，有剃大光头的，连眉毛也一并剃了，拍了粉，宝宝便焕然一新。身体发肤受之父母，剃下的胎发交给制笔师傅，做了胎毛笔留纪念；交给万年青花盆，掏空一片土，一丝不落地埋进去，祈祷宝宝生命如万年青般长青。外婆包了红包，送了满月衣帽鞋袜，包了粽子，祈祷宝宝"四角团圆"。爷爷奶奶摆开满月酒，宴请那些探望月子的亲朋好友。

宝宝百日，妈妈可以出月子了。

百日的宝宝，装备更齐全了，长命锁、金手镯、银手镯，种种外在的牵绊也多起来。宝宝的床头挂起了龟甲，门外挂起了反光镜，门框贴起了驱邪符。过第一个端午，奶奶外婆在宝宝的衣襟上挂上五香袋，用明晃晃娇艳艳的丝绸绢缎缝制，寓意"代代相传"，袋上绣了公鸡、老虎、龙，驱邪纳福；手腕绑五色丝线编的龙绳，寓意"成龙成凤"。

宝宝周岁，外婆舅舅送一担祀盒，馒头、状元糕、粽子、印粿、全鸡、双刀肉，林林总总，宝宝春夏秋冬的衣服鞋帽，里里外外全装备。爷爷奶奶置办酒席，大庆贺。停杯投箸之际抓周。老人认为，抓周是凡人对命数的窥探，结果自然是几家欢乐几家愁——有贪恋红尘的，有执掌大权的，有精于经济算盘的，有执笔为文的。人生的运程哪里窥得破？可人们还是相信，"看三岁看一世"，人之初的格局，暗示宝宝一生的前程。

短短十二个月，经历了人之初诸多难关，看着牙牙学语的宝宝，坐爬自如的宝宝，一家大小紧绷的弦才可松一松，宁馨儿生命的快车正式纳入轨道。

人之初的每一个仪式，以日计，以月算，以年纪年，是对生命的珍爱和敬畏。

## 带子而去

男婚女嫁,吉日良辰,红鸡蛋先行。订婚或结婚前夕,女方的亲戚朋友、左邻右舍,用宁波竹篮提着,朱红米升端着,四方的手帕裹着,人手一堆鸡蛋,送到待出阁的女孩家。

江南农家,干柴燥草在灶膛里旺旺燃烧,火舌一刻不停舔着锅脐,不时发出噼噼啪啪的躁响。水开了,二尺六的大锅卧满鸡蛋,脚边大盆里"洋红"泡开了,白茫茫的水汽在灶间袅袅蒸腾起来。手脚麻利的女人们灶上灶下奔忙起来,七姑八婆、三姨四舅妈围拢一起,染鸡蛋。

在笊篱的帮衬下,煮熟的鸡蛋集体大迁徙,它们行色匆匆,滚进大脚盆浓酽的洋红汤里,出锅时便是浑圆透亮的鲜红,用竹筷子小心夹出,搁在竹米筛里晾,挨挨挤挤,似一群纯红的小苹果,又似熟透的大秋枣。红鸡蛋们借自身热力,将鲜红或玫红的蛋壳烤得干干爽爽,有的也调皮率性,在紧贴竹筛的一侧,冷不丁留一溜浓重的红,偷偷留下染色的印迹。一宿工夫,便有了一筛筛的红鸡蛋。

染红鸡蛋,农家喜事的前奏,吉日良辰,总是红鸡蛋先行。

《艺文类聚》记载："天地混沌如鸡子，盘古生其中，万八千岁，天地开辟，阳清为天，阴浊为地。"《史记·外戚世家序》中也有相关记载，"见玄鸟堕其卵，简狄取吞之，因孕而生契"；秦始祖大业的降生如出一辙，"玄鸟陨卵，女修吞之，生子大业"。可见，鸡蛋在中国古代文化中是生育与生命的象征。分食红鸡蛋的习俗寄寓着人们对生命、生育的敬畏与崇信之情。

时已夜深，中堂灯火通明，央请来的利市嬷嬷、利市爷爷，跟着主人，忙不迭数鸡蛋，放鸡蛋——红米升、红马桶、红浴桶、红脚桶、红祀盒一应器皿里，全卧七枚红鸡蛋，然后压一条新折的柏枝，附一方新剪的红纸。这不厌其烦的重复，成了一种庄重的仪式，连同红鸡蛋的数字"七"，也染了吉祥的光辉，七星高照，照亮新娘的前程。数字象征神性和秩序，是宇宙万物和谐一致的神秘因素，古人认知事物时，往往把"数"看得比"质"更重要。

新娘的母亲挖了万年青，将根染红，也将花生、桂圆、莲子染红。铺开一块红手袱，依次放"枣生桂子"、七枚红鸡蛋和万年青，掇起红手袱边边角角，找一段红艳艳的毛线扎紧——新娘贴身带的"七子红手袱"就做好了。利市嬷嬷和利市爷爷用红毛线捆铺盖，一个主铺盖，藏七枚红鸡蛋，伏一棵万年青，撒一把"枣生桂子"。闺女出阁的前夕，时间总如流水，转眼不见。

男方催上花轿的鞭炮已过三巡，母亲给新娘挂了定心镜，叮嘱闺女到了婆家要定下一颗心，热泪已盈眶。利市嬷嬷扶住新娘，左右各一人，一个打伞，一个手持绑了尺子剪刀的米筛，挡在新娘额前，驱邪避凶，挡开一路凶神恶煞，徐徐上花轿了。利市嬷嬷塞给新娘两枚红鸡蛋，叮嘱着："轿子抬出村口，遇见上下田，一枚往上田扔,一枚往下田扔。"许多送行的乡亲,紧紧盯着,等她扔下两枚红鸡蛋,抢了占彩头。据说,古人为了婚育求子,将煮熟禽蛋涂上颜色,称"五彩蛋"。上巳节这一天,把五彩蛋投入河里,顺水冲下,下游的人争相捞取,剥壳而食,食后便可孕育。红色,是传统喜庆色彩,"五彩蛋"随历史变迁就成了红蛋,"带子而去"不只是求子,也是追求喜气的象征。

嫁妆到了男方家,新媳妇进门,有三四岁的小童,冲进洞房,在喜床上食果,称为"压床"。小男孩揭马桶盖,将红鸡蛋揽入怀中,往红马桶里撒尿,这桶就成了"子孙桶",预祝新娘子孙满堂。

洞房一片红红火火,喜气洋洋,新娘将红手袱端端正正摆放在床中央,娘家的心愿落户了,她"带子"而来,为夫家子孙满堂、发子旺孙而来。此刻,门外鞭炮声骤响,大鞭炮小鞭炮齐鸣,楼台几个孩子正在撒糖。他们探头窗外,一手提新娘带来的红布袋,一手抓了喜糖、红鸡蛋往下撒,楼下数十上百人争抢,闹哄哄一片,抢到红鸡蛋的就像中了头彩。

闹洞房最闹腾的要数讨喜糖。讨糖唱词混杂洞房外的猜拳令,一派喧腾:"新媳妇,鼻子生得高,问你讨对鸡子糕。""新媳妇,新被新床帐,问你讨对麻酥糖。""新媳妇,生得俏,问你讨对红鸡子。"

新媳妇端坐床沿正中,利市嬷嬷扶携左右,这些久经婚场的老将,太了解那些喷着酒气念唱词的男人——文的来,武的上,她们早将新媳妇娘家带来的糕点和红鸡子藏妥了。听了唱词,给不给?给单还是给双?全凭两位利市嬷嬷互递眼神,互传手势,权衡定夺。

夜阑酒散，送亲的娘家人辞别，道尽"拜托"。婆家备下红鸡蛋、红包，赠给送亲者，人手七枚红鸡蛋，似给娘家人一段许诺，又似祝福，红红火火，礼宾至上。

年幼，闹过大舅妈新婚洞房，见过那个年代最美的新娘，亲历过最热闹的讨糖。童年，做过邻家姐姐的伴娘，简朴的婚礼，简化的仪式。后来，不舍地送三位姐姐出嫁，母亲不知染了几回红鸡蛋，流了多少离别的泪。

女子的婚后余生，都从红鸡蛋开始，"带子而去"，从娘家到婆家，从待字闺中到相夫教子，女子走进了新的里程，秉承"贤妻良母"的传统人设，从此就没了风花雪月，没了率性天真，为人妻为人母，克勤克俭，一生贤德持家。红鸡蛋，是娘家对出阁女儿一生的祝福，期望在红红火火中如愿。然而，出嫁的闺女，便是难收的覆水。

第二卷

菜根滋味

## 臭菜奇香

华夏之臭菜最"臭名昭著"的数臭豆腐,"闻着臭,吃着香",浙东之人,将臭菜吃出天下香,是一绝。

多年前,行走在绍兴咸亨酒店的门前大街,满街飘散臭豆腐浓郁的奇香。晚饭时进食一道菜,才知臭豆腐之臭,真小儿科。那菜刚上桌,初看有模有样,淡淡酱色汤水,卧在白瓷盆里,错落有致、刀工匀齐,象牙白,与浙中红烧千张并无二致,主人介绍"霉千张"。落筷,起筷,谁想,千张不成条,没有顺筷子而上,筷头只沾一星半点,吃惊不小!看似切得匀匀齐齐的千张条,竟然朽木难雕,霉烂透底,盘中千张徒有其表,魂魄早已飞散,豆制品的鲜香和韧劲消失无影。入嘴,以为有腐乳的鲜香,谁知臭不可尝!苦中带臭,先冲鼻,后冲天灵盖,直上霄汉,不熏死人不罢休,肠胃翻江倒海,汗毛直竖,吐入纸巾,狂喝水,猛漱口。抬眼看,满桌本地同人,甘之如饴,如嗅幽兰,春风拂面,一派快意。地域冷眼,大抵来自地域差异;文化难融,怕是从饮食难以承受开始。

我,一个浙中人,不懂浙东人的舌尖惯性,恰如母亲不懂奶奶的口味。

奶奶年逾古稀，精明机警依旧，瘦削的身板硬朗，与高大伟岸的爷爷呈鲜明两极，一高一矮，仿佛高低杠；一胖一瘦，仿佛官家大爷配玲珑丫鬟。其实，爷爷都听奶奶的。力量强弱从来不会取决于肌肤骨骼的体积，而在于个体智慧技能谁胜出，爷爷的胃，拴在奶奶的厨艺里。

我们和奶奶分室而居，隔墙而住，分灶而食，比邻闻香。我和三姐，不如长姐二姐乖巧，受父母拘束少，斗胆忤逆母亲大人的旨意。奶奶爱养猫养狗，爱干净的母亲不沾奶奶做的饭菜；奶奶爷爷嗜辣，母亲不吃辣，两口锅烧不到一块。

开饭了，一家子围八仙桌吃饭，我和三姐端起饭碗，一溜烟到了奶奶那儿。母亲不追问，街坊邻里喜欢"端饭碗"，四处走，走着走着，就把一碗饭吃完了。母亲知道我们去了隔壁，不问不阻。奶奶盘腿，坐在下席高脚凳上，爷爷坐上席，一张方方正正的骨牌凳。我和三姐管它什么座次贵贱，一个上席，与爷爷相对，一个下席，与奶奶并肩。蹭菜之意全在辣，母亲厨艺极好，唯独不搁辣，太寡淡。奶奶的饭桌一片红红火火，我俩辣得吸溜吸溜，回到八仙桌边，立刻引来大姐二姐鄙夷的冷眼，她们觉得隔壁饭菜太辣，不及母亲做得精致，又或觉得，老人眼力不得劲，饭菜不洁净。婆媳过招，从来不用语言和眼神，靠的是几十年的厨艺功力。新一代人站队，不讲道理，只讲对不对谁的脾胃。

但有一道菜例外，母亲与奶奶的嗜好一致——烂松菜，婆媳默契无比。这菜奇臭无比，手若沾一星半点，立马渗入皮肤，洗刷半日，指尖指缝、手心手背依然臭味深长。臭熏十里，一开坛，大街小巷异味缭绕，招来不速之客——红头苍蝇，它们在半空中久久盘旋，缠绵悱恻，欲死欲仙，觊觎，伺机，着陆，人稍不慎，一坛菜便遭其污秽。母亲极小心，用勺子轻轻舀菜，手不沾汁。封坛前，取洁净抹布，将坛口擦得锃亮，不留蛛丝马迹，用牛皮筋扣住坛口，不留缝隙，才算圆满。然而，这抹布，需在池塘埠头汰渍半日，才能将异味消踪灭迹。

一坛奇菜，得之于十一月的白菜，白菜的水灵仿若江南女子，响当当的菜中花旦。人们素喜以"小白菜"美喻待字闺中的少女，菜以人贵，人以菜名。白菜叶子青翠，色泽如春天嫩柳，长梗洁白如玉，纯粹无瑕。落霜前，浙中人将收割回来的小白菜去叶去根，独留掐得出水的菜梗，润洁饱满，切成半寸长，腌渍。成熟出坛，形体缩小，但色泽更温润，闪烁着晶莹剔透的光亮。用菜籽油翻炒了，搁酱油、白糖、青辣椒，松脆爽口独占浙中腌菜鳌头，故名"松菜"。

蕙风已过，杏红枝头，油菜麦子收割妥了，若是一坛松菜被遗忘，坛子里就有了神奇变化，松脆口感被绵软取代，无端多出半坛菜汁，那股惊天地泣鬼神的刺鼻气味，汹涌而至。用手抓捞，触碰即化，那些鲜嫩爽脆的菜梗全成不堪一击的菜泥，细看，菜梗的丝丝缕缕被还原出清晰可辨的纤维。这种幻化，使水灵的小白菜发生质的飞跃，变身为浙中人眼中的"烂松菜"。烂松菜的烂是彻底、不留死角余地的烂，烂成一汪水，漂漾少许绵软到入口即化的梗。一坛精致的魂魄仿佛不甘于困顿堕落，幻化成魔鬼般的异味，勾人心魄，不能芳香天下，便作遗臭红尘的翻转。那股臭，在村前屋后、长弄窄巷，悠然四散，丝丝缕缕，袅袅腾挪。

化腐朽为神奇，烂松菜的美味，真是一波三折，跌宕起伏。只要一双巧手，烹饪调配，便能将它的美味以压倒一切的气势，敌过爽脆的"松菜"。松菜与烂松菜,这样比拼,大有婆媳过招的韧劲儿,暗暗地,不留刀光剑影。不过,面对糜烂的松菜,奶奶和母亲,两位不同代的巧妇,用同一程序,烧出迥异的味道,只因母亲少用一味配料——辣椒。奶奶放油绿坚韧的青辣椒,色彩逼人,味道劲爆。舀一勺汤,漂着青椒,掺着白玉豆腐,暗黄色的烂松菜汤汁便将所有的馋虫都勾出。

猪油熬香了,烂松菜进锅了,锅里冒起无数青褐色的泡泡,新长的青辣椒,新收的大蒜瓣,新切的水豆腐,一起入了锅,咕嘟咕嘟地炖,直到豆腐松菜彼此交融。此刻的厨房,巷道里弄,飘满烂松菜的香。避讳者,直觉大军压境,昏天黑地。喜食者,趁着热,装盘装碗,汤汁浓浓稠稠,就着辣,就着大太阳,抓起勺子就吃,越辣越带劲,豆腐的嫩,烂松菜的鲜,青椒的辣,蒜瓣的香,各自相安,美美与共,边吃边冒汗,仿佛人生的畅快无羁不过如此。

烂松菜是不受羁绊的,骨子里带着逆天悖理,刺啦啦杀伐美味肴馔,以另类冲天刺鼻呛人的异味登场,叫嚣厨房,挑战人们的嗅觉和味蕾。小白菜变成烂松菜,带着三个季节的酝酿,一开坛,便以傲然峭拔之姿,演绎本色,颇似越来越熟的幽燕老将,气韵沉雄,攻势凌厉。昨日得了一袋烂松菜,如获至宝,但那冲天的臭味,让人一言难尽。开车不到十分钟,满车厢奇臭如浊浪。到家后,将后备厢和所有车门敞开,驱散半天。然而,一入婆婆媳妇的手,腾挪跌宕,烹炒煮炖,便被拾掇得服服帖帖,那实打实的臭味易洗易除。

金华土菜馆供有烂松菜滚豆腐,但不及奶奶烧的醇厚,味道逊色十万八千里,犹如隔年的痒,骚不到切要处。

特意熬了猪油，放在锅里细细烹饪，出锅时，满室异香，勾人魂魄，让人大快朵颐。青椒之辣，辣得利索，辣得直接，像年轻人说话行事单刀直入，不似红椒，辣得有手腕，辣得太老到。

然而，大姐依然不吃辣，得母亲真传。我的孩子居然随我，人在国外，一听说家里烂菘菜开坛，霎时勾起她的馋："好想回国吃上一口哇。"口味接力也有基因密码，光阴流转，积习不变，传承依旧，"就好这一口"，是一股多神奇的力量！口味水火不容的两拨人，一起栽在这道菜上了，默契，比如浙东与浙中人，比如母亲和奶奶，比如女儿和我。

## 酒的街舞

甜酒酿是家乡的饮品，几乎家家能酿，老少咸宜。

十多年前住在城北，晨昏之间，一记沉闷沧桑的吆喝声从巷子深处悠然传来："卖甜酒酿——卖甜酒酿——"拖着长长尾音，裹挟浓浓土语。"卖"字当头，声音低开高抛；"甜酒"二字连缀，念得急促；"酿"字拖音，拉得悠远深长——这吆喝的学问真如一场婺剧的念白，缓急相间，高低错落，四字连转，抑扬顿挫，缓管急弦，早把万家灯火中、轻纱薄幔后的妇幼召唤，他们提了盆碗，急下楼台。香樟树下，一辆老旧自行车泊于马路牙子边，两只木桶稳稳绑于书包架两侧。一个干瘦半百大叔，一手提勺，一手举秤，秤盆里躺着一袋刚打的甜酒酿，甜甜浓浓的酒香，在巷子里四散开来，像是一场街的舞蹈。

喝婺江水长大的孩子，都沐浴过甜酒的香甜，依江而住的母亲，都有一双做甜酒酿的巧手。日历已经翻过初夏，气温微暄，足够撑起酒曲发酵的温度，母亲们就开始买糯米，洗米，蒸饭。

将白白的糯米饭摊凉，安顿在一只白瓷汤盆中，细细匀匀拌入酵母，压得严严实实，光滑明净如白璧，白璧中开一圆圆的孔，利于散热，更像一块温润的汉白玉珏，放置阴凉处。只要静静等一昼夜，汤盆就起了变化，空中就多了缕缕淡淡的酒香。

再静静等一昼夜，四十八小时的蜕变，竟然让瓷实软糯的米饭变成了甜香可口的酒酿。母亲们为了让孩子喝到更多的甜酒，在发酵通透的米饭里添加几勺凉白开，白瓷盆里的"玉珏"突然就浮漾起来，像悬浮于空中的玉轮，汤色清澈，带着象牙色的淳厚。颗颗饱满的米粒像吸足甜汁的米花，入口即化，绵软甜香，在唇齿之间稍作停留，就可顺滑而下。而那些浓郁甘甜的琼浆玉液，是粮食精心酝酿出的滋味，将淀粉转换成甘甜是一种怎样的匠心独运，那股余香一直氤氲在唇齿间。

如果说，生活是一场酒的舞蹈，白酒是男人的狂舞，红酒是女人的轻歌曼舞，而甜酒酿一定是孩子们的街舞，自在随性，甜蜜温暖，中庸适度。生活的激情借由酒来叙讲、酝酿，最终以舞蹈释放，情感在心中汹涌澎湃，当语言、歌咏都不足以表达这份情愫时，需要"手之舞之足之蹈之"来宣泄。当然，没有节制的狂放不是艺术，没有节制的酒精不是释放，而甜酒是适度的忘性，恰到好处的微醺，是一场米到酒的变奏，是一场非醉与放浪的中和。甜酒酿借着"酒"的名，行着"甜汁"的实。而温婉的甜酒若想做一次放浪形骸的前行，只要多放一两天，就可以抵达浓酒的境界，这真是一种退可安营扎寨，进可让千军万马宿醉的饮品。

因为它的醇厚绵软，在婺江之畔，产妇用它来催乳，久病的人用它开胃。深有讲究的人家，早一年做了甜酒酿，调了土制红糖，装坛封罐，专为新产妇备下，月子里饮用，惠及母子，喜乐安康。善于烹调的人，加了米丸子，磕了蛋花，做成宴席间的一道甜品，软糯瓷实，馨香滑溜。

初夏的大街小巷，家家户户都能飘出甜酒酿的馨香，也依然对街头巷尾的"卖甜酒酿——"的吆喝情有独钟。因为，专业酿酒的商家一年四季均可捧出这独异美酒，不受季节气温影响，价钱不贵，一把青菜的钱就能让家中老少过把瘾。

搬离江北十多年，一日，偶进江北菜场，惊喜发现一位年逾古稀的妇人，守着几口釉彩发亮的褐色陶缸，缸口压一块方形玻璃，酒酿的浓香飘散在菜场。她手脚利索，取保鲜袋，舀酒，扎袋口，过称，一如当年街口叫卖的那位厚道大叔，只称米，酒水另加不收钱。看着她，一勺勺往保鲜袋中添酒汁，恍然以为老家的母亲，往瓷盆里加凉白开，那份慈爱和温暖，随酒酿的香甜沿街四散飘逸开来。跟她闲聊，曾在江北大街小巷驰骋多年的那声声"卖甜酒酿——"的吆喝，居然出自她爱人之口。

如今，叫卖声远去，那酿醴的甜香却久久回荡，回荡成一段街舞，舞成游子心底一剂独特的心灵治愈良方。酒的街舞，是万家灯火里，寻常百姓关于日子的经营。

## 青皮蔗与红皮蔗

曾经,青皮蔗是俗世里的一茎俗苗,红皮蔗是传说中的一枝仙葩。江南农家,家家户户,大年三十的门后,都靠着一对缠了红线的甘蔗。

青皮甘蔗,长在年少的记忆里,披挂着翠绿的长叶,仿佛身披铠甲的战士,英姿飒爽,屹立在江南丘陵见缝插针、因地制宜改良的水田里。南方的甘蔗林哪,就像北方的青纱帐,密密匝匝,仿佛八十万禁军,阵容豪华。江南秋日的旷野,阳光裹挟秋风,一阵阵拂过甘蔗林。孩子们穿梭在蔗林里,寻觅那又粗又壮的伟丈夫,那里蕴含着巨大的甜蜜宝藏。

深秋了,荸荠开始露出深红色的果皮,在软韧的泥地里悄长,随着冰冷的铁镐撬动,浅浅浮睡,一副瞌睡懵懂的样子。一个主角的登场,替代另一个主角的落幕,一个时代的沉寂,崛起一个新的时代。荸荠这些新生代一出场,甘蔗们便以黯然的姿态收敛,谢幕。

当然,青皮甘蔗的收敛,完全是一场盛大的典礼。

乡邻们在宽阔的空地里,一锄一锄掏挖,一簸箕一簸箕搬运,一个大型的深及一人高的方坑呈现了。青皮甘蔗便十根一扎,它们的根梢被五花大绑,连根带泥,连叶带皮,毫发无损地放入深坑。

坑里铺了厚实稻草,甘蔗衣、甘蔗叶一丝不减,一同平躺进深坑,所有的甘蔗安放完毕,上覆一层又一层柔软保暖的稻草,宛如给孩儿覆上几床暖和的棉被。顷刻间,泥锹齐举,泥土齐下,勠力一心,给甘蔗们做了个严丝合缝的保护层。甘蔗们入土过冬了,挨过安逸的两三个月,睡一个长长的甜甜的觉。

难挨的是孩子们,他们的馋虫也要深埋两三个月。直到春节的爆竹响起,选一个大太阳的日子,左邻右舍齐聚在深坑边,孩子们在人堆里钻来钻去。

深坑的泥土一层一层挖开了,比考古更让人期待。累积两三个月的窖藏,缕缕青烟浮漾上升,是蔗衣蔗叶们散发的热力。一捆捆、一扎扎甘蔗,带着地窖的余温,躺在失了生机的土地上,安安稳稳,整整齐齐。

孩子们按捺不住了,肩头垫了衬布,一捆一捆扛着往家里跑,剥去枯黄的蔗衣蔗叶,青葱的蔗皮色泽如新,温润如旧,甘甜如饴。耐不住性子的,清水一洗,张口就啃,一地蔗渣,青中带白,白中挟青,咔嚓咔嚓的啃蔗声,自带骄傲十分,满足十分,这是过年的快意之事呀。

青皮蔗是童年里的一块橡皮,熟稔易得,素朴真切,家家种植,户户养护。比起它,红皮蔗算得上农家的座上宾,稀世宝,外来户。

春节了,或新娘出阁了,红皮蔗便以吉祥物的身份傲然出场,仿佛带一股祈祷的风,携一缕异乎众生的势。腊月里的村镇巷道多了拉独轮木车的蔗农，肩上挂一根皮带，皮带两端扣住车把手，紧紧绷着，木车两边码着整整齐齐的红皮蔗。他不知行了几里地，走了几个村寨，拉了几多重，从不吆喝，只有辘辘车轮碾过长长的青石巷道。

红皮蔗身裹枯槁无光的外衣，掩不住蔗皮泛红的光，好像严霜催逼十八岁少女的脸，催出满脸酡红，泛着春的光亮。

照例是十根一扎，却比青皮蔗更壮实长挑，更甜；啃一口仿佛吃一口蜜，比青皮蔗韧劲儿足，结实细密。青皮蔗像毛头小伙，说话做事爽快利索，红皮蔗人到中年，心思缜密，对抗岁月的韧劲更足，更像难啃的骨头。可它仗着一身的红，在除夕喜庆之日便炫酷登场，是当仁不让的当家花旦。

小丫头坐在院子里，裁数张细长条红纸，折数枝柏枝，选一对长短粗细同一的甘蔗，用红线将一双甘蔗的蔗根、蔗梢捆缚，祈祷新的一年"从头甜蜜到尾"。缚红纸，插柏枝，既有祝福之意，又有红绿点缀之功。大门后靠两对，小门后靠一对，直到所有的门户后都隐藏了红皮蔗的祝福，小丫头的活计才告大成。而这些带着新年祥瑞的红皮蔗，直到元宵夜才从"吉祥物"转换成食品，拽一根在手，仿佛拽着一根通灵的神棍，多了一些神秘，多了一些新奇，多了一些不一样的分量和味道。

红皮蔗在新嫁娘的嫁妆队列里，不声不响，但无孔不入，米升里、红漆马桶里、红漆大小脚盆里，甚至新娘贴身的红手袱里，切成一小节一小节，宛如出国外访的大臣，带着娘家的旌节，是祈福也是庇佑，是新娘一生幸福的护身符。

红皮蔗比起青皮蔗来，简直是天外来客，日常中的传奇，似乎超拔了世俗，又完全秉承世俗的象征，最不能免俗。好比僧人，最超拔红尘，又承受一切俗人的祈祷，成为俗家子弟与三界之外的一个过渡。

然而，岁月流转，青皮蔗已淡出了市场，红皮蔗蔚然成风，几乎垄断了果蔗市场。一时间，红皮蔗承载了青皮蔗所有的前尘往事，"皮薄汁多，脆爽劲爆"，商家这样说，于是，一代超拔尘俗的红皮蔗，还了俗，街头唾手可得。如今，家家户户大年三十的门后，这些曾经用以压阵的红色"吉祥物"，很难见到它们的身影了。

倒是青皮蔗，成了悠远的传说，淡出了江湖，远离了人们的生活，很难见到它了。

## 有一种枣叫金丝琥珀

有一种枣,今生叫"金丝琥珀",前世叫"南京"。

南京枣产于故乡,树干高大,粗枝细叶,田间地头,房前屋后,随处可见。江南晚春,人间四月,光秃秃的树干长出细细长长的枝丫,枝丫偷偷冒出嫩绿的叶子。五月细雨纷飞,枣花悄悄开了,叶子油亮,形似翠绿的小勺子,一只只垂在青白枝条间。小小枣花绿中带黄,躺在翠叶中,低回温婉,天若放晴,散发微微甜香,蜜蜂们纷至沓来,嘤嘤嗡嗡,热闹繁忙。

微雨,簌簌巾衣落枣花。很快,枝叶底藏起一颗颗淡绿色小珠子,青青子已成。领受五月的风、六月的雨、七月的阳,一天天膨大,青涩渐褪,变得白嫩蓬松,咬一口,脆脆甜甜,时已秋分。

南京枣不够圆润光洁,外形粗糙质朴,内质厚实真诚。果顶平圆,中腰平直,不屑圆滑无骨,总显出些棱角。色泽不如北方枣美艳,果皮还青中发白,便请它从枝头坠落凡尘。枣子的一生很有底子,不虚饰炫耀,不悲观彷徨,该走向生命的某个节拍,就欣然赴命。

江浙台风大抵八月来，总见满地的青白枣子，或沟渠翻涌，或草丛躲藏。人们扛竹竿，提竹篮，枣树下仰目向上，一竿一竿敲打，枣子们冰雹般唰唰直下。所选竹竿不粗，粗了，枣子不吃猛拳，呆立枝头，任你敲打。根子粗，好使力；竿头细，打得精准，顺着细枝条，竿头左右一晃荡，傲立的枣子只好认栽。然而，落入尘土也不让人轻易得手，一个美丽的空中抛物线，又躲进草根了。

八月的草长得比人高，八月的稻子生得威风，八月的沟渠刚刚灌满水，个头特大的枣子倒隐逸起来，打枣人要配鹰的眼、蝙蝠的耳，才能见它落一个，逮一个。枣子落地，淋一场雨，再见时便烂了，若不能颗粒归仓，倒不如任它逃窜，悬挂枝头。十一月农事忙透，带竹竿重上战场，冬月到手的战利品，外形一律红亮透光，内里细致紧密，咬一口汁多脆甜，大可与冬枣一较伯仲，难分高下。

当然，南京枣与生俱来带着蜕变的使命，不等红遍周身，甜遍丝缕，刚发白膨大，就送往蜜枣厂，摇身蜕变，飞跃成金丝琥珀蜜枣。

采收枣子，论大小分六级，每一级都获批"蜜枣加工车间"准入证。所谓车间，只一剃刀、两竹篮、一女子的巧手而已。枣子分了等，女人们等在枣厂门外，眼巴巴等着分特等、头等枣，分到五六等，也细细匀匀切了。故乡的女人，惜物如惜福。初秋凌晨四点，晨光朦胧，枣厂门外排了一长溜人，大姐排在队尾。轮到了，姐姐手端簸箕连同枣子倒了一地，五岁的她太困了，站着也打瞌睡。故乡的孩子，勤劳的天分连同枣子一起早早萌发。枣子，是历史深处的一朵红印记，鲜艳在生命的枝头。

左手仰躺，二指抓枣，枣窝对胸，搁在竹篮架上；右手压刀，深度恰如其分，不必太给力，也不可太省力。和着压刀旋律，枣子在指间旋转，剃刀犹小鸡啄米，在青枣上压出刀刀青弧。每一刀深浅适中，每一条枣丝宽窄均匀。家乡多切枣高手，个个切，刀刀压，动作快到让人眼花缭乱，如蜻蜓水上点，意未尽，功力已深；似疾风拂柳，风未至，枝已婆娑起舞。刀片寒光闪闪，若夜萤点点。女子的细腻与深致，一点点晕染，伴着晨光暝色。青弧刻出的丝丝缕缕，经蜜糖浸润，蜕变出美丽神奇的金丝，纹理分明，似隔犹连。

男人们熬好一锅锅白糖，糖浆清亮，咕嘟咕嘟直冒甜香的泡泡。上了锈色，枣子显出条条金痕。过了水，沥干了，徜徉在清亮的糖浆里，煎熬、翻滚、蜕变，年轻的青色褪去，一片金黄。进而呈晶莹玲珑的琥珀色，撤火，泡浆，让甜蜜浸润每一道刀痕，每一处丝缕。滤去糖浆，架在竹箩里烘焙，软软的枣子变得硬朗，一颗一颗揉捏整形，重新躺回软融融的竹箩里，领受明明灭灭炭火的热情，白花花的糖霜渗出，金色的底子裹覆晶莹的薄雪，咬一口，色如琥珀，金丝琥珀蜜枣做成了，口感绵软有韧劲、温润细腻，尽在唇齿间泗化、胶着。

南京枣，与生俱来带着蜕变的使命，登大雅之堂的使命，漂洋过海代言一地美食的使命。华丽登场时，它俨然换了戎装，名唤"金丝琥珀蜜枣"。岁月迁延，记忆里每每响起那风里吹枣落地的笃笃声，竹竿打枣的哐哐声，糖浆煮枣的咕嘟声，那声音，让人梦萦魂牵。

# 菜根可嚼滋味长

俗话说,"小雪腌菜,大雪腌肉",立冬之日,将买回的白萝卜,去皮,切片或条,拌了色彩夺目的火红鲜辣椒,掺了灿黄明亮的老姜,选两只透明罐,旋紧盖子,静等一场美丽的色香味巨变。

不只为口舌之欲的满足,也为岁月重温,往事回炉。

新霜初降,家家户户竹竿上晒起了水灵灵的高脚白菜,梗如羊脂白玉,叶如玲珑翡翠。童年做完功课,见灯下母亲忙碌,一起劳作。一方矮凳,排骨凳上支起一块案板,一把不知磨了多少回的锋利菜刀,腌菜"小夜曲"就奏响了。

小白菜水嫩,白白薄薄的茎,切成寸许长,腌进坛坛罐罐,出坛时,依旧云淡风轻,剔透灵秀,一身不沾世俗的清白。菜叶子水嫩,不宜腌,清炒了吃,翠绿鲜亮,替代豆腐皮,裹上菜馅肉馅,做成青菜包,且将平庸化神奇。

腌制的雪里蕻或九头芥味道鲜美,晒蔫的菜根在手,横平刀口,嚓嚓三两下,菜梗已横剖数处;再竖刀锋,直切而下。落刀快又密,菜丝匀又细,"食不厌精,脍不厌细",没错,江南人腌菜不厌其烦，精工细作才算对日子的经营。先切后剁，横剖剖竖切切，左剁剁右剁剁，只听得一片乒乒乓乓的协奏，错落有致，宛如举家共谱交响乐，演绎生活的错落之歌，红红火火，热热闹闹。

腌芥菜，已是油菜花开成海、桃红柳绿的旖旎春日。根茎是精华，切成寸许长的小圆柱子，腌十天半月可食。外婆九十多岁高龄，在房前屋脚，辟出二米长二尺宽的菜地，种上芥菜，每年春末，将它们腌成酸菜，托人捎给年少出门求学的大姨，那是一位期颐老人对耄耋女儿的牵挂。直到外婆一百零五岁离世，那块菜地才荒芜，留下灿黄明亮的一地菊花，年年秋末冬初开得响亮。

芥菜叶子和细茎剁碎，先腌后晒，家家户户赶春日太阳，场院里放眼一望，全是长方形的竹簟子，蔚为壮观，是江浙独有的景致。三四天太阳，直晒得满庭芳香，摇身一变，成了经久耐藏的霉干菜。夏天腌菜，多是小黄瓜、豇豆、生姜等时鲜菜，腌不多，三五天吃完，不宜久放，过了时日便如吃光青春饭的模特，青春一过，味道似清晨的星光，黯淡无彩。

萝卜青菜各有所爱，它们是冬日腌菜主将。剁菜完工，等着下盐。小萝卜拇指般粗细，点了盐，出了水，下坛子腌。稍大一点的，切成条。盐分掌控全凭经验，若想赶在某个节日开坛，撒盐的手会收敛些，搁得云淡风轻，菜熟得轻捷快速；若想保鲜期福寿延年，春耕时将春笋汤汁调得鲜美异样，撒盐的手挥洒自如，恣意痛快，盐多可保鲜哪。盐粒匀匀撒下，翠绿的青菜托一层薄薄的盐，仿佛绿茵地里覆了一层浅浅的霜。一双灵动的手开始搓揉，将浣衣的要领发挥酣畅，大木盆里一块阵地一块阵地分割，几人分工，或两人各占半圆，一人东进，一人西突，齐齐往中心包抄，士气十足。不消半宿，风卷残云，木盆里漾着绿得逼人眼的菜汁。

搓揉出水的一盆青菜绿如碧玉，一盆萝卜白嫩水灵如娇娘，卧在盆里一两天，取洗净风干的坛子，一勺一勺盛，孩子们拿了木棒，一棒一棒捅，将菜压严实，直到无一滴汤汁可纳。选光滑明亮的鹅卵石封口，瓷实的坛口像一汪绿色的湖包围着几枚小岛。腌菜用的坛子口小、脚小、肚子大，口小，进的氧气少；脚小，卵石镇得住；肚子大，容纳得多，真是一种巧妙的匠心。家家户户墙边角落总立着几口老坛，光洁如新，明洁饱满，红褐带花纹的坛身闪烁着厚实的光。入坛功成！在坛口蒙一层纱布，或一层塑料膜，静等菜们蜕变。

开坛日子，犹酿酒大成开缸，腌菜的香如酒香，带给味蕾无限享受和慰藉。这独异的香，是将一种色泽蜕变成另一种色泽，将一种味道蜕变成另一种味道，将一种短暂拉伸成漫长，以此对抗时间和遗忘，蕴含哲人般深刻的见识和灵动的思辨。

20世纪七八十年代的住校生，只能带腌菜、干菜、酸菜、豆瓣酱、腌萝卜，轮换着带。一经选择远离故土，为了梦中的远方，就需将青葱年少的日子，撒上盐，腌出别样滋味。因为有腌菜，平淡贫乏中依然有菜根可嚼，有滋味深长。离别故土七十多年的老人，还能吃上百岁母亲腌制的家乡酸菜，余生不问，情味深长。好友在整理母亲遗物时，赫然发现一坛未开封的豆瓣酱，色泽红亮，味道鲜美，悲痛不已。人事驳杂，唯腌菜滋味浓。有些味道一吃就一辈子，"就好这一口"的背后，牵连着那些悠悠的往事，还有人间不灭的烟火。

# 人情冷暖馃子香

鸡子馃，故乡的一道美食，与婺剧标配。

婺剧，古老的剧种，是高腔、昆腔、乱弹、徽戏、滩簧、时调多种艺术形式的糅合。

秋收后迎来天高云淡的晴好日子，迎来漫长的农闲。农忙季冷落了的亲戚走动起来，各村各庄的心思浮泛起来，各家各户出钱凑份子，搭戏台，请戏班子。

午饭刚过，秋气宜人，花台闹了起来，激昂雄浑的锣鼓声中交错演奏大唢呐、小唢呐，更迭委婉轻柔的笛声、胡琴声。场子里人头攒动，场子边穿戏服、化浓妆的演员们穿梭走动，他们夸张的服饰和浓墨重彩的妆容，牵引着孩子们的视线。场子外，搭起了大伞遮盖的小吃摊，白白的水汽在雪亮的白炽灯下，笼罩着一片乡俗。

各色小吃生意好不过鸡子馃，戏到中场或点心时分，摊前人挨人，排起长长的队。摊主的脚边，鸡蛋壳堆积如小山，他忙不迭地做馃，煎馃，灌鸡子。乡亲们好客，用鸡子馃招待亲朋睦邻仿佛已成乡俗，戏场遇到素日相熟的邻里、不大走动的远亲、久别重逢的同窗，递一个鸡子馃，是一种热切的联络。馃子，俨然是人情往来的媒介。

没有切肉机的年月，纯手工剁肉馅，细碎的葱花，筋道的面团，面皮薄可透光，全是手上功夫。面皮敷一层肉糜，铺一层葱花，包一个碗口大小的馃，手法娴熟，宛如精雕细刻一件艺术品。平底锅中油将沸，馃入油，周围漾起一圈泡泡。取一小碗，磕一鸡蛋，加一勺酱油，添少许料酒、味精，边搅拌边灌入馃中。

灌入的鸡蛋由明油色转成玉白色，封堵了馃的口子，锅铲就势将馃翻了身，贴锅的一侧，慢慢呈金黄色，鸡蛋的充实使馃子渐渐膨胀起来，像一面鼓，受了热气的怂恿，不断地撑薄面皮，形态越来越丰满。翻个身，让它继续在油里徜徉。此刻，偶尔逃逸出来的蛋清蛋黄受了热油的拥抱，散发出扑鼻的脆香。

舞台上，唱念做打，百般功夫可劲儿施展，正旦亮开百灵鸟般的嗓音，字正腔圆地唱；小生一脸清秀，深情凝眸，衣袂飘举；武旦身手矫健，轻盈灵动，柔中带刚。

找一只浅口盆子，接圣驾一般，迎取出锅的馃子，金黄的馃膨胀着，冒着小小的油泡，吱吱作响。筷子轻轻戳一小洞，肉的鲜香、葱的浓香和鸡蛋的脆香，一块汹涌而出。轻咬一口，皮的酥脆、肉的汤汁饱蘸、鸡蛋的滑嫩、葱的软糯，在口腔里腾挪交织，攻城略地，鲜美醇厚。色如琥珀的面皮，薄如纸片，吹弹可破，油亮灿烂；葱花翡翠般的碧色杂糅着鸡蛋金桂色的明艳，底层的肉糜犹如春天的桃花，有着淡淡的粉色，一只馃的横截面宛如一个水彩铺子，翠绿、明黄、桃粉，蛋与葱的交融，犹如银桂撒落在翠绿的草丛中。

这一刻，舞台上的胡琴、锣鼓喧腾而起，耳中之声、眼中之彩、舌尖味蕾，一派酞醴。疏远的亲情、熟不知礼的乡情、惊喜邂逅的同窗之谊，在馃子传递中刷了新。婺剧咿呀声中，剧情的雅、馃子的俗，一时兼收并蓄。

人在他乡，总要寻香而去。

来婺城生活时，孩子两三岁，于通济北桥头下坡段，有一处低矮小棚屋，专卖鸡子馃，傍晚生火，子夜撤火，只做夜间生意，不必为赚钱舍命，有着淳朴的农耕印记。孩子坐在自行车的书包架上，我手推车子，慢慢走到小棚前。三个朴实的伙计是兰溪老乡，那时，汽车寥寥，金华城只有"内环线"，公交车慢悠悠环城绕，老乡间有种质朴的亲近。我和孩子耐心地坐在木凳上，消闲一段悠长时光，看店家搅拌肉馅，切碎葱段，揉搓面团，起锅的第一个馃子，定做似的，一定给我的孩子。

后来，江两岸发现几家店铺，经营地道的兰溪鸡子馃，做工精细，皮薄酥脆，馅料鲜香，令人唇齿留香，在色香味兼备里，自豪地向人显耀这道家乡美食。姐姐为养育一双儿女，曾跟老师傅学手艺，学成开店，因缺帮手作罢。姐姐闲不住，只要有空，就施展切、揉、擀、摊、煎的真功，做一堆鸡子馃，江南江北送，怕我们上火，再烧一锅绿豆粥。有姐姐在的异乡，异乡是故乡。

星光下，开车回家看望母亲。离家时，车过邻村，耳听咿咿呀呀的婺剧腔调，停车熄火。戏场里，夜宵生意正兴，要了鸡子馃，掉转车头，喊母亲开了门，将温暖油香的馃子塞给母亲。车子启动的刹那，路灯下，母亲的头发更白了，生活忙忙碌碌，转眼三四十年，未曾陪母亲在戏场看戏吃馃了。

婺剧的台场已经闹起，鸡子馃的香飘出戏场外，凡尘俗世的冷暖和烟火尽在夜色里。

## 咸淡入妙霉干菜

霉干菜是故乡的特色小菜，每个学子，为之，怀有深切的熟稔和热络的亲切，东阳人誉之"博士菜"。这先腌后晒的黑褐干菜，居然有极风雅的美誉，不能不说，它自带传奇。

传奇第一步是腌制。仲春，蔬菜们开枝散叶，家乡的九头芥、雪里蕻、油冬菜均入腌坛。坛子玲珑，腌制的活必得精工细作，洗净，切碎。它不似浙北腌菜，地里拔了就按进大腌缸，食用时才清洗切碎。在老家，剁细的菜梗与菜叶，撒盐、控汁、搓揉，没有一道工序肯偷懒。不似浙南做干菜，开水一焯，绳子一晾，可以速成，缺了腌菜的咸香和韵味。霉干菜的腌制，如同人生，只有历经岁月的窖藏和历练，滋味才可深长，咸淡方可入妙。

传奇第二步为晒制。腌菜在油亮的坛子里经一月发酵，择一艳阳天，铺一竹簟，匀匀齐齐撒开。借春末夏初之阳，趁暮春三月之风，收干菜汁。日落未落时，余晖将母亲、祖母的身影拉得长长的，半跪半蹲在竹簟里，一点点搓揉，揉得软软韧韧。

老天也眷顾着，接连数日阳光明媚起来，干菜一点点干缩，握在手心，扎手、干爽、吹弹可折，那种润润咸咸的鲜香，竭尽干菜的全部心力释放。母亲用棕刷寸寸轻扫，收了干菜，压进干菜坛，底下铺生石灰包，便得终年干干爽爽。一直将"霉"错写成"梅"，为干菜这名号冠以"梅"字，仿佛辞树的落英窨藏了春日的芳华，像母亲的红颜写进了册页，俚俗升华成风雅，十足的诗性想象，是对于素朴之物的阳春白雪之想。

这种想象，大抵从离家游学的孩子开始。霉干菜耐存，学子求学必带，不二之选。三十多年前，山区同窗每周徒步八九十里地，一点粮食，一罐霉干菜，除此，再无半分零食或别的菜肴，一周饭菜全在扁担两头。三年后，凤凰涅槃，破茧蝶变，彻底步出大山，走向物质丰盈的城市，梦想照进现实。

传奇第三步是食用。中学六年，母亲为学子们晒的霉干菜用箩筐计。松菜易变酸，豆瓣酱易长白毛，且吃过三天腻味，唯霉干菜百吃不厌。冬日呵气成雾的日子，青紫着脸，在食堂木槽蒸屉数百个铝制饭盒中，匆匆翻找出刻有自己名字的，赶往寝室，床尾翻出白搪瓷罐，挑一勺炒香蒸透的霉干菜，撒在平整如碾的饭块上，用勺子轻轻抹匀，霉干菜中的猪油菜油在米饭间迅速洇化开，仿佛水墨画家挥毫，浓淡匀散尽在勺端。颗颗米饭浸润了干菜的深酱色，吮吸猪油的光亮，一股浓香在寝室角角落落氤氲开来。门前的梧桐树，叶子已落尽，阳光斜斜照进门里。经受霉干菜滋润的米饭，颗颗晶亮醇香，便可了心，悦了目，大可风卷残云，大快朵颐。那样的日子，不求锦衣玉食，山珍海味，不图物质之欲，练就一颗素心。心头满怀憧憬，不惮辛酸苦悲，心甘情愿漫漫跋涉。

中学六年，来自乡间的住校生吃的霉干菜都不止六箩筐。长长六年，这小菜融入皮毛肌肤，刻入骨髓，伴随青春和梦想初长。

它让每一个农家学子，懂得用精神富足对抗物质贫乏，涵养了品性，赋予生活以底气，即便再遇阴暗如晦的日子，风雨交加的岁月，身无分文的时分，也仍有不知贫穷为何物的历史托底。苦到极致，便觉生活的甘；淡到极致，便觉生命的浓酽。

　　传奇第四步是翻转。老家用它做饼，用水蒸，用火烤，那种回味，徜徉在记忆的长巷。用它做酥饼，做扣肉，烹饪干菜四季豆，那种咸淡入妙的滋味，温润过曾经的每一个日子。霉干菜，一种可以抗过发馊发霉发酸的神奇之肴馔，用它扣肉，是每一位江南人的嗜好。霉干菜对冲着过去的艰辛，抵抗了岁月对记忆的蚕食，抵御了贫寒对人格的雕蚀。

## 那一片嫣红点亮雨季

梅雨天和杨梅,像一对孪生子,形影不离。

绵长的梅雨季,杨梅红了,似火似霞,似朱丹浸染。

兰溪马涧、梅江一带盛产杨梅。深长沉闷的巷子里,突然传来一记响亮的吆喝:"卖杨梅喽!"沉闷湿热一扫而空。一双浅褐色的藤箩歇在青石铺展的巷道上,箩口有一面竹筛,堆着红得发紫的杨梅,早熟的杨梅有一个形神兼备的名字,叫"黑炭"。熟透酸甜的梅子,曾怎样活色生香地勾起曹军渴望,将焦灼与疲惫化成行军动力;竹筛里的杨梅,也曾怎样轻而易举地勾起童年的馋意;一颗颗红到发紫,形色兼备地绚烂了灰墙白瓦的江南乡村。

孩子们围拢担子,挑担人手持铲子,铲起圆溜溜的果儿,秤砣在银亮的秤星间滑动。等不及秤砣平稳,孩子们手抓紫色玛瑙,开始饕餮大宴。龙眼大小的杨梅,数百个小小肉柱攒簇,凹凸玲珑,饱含酸甜滑润的汁液,轻轻一咬,酒红色的鲜艳汁水像恣意泼墨,一时沾了手,染了腮,洒了前襟。

"杨梅汁勿沾了衣裳,"奶奶慈爱地说,"不好洗。"

小心地抻长脖子,轻咬一口,果子的小肉柱变成横切面,根根向核儿聚集，又向外伸展，像玫红色的太阳光，果子酸酸甜甜，汁水饱满。

"试试，把核儿咽了，可以清理肠胃。"母亲笑着说。孩子闭上眼，把核儿咽了。吃杨梅不吐核儿，仿佛是家乡吃杨梅秘籍。珍爱一颗杨梅，珍爱母子相授的生活经验。

梅雨季，杨梅不好存放。熬杨梅酱，做杨梅干，浸杨梅罐头，窖藏甜蜜，罐子浓缩它的精华，瓶子锁住它的娇美。取一只玻璃罐，装满杨梅，倒进高粱烧，密封。浸泡半个月，此时，果汁融进酒里，酒精被果子吸收，干烈的白酒变得甘甜，杨梅酒成了宴请佳酿，开坛畅饮，色泽艳丽，醇美馨香。孩子们把杨梅放进冰箱冷冻，七八月烈日当空，冻杨梅挂着白霜，冒着冷气，咬一口这冷饮新宠，嘎吱嘎吱，冰凉酸甜，是降暑神品。

梅雨季一到，回家摘杨梅！

雨季绵长，摘杨梅很像急行军，跟老天抢时间，只要放晴半天就动手。骤雨初歇，我们沿着蜿蜒曲折的羊肠小道，去杨梅山。低矮的山丘绵亘，数十里杨梅长廊望不到边，丘连着丘，树连着树。杨梅树树冠不高，叶子深绿蓊郁，枝条细长，枝枝相覆。果子们欢腾喧闹极了，浅红、赤红、深红、绛红、绛紫，色彩缤纷，大自然这杰出的调色师，将果子们分了梯队，伯仲叔季，渐次递进，轮序出彩，依次成熟，举目张望，梅林深深，树树佳果，异彩纷呈。孩子互相指引，爬上树杈。主人手把手教我们选果，深陷果子大阵，挑花了眼。主人采的果子红得发紫，又大又甜。采摘的乐趣，有收获的快乐，有回归田园的怡然快意。

有一年，大雨刚过，东魁杨梅初熟，枝头挂满乒乓球大小的果实。余晖斜映，晚风轻拂，小路被大雨淌成小河，东道主汤老师，俯身背起我的孩子就走。她执教于杨梅之乡，一辈子兢兢业业，获得"春蚕奖"，有数次进城机会，毅然放弃了。房子边有小河环绕，河边有她和先生开垦的菜园，溪水潺潺，书声琅琅，梅林起伏，她觉得很满足了。那股乡间的韧劲，对教书育人的矢志不渝，像杨梅林质朴芳华。

有一年，我受初中同学邀请开车回兰城，她拔了我的车钥匙，搭她的车去摘杨梅，好让我省心省力。我俩豆蔻初识，相知四十多年，这份同窗情不因地域而阻隔。长情如古籍，即使无暇翻看，永远完好无损，随手一翻，所有的章节都真切。去年，她赶来金华送杨梅酒，因夜晚灯光昏暗，一个趔趄，磕破冬裤，磕破膝盖，而手里的玻璃酒罐完好无损。这份长情，如杨梅酒，窖藏越久，越醇厚。

近些年，没时间回家摘杨梅，雨季来临，总有人送杨梅来。胡同学几次三番邀请未成行，他特意送到金华。大学同学来婺城聚会，带了一车杨梅。第一届学生，借送杨梅聚会，人手一份杨梅，细长深绿的几片叶子点缀红红的果子，岁月遮不住真情，红得明白，绿得真切。小区传达室通知取杨梅，有同乡兼同事送的，有毕业二十多年的学生送的，一番番情意像江水滔滔不绝。甜美的记忆，借由杨梅的红艳，鲜活在心底，叠压成长长的卷轴，以资余生往后慢慢翻阅。

岁月可堪回首，人生来来去去，尘世辗转，杨梅像一条金光闪烁的链子，串起许多画面，风风雨雨数十载，那一片嫣红点亮生命的雨季。

## 你算哪根葱

姜、蒜、葱，厨房里永远的老三篇。

俗话说："你算哪根葱？"葱虽不入册，却少不得。某日下厨，要是缺一把小葱，一席的菜，卖相打了折，缺几瓣蒜，少一块姜，煞风景，一桌的菜，似乎叫不了菜。老家烹饪，无姜不欢，无蒜不饭，无葱不色。

五月底六月初，生姜携天生的明艳闪亮登场，雏鸡一般嫩黄，涂抹玫红的嫩指甲。姜，口含金钥匙降生，天生贴着广告标签："冬吃萝卜夏吃姜，不用医生开药方。"新出土的姜，鲜嫩多汁水灵，适合腌制。剥去嫩笋一般的玫红"指甲"，切丝，切片，切条，均可；用醋，用酱，用糖，随意；隔夜，半月，半年，随迟随早，都可下饭。深秋初冬，清晨喝粥，吃上几片酱姜，身体就暖和起来，据说是食材中的大补之物。炒鸡块，炒牛肉，炒肉片，嫩姜与荤菜们搭档，彼此成就，彼此提鲜，不分主角和配角。

姜还是老的辣，老了的姜像得道的高僧，像越老越值钱的中医，厨房里的疑难杂症，烹饪中的去腥去膻，三两块老姜就能摆平一切，老姜出手，江湖太平。江南人吃海鲜烹水产，老姜去寒去腥,三下五除二。煲一锅老鸭煲,炖一锅暖胃汤,几两黄酒,一把姜末,一切搞定。没有生姜做引子,山珍海味成不了气候。

纵是蔬菜,也要生姜来提味、提色。一把番薯梗,一碟炒藕片,一碗莴笋丝,一锅海带汤,一锅萝卜豆腐咸汤圆,有了姜末,人间美味;缺了生姜,失魂落魄。江南人爱生姜,爱到骨子里。

生姜与大蒜,天造地设的一对,它俩都出自泥窝,一个如食指交叠,一个如莲瓣围坐,一个以辣见长,一个以味浓取胜。大鱼大肉、蔬食粗菜,都需要它俩辅佐。七月葱,八月蒜,初秋的葱刚埋了土,中秋的蒜就安了家。凛凛深秋,冽冽寒冬,葱苗、蒜苗葱茏蓊郁,于风雪中,无惧无畏。

蒜是闭关修行的老拳师,深埋土里。一旦出关,就要大展拳脚。春阳普照,蒜薹们探头探脑,父母开启大蒜炒肉片、蒜苗炒酱肉的烹饪工程,打着"防病"的旗号,逼迫孩子们消受这些地里的"青霉素"。蒜叶的绿、煸炒的香、酱肉鲜肉的咸润鲜美,曼妙融汇,成新春的绝味。

五月的土松软,蒜瓣们蒙着白罗帐,胖乎乎围坐一圈,像一堆打禅的小和尚。端午前后,家家户户厨房里飘出蒸蒜瓣的香,蘸一蘸酱碟,开启立夏的前奏。无蒜不夏,与东北人"无蒜不饺子"一个理。取了糖醋,腌一坛酸甜口的糖大蒜。

蒜瓣脱了白罗帐,在餐盆里大展身手。一颗颗白白胖胖,尖头圆臀,挨挨挤挤的蒜瓣,装点精致或粗鄙的餐食。它们性温味辛,占尽肴馔江山,酱爆牛蛙、煸炒螺蛳肉、红烧鳝段,蒜蓉铁板虾这等大腥大荤的肴馔,没有蒜不成宴。一把红米苋、一碟黑地衣、一碗紫茄子、一盆绿生菜,仰仗蒜粒增香提色。烧肉缺蒜,味欠一半,蒜瓣是社交圈的高手,配料界的明星,荤素兼收并蓄。

蒜的风头有时盖过生姜，火锅店、饺子店、面条店，自助辅料除了辣椒、醋，必有一碟剁到烂、碾到末的蒜泥。

蒜若换一份替代物，有浓香，起点缀，那便是活色生香的小葱。

小葱，像江南水灵灵的小女子，天生丽质，葱根白璧无瑕，葱叶碧绿油亮。"生葱熟蒜"的待遇，让绿意盎然的小葱一直葆有盛世美颜。小吃亮相，撒一把葱花，馨香十里；鱼肉贝走台，铺一层葱末，爆油浇淋，香气四溢；炸响铃、松花肉、肉藕夹、鸡子馃这些江南调调的菜肴，没葱缺灵性。葱是菜的精魂，饕餮之宴，无葱不欢；凡夫俗子，无葱不养眼。豆制食品，没葱陪伴，立时三刻失去江湖地位。小葱拌豆腐，如何一清二白；葱油拌面，如何三月不知肉味；葱油鲈鱼鲳鱼，如何丝丝扣动味蕾。一把小葱，征服海陆空三界食材。

葱、姜、蒜，江南厨房的老三篇，家家必备，人人难舍，它们的价格曾一度被炒翻天，"蒜（算）你狠""姜（将）你军"，嗜利的商人一刀砍下，刀刀狠准，民以食为天，刀刀见血。

江畔何人初见月？江月何年初照人？餐桌上这老三篇不知传了多少代，这偏好的口味还将传承多少年？

"你算哪根葱？"生姜大蒜葱，烹饪界的配角，却是厨房常住客，菜肴千变万化，老三篇一成不变。不做配角，葱是葱，姜是姜，蒜是蒜，犹如"我就是我"，独异，另类，不屈。它们只管四季轮回，不问人间富贵贫穷；只管是菜，不管高低贵贱，山珍海味也好，野菜园蔬也罢，一律不遗余力，调出人间好滋味。

## 悠悠长巷

　　一根松脆酥香的油条,是半生的记忆,连同那悠悠长巷。

　　厚仁镇上那条长长的"上街路",天蒙蒙亮,街道狭窄,两边屋檐几乎要相握一处。这样狭窄的一条街,生意兴隆。街口是政府和医院所在地。往里走十来米,一家照相馆,乡亲们除非逢年过节、婚嫁周岁,很少有人进去露脸留影,玻璃窗后,样片上俊俏姑娘的脸抹得红红的,乡下人眼光落进玻璃窗,又淡然地收回,继续往巷子里走。

　　店铺清一色木质排门,深褐色,泛着冷光。商铺临街一面全是宽约半米、长二米半的木板拼搭,木板又高又窄,一块连一块,将长长街巷的店面陡然往天上拔,窄窄的街面仿佛要往高空伸展,街面狭窄起来,立体起来。深青色石板,一路铺展,若是雨天,滴滴答答的,湿淋淋的雨巷,有青烟浮泛,有浓香飘散。各家店铺的屋檐长长宽宽,都往街心伸展,连成一道一眼望不到头的风雨走廊,街道长,檐廊深,很有"深巷卖杏花"的清幽。庄稼人喜欢赶早市,天色未完全亮透,昏暗朦胧中,街道上空只露出一线的天，筛下零落的光。

一线微弱天光不妨碍"上街路"的繁华，排门一块块卸下，白炽灯与迷蒙晨光交织，街面的雾气轻轻腾跃，腾跃成轻盈旖旎的烟火。一溜蜂窝煤炉一字排开，占了一长街店面的茶馆开始做早茶生意，老板娘提着黑色茶壶，挨着方桌一排排走。农闲时节，庄稼人喜欢在茶馆里消磨时间，茶馆成了民间议事厅，各路信息的汇集地。如果说，女人的新闻在塘沿埠头传播，男人的天下大事、奇趣妙文则在茶馆交流。天文地理，悲欢离合，说古道今，全是火热的天地。

打铁店的炉火热烈亮堂，几位健硕男子穿得单薄，叮叮当当的打铁声锤得满街喧响。肉铺前黑压压的人头攒动，一线灯绳悬一只梨形白炽灯，灯下是屠夫刚毅的脸，他手执雪亮屠刀上下挥舞，咔咔剁骨声阵阵。买肉的不懂排队，高矮胖瘦挤占大半条街。理发铺的剃头匠唰一声抖开洁白的围布，卖扫把竹丝帚的篾匠手持竹刀，咔咔劈竹条。

卖油盐酱醋的，卖糕饼的，做黍作的，补鞋修锁的，修伞修钟表的，做裁缝的，全在晨曦中开了张。供销社和布店起得晚，两家铺面大，位置偏，在"上街路"的最末端，商品鲜亮，琳琅满目，货源丰富，大有"酒好不怕巷子深"的骄傲。

若说铁店的打铁声是"上街路"的声音魁首，大饼油条铺子可算早市的勾魂奇香。这样一条长长窄窄的街巷，油条的浓香一路芬芳。炸油条的大妈，阔脸高额圆下巴，腰间绑一条白细布半身围裙，从不抬眼看人，手执两根长可及腰的木筷，拨动沸油里的油条，一刻不停。油锅里蹿起浓烈的油烟，油烟四散，追着长风,濡染整条街。铺子里,木案上一个高高瘦瘦的男人忙不迭揉粉,撒芝麻,切段;将一掌多宽的大饼送往桶炉,吧唧一巴掌贴合了;取两片又细又窄的面团上下叠压,用筷一压,拽住面团两端,一捏一拉,往油锅里送。

油条摊前围一圈人,铺子里坐满了食客。一碗撒了葱花、淋了酱油的豆浆,一副香脆软绵的油条大饼,成为半个世纪不灭的早餐记忆,而最初的味蕾停留在这个叫"厚仁市"的地方。

后来辗转在外,大饼油条依旧是早餐主角。再后来,各式早点风起云涌,各路美食豪杰并起,吃个新鲜,换个口味,但过不了三两餐,还是重回老三篇:油条、大饼、豆浆。有些口味如顽疾,没有对症的药,都成了绝症,拒绝疗救。

居家的日子,尝试做各地小吃,包子馄饨粽子,汉堡牛排蛋糕,信手拈来,唯独这大饼油条,视同老祖宗传下来的老物件,不敢僭越,不敢试水。2020年春节,一个不同于以往任何时候的春节,家家闭户,人人禁足,朋友圈一时兴起晒油条大赛。

依照学案,打鸡蛋,配发酵粉,加盐加糖,初次做来,有五分相像。二次改良,外形酷似,细细品,竟是五十年前"上街路"的老味道。那条天青色的长巷,长巷深处旖旎缱绻着油条香。

人一辈子,都在回望。疫情期间,身心受困的日子,炸香油条,是生命的回望,是阴霾逼仄日子里对生活的礼赞,是心灵的远游,徜徉在那个叫"厚仁市"的地方。

今夜细雨里,不知,那条长巷还在否?

## 煨饭·炊饭·煮饭

大米是江南人的命根,"秦岭淮河一条线,南吃大米北吃面"。一粒种子,春寒刺骨的水田里出芽,春风浩荡中抽穗,初夏蛙鸣中灌浆,溽暑酷烈下成熟,收割加工,金黄的稻谷才成莹洁光润的米。

人间烟火,从"吃"字开始。

一颗温润如玉的米,经火的熨帖,水的浸润,锅与铲的胶着,磨砺,升华,昂扬,谱成舌尖上跳荡的音符,糯糍、绵软、甘甜、馨香。一粒米的蜕变,在袅袅升腾的炊烟中完成,人间的烟火生生不息。

炊烟升起,拙朴而璀璨,凡俗而圣洁,是江南人最熟悉亲切的景观。在炊烟四起里,童年有三种不同的炊饭方式:煨饭、炊饭和煮饭。

清早烧饭,先要捞饭。蒙蒙五更天,炊烟升起来了,那是一天中最浓最久的烟。生火不易,稻草如果受潮,浓烟滚滚,只有火塘的火烧旺了,浓烟才转成白烟。将新米下锅,锅中挤出一嘟噜一嘟噜的泡泡,米粒饱胀得像莲子,农忙时节,母亲会盛一两碗"莲子饭",因其耐饿,犒赏家里的劳力。水汽蒸腾里,一手执笊篱,捞饭,一手掌水勺,清洗。用捞饭做的白米粥,特别浓稠甜香,喝一碗米粥,开启农家生活一天的前奏,日复一日,年复一年。捞饭颗颗瓷实圆润,是米饭的半成品,像高考预科生,等待新的蜕变——或炊,或煨,炊过煨过,米饭才是正餐主食,才能完整呈现一粒米的芳华。

## 煨 饭

煨饭,也叫煨灰膛饭,是农民物尽其用的烧饭妙法。将捞饭装进一只大陶钵,面上扣一只瓷盆,扣得严严实实,端端正正摆进灰膛。这时,锅里的白米粥已经烧得黏黏稠稠,香香糯糯,火塘里的火还没有燃尽,长柄火锹一锹一锹退火,退出的柴火围住陶钵四周。这样,柴火可以物尽其用,农忙时还可以免去临时炊饭的工夫,一举两得。

揭开倒扣的瓷盆,煨饭那瓷实浓郁的香,一下子飘散开来。米粒颗颗爆开,像盛开的满天星。陶钵四周起了锅巴,金黄金黄的,又香又脆。煨饭的风味很像煲仔饭,虽然不及煲仔饭奢华,却像旧年的老照片,温暖而馨香。它是农活繁忙时的急就章,用灰膛煨饭,一定是哪位母亲发明,她拖家带口,又逢农活赶时,焦头烂额之际,想了这么一招。我的母亲养育五个孩子,还在企业上班,每天早晨忙得跟打仗似的,企业规定,中饭回家进餐只有半小时,还要连同路上来回奔波。煨饭,替母亲节约了时间成本和生活成本。

## 炊 饭

农耕文化里，炊饭，是贤妻良母的拿手戏，是锤炼女子相夫教子的能耐和心性的必修课。提倡"光荣妈妈"的时代，人丁兴旺，大家庭要烧大锅饭，保证不煳不焦，必须炊饭。清早的捞饭躺在竹制的饭篮里，饭篮高悬在横梁落下的木钩上。正午，当菜肴蒸炸炒煮完毕，开始炊饭。红红的饭篮，光洁耀眼的饭蒸，饭蒸下卧一瓢水，饭蒸上盖一块白白的炊巾布，将白净瓷实的捞饭倒入，盖上锃亮的圆木盖，红红乱窜的火苗，翩跹如舞娘的水蒸气，蒸腾起慢生活的节拍。逢婚丧嫁娶，炊具换上饭桶，圆圆的饭桶，架上硬柴炊。

炊饭时，可以顺带做一些蒸菜。夏日，用竹签穿一堆老豇豆，放在晶莹如雪的炊饭上蒸；可以搁一只白瓷碗，装满新掰的茄子条；可以搁一碗黄澄澄的蒸蛋。冬天，放一碗奶奶自制的黄豆酱，蒸一罐烧得出油的梅菜扣肉。炊饭要慢慢蒸，不时揭开锅盖，竖筷子打几个孔，借用水蒸气将捞饭炊熟。炊饭，打着缓慢悠然的生活节拍，灶间的母亲奶奶，像伺候婴儿一般，侍弄一锅水汽蒸腾的饭。不能急，如果提早揭锅盖，吃的多半是夹生饭。饭菜一起熟，米饭白白亮亮，饭中含着菜的香，菜里混着米饭的甜。饭与菜彼此衬托，活色生香。

## 煮 饭

煮饭，随时可煮，精工细作的捞饭程序一切尽免，这是规格略高，待客常用的烧饭方式。好客的主人煮饭，生米下锅，水配比跟上，火候跟上，煮饭的时长控制上，一切尽在掌控中。米的精华不曾过滤，米的原汁原味不曾稀释，煮饭，不仅保全了米的完整，也保全了主人心意满满的待客之礼，一锅平整匀齐的煮饭，是农业时代的外交节。煮饭是米饭中的精英，物质贫乏的年代，用一锅煮饭犒劳长身体的孩子，可算竭尽了所有的爱和能耐。

锅里的水汽沿着锅盖缝隙迫不及待往外钻，揭开盖，饭油频出，落成锅沿的舞女，仗着火力和水汽，婀娜灵动地摇摆着。饭粒晶亮饱满，犹如喝饱了鲜奶，米香似桂花，似香樟花，郁香四溢，横流四邻。凝神谛听，锅里发出锅锅锅锅的乐曲，停了火，焖一焖，忍一忍，等一等，出锅的煮饭油亮，饭粒黏稠，有嚼劲。锅底留一张半球形的锅巴，淋了油，添两把柴草，在滋滋滋的干烤声里，琥珀色的锅巴完整出锅，脆脆香香。

如今，衣食无忧，膏粱已进百姓家。米是上等精米，东北新疆的随意，进口本地的随心。饭，可炊可煮，可以不食，辟谷成了当今时尚。炊烟升起时，童年时代烧饭的场景，如今回想，像是远古的传说，陈年往事里的一点红，渐行渐远渐淡。食果腹，衣蔽体，是生存的第一要义，是我们童年时代深刻纠正的事实。"仓廪实而知礼节，衣食足而知荣辱"，儿孙辈不必思量"饭怎么烧着吃"，不必为丁点微利，节约时间成本和生活成本而精打细算，长辈不必为长个子的孩子营养不良而无措。

一日，去"农家乐"吃饭，刚点完菜，老板在灶台上铲锅巴，回头突然瞥见我，回身铲了一大块锅巴，递给我："快吃！等会儿吃不上了。"我欣然接过锅巴，看看老板，嗯，没错！同龄人。

## 随心所欲做麦饼

少时贪吃又贪玩,喜欢跟母亲学做小吃,逢年过节爱插一手。母亲不嫌弃,任由我倒腾,因为家口多,姐姐们上班,只我闲人一个,不横插一手,白吃难为情。

母亲这位老厨师爱犒赏,小的们有口福。跟老厨师耳濡目染,羽翼渐渐丰满,也能把握些火候,知道一些分寸。比如汤圆粉的量与家口相应,水与粉的配比适中,粉与馅料相当,咸淡把持,下锅时长,出锅要诀,厨艺大学问里有幸掌握了一点小要领。

然而,自从独立门户,一年四季忙于生计,做小吃需千年等一回,一是没时间,舍不得花那工夫;二是没精力,倒腾起来嫌累。而火候哇,水粉配比呀,全靠"估摸",没了底气,老厨师言传身教的经验丢光了。

今晚下班后,心血来潮,要做麦饼。夫君尚在菜场,厨房里的我迫不及待动手,一面打电话,要求馅料买松菜和肉,一面和粉待发酵。还是等不及,急于先行一步,搜出几只茭白,翻出几根香肠,炒一个茭白香肠馅,茭白绵软,香肠鲜香。

动手做,做了四只碗口大小的馃,这是今晚的"先遣部队",

算是"探路先锋"。下锅煎,面粉发,皮儿薄,先用水焖,再油锅煎,皮脆馅多,嫩黄诱人,初战告捷。

馅料姗姗来迟,我剁炒松菜,夫君剁肉。茭白香肠馅留有少许,与松菜鲜肉混合一处,做了四个饼,这次尝试改良,改成迷你型,两口啃完一个,比先前的缩小一半。

出锅时,这批"中军",娇小可爱,改良成功。既然是中军,三军中的主力部队,那就需要规模,可是,再做,只剩松菜肉馅了,口感又变。征求家人意见,依然做迷你型,一口气做了十个。

粉告罄,馅有余。再和粉,粉有余,馅不足。那就做出大饼的窝窝,少放料,让窝窝腾空,下锅后,往窝窝里灌鸡蛋,压轴队伍比第一批"先遣部队"又略大。

夜晚九点半,最后一锅饼出锅,是鸡蛋饼,从质量看,是饼中的皇家军,数量有限,仅三个;从出场的顺序看,属"后军",后军押解的多是辎重,大一点无妨,显得"粮草"足。

数数盆中饼,二十又一个;算算工时长,三小时又十分;想想馅料类,足足有四样;比比大与小,随缘又随喜。精于算计,恰如其分,恰到好处,是一种圆熟的操练,看到馅料与粉料同时告罄,有成就感,精打细算,精明能干,老道圆熟,恰如处事之能。

然而,今晚,似这般脚踏西瓜皮,踩到哪儿滑到哪儿,不计功利,不计成本,是一种享受,大与小随喜,粉与馅随缘,人与饼随意,爱吃吃,不爱吃,搁着,明天接着吃。随心所欲好,人生行到此一程,不就图一个随意吗?

做饼与做人,应该类似。

## 凤翅呈祥

做菜，不看菜谱，不下载手机软件，纯属家族师承，又不肯守旧，尤其高朋驾到，光靠母亲的传统菜不足以表达盛情，来个花样翻新，喜欢自创新品，脱离窠臼。有时，真是脑洞大开，随便取几样食材，图一个色彩绚丽，或混搭出其不意，客人吃个新鲜，觉得味美，由此放过主人差强人意的厨艺。

那年暑假，我给孩子们培训作文，从早到晚上课，父亲在医院住院化疗。大学死党林妹妹路远迢迢而来，为我烧饭做菜半月余，做我坚强的后盾；灶台刚熄火，她就匆匆赶赴医院送饭送菜，替我敬孝双亲，感激感动只能铭记在心。每到饭点，林妹妹烧的饭菜鲜香，隔着两扇拉门，硬是把我和同学们的味蕾撩拨得按捺不住。

有一道大菜——可乐鸡翅，尤其难挡诱惑。甜香鲜美，闻着垂涎；色泽红润油亮，看着眼馋；甜咸融汇，嫩糯滑酥，吃一筷就停不下。几个胆大的孩子，下课时迟迟不离，讨要一两个尝尝，不尝则罢，尝过则欲罢不能。培训结束那日，林妹妹尽显教师仁爱本质，去超市买回一大堆鸡翅，备了特级酱油和料酒，火候清纯，炖得久久，汁儿收得黏丝，咸淡入妙。每个孩子的案头放置四五个，孩子们咂吧有声，公然吮指，过了一回瘾，记下了林老师的好。

我涎着脸，讨要了烹饪方法，得了空闲，如法炮制起来。尽管撤火装盘，自以为未得烧制精髓，未及林妹妹精致烹饪一半厨艺，好歹师傅倾情相授，这大概算得上我最用心的一次拜师学艺，得了林老师真传，实践几次，积累了些许心得。

从此一发而不可收，乐此不疲地做起这道菜来。只因，材料取之方便，各超市菜场都有；做来并不繁难，只要火候适宜，咸淡妥帖。又因，能讨各色人等欢心，男女老少无不喜食。况且，不分季节时令，不分小聚大餐，雅俗皆宜。家有饕餮郎，更是隔三岔五念叨。渐渐地，可乐鸡翅也算吾家家常小菜。

寒假给六年级同学上课，讲解说明文写作顺序，谈到时间顺序，信口以可乐鸡翅的烹饪过程为例，没想到，言者无心，听者有意，孩子们做了笔记，打道回府个个摩拳擦掌，大试身手。次日上课，一男孩端着一只透明的塑料饭盒，走上讲台恭恭敬敬递给我，我吃了一惊，他不仅学做了这道菜，还带一盒鸡翅赠我。我婉谢再三，孩子眼神恳切，推脱不了，恭敬不如从命，将鸡翅作为激励孩子们的奖品，那一天，孩子们发言表现的积极性空前绝后。

三八节，工会组织去农庄租土灶，以工会小组为单位烧饭聚餐。小组长在微信群里布置作业，大家各自报菜名，食材统一采购。想着土灶火候难把握，我随口报了可乐鸡翅，图它做来方便。

农庄土灶烧的是大柴，生火成了技术活。董老师一米八的个儿蹲在灶口生火，他报了铁锅炖鱼。他的东北炖鱼率先下锅，我做的鸡翅才焯了水，沥干待凉。董老师实是烧鱼高手，鱼的鲜香美味一点点唤醒，充盈了整个烧菜大棚。鱼是全鱼，炖得透香，起锅更是绝，董老师智慧机变，他手持两只瓷盆，左右开弓，愣是将两条大鱼完整地装入汤盆，色香味俱佳。工会临时通知，比赛的菜需在规定时间烧好，各工会小组做一场厨艺比拼，我们组临时指派，选了董老师的铁锅炖鱼和我的可乐鸡翅参赛。

鸡翅热腾腾出锅时，因为量多，留了一盆大家尝鲜，留一盆参赛凑数。到了评比环节，参赛的作品满满当当摆了两桌。评委们举筷子品评，组长让我前去解说。我原不知要参赛，初衷纯粹是"烧了吃"。各小组的参赛菜品色彩明丽，食材精心搭配，摆盆大有讲究，再看看我的"作品"已经凉透，吸足可乐后饱满鲜明的色泽尽失，鸡翅也变得干瘪，皱巴巴。情急之中，正想搬出一点传统来，自圆其说。传统新年，女孩子要吃鸡翅，寓意"远走高飞"；可乐佐之，寓意"生活可乐"。这时，边上一位老师在介绍她做的"剁椒鱼头"，激情满怀地说"鱼跃龙门"！我一听，心下感慨，人家的菜名多响亮，多喜气。评委们的筷子在琳琅满目的作品间游走，踟蹰，我突然冒出一句："尝尝我们的吧，这是凤翅呈祥！"

同事们包了好多饺子，烧了好多菜，男老师们在微信群里给大家发红包。正是热情洋溢、喜气盈盈时，工会那边传来消息：可乐鸡翅得了第三名。纯属意外，好一个凤翅呈祥！不过是临时胡诌。

没有林妹妹的倾力传授，便没有记忆的鲜活和厨艺的习得；没有学生透明塑料盒中的馈赠，便没有生活的意外惊喜；没有同事鱼跃龙门的醍醐灌顶，便没有"凤翅呈祥"的瞬时灵感。生活的每一个意外瞬间，都值得惜取，可成良师，增知益智，凡俗的日子多一些异乎平常，寡淡的人际多一些真情厚意。

## 萝卜胜粱肉

冬吃萝卜夏吃姜，不用医生开药方。

霜风凄紧，白露成霜，在灶头小锅里炖一锅萝卜，可以把一整个冬天炖得暖乎乎，热腾腾，香喷喷。每天清晨，大锅炒了萝卜，盛进灶头的小锅里。中午，踏着学堂的下课铃声，赶回家中，生火做饭。大锅里饭香四溢，灶头的萝卜炖得透透的，晶莹剔透，撒一点葱花，青青白白，真世间美味。"性存姜芥半，品比菌蕈过"，萝卜像菌菇类一样，炖得越久越出味。灶头萝卜这美味已多年不曾品尝，老家灶台也升级换代了多次。换用砂锅煮，加了排骨或胴骨，慢慢炖，慢慢熬，还能食之甘味，找到当年的余味。

童年时，萝卜是农家菜园的主角，它抗寒耐冻，又消食化热，生津止渴，可炒，可炖，可生食，"熟食甘似芋，生吃脆如梨"，这种古老的农作物，很受庄稼人喜爱。每年春荒时节，许多农家因为米粮不够，萝卜擦丝烧成泡饭，大半锅萝卜，少量米，用以充粮果腹，度过青黄不接的日子。萝卜丝炒牛肉烙饼、萝卜葱馅油毡粿、萝卜鲜肉半月粿、萝卜鲜肉荞麦粿，"求之不难烹易熟，饥来获之胜粱肉"，家乡的萝卜怎么烧都好吃。

萝卜长在雪压霜冻的地里，白白胖胖，像三四个月大胖娃娃的手臂，鲜嫩出水。它"可蔬亦可果，宜脆复宜乾"，选一个响晴日子，晒场里铺满长方形竹簟，一只竹板萝卜刨，擦丝或擦片，边刨边晒，晾了一竹簟。"家有萝卜保平安，人得长寿六畜欢"，家家户户刨，家家户户晒，满场院都是竹簟。午后一边晒太阳，一边给蜷缩一处的萝卜片们、丝们翻身，淡淡清香使人仿佛置身春夏时节。排骨炖萝卜片，瘦肉炒萝卜丝，氤氲作一室香甜。

乡村城镇化步伐推进太快，房前屋后的菜园子很少见了，村子外围全是工厂，那些长满青葱萝卜的田间地垄，销声匿迹了二三十年了。记忆中的萝卜丝、萝卜片仿佛也消失了二三十年。有一年，母亲给了一小袋萝卜丝，因工作忙搁置，过了保质期，心疼了好一阵。

萝卜腌渍成水萝卜、萝卜丁，是配稀饭的鲜美酱菜。中学过的是寄宿生活，农家学子对腌萝卜都别有深情，每个周日，带着大大一瓷缸腌萝卜上学。慈爱的母亲会加红红的辣椒、青青的蒜叶、黄灿灿的姜丝、琥珀色的酱油，用油亮亮的菜籽油，炒得油亮鲜香。满以为，孩子可以用它下饭吃三两天，可晚自修一结束，经不住寝室里十几双手，一人撮一块，三下五除二就扫了个底朝天。有时，腌萝卜未炒制，一个个刚从菜坛子里捞出，像白白胖胖的小老鼠，带一点象牙色，直接装了瓷罐回校，那更是晚自修结束的美味零食。寝室四十瓦的白炽灯尚未熄，大家坐在各自的铺位上，人手撮一个小萝卜，"咯吱咯吱"啃完，心满意足睡觉。次日晚上，继续扫荡第二只瓷缸，大家嘻嘻哈哈笑着："有了一顿充，没了敲米桶。"到了第三天，大家开始勒紧裤带，省俭着吃菜。每次回想起来，那样的腌萝卜真是世间不换的美味。后来，腌萝卜就成了家乡的一道特产，销往五湖四海，据说很畅销，那些买萝卜的雇主中，一定少不了当年寝室分享腌萝卜的学生娃。

如今，无论城乡，如瓷般白亮的白萝卜一年四季都可以买到，皮薄多汁，水嫩白净，纯白晶莹，可是炖了胴骨，烧了排骨，也招不来孩子持久的赞誉，吃一两次换个新鲜可以，想讨一个持久的喝彩，只会招嫌弃："最讨厌吃白萝卜了，一股子味道，那是小学食堂里最遭人嫌的菜，天天清水白萝卜。"

一代人有一代人的口味，所有的记忆都用时代滋养。那些甘甜美味的萝卜，是用故事熬炖的，那些咸香鲜美的萝卜，是用岁月腌渍的，当初有怎样的记忆，如今有什么样的味道。

## 花芋·番薯

老家把番薯叫"花芋",这么一叫,极土的番薯带了些花的美。如果要做语言学的考证,恐怕,"番"字更洋气,番茄、番薯来自外邦,都是舶来品。

不曾考证两种叫法的由来,有些事物模模糊糊,有朦胧的美好,有些事物将错就错,可以错出一番美丽,一经刨根问底,反失了韵味。偶然得知方言里的"忒板",居然是洋泾浜"too bad"的音译,笑了好久,可惜自此,"忒板"二字再用方言念来,失了地道的方言味。

以为,用"番薯"或"花芋"来写文章,就需要保持一点这样的朦胧,甚至允许自己臆想,望文生义,以浅薄之心随意穿凿,附会一些孩童般的创意,不乏自鸣得意。因为,在长长雨季,曾戴着大大箬笠,站在高岗上,枣树下,见过油绿的番薯藤爬满旱地,绿叶密布,看不出藤底的一丝泥色,紫色小花灿烂开放,犹如晚秋的牵牛花,又如暗夜里的繁星,点缀在绿叶中,闪着油油亮光。那场景,唯有"花"才可配称这农作物,普通却脱俗。

确实,它不起眼。农家水田栽种水稻,旱地才种花芋。旱地缺水又贫瘠，但只要挑一个阴雨绵绵的五月天，扦插了秧苗，它很快就能挺直身子，扎下根去。不择地，易成活，不像纨绔子弟娇贵，冠以卑贱之名。以前，养孩子不易，家长以贱名给新生儿命名，"花芋囡""花芋种"这些乳名很抢手，男孩囡女通用。

番薯，堆放在大铁锅里，像一堆红娃娃藏身黑匣子，挨挨挤挤。奶奶说，只需倒两碗水。灶台上安置消停，人退到灰膛边，埋头烧火，雾气蒸腾中，掀开锅盖，透过白茫茫的雾气，大大吹一口气，见锅底水干了，奶奶说："再倒一碗水。"又埋头添柴，有一种叫"经验"的东西，在心里仿佛刻好了时间刻度，再起身揭锅盖，此时，甜香四溢，"再倒一碗水"，奶奶的声音又悠然响起。四碗水倒下去，番薯的香甜全被白色的水汽带了出来，飘满厨房，飘满弄堂，飘满村子的角角落落。坐在灰膛边，用心聆听，水声一点点消散，只剩毕毕剥剥的干烤声，歇了火，一锅香甜酝酿而成，番薯历经烈火的洗礼，蜕变成美味。烧锅的孩子，在奶奶四碗水的嘱咐声里，积攒起生活经验，好去面对未来，开垦生活的疆域。爱吃花芋，无论腹中有没有腾挪跌宕的空间，总要挑一个。绵软香甜的花芋在握，便有馨香的甜蜜和生活的盼头。

"夏畦冒雨种地瓜，秋天霜冷枯根芽。"每到六月，旱地里扦插成活的番薯叶子向上，伸着心的形状，叶脉赭红，叶子墨绿。江南梅雨季，藤蔓爬满垄，叶子在雨中发亮。带了竹制菜篮，摘嫩叶嫩茎，可以做成时鲜菜肴。孩子们喜欢将叶茎折成翡翠项链，佩戴项间，有采薇而回的欣喜。七八月的番薯地，叙讲着蓬勃生长的故事，一天一个样。到了九月，有耐不住性子的孩子，开始在地头掏番薯，运气好，可以挖到沉甸甸圆实的番薯，去清亮的溪水里洗洗，就啃食，白白的汁水带着浓重的淀粉，早早尝了鲜。

"味比青门食更甘,满园红种及时探",九月底,家家户户开始挖番薯。弯刀割叶茎,细细切碎,沤进大水缸,是猪们冬日的余粮。留下满垄蜿蜒的拇指粗的老藤,牵连不断地拔起来,用弯刀断了根,盘成结子晒干,是上好的柴火。

高潮总在刨番薯,锄起土块,番薯像一窝窝小球,聚在一处,经锄头一拨拉,齐簇簇全躺到地垄上,像一群偷懒的孩子跑出家门晒太阳。大人们从垄东翻到垄西,孩子们从垄东捡到垄西,秋收的日子总有艳阳蓝天,满垄都是丰收的景观。男人们挑起箩筐,将这些辅助粮,搬进家园。

一家老少忙碌起来,番薯要进行一场大变奏。当务之急就是做山粉,山粉是农家体面的辅食,是让美食蜕变和花样翻新的必备品。番薯一挖出来就要动手,否则,它们会偷偷将粉转换成糖。带了小板凳,坐在塘埠头,细细洗番薯,洗去泥土,番薯们华丽转身,鲜艳红亮。选一条宽阔的埠头,埠头上架起豆腐桶,桶上架起浆架、浆篮和豆腐袋,器具齐备。左边,舀一勺番薯泥进豆腐袋;右边,舀一勺池塘清水冲洗,淀粉浆汁透过细密的袋子缝隙,汩汩滔滔跑进了豆腐桶。当番薯渣撒满晒场时,母亲收了工。星斗满天,秋风吹皱池水,豆腐桶里浅层的水已澄清,小心翼翼滤去,哼哧哼哧抬回院子。桶里加了井水,搅拌搅拌,次日清晨,瓷实细滑的淀粉静静地趴伏在桶底。一铲铲刮出,一米筛一米筛,一竹簟一竹簟平铺,经秋阳暴晒,细腻爽滑的山粉就晒好了,是浙菜中不可缺的食材,是馈赠亲友的好礼。

人们喜欢将花芋翻出新吃法。"生食如葛,熟食如蜜,味似荸荠",大冬天淀粉已经转换成糖,特别甜。清晨,一只只去了皮的花芋,用平板刨擦成一片片,烧一大锅水,薯片下锅焯水,捞起沥干，在冰凉的竹箅上一片一片码匀晒，翻晒时，还是一片一片地码，尽量不起皱褶。有时，也切成条，薯条的好处，是不用码晒，随手往箅子里撒，撒匀了，晒的活儿就齐了。晒干的片儿、条儿，到了腊月，用洗净的沙子炒，炒得整个村子都香甜，装进石灰坛，是脆香甜蜜的零食。薯片还有一种做法，据说来自江西，花芋蒸熟，加芝麻，在白色的蒸布上碾压得薄又匀，晒干后切片，用油炸，可算薯片中的上品，香甜脆兼备。番薯蒸熟，切条烘焙，极有嚼劲，又耐储存。

番薯，曾是农家非常重要的粮食，耐旱又高产，生熟都能吃，继小麦和水稻外，百姓的第三大主食。素有"一造番薯半年粮"之说，它支撑起秋冬春三季厨房，煮地瓜、番薯丝煮饭、地瓜粥，在农家的锅里鲜活三季。许多孩子断奶，靠它度过断奶期。灾荒年，人们靠高产的番薯赈荒。番薯最早种植于南美洲，明朝后期万历年间传入我国。

冬日清晨，蹲在太阳下，喝一碗热腾腾的番薯稀饭，是一道陈年的乡村景观。

## 第三卷

# 浮世三生

## 谁曾懂了谁

把身体交出去，把灵魂留下来。

昏黄幽暗的灯，脸色凝重肃穆看不出表情的引导员，走廊里沉静得连呼吸都听得见，刚才蜂拥而进的人流，顷刻间蒸发了，消散了，不知所往。在门边，我赤了脚，在光滑洁净的油漆地面穿行，经过长长一溜枣红色卧垫，择一处垫子，安然坐下。把身外的衣衫褪去，穿上宽大到隐没身形的粗布衣衫——典型的东南亚衣衫，蓝赭相间的斜纹土布裤，绛紫色的上衣。引导员说："你就让她给你穿裤子。"

一双熟练的手，看不清黑白老少，将腰间的带子系利索了，替我。

我安然躺了下去，将自己疲惫了五十年的身躯，像一块陈年的树桩躺成没有岁月褶皱的模样。我躺在异国的土地上，听不懂语言，弄不清习俗。我闭着眼，我的疲惫毫不掩饰地从脚底到天灵盖，一点一点蔓延开来。

那双熟练的手，抓过我的左脚，从脚尖到脚踝，从脚弓到脚底，一寸一寸地揉捏、挤压、拍打、推拿、按压。我仿佛看见自己风风雨雨走过的岁月，恍然如幕布，一寸一寸放映，一寸一寸展演。我的脚趾被她拽在手里，用力地上下甩动，不知怎的，她似乎要将我所有无处可诉的压抑和无人能懂的委屈全然甩脱，全然释放。为了生计，这双脚，在三伏天，在隆冬日，连续一月或半月，每天都要站上十几个小时，连续五六年全年无休，不分春夏与秋冬。

我歪了头，往左看，平行安放的七八个垫子，躺了七八个女子，旁边盘坐着七八个按摩女子；往右看，也有七八个女子安然闭目，边上七八个按摩女子盘腿而坐。

躺着的是雇主，坐着的是雇工。

用一千泰铢买一个小时的服务，但凡到过泰国的中国游客，大概都要体验这泰式按摩，不论高低贵贱。

我转脸看向那双熟练的手，它们开始揉捏我左腿，它们的主人盘腿坐在我的左侧，像拥孩子入怀一般，将我的左腿安放在她的双腿上。我感受到久违的母亲怀抱般的温柔与温暖。

抓住我的膝盖，她像西湖里裹着蜡染藏青头巾的船娘，一点点摇晃，搓揉着我的小腿；她像清清江水埠头边，戴着竹笠的浣纱女，使尽手腕和手指的韧劲和力道；她像塞北带着高原腮红的大娘，在炊烟四起里慈爱地揉起一家人享用的面团；她像一位细心的艺人，抱着熟稔的琵琶，开启嘈嘈切切的拨弄。她摇晃着她的上半身，我看到她的同伴们也摇晃着上半身，似乎静默里用意念一起哼唱起劳动号子，用一双不再光滑圆润的手，恭敬而虔诚地挣回家人的生活。

我腿上日日奔突的酸疼，此一刻被唤醒，此前不曾有人懂我日日经受的疲惫。而这双手似乎懂，它们时而停留在小腿肚，时而逗留在三寸里，时而踟蹰在膝盖。我试图掩藏所有人间挣扎的艰辛和人事艰难，此一刻，仿佛全然清晰，明白无误，敞亮在幽微的灯下，在一个言语不通的按摩女郎的双手间。

她换了位置，坐在我的右侧，我一度自我麻痹的触觉从右侧的脚底开始复苏。借着灯光，端详她的面部轮廓，这是一张年老瘦长的脸，眼窝深陷，吸足东南亚炽烈阳光的皮肤，泛着黝黑的光，从脸到脖颈再到手，无一例外，黑到发亮。她与她的同伴们穿一色的工作服，除了这张脸，几乎分不清谁是谁。

她示意我趴伏下，我分明听到，她在讲中文。我有几分惊异："你会讲中文？"然而，询问犹如扔进深谷幽涧的硬币，连丝毫回音都不见。沉默，只有沉默。

那双手用力碾压我的脖颈，酸中带痛之感深刻地刺激着我。她不再限于用指尖和手腕按摩，而是使尽手肘和手臂所有力量，像一块坚硬的刮痧板，不放过我脊背每一寸土地。职业助长的肩周酸累，过度透支促成的腰酸背疼，像是榴梿那不藏不掩的尖刺棱角分明地呈现出来，我并不讳疾忌医，但连续五六年无休无止地劳作，接连不断的中年困境不给人任何喘息的空当和余地，何曾真正给身体放假，赐予一份积极调剂和呵护？人生五十，这样安然躺下，交由异域的同龄职业按摩女周周正正地服务，平生第一次。

她似乎能懂我，懂我每一个透支过度的穴位，尽管，我们没有语言交集。也许纯属自作多情，顾影自怜，以为她在怜惜，心疼，哪怕可怜我。脑中突然闪过"伯乐怜马"的情形，那匹被苍生误读的千里马，拉着沉重的盐车爬山坡，邂逅伯乐。伯乐悲恸哀哀，怜惜马被埋没，赶紧脱衣衫覆于马背。倘若，我是那匹被生活过度驱使的马,按摩女之所以能破解我躯体每一个疲惫的穴位和关节,多少是因为,她心怀怜悯和慈悲,我顿时心涛阵阵。

脑中浮现菩萨那眼睑向下慈怜照拂人间的仁慈,充满悲悯,这悲悯正由异域的按摩师,以细致的呵护与揉捏,细腻地传递,施与。

然而,她寂然无声。

她的动作娴熟,一天之中,一年之间,三五十年,她要服务多少顾客?迎来送往多少陌生人?她卖力按摩,不过是用技能换回一家人的柴米油盐,正如我这些年来辗转禄蠹,也不过是为了一家老少的稻粱谋。她何曾顾及某位客人的悲喜荣辱,艰辛怹睢?我又何曾留一点点时间,去揣度人生要义,享受清风明月,挥霍一点点良辰,经营一点点人心?

她的手下得很重,我疼得几乎要喊出声,流出泪。然而,我趴伏着,她看不到我的脸,我也看不清她的脸。正如,我不知她的身世与曾经,她不知我的过往与未来。

然而,她突然顿了顿,用中文说:"疼吗?"

我开始怀疑起来,她其实能懂我此刻的想法,凭她多年的按摩技艺,她知道垫子上躺着一个半百老人,一个透支着体力、精力和心性来谋取生活的人,因为,我的疲惫出卖了我,肌体上的顽症出卖了我。

她不懂我的灵魂,但一定懂我已经年迈的躯体,病了抑或疾病的前兆,都难逃其法眼。

我试图问问她,我的身体有哪些该注意的,但一想刚才有去无回的问话,懦弱起来,话到嘴边又咽了回去。

她拉过那条薄薄的床单,盖在我的背上,起身,拉上环围的床幔，在床幔遮掩的四方天地里，我起了身，褪下那一身粗布衣衫，换上我美丽清凉的夏装。

我静静躺下，掏出小费，压在枕边。

床幔拉开，按摩师赫然立在帐外，她站在那里，比我所见上半身拉长的样子似乎有着极大反差，矮小、沧桑，比坐时更显老态。不是我的同龄人，一定过了花甲之年。

她淡淡地笑了，似不带感情，我递过小费，她说了声"谢谢"，轻声离去。

我起了身，与我的引导员一起轻声离开。

灯火渐明，刚经历的仿佛一场轻微的梦，之前冥想，也不过淡淡轻轻的一缕烟。

身体的疲惫暂时卸下，然而，一触及尘世的灯光，又将置身忙碌而疲惫的挣扎和颠沛里。

谁又曾懂谁？谁又能悲悯谁？

按摩师匆匆离去，像一阵风一朵浪花，不知所往与所踪，不知前因与后果。我所觉悲悯，只是内心的自我照拂罢了。

想她这本该安度晚年的年岁，却像个渡娘一般无休无止地营生，我无关痛痒的悲悯从心底腾起，却不知要施与谁。

谁又懂了谁？谁在悲悯谁？千万人之中，擦肩而过的相逢，不过是一阵清又淡的风，在树间拂过。

所同的是，两个年迈的女子，为谋生，透支不再年轻的体力。

# 一只轻灵的蜻蜓

你万千忙乱时,将一支淡绿的桔梗花别在我的衣襟上,又扣上一只玉蜻蜓胸针,画龙点睛似的,黑色单调的衣衫多了几分灵动。

银杏叶黄的日子,在八咏楼——那座风流了千载的古楼墙根下,以天为帐,以古城墙为背景,搭建舞台,从"保宁门"拱形门廊中穿出,仿佛穿越了千年的文化,面临一江西逝的秋水,舞台素雅古朴又磅礴大器。

那晚的月色真美,深秋的月升起来了,一轮行将圆满的月,不早不晚,在《江南有座金华城》音乐响起时,它斜挂上树梢,为这场名为"忆婺韵"的动听分享会增色,夜色不再太沉。月洒清辉,辉耀一城的居民,温润一江流水,抚慰台前幕后一干人。

我,一个知天命之人,倒像十岁的幼童,像珍爱母亲别在胸口的配饰,不时低头看看这轻盈的蜻蜓,怕它歪斜了,遗失了。舞台灯光闪烁,甚至疑心,它会翩然展翅,因为,你给它注入了性灵。

你是这台晚会的魂,仿佛一只翩翩展翅的蜻蜓,轻盈灵动而端庄。晚上六点半开场,主持人、化妆师、音响师、摄像师早早待命,参会者下午两点也齐齐到位,走台,彩排。你脱下格子呢装,单穿一件浅蓝色打底衫,清爽干练又温婉。我坐在你身后的观众席上,不敢惊扰。修长的身影斜靠在观众席上,一头秀发在秋风中飘逸,你全神贯注于手中的话筒,指挥各路人马预演,确定各环节衔接过渡,推敲每一个细节。音乐、画面、布景,你十项全能,一场分享会,一个半小时,背景、灯光、措辞全局在胸。然而,整个下午,你连喝口水都觉得浪费时间。

只是钦佩你,为了这月色美好的夜晚,你已耗了多少不眠之夜?早在二十天前,就发了分享会邀请,建了微信群。而后,半个月前,逐一催要每位访谈者的照片简介,对简介逐字逐句斟酌改定,不放过一处标点。过了一天,你发来《动听文化分享会节目单》《动听分享会访谈提纲》两份文稿,发送时间为子夜零点四十五分。当日清晨,我回复:"你太玩命了!"你答:"活着就是折腾,折腾就是活着——谨以此共勉。"分享会前一周,我和昕华缠着你,要你当面指点,这样的访谈,于我,平生还是第一次。那晚,你独自一人,在庙里加班。分享会前夕,你又发来《动听分享会节目流程》。蜻蜓展翅前的十数次蜕变,在你身上,我们已看见。

只是心疼你,为了这月色美好的夜晚,你全力以赴,力求完美。所有信息,群里都可共享,你偏要逐一到位,分发到人,一个不落。每次发信息,都在子夜。怎么如此不肯善待自己?惜时如命,用命去换时间,一分钟掰作两分钟来使。人有一双手,一个灵魂,你分出万千只手,万千颗脑袋,应对千头万绪的人事。蜻蜓扇动翅膀,在清亮的水面,一次又一次飞掠,一次又一次点水，是最勤勉的。

被你精致到每一个细节所感动，"动听文化"走来两年，每一次美读，你都要呈现最佳状态，情感真切，完美演绎。上半年刚做大手术，你身体虚弱，朗读的声音疲惫，满怀歉意；一个字把握不到位，道歉；一个字有出入，撤稿。需要什么样的情怀，支撑你走过事业一个个台阶？蜻蜓有千眼，观照大千世界，你，用来审察自己，不放过一丝纰漏。

被你淡泊的襟怀所感动。从台前隐退台后，从光鲜亮丽、万众瞩目的聚光灯下，隐退到寂然无声的字里行间，隐退得从容淡然，从此，只为他人作嫁衣。有人知道你的辉煌吗？不在意，不问名利，淡然一笑。这涵养，需要多少年修为？不喜欢把你比作蝴蝶，那花间人前的娇宠，你，是水边轻灵的一只蜻蜓，清新亮丽，为自己飞行，罔顾世俗，不求春芬秋芳，你属于流动的水，是水边精灵。

那晚的月色真美。晚会在你温柔坚韧的开场白中启幕，声音清脆而圆润，甜美而蕴藉，你和所带的团队隐居台下，做幕后英雄。你说，在台下，可以关注到整个局面。无须抛头露面，因为，你是整场晚会的魂。

那些隐居幕后的老师，金华文化的三位"小王"，受了你的感染，人以群分，优秀品质会传染，大家怀有敬畏之心，全力以赴，阐释这个时代金华文化建设者的风貌。一个个完美达人，以精益求精的姿态诠释"文化新工匠"。浙江广电的胡建勇老师继当晚上传直播链接后，又相继做了精彩节目板块，剪辑出嘉宾访谈的每一单元，并将整台晚会的字幕补上，需要付出，更要"为求一字稳，捻断数茎须"的毅力！

## 今夜月色朦胧

那晚的月色真美。我的访谈安排在晚会第三环节，上台前，你将我带离座位。在观众席外，月色下，秋风里，你将呢子外套胸前的玉蜻蜓别上我的胸襟，还有王晶制作的鲜花配饰。是特意为我做的，怕黑色的裙装上台少亮色。忙乱不堪，千头万绪，这样一个细节，你都挂怀于心，心得有多大，才容得下如许？你歪着头，细致地别在我的胸襟，左右看看，才放我回座位，"觅得金针度与人"。秋风在月色中轻拂，盯着胸前的那只蜻蜓，我好似十岁孩童珍爱它，珍爱第一次戴的红领巾，第一次穿的新裙子，第一次戴的大红花。不时低头检视，生怕它轻轻飞了，怀有相知相惜的感戴。

接到访谈邀请，我担心，没有舞台经验，怕因此砸了你的场子，特地做了头发，添了新衣衫，写了访谈准备稿，要求你指点——从穿着到台词。虽然，与你相见不到三年，却似旧时相识。《动听金华》专栏，我投稿中的每个句子，每个章节，都能在你的声音里得到完美阐释。我的文字，由你来演绎，更能抵达我的心灵。人世间有一些心灵可以相通，灵魂深处可以同频。岁月的磨砺，人世的波云诡谲，似乎在我们的履历上很接近地演绎了一遍，我的字，你能懂，你的声音，我能懂。也许，心有灵犀是这种情分。

我的文字，你的声音，是天作之合，它们不是最好的，但一定是最相宜的。

在你我的人生旅程里，有太多相似的经历，而这些经历，也是世间最艰辛的一个年龄段——所有的中年人都曾经历或将经历。不曾走过，不知其味；已然走过，方知人生真谛。我虚长你几岁，你却比我更透彻地读懂这个世界。我有着诸多深层的绝望，你却站在绝望的边缘，依然信守温暖，以温婉的样子去拥抱这个薄情的世界。

我迈上舞台，赫然瞥见胸前的那一只轻灵的蜻蜓，此前的局促担忧随风而散，因为台前，还有一只轻灵的蜻蜓，以灵动而温柔的复眼注目台前的一切，予以深情和温暖。

之前所背的台词，全忘却，临场所说的每一句话自然流畅，因为它们出自肺腑，是你用轻盈的心灵对我的点化使然。

我走下台，如释重负，把心中蓄积已久的敬意做了理想的表达。

轻轻摘下玉蜻蜓，放在桌面，邻座的周老师，将花与蜻蜓摆出造型，借舞台绚烂的光照及秋空朦胧的月色，摄下一组照片。

从此，我的相册，我的心头，多了一只轻盈灵动的蜻蜓，连同那美好的月色。

在通达南国三千里的水边，有一只轻灵的蜻蜓，以生命起舞，自在飞扬，千万次掠过秋水，为了美和温暖。

## 风从东边来

东风清徐,春分已至,江边流烟飞霞,清晨,我迎风而行。

江堤上弱柳吐芽,柳条飘荡,立于十数米高的江堤,潺潺水声十分清晰,晨光映照江面,水浅,江中沙石若隐若现,顺流而下,涟漪荡漾。晨曦中,去年的浅棕色芦花疏朗,飘摇。风从东边来,推波助澜,一江春水缓缓西流,流了千万年。北边山,南边楼,投影江中,江水沉静澄澈。

正欲拾级下江堤,一群鸟贴水飞来,我连忙停住脚,生怕惊扰了它们。六只白鹭,排成一列纵队,像一支寻梦的长篙,翩然东来,一江春水的平静瞬时划破;如流星划过天际,短暂的光芒转眼没入黑暗天幕。两只倾斜翅膀,滑翔到苇丛歇脚,另四只继续西行,羽翼临水带着东来的晨曦,像春天的白帆,像光阴的蝶衣,是季节的真迹,给人惊喜。风从东边来,这春的使者从东边来。

离开江堤,沿岸边公园的林间小道折返。草坪刚修剪,剪落的草像一个个绿色馒头,东一处西一处堆在林间,风里浮漾的全是青草味,故乡田间那种熟悉的味道,让人安心。风掠过林梢,枝头草丛润湿一片。江南春天这独有的湿润，将花草从枯槁中解脱，给人心注入柔软的力量，它有着上善若水的激情，有着以柔克刚的智慧。

放眼远望，挺拔的水杉林附近，一派殷红旁逸斜出，把绿得深浅不匀的树木点亮。不禁自问，起大早来江边，大抵冲这一派殷红而来吧？这是一处海棠林，林中有一圆一方两间小木屋，被花海围得严严实实。去年冬，我曾在木屋小坐，女主人说："明年海棠开时，屋子四周全是花。"

不经意的一句话，在我心里埋了一颗种子，好似隔年下的一颗棋，时机来了，这棋忍不住要去盘活先前布的局。海棠如烟似霞盛开，枝条细中有韧劲，一色儿向上伸展，新长的叶子细小、嫩绿，枝丫间浅红是花，深红是苞，细细的垂丝举着，不遗余力地举着，四五个花骨朵攒一簇，绿叶扶疏，朵朵向上，天真率性。仿佛学画的孩童举着釉彩盒子，随意在黑褐的枝干间泼洒，淋淋漓漓，缤纷迷眼。远看，枝条交错，花朵繁复，将木房子遮得严实，几乎不能透一丝风色。

然而，低头探身花下，却是另一番景象：枝条清朗，红花攒结，艳又不闹，粉又不俗。圆形小屋实木结构，一半圆弧装着落地窗，一半木板封实，木板漆成琥珀色，露出原木的质朴，玻璃窗内，码放着齐整的儿童书。两间屋子中，有一架黑色铁梯，直通方屋平顶。我绕到屋后，看见方屋有绿植环绕。

这是一处幼儿亲子阅读的公益书屋，有一个很好听的名字"树叶香味"。经营书屋的是一位高校老师，长发披肩，似水温柔，教儿童文学，内心有着春的温暖和风的柔软。基于爱和善，每周末，携孩子和先生，来这海棠环抱的书屋，为相识或陌生的家长及幼童，举办公益阅读沙龙。在物欲横流的当下，这是一股少有的清流，如东来的风，是春的使者。

很久了，我向往这样一个所在，很想参与一场生命之初爱和善的传递，聆听人之初的美学表达，坐在这样一个江水潺缓、草香浮漾、花海环绕的木屋下，观摩一次心灵与智慧的启蒙之旅。每次江边散步经过木屋，心中都会涌起向往，那些粉嫩如海棠的小脸，那些年轻父母眼眸中闪烁的喜悦，女主人怎样优雅而从容地应对每一位访客，都值得注目凝望。

其实，女主人也有诸多的人间繁杂，孩子年幼，母亲年事已高，可她自带光芒，与生俱来带一股强劲的、无功利的爱，像林间晨曦，像燕在梁间呢喃，像枝间垂丝海棠，清纯得如同淡出了这个时代。她婉约沉静，视木屋为归宿，视公益沙龙为天然使命，日子过得纯粹，她的孩子和先生，也是木屋的义工。

我从屋后绕到屋前，有四五个园林女工，坐在门前吃早饭聊天，开心笑谈，这海棠环绕的木屋，也成了她们的歇脚地，这真是福泽之地。

东来的风，在林间穿梭，带着草的香，树叶的香，带着春天该有的一切样子，来这海棠环绕的木屋前，做一次静静的访问。我立在花下，看到了云蒸霞蔚般的海棠，还有那吹动林梢的风——它来自东方，那是太阳的故乡，照见人性的光芒。

# 年年芍药为谁生

昨晚，一夜狂风暴雨，今晨上阳台，惊见芍药睁开迷蒙的眼，像是被杂沓奔腾的风雨唤醒，要做暮春花褪、残红时分的主角，奏响初夏争艳的集结号。看满阳台翠绿中突然开绽的玫红，清晨的心便逐风轻扬，飞升九重天。两盆芍药是去年周医生托杜主席从磐安捎来的，经冬复历春，让人惊喜又意外，花蕾再一次昂然挺立，挺立在层层叠叠的枝头翠叶间，显得豪情万丈，气度不凡，极富花中之相的气魄。

杜主席和周医生是一对妯娌，情同姐妹。尘世间婆媳难处，妯娌不易，将妯娌处成姐妹，必得气度格局宏阔，胸襟似海，她俩正是。

我与杜主席认识在先，她任某机关工会主席，长发高挑，爱穿长裙，明丽轻快。说话快人快语，干脆利索豪爽，是女性中最有豪气的巾帼，颇有芍药的火热真性情。儿子是市里拔尖的超级学霸，才貌双全，领军风云。然而，杜主席披星戴月，为儿子的一帮同学四处寻访名师，足迹遍布长江南北，绝不藏着掖着，我笑问她："你这样大方地将优质资源共享，不怕给他培养劲敌？"

她坦荡磊落："将来的对手何止市里这些人，面向全省、全国，何不让他们提早磨刀霍霍，自我比拼？"她一声号令，组团拜师，结队拼搏，齐心协力，很是震撼，她的做派是典型的花中之相，绽放时，轰轰烈烈。

杜主席仗义重情，一身是胆，没有她推辞的事，凡有求，必有应。儿子从小学到高中，她都是家委会的领导，说话掷地有声，有威信；同行跟前有魄力，嬉笑怒骂，洒脱自如。待人热情真诚，去她办公室，她将窗户一拉，窗外一地绿植花卉，她笑声朗朗："要什么，尽管拿走！"就是这么豪气冲天。跑到儿子学校，建立心理咨询室，拉开青春助力的帷幕。她就像一株花开恣肆的芍药，向着艳阳，迎着春天开放，她身上的那股子英气，只有牡丹可以抗衡。

要我组班培训，她已经将科目和人数悉数排好，往我邮件里一塞，我只需上课就行。一日，我们部门近二十号人去她单位参观，她穿着一双高跟鞋，跑东跑西，愣是去咖啡吧买来一堆饮料，人手一杯，又帮忙联系了兄弟单位，特事特办，亲自做向导，带我们去参观，就是这么豪侠仗义，两肋插刀。她身上的那股子豪情，可以感染身边每一个人，恰如芍药一般明媚灿烂，不掺丝毫灰暗。

去年四月底，一天，她给我打电话，说从老家带来了两株芍药，放在小区传达室。我下班回家，天色已昏暗。暮色里，两盆葳蕤碧绿的芍药，枝头花蕾俏立，在晚风中摇曳，惊艳莫名。她在电话里说："周医生让带给你。"我感动回应："周医生的心意，再加你的心意，是两份情谊。"看着硕大的花盆，枝头颤动的累累花蕾，我深感这双重情义的厚重。

周医生剪短发，暑天喜欢穿亚麻色长裙，婉约清丽，质朴真挚，恰像枝头初绽的芍药，含蓄内敛。一日傍晚，我低头备课，周医生在门外瞅见，猜知我未吃晚饭，赶去牛排馆点了单，让服务员送餐到讲台，硬逼我吃完再上课，她看着我，我不敢不从命，内心感动无以言表。我与她的相知，更多源于她的朋友圈。她的内心藏着太多美好，山水云天，花叶树草，都能有一种灵动曼妙的发现；那一颗慧心，像是初放的芍药蓓蕾，怀揣着关于这个世界的所有新奇；那一双慧眼，总是敏锐地捕捉普通物事里含藏的美。她是那样善良易感，犹如春风拂过每一个花瓣，都能惊动她内心的每一个花蕊。她的世界是少有的安静纯粹，她的视角与生俱来似乎就是独到的，关注着人们不易察觉的、关于这个世界的一切新奇，是因为她的内心总那样充盈、纯真和美好。

四五年前，每个周六傍晚，她要驱车一个多小时，送孩子来学习，再驱车一个半小时回去，风雨无阻。温柔的性子里藏着矢志不渝的执着，为了孩子牺牲自己的节假日，是一份怎样深沉的母爱。三年前，孩子课务加重，很难抽时间来金华。但她依然时时惦记我，花开时节，盛夏时分，几次邀请我去她那里。她是一朵明媚婉约的芍药，总会触动人内心深处最柔软的部分。数个春节，她让杜主席带来年糕、香菇，沉甸甸堆放在我所住小区的传达室。吃过她捎带来的软糯有韧劲的年糕、厚实又顺滑的香菇，别处的就说不上味，只因为，其中融汇着一双妯娌的长情和真挚。她俩带给我的远不止真情的感动，还有花香入怀的那种人格魅力，如芍药花馨香馥郁。

去年芍药花开时，我用了一个下午时间呆坐阳台，守候蹲拍。看玫红的芍药微微绽开三两花瓣，进而展开成碗状，成盏状，终至盛开明艳，集体怒放。娇美犹如六月红莲，华丽如花王牡丹。我忍不住感叹：一朵花是怎样炼成的？蓄势，舒展，含羞，喧腾，斗艳，集体奏鸣，就是这么美妙！

那是我第一次俯着身子，举着相机看芍药绽放，第一次耐心地等一下午。两盆芍药差不多占据了半个阳台，看着一齐开放的十几朵芍药，心中只有欢喜，"见悦君家红芍药，尽把春愁忘却"。是呀，"君家红芍药"，艳丽的芍药花蕴含了一对妯娌的深情厚谊，见花如见君，花品似人品。遇见这样的一对可人是我的荣幸，一个雷厉风行，一个细腻温柔；一个率性干练，一个知性从容，正像五月枝头绽放的芍药。一个豪放爽朗，一个沉静明媚，各有风骨和真韵，又都给人以力量和温暖。让人惊喜莫名，我的赞叹不必掩藏，无须夸饰，源自内心深处，出自肺腑。

说来惭愧，我与她俩相识，缘于孩子培训。作为一名业余兼职的培训师，自步入培训行列，我就觉得有愧"教师"二字，可为了身后诸多生存艰难，硬着头皮上。然而，杜主席和周医生却以教师的礼遇待我，以挚友的真情待我，她们给予我的远不只信任，更是以人间最纯真的情感相赠，超越了物质和功利。使我摆脱因从事培训而心生的愧怍，我心深处，有满满的感动和知遇之恩。

幽赠何由果？她俩的孩子早不用我培训，转眼三五年，她们依然一如既往以赤诚待我，人间自有真情在。芍药虽是离草，往后春末，芍药怒放时，我可看取三春如转影，采之谅多思。有情芍药含春泪，芍药花开为红颜，花期短暂弹指间，年年芍药为谁生？

从此，两盆最艳丽的芍药，年年盛开在我家的阳台；两朵最明媚的姐妹花，盛开在我心底，岁岁生辉。

# 理发与剃头

去哪儿理发？临近年关，想意气风发，想焕然一新，想衣锦还乡，要先理发。

上网搜搜，搜到闹市区有一家理发店，网评好，列了几种价格，差价不小，很好奇，服务的差距在哪儿呢？

父亲卧病在床多日，癌细胞吞噬了他的机体和活力，不能强撑去镇上。他一直爱体面，耄耋之年，清晨起来，涂抹一点牙膏，一手绷紧脸皮，一手举剃须刀刮胡子刮脸，细细拾掇，面目干净了才出门。气若游丝，久未理发了，他又爱体面，怎么办？开车送镇上？

母亲不同意，很坚决："他坐不久，路又颠簸，等两天，剃头的来了再说。"

理发店的装修明亮，落地玻璃窗。两位门童恭候门边，身子前倾，虽然戴着口罩，笑意还是从眼睛里溢出来，甜甜暖暖的。店里装修风格前卫，黑白两色系，对比鲜明，节奏明快。工作人员穿一个色系，上下通黑。女孩抱着便签夹，黑T恤黑短裙，清新活泼。

"剪发还是染发？"

"剪发加烫发，350元和390元，有什么不同？"

她将我们引到咨询台前，抬身问了同事，给我们一个明确的答复："其实没区别，只是设计师工龄有长短。"

说话间，一位长相乖巧的男孩，已经接过我们的包裹和大衣，去寄存，然后把带有塑料圈的钥匙交给我们。

短裙姑娘把我安置好，女儿背对着我坐。真皮座椅，明净的镜子，雪白的墙，灯光明亮。我透过镜子看女儿，女儿透过镜子朝我笑笑。

姑娘问："喝点什么？稍等，老师来了跟你沟通发型。"

"白开水。"

发型师已来到跟前，他皮肤白皙，二十出头，声音细弱但清晰："你想要怎样的发型？有照片吗？"

他细看了我提供的照片，取过梳子，在我头上摆弄起来，评估发量和头型，向柜台那边的短裙轻声说："安排洗头。"

凛冽的清晨，母亲说："今天初七，剃头的会来，我先烧壶水。"

母亲烧好几壶水，剃头的来了。

剃头师傅一进门，我吓了一跳。这师傅走街串巷五十多年，居然还背着剃头箱子游走。要是没记错，弟弟当年的满月头还是他理的。

太阳明晃晃照进门内，师傅一边摆剃头工具，一边让母亲安置躺椅。木箱子一开，荡布一挂，操起剃刀磨开了。

木箱子是新的，箱子里的格局还和四五十年前的一样，做了一个个小格子，放剃头刀、荡刀布、剪子、梳子和石粉。剃刀明晃晃的，在荡布上来来回回荡磨刮蹭，唑唑唑，唑唑唑，也还是半个世纪前的磨刀声。突然觉得，历史的画面凝固了。

母亲对我说："剃头师傅每月逢七来，初七、十七、二十七，只是你常年在外，没撞上。"

师傅温和地笑笑："你在外，没撞上。"

我和母亲搀扶父亲躺进椅子里。师傅在脸盆里兑好热水，用热毛巾摩挲父亲的头和稀疏的发，父亲舒适地闭着双眼，像个任人摆布的婴儿。

来了一位短发小姑娘，引我到洗头池边，让我躺进一张黑色真皮躺椅里，替我披上银灰罩衣，腰间系上带子，领口处围一圈纯白的一次性洗脸巾，取一条柔软的一次性无纺布围脖，环绕我的脖子扣好，最后还围了一块透明的一次性塑料大围兜，我的身子此刻像裹了一层保鲜膜。

哗哗哗，哗哗哗，姑娘放了一会儿水，才引流到我头上，水温恰到好处。搓揉、按摩、打洗发水、清洗，反反复复了几次，最后取了几块纯白柔软的一次性洗脸巾，沿我的耳朵、鬓角、头皮，一一吸水，干干爽爽地，引导我到镜子前坐下。

一块白色布围兜，哗地抖开，围在父亲胸前。

一把推子，在父亲头上耕耘，一寸一厘地推进，从脖颈到后脑勺，从后脑勺到天灵盖，从两鬓到顶上，三千烦恼，一丝一丝飞落。

一把剃刀，刀背厚实，刀刃锋利，薄薄的刀口在父亲的头皮上游走，像绣花的手，针脚绵密；像雕花的刀，丝毫分明。师傅拧了一把热毛巾，覆住父亲的脸，软化皮肤和胡子。

一支短管软毛刷，沾了剃须膏，抹过父亲的下颌和人中。剃落的须发在刀刃边黏腻一会儿，然后跌落地面，一撮撮，一绺绺，花白掺杂灰黑。须发，是须眉男子的代言；剃头，是父亲在生命边缘，最后呈现的一个男人电光石火的尊严。父亲的颜面，由剃头师傅来保全。

发型师细声细气，像个高中生，名字念起来有韩国风，他说干这行有十几年了。手拿剪刀，剪刀银亮，手持梳子，梳子细巧。偶尔会问我："要留鬓角吗？刘海太长吗？"

短裙姑娘端上一杯温热的开水，杯口细心地扣了一只纸杯盖。

发型师右手梳起一绺头发，像织布机上一排经线竖立空中，左手伸开食指和中指，夹住头发，右手一刀剪下，匀齐快捷。梳子和剪刀在指掌间交替，腾挪跌宕，运转自如，仿佛翻手的云，覆手的雨。

墙上杯口大的圆柱上挂着一个银光发亮的圆环，这圆环是一只电吹风，风大，声小。利利索索吹走剪落的头发，他取过一方洁净的纸，仔细清理我眼角眉梢的碎发，心细如丝。

父亲微微闭眼，剃头师傅那些熟稔的手法，在顶上重温。那些岁月的操劳，曾经往事的烦恼，大抵在这须臾的摩挲里，得到些许释放和安慰。父亲卧病在床的昏暗日子，终于有一个人，一个熟悉又陌生的手艺人，带来一些外来世界的缓冲，带来一些沉郁许久后的刷新。

而这个手艺人，他周而复始游走，周而复始上门服务，半个多世纪都这般游走着。新的面孔不曾增加，老的顾客一个个老去，而他自己也步入老年的行列，曾意气风发的脸已布满老年斑。他轻轻按压父亲光亮的头皮，摩挲父亲洁净的脸额，像母亲抚摸孩子一般娴熟轻柔。

从工具箱里翻出长长的耳勺，采耳。父亲像个乖巧的孩子，一会儿转右脸，一会儿转左脸。

父亲双眼微闭，许是没有气力，许是默默静享片刻的舒适。他已经耗尽能量和激情，拼却所有意志和智慧，该完的人生事功都已完成，再无气力表达哀乐。

发型师帮我去掉一次性围领，清除一次性洗脸巾，卸去塑料围兜，示意我上二楼。

"楼梯陡，慢慢走。"他紧跟着，像忠诚的侍卫。楼上的暖气也足足的，直熏得人误以为过了桃花三月，进入初夏。

接待我的是一位穿黑T恤、手臂文身的小伙子，十八九岁。

发型师端来一只茶托，一杯热水，扣着一次性杯盖，一把红黄蓝绿的糖果，二块点心，向烫发师交代："顶上用发卷，烫蓬松；两侧用发夹，只定型。"反复交代才下楼去。

文身小伙取了一条洁白柔软的长棉条，沿我的后脖至前额绑一圈。看镜子里自己的形象，我忍不住笑了，活像头绑红带的敢死队员。又用一次性围领、透明塑料围兜、洗脸巾，将我严严实实武装起来。他光着手，抓起一揪揪小辫子，刷上一层层烫发胶，卷成一个个发卷，扣上一根根橡皮筋，手法行云流水，手劲轻重自如，仿佛操刀千万遍的顶级厨师，火候把握分毫不差；仿佛解剖千万牛的庖丁，缓急掌控游刃有余。

剃头师傅在父亲的头颈脸额等各处扑了爽身粉，取过软毛刷，轻轻扫去碎发，揭去白布围兜，唰唰一抖，一叠，各色工具一收，朗声道："好了。"

母亲递上十元钱，笑着道了谢。父亲睁开眼，舒爽地笑了。

打开加热器，开合如蝴蝶，发型师几番上楼看进展。文身小伙轻轻解开卷发器，带我洗了头，吸干水，清清爽爽步下楼台。发型师吹吹剪剪，剪剪吹吹，直到毫发皆妥，才引到咨询台，结账买单，加微信道别。此时，已过美发店打烊一个多小时。店内依然三春暖。

时隔一月，父亲去往另一个世界，那次理发，是他一生的最后体面。而剃头师傅依然在老家的乡间奔走，奔走成一间流动的理发铺。弟弟的满月头是他剃的，父亲生命中的最后一次理发，是他完成的。他的行走是一场尊严的修补，是一份行当的顽强挣扎，一段记忆的抚慰。

迎着凛冽的朔风，走出美发店，我说："历经十道迎来送往，接受七八人服务，换用十几种一次性用品，这就是现代理发行业的流水线？"

女儿说："这就是体验感。在同一座城，开数家连锁店必须走流水线服务。但流水线有什么不好吗？上规模就必须规范，规范就必须流水作业。"是的，看看网评就好了。

临近年关，我在城市理发，父亲在乡间剃头。理发店将高价收费转化成工序复杂的流水作业，将一门老手艺拆分成一道流水程序，每道程序环环相扣，顾客受用。剃头师傅，半个多世纪游走乡村，上门服务，收取微薄的手工费，收取人间的温情，给了父亲人生最后的体面。

## 花落无声

再见时，花落无声。

今年十月底，桂花才开放。民谚说"好雨不打桂"，可是，花开才两天，就冷雨如注，细碎绵长，渗入每一瓣花，花香裹秋水，裹薄薄的秋风，低低回旋，落花像在风前舞。

阔别二十多年，阿悦抵临我生活的小城。求学时，阿悦贴讲台坐正中第一排，那是全班目光齐聚的焦点，她细腰颀长，肤如凝脂，行如柳扶风，静如观音坐，可以镇守那风水宝地。开学和她同室，后来成对邻，爱往她们寝室跑。阿悦性情温和善良，从不与人红脸，人淡如菊，不争随性。

好久不见，重逢已届天命，她仍是灯下美人，身材修长，气韵温婉，袅袅婷婷。岁月眷顾，形神都没有留下沧桑，笑容里蕴藏温暖，目光如秋水沉静。然而，进餐没多久，她因"胸闷"先行告退，解释说肺癌中期，两次险过鬼门关，不宜久坐。

开车带她绕城兜风，雨淋淋漓漓，噼啪有声。车至师大，阿悦欢快起来："这空气真好，满是桂花香啊。"深呼吸，窗外零星灯光照映，她一脸沉醉："看到了吗？满地桂花呀。"多情恰是窗外雨，犹为今晚洒落花。

夜色深浓，在灯下，看阿悦远去，时光仿佛倒流，又见她二十多年前轻盈似舞的背影。然而，此去一别，再聚不知何年，重逢的筵席有时不如不赴，赴约就难免离别的悲戚。

年过半百，惯看生死，人生下半场，殡仪馆和病房去得多了，疾患加身、命运多舛看多了，然而，在桂花凋落的冷雨中，得知风华正茂的同窗患重病，还是意难平。

回到小区，雨渐渐停了。落花辞枝，落英成海，路面草坪铺满桂花，匀匀齐齐，厚厚一层。金桂像细小玲珑的金色耳钉，银桂如霜如雪，丹桂似千万颗火苗，明明灭灭，蔚为壮观。想起好友亦文，春天确诊乳腺癌，动了大手术，只休息了半个月，回单位后，飞蛾扑火，投身工作。她外形条件好，业务也好，原电视台主播，舍弃浮华光鲜，从台前转到幕后，韬光养晦，切切实实做一个文化人。文化传承和传播，积淀厚重，她沉下心做一番事业，却以健康为代价。今晚，更深露重，空里薄雾流盈，路灯低低的，"落花无声坠，夜阑清露起"，想想，两个熟悉的生命同被沉疴困顿。停车蹲在树下，十字形花儿缀着细小碧绿的花柄，一朵朵飘下，碎金散玉，飘进冰凉暗黑的秋水里，像岁月飘落，生命凋零，青春萎谢，像日渐疏远的相知相惜。

等到所有仓皇都成昨，人生进入充盈、硕果累累的秋天，原以为，从此，可以为自己活，活成梦里想要的样子。可是，命运的手成了死神的傀儡，花落无声，芳踪深草里，一朵朵，催人老，生命凋敝，荣光消散。辞谢枝头的娇嫩之躯，一朵朵跌落，雨疏风骤，丛林法则弱肉强食，人性猜忌挤兑，夫妻情感蹭蹬磨合，事业踟蹰不前，这些仓皇的经历都已成昨，生命可以进入无惧无畏的豁达阶段，可是，命运变成了死神的傀儡，在中年人的头顶投下一大片恐怖的暗影。不怕尘世煎熬千万，却怕生命无常；不怕人世辗转千百回，却怕死神面目狰狞，忍踏落花来复去！

前不久，与亦文小聚，桂香飘满大街小巷。手头总有做不完的事，生命的光华被责任和义务掩埋，约见一面，今天推明天，明天推后天，凡尘杂事狂轰滥炸。岁月吝啬，生命账簿上不肯赊欠分秒，宽剩几时，宽延几日。她已在生死边缘走了一回，于是，一天掰作两天用，工作，工作，还是工作。我自己又何尝有过喘息的机会，暂停一刻，偷闲一会儿？终年无休，事务困顿。生命之花被无形的手，一一捡了去，直到花落无声，何时痛快地活一回？解开人情绳索，抛开职责工作，过纯粹的小日子，做简单快乐的小女子。桂花落，秋雨起，秋水连江，红颜易逝。

落花不语，空辞树，花落无声，生命陨落无声。先前觉得黛玉葬花矫情，今晚，看桂树底厚厚一层落花，也怕车轮碾压，宠物践踏，十分怜惜，不舍落步踏落花。生命是一场不停息的奔跑，与芸芸众生跑，与日子跑，与自己的心灵跑，最终，跑不过死神。人生一场，尘土清扬碾落花，这一刻不知下一刻的情形，在时间面前，到终了，个个一败如水。

见我立在花下，岗亭里的保安好奇地走过来。他看看满地落花，也不多言，举起手机，跟拍起来。人心深处，都有同样的柔软，相同的情愫，希望多一些抵抗遗忘被抛、生死寂灭的坚韧，多一些殊死一拼的抗争。坦然笑对，秋雨落花夜深，露重花香满径，心底，生命的旋律响遏行云。

阿悦说，珍惜每一个时辰。亦文说，生命在于折腾。

今夜，夜微雨，花落无声，却铺成香雪海。

## 我的潮妈

春日的夜晚,即使冷雨滂沱也是迷人的,尤其春色连波,满眼含翠,正值姹紫嫣红的胜春时,因为,回家的路便是春天的路,行驶的旅程便是前往春天的旅程。下午上完三节课,匆匆往食堂吃饭,匆匆往江南约姐姐,急急驱车归故里,急急去往深如海的春天里。

春雨如注,造化灵秀,大自然是率性俊杰的丹青手,随手泼洒,随意挥毫,调弄出一派烟雨绸缪,描摹出一轴斑斓缤纷的花草长卷,卷轴的起点是异乡,卷轴的终端是故土。故土的红尘里是一浪接一浪的油菜花海,故乡的夜空里是一袭又一袭的清香,裹挟着香樟、松柏等浓郁的树叶香味,渲染着山茶花、玉兰花和所有经历严冬急于报春的菜花香。故乡的雨是透明的,故乡的风是明净的,故乡被春雨浸润的路是油亮的,故乡的人事即便慢慢邈远,刻在灵魂深处的,依旧是扑面而来的亲切。

给母亲带了零食,新买的春衣,然而,母亲喜爱挑起的话题不是衣食温饱,不是家长里短。暮色昏暗,她喜欢打着手电,让我们看新开的花,新长的嫩芽,新冒的花蕾,那里孕育她漫长冬季里所有的期盼和希望,而那些期待都毫无悬念地在新春里一一兑现。她最得意的杰作,是让我们带回一盆二盆三盆她分栽或播种成活的花草,村行政楼来了客人,一时找不到花卉,她院子里的小花小草可以帮忙应急,那一花一草不就是母亲关于生命意义的诠释吗?

母亲的寄寓已然越过了一位农家妇人的眼界,而这也正是许许多多留守在故园的我们的母亲,在现代时潮里真切的样子。她们已然挣脱了土地给予的束缚,在物质日益丰盈的今天,对于生活方式和生活品质全新的追求,有着热情似火的执着,她们不愿落后于外面世界快速运转的节拍。

当母亲料理完父亲与外婆的后事,每每家务安排停当的夜间,短短四年间,母亲学打腰鼓,跳扇子舞,跳花伞舞,学舞太极剑,学唱流行歌曲,将日常生活翻出新样子。母亲与她的小姐妹们组成团队,夜间,在老年服务中心前的空地上反复演练,让每个凡俗的日子都闪光;夜夜笙歌,让每一个普通的季节都出彩,她们娱乐自己,也把快乐带给身边人。若遇上风雨,也不肯歇息,选一户有宽敞中堂的人家,灯火通明,踏浪曼舞。逢节假日,村里镇里有祭祖迎宾活动或演出任务,她们就满心欢喜,义不容辞,抛头露面,落落大方。我感佩的,不是她们的舞姿,为之动容的,是她们以轻歌曼舞的方式来打开这个高歌猛进时代的扉页。

每次回到老家,她喜欢不断播放刚得手的新歌、新舞曲,小姐妹为她拍摄的舞蹈视频。自从把她的老年机换了,她就将智能机的拍照功能淋漓尽致地发挥起来,花开花落间,用手机记录岁月,记录一花一草的荣华与美丽。她学发微信、抢红包、发照片、语音对话,关注朋友圈。面对新生事物,不发怵,不抗拒,不疏离，主动拥抱生活，拥抱未来，她很少抱怨岁月的不公，很少诉说往昔的艰难，她把眼光放置在当下和明天。

喜欢一路匆匆奔赴故乡，是与春天赴一场约，母亲的青丝尽管全然如雪，她血管里奔涌着仍是年轻的血。母亲的样子就是春天的样子，母亲的日子是一部不老的青春岁月，燃烧起无怨无尤的生活热情，是我赖以膜拜的一种生活范式。

感谢我的潮妈！潮妈八十岁一枝花。

# 明天我要去北京

冬日的正午，姐姐在院子里进进出出，来来回回搬砖。紧挨院子围墙脚跟，高高低低堆放着四五十块水泥砖，泛着深青黑。两手端起一块，在空中蓦地散落了，沉重地落了一地，立刻碎了，于是，散了一地大小不一的碎砖。

姐姐有些茫然，搬不搬？搬进院子，冬日的冷雨一浇，霜雪一冻，好端端搬进院子的砖，很快也会是这个结果。不搬？村里大搞道路硬化，一个礼拜没回家，门前铺起了一条平整的水泥路，家家户户剩下墙角一块泥地，等着做排水处理。不搬，这些砖块不知如何处理。

姐姐进了房间，妹妹立在院外，向姐姐的婆婆问好。姐夫离开人世多年，两个孩子进城工作。寡居多年的姐姐为了孩子，也进城务工。老人家搬了一把矮脚的竹椅，坐在大门外晒太阳。妹妹朗声问候："奶奶，身体可好？"奶奶抹了一把眼，抬起头。稀疏的头发编成辫子，细细的，软塌塌地垒在肩上。

老人家耳背了，一直笑着，目不转睛地看着妹妹，两只眼睛上下眼皮红红的，曾用各种法子洗眼睛，盐卤、盐巴都使过，洗成了一双红红的兔子眼。

"阿姨好!"奶奶满脸笑着说,"我要去北京了!我有一个妹妹,打她出生就没见过面,出生不到半年,送给一户人家,又不到半年,那户人家的爹爹没了,跟着妈妈改了嫁,后来去了北京。"

手机铃响,妹妹接过电话,是母亲从邻村打来的:"你和姐姐忙完活,回来吃饭,我在烧了。"娘家离姐姐家有些路。奶奶耳背,她乐滋滋地继续说:"我今年八十一,她八十,一眼没见上。她说来接我去北京住一段时间,也不知今天来,还是明天来。她家很有钱,光雇佣吃饭的就有二三百个人,房子一幢又一幢。"

奶奶容光焕发,红红的小眼睛亮亮的,泛着彩:"我是电视里看到她的,现在每天都能看到她。"

"是电视寻亲认识的吗?"奶奶听不到问话,沉浸在自己的世界里,显得更兴奋了:"我妹妹生了六个儿子,两个去世了,一个连人带车掉进水里,我妹夫因此伤心,去世了。"她仰着头,上颚空荡荡的,只留了一个门牙,邪恶地长成一只獠牙,扣着下唇的外延。下排牙齿零零星星留了六七个。

"妹,我带一床被子去城里。"姐姐在屋里说。妹妹赶进院子,姐姐手里抱着一床被子。妹妹接过被子,放到停在村口的车上。返回院子,奶奶来了,双手捧着姐姐送的热水袋,递给姐姐:"你带城里去,我要去北京了。"姐姐有些疑惑:"你啥时去北京?去北京顶多待几天,也要回家过年哪。"奶奶说:"明天或后天就去。"几次三番,将热水袋塞给姐姐。

姐姐推给她,怕她听不清,提高声音:"你又不在北京待一辈子,热水袋回家还要用。"

"妹妹接我去北京，说要在那里住几年再回来。"

姐姐疑惑了，是真是假？可是一个耳背又有些记性不好的老人，问不清真假。看着一地碎砖，一条新铺的水泥地，水泥漏浇一截，大门台阶和路面形成一个断裂带，电瓶车进也难，出也难。姐姐找出锄头和铁锹，麻利地将碎砖推进断裂带，架起一段疙里疙瘩的"桥"。看了看水泥砖，当时砌房留下的，进城后，没人打理，几年一过，都风化了。姐姐做了决断，不管它了。

姐姐寡居了六年，一双未成家的孩子在城里，她也只能进城。分家时，婆婆随小叔子，两位小叔子也先后背井离乡，进了城，通常，老家只有老人在。老人家年岁逐增，渐渐糊涂，平日能与子孙儿媳说说话也难。看着姐姐搬砖，老人抓紧时间聊几句。

姊妹俩离开时，老人又坐到院子外，搬了椅子搁在新浇的水泥路上，太阳暄暖，眼睛红红的，眼光一刻不离两个远去的身影，手挥了又挥。

回娘家吃上母亲烧的饭菜，饭桌上，姐姐和母亲聊起婆婆："从没听说过北京有亲戚。"母亲建议，打电话去婆婆的娘家问问，有没有这么一个送出去的妹妹。母亲说："她会不会想出门玩几天？一个老人，一辈子也没出过远门。"

姐姐说："等我和孩子安顿好，才有条件接她进城。"母亲说："上了年纪了，会不会产生幻觉？"妹妹说："有些怪，她说，现在可以天天看到妹妹，常在电视里出现。"

母亲说："看到你们姐姐妹妹说说笑笑，有商量，她会不会因此羡慕，想出个妹妹来？"

冬天，有一位老人，坐在太阳下，等着妹妹接她去北京，住几年，过上大城市的日子。

# 文 祭

12月26日，二姐夫的忌日，写一点文字祭奠。

秃笔搁了一年，记忆的闸门关了一年。因为，二姐夫的生命停摆了一年，时针和分针生了锈，生命的发条断了，再也续不上了。不肯提及，不敢提及，放在心深处，只怕一碰，心弦就脆薄地响，响个不停。

2012年国庆，大姐夫溘然长逝，二姐夫确诊为鼻咽癌。

2012年5月，鲜花遍地，二姐夫的一只耳朵一直积水，一直肿胀。缺医少药，留在县医院看医吃药，被误诊为"中耳炎"，隔一段日子去医院抽积水，耽搁了半年，误诊了半年，良医可以悬壶济世，治病救人，庸医是一把屠刀，草菅人命。那一年，大姐夫五十二岁，二姐夫五十一岁。五十二岁的先行一步，去了另一个世界；五十一岁的耽搁病情，错过最佳治疗期。

生了重病，但凡有法子的，都到市里、省里求医问药。二姐夫，一介农民，一无医保，二无社保，命就成了贱命。

大姐夫2008年确诊肺癌，四年漫漫抗癌长途，与死神争，哪里敢得过命运捉弄。2012年国庆，大姐夫骨瘦如柴，癌细胞扩散全身，健壮的身躯只剩皮包骨。举国欢腾的日子，在阴暗潮湿的房间里，在大姐的怀里，他撒手西去，留下一个读大学的孩子，一个刚参加工作的女儿，一个心力交瘁的妻子。用金钱买命，买时间，等待药物和医疗技术的黎明。黎明没等到，四年征程，换来家徒四壁，人财两空。与死神漫漫长跑，耗尽财力物力又如何？家有万贯，医术盖世，又如何？怎敌得过癌症？一个刚进小康的农家，因病返贫，呼天不应，叫地不灵。

大姐夫停柩祠堂，大姐催促二妹夫："赶紧去上海。"二姐夫妇还在犹豫，如果去上海，赶不上大姐夫出殡，不能送最后一程。然而，半年误诊耽搁，病情积重难返，上海大医院是最后的救星。

一个年轻的生命已经陨落，另一个壮硕的生命又被判了死刑。从死神手里夺命，胜算渺茫，多争取一年半载，都算小胜。

二姐很少出远门，连自助提款机都不曾碰过。半辈子微薄的积蓄，在寸金寸土的魔都大医院，日出斗金，花钱如流。可是，生命大于天！在生命跟前，一切都是浮云。

医生的一双手如果缺回春的妙，只有杀人于无形的恶。庸碌的医术，有时比刽子手的刀刃更锐利，更绝情。市医院确诊：鼻咽癌中晚期，有转移迹象，肿瘤已无法手术摘除。

一边是高楼林立，鳞次栉比，经济节节攀升；一边是医院的大楼越盖越高，越盖越多，住院部一床难求，人满为患。人像坏了零部件的机器，不断送往修理车间，修修补补。可是，误诊病人的零部件已经坏死，华佗再世也无力回天了。

2008年，大姐夫肺癌因拖延半年，确诊时没法手术。2011年，父亲半年便血，直肠癌确诊，打开腹腔重又缝合，没法摘除。2012年，二姐夫确诊，没法手术。耽搁的病体，误诊的病人，一确诊就是酷刑，直接宣判死刑，生命进入倒计时。身体再壮实，谁抗得过疾病？谁扛得住各种化疗放疗的摧残？

拿血汗钱去砸。在自动取款机上，二姐操作不熟练，战战兢兢，一沓一沓取钱，一沓一沓送进医院收费处。二姐夫的头发一根一根掉落，食道一寸一寸灼伤。

上海大医院，成千上万患者涌入，带着求生的渴望，床位紧张，无法住院，即使放化疗，也只能半夜起来排队挂门诊，然后，在医院附近租房子，住宾馆。像成千上万的外地病友一样，在上海，二姐夫也加入租房客的行列。没有医保，医院是一台巨大的碎币机，将一张张红色绿色的纸币吞噬，吞噬掉一对农村夫妇梁燕衔泥一辈子的积蓄。为了留下救命钱，他俩租住地下室，潮湿阴暗，一百元一晚。

二姐夫第一疗程结束，大姐夫已"烧三七"。因为放化疗，二姐夫食道灼伤，口腔灼伤，阴暗潮湿的地下室睡不好，嘈杂的环境，纷乱的人员，得不到休息，跟不上营养。一个壮实的成年劳力，被抽丝剥茧，留一躯空空的壳。

米饭馒头难以下咽，只能吞食流质食物。命是用钱买的，也是用钱续的。没钱，百姓的命只能靠运气，靠老天开恩。谁能想象匆匆赶赴十里洋场的凄惶心境？2008年，大姐夫在杭州诊疗，抽空去北高峰，大姐恐高，坐缆车时紧紧拽住他的手。那一次执手，竟是夫妻最后一次同看山水。他撒手人寰，大姐一人扛起一个家，拉扯一双儿女。生命的手，握不住，就撒了。

2012年10月，二姐的天也塌了。父亲卧病在床，2011年春天确诊后，因肿瘤没法摘除，将直肠通道堵了，只能在腹部造瘘。母亲寸步不离，父亲遭各种罪，夜不能寐，食不能安，母亲跟着遭寝食难安的罪。一家老少在凄风苦雨中浮沉。怕双亲担惊受怕，二姐隐瞒了二姐夫的病况，强颜欢笑，经济面临无底洞的压力，精神上无处依托，连父母那儿也不敢声言。父亲直到离世，都不知道二女婿得了绝症。

原本，二姐在布厂上班，二姐夫开拖拉机给砖厂拉活，收入虽不高，但安稳踏实。一场不治之症，逼人在绝路上走，不能上班，失去劳动能力，还要拿钱买命。

上海医疗花光了积蓄，后续只能在本市肿瘤医院诊疗。一次，我和三姐突击去医院看望，他俩坐在食堂里吃饭，合吃一碗饭，一碟藕片，一碟豆腐，生活清贫如此！为了不耽误姐姐上班，二姐夫经常自个儿去住院，化疗放疗无法自理的那几天，才让二姐请假来陪护。

2016年，肿瘤转移到肺部，"那一天"可能近了。癌症病人的家属，面临的不只是生活困扰，经济窘迫，更多的是精神煎熬。漫漫长夜，漫漫长途，与死神赛跑，挣扎，绝望。

督促他俩补拍结婚照，带着他俩、大姐和妈妈出一趟远门，游历北戴河、天津和北京。那一趟北方之行，二姐夫说完成了人生的一百个"第一次"。二姐伉俪出生在20世纪60年代，生活在鱼米之乡，在最富庶的土地上，从未到过首都。他们只是地道淳朴善良的农民，养儿育女，老实本分，不偷不抢。靠一双勤劳的手，节衣缩食，赡养老人，为下一代改善生活，却逃不出命运的怪圈。

从未旅行，从未出过远门，从未到过首都，从未见过大海，从未与大象亲密接触，二姐夫甚至不知如何对付一只蒸熟的螃蟹，因为从没吃过。他第一次坐上了摩天轮，第一次用胡萝卜喂了大象,第一次站在大海边看潮起潮落,第一次登上长城,第一次看了鸟巢和水立方,第一次在王府井大街上看我们姐妹打闹,第一次手捧保温杯登上了颐和园高高的石阶,第一次走进了紫禁城……他快乐得像个小孩,每天洋溢着笑脸。

他和二姐站在山海关的城墙上拍合照,母亲说,女婿真帅呀。母亲不知,帅气的二女婿得了绝症。四个女婿里,他是母亲最中意的一个。四个女儿中,二姐的婚姻是双亲包办的唯一一对。

可是,大姐三姐都说,老人的眼光好,不会看走眼。二姐夫忠厚,对二姐钟爱一生,对两个孩子溺爱有加。2020年,死神降临前,他砸锅卖铁,将旧房推倒重建。因为靠近工业园区,新房建成后出租,他要为二姐的后半辈子打下基础,为之计长远。2019年,病情加重,他明确说:"不再治疗,免得人财两空。"

房子建成了,母亲去他家"看新房",他说:"妈妈,我不是没出息的人。"他哪会没出息?一个农家孩子,早年丧父,却在短暂的一生中,建了三次新房。然而,这第三次造的新房,建造的人住了不到一个月,离世了,离开了他永远疼爱的妻小。享年五十九岁。

## 亏 欠

我一直亏欠你一段幼年时的陪伴。

我一直匮乏做女人的精致。我像个爷们不拘小节；我像个男人在外打拼；我像个矢志不渝的乞丐执着地向命运讨要自己想要的生活。因为前路，我一穷二白；因为来路，我坎坎坷坷；因为后路，我无处可依。为了能和你过上体面有尊严的生活，我挣扎着，进修、升职称，可我把与你相处的时间弄丢了。我把工作当天职，却忘了做母亲的天职。我把学养当滋养，忘了女人爱美的涵养，忘了把女儿打扮得体的分内事。

因为心里亏欠你，因为自己一直在生活线上挣扎，我对你所能做的最直接的补偿，是让你尽可能吃一顿好的，自小就把你养得胖胖的，却一度给你留下沉重的身体累赘，沉重得以至于抬不起你纯真的灵魂。因为体型偏胖，一度被初中男生嘲笑，而发生的这一切，直到你上大学才肯哭诉于我。

因为心里亏欠你，因为自己疲于奔命，我总是把一分钟掰成两分钟使，于是，担心你做不好，担心你做事效率低下，宁可自己越俎代庖，结果你做事的机会被无情剥夺，能力发展滞后了。

我总是将太多的时间放置在加班加班、工作工作、科研科研上，上了小学一年级的你，每天小心翼翼过马路，去往我的学校接我放学。每每接着接着，就变成陪妈妈加班。于是，你生活的圈子全然缩小在妈妈的办公室里，妈妈的书房里。

孩子，我欠着你整整一个童年。你中考了，我在办公室加班。你上高中了，我接了你的妹妹——我的侄女来身边，顾及你的时间更少了。你高考了，我却累得连烧一餐像样的饭菜都难。

孩子，我欠了你一整个童年、少年乃至青年，我欠得太多太多了。

转眼，你上大学了。你的生活能力、独立能力是否养成？我不敢自问。你上大学了，你的衣着全依我的好恶，听凭妈妈做主，其实，妈妈并不懂得经营美好的身材、美丽的容颜、美艳的衣着。

我深深愧疚着，也想分出一半身子来，挤出一半时间，弥补你，我的孩子。可过了村没了店，你从幼年到青年初期，二十年的时间似乎倏然就过了，转瞬之间。

我于是开始借日志或书信，用书面表达，与你交流，谈衣着、谈搭配、谈做事、谈为人处世之道，然而，我心里明白，一个失了职的母亲，是没有权利再吆喝女儿来捧场的；一个错失教育良机的母亲，是没法再补课的。你曾一度因为脱离家的羁绊而高兴，又一度因为脱离家的依赖而彷徨，在你迷离无助的边界，我的内心一度只有深深的自责，甚至走进痛苦不能自拔的怪圈。

孩子，我欠一段你幼年时的陪伴！我像个男人似的讨要我向往的生活，为此，你一度远离了女孩最爱的花裙子。

我知道，一个母亲的亏欠是永远无法补救的，这种深深的自责如深渊幽光，折射着我灵魂深处的自私和冷漠。我甚至怀疑自己的异化，为着所谓的功名、人世间的一切禄蠹，我已非女人。

我多么希望自己做回女人，只负责美丽，不负责账单；只负责撒娇，不负责世间的恩怨利弊；只负责做一个温柔娴静的母亲，不负责做别人的助力者；只负责专心一意爱我的孩子，不负责熙来攘往的人事纷纭。

就在我这样的深深愧疚里，今年五月，女儿，你像一只轻盈的蝶，翩然归来，瘦脸、瘦身、瘦腹，你居然蜕变成不折不扣的窈窕女子。在远离家园的北国，饮食控制、体育锻炼，需要怎样的毅力和恒心？你青春的脸上洋溢着怎样灿烂的笑！你开始躲避夏日的赤焰，开始随身带着伞，开始做面膜，开始注重衣服的品味和质地。

女儿，你像一只勇敢美丽的蝶，就这样蜕变了。

你爸说："毕业了就回来教书吧。"

你说："还不想就业，想继续深造，是因为还想做点事。"

我想说："女儿，找一份稳定工作，安生下来，只负责美丽吧。"

可是，孩子，我分明看到，你的眼光看得很远，你说不想让你的孩子经历你曾经历的痛苦，为了高考，要放弃一切自己所爱，只希望自己的孩子从心所欲地生活。

"从心所欲"——这是多么美丽的字眼，是我这一辈母亲给不了的境界。如果那样，你，我的女儿，注定要走一条更远的路，付出比你母亲更多的艰辛。

然而，与你父亲不同，在对待你面临安稳与奋进的选择中，我显然偏向了后者。我是依然要做一个不称职的母亲吗？而你的父亲疼你更多一点。

何不让我的孩子只做一个普通的女子？只负责美丽，无须太多的社会责任，只要做一份普通的工作，做一个某某人家的媳妇，过安稳的小日子？

文化的力量是多么诱人，然而又有着怎样巨大的力量，它无形中改造着我们的理念，左右着我们对未来、对人生的设计，控制着我们关于生命价值的抉择。

安于做一个普通的女人多好，只负责美丽，做一个小小、小小的女人。不要大写的人生，不要大写的人格，只要普通而安静地美丽着，只要平凡甚至卑微地喜悦着。

可显然，我没资格做到，而如今或未来，我的孩子也做不到吗？你依然要为着前途去拼搏、去厮杀、去踏足别人未至的境地，闯一闯？

孩子，显然，你的蜕变，不只是形体上，更有灵魂，是心灵的渐趋成熟，你势要长成一只血肉丰盈、思想丰盈的鹰吗？

蝴蝶飞不过沧海，然而鹰，却可以。

# 我用三生来爱你

孩子，我愿用三生的光阴来爱你，在这样一个飞速发展的时代，我怕跟不上历史的趟，错过了时代的精彩，误了你的脚步，你的未来。

我愿用三生来爱你，用尽生命的最后一分力，也无怨无悔。

我愿用三生来爱你，吃尽人间的苦难，也要把所有的辛酸藏起来。

我愿用三生来爱你，一生的时间愿意掰成三世的光阴，三生的事一生来做完。

因为，怕没有来生，如果有来生，不知能不能再相见。

不怕贫穷，但害怕永远贫穷。二十岁，以为只要有诗书，就有自在自为的精彩，上帝将天使般的你赐予我，才明白，诗书给不了奶粉，给不了一个供你存放玩具的居室，给不了期盼了多少年的一架钢琴——那是内心送你千万遍的礼物，一直无力购买。有诗书，没有油盐，才明白，穷得彻底，彻底到深刻领悟百事哀的困顿。

不怕孤独，但害怕孤独终老。婚姻是终结孤独的最好毕业证，却不料，遁入婚姻之门，也遁入苦苦谋生的荒原。腆着十个月的身孕，腿脚浮肿，一个学期兼职得来的三百五十元钱，只能买一辆手推童车。过而立之年去读硕士，头发整把整把掉，割舍不下才过周岁的你，等学成归来，想调去师大工作却被阻拦。年过四十五岁才创业，只因赤贫，穷得彻底，荒诞，只能独自前行。

  要顶着生活的烈风负重前行，并不害怕。但是惧怕不可知的命运，它只要稍稍动动手指，可玩我于股掌之间。自2007年始，家中诸事更迭，在命运的夹缝中盼着黎明的天光，在疾病与磨难中渴望希望的曙色，在人事纷繁的挤压中苟延残喘。不是铁人，我只是一个柔弱的女子。

  你，是我支撑下去的唯一依赖。

  我愿用三世的烟火换你一生的平安。

  将日子掰成三份，一份工作糊口，一份兼职创业，一份用作秋虫鸣唱的夜晚来想你，为你祈福。

  没有赶上慢生活的诗意岁月，可以择一地安居，看月出日落，赏烟起云散；择一人终老，风里漫步，雨里听竹。只能在黑暗中孤独地摸索，天生自带的乡野淳朴，不善于逢迎；父辈传承的正直，不屑于蝇营狗苟；传统的妇道固封，不愿跨越婚姻的城池。在举目无亲的惶恐里，挨着岁月残酷的冷刀，刀刀砍削青春、激情，和仅有的一点锐气，也砍削抱负和向往，从此，只好在尘埃里默默守望，像个失了地的农民，开垦不出未来的田垄；失了桑榆的游子，再也找不到梦乡的归途。

  幸而，我还有你，我的孩子。

  从期盼了半辈子的阵地撤退，突围的路只有一条，为你挣一些活得更有价值和尊严的资源，不偷不抢不淫不盗，我用最疲惫的嗓子挣最干净的钱——开坛设讲。成就别人的孩子和未来,以此来成全自己的孩子和她的未来。

因为,我已经没有了未来。没了假期,没了周末,没了社交,没了悠游闲适的春花秋月。

从周五晚到周日晚,每天工作十四五个小时,站立十一个小时,嘶吼十一个小时,用最原始的方式赚最有良心的钱,这就是我的业余。拖着疲惫的步伐,顶着身体三十八九度的高烧,开车驶向城东的家园,我已淡然。

因为,这就是命运。不想再为脱离命运的枷锁挣扎、痛苦、辗转,命运给予的,照单全收了。

好在,还可以拼却我的余力,为你,我愿意。孩子,用我三生烟火,换你一生平安,值得。

忽然想起,我的父亲,你的外公,用陀螺般旋转的一生,换取他五个孩子鲜花般的人生。

然而,在他生命的最后日子,我却无能还给他一段灿烂的日子。

父亲的三生烟火,已然绚烂着我生命的韧性,而我却不能还报他一二。

大抵,每一个做父母的,都是拼却了三生的能量,三世的光阴,来成就他们的孩子,生怕跟不上历史迅猛发展的步伐,亏欠孩子。怕错失了时间,有更多的来日,陪伴孩子走一程,再走一程。

在用尽一生的光阴前,愿将它掰成三世,给孩子生命的星空留一些绚烂,不只是物质,还有不惧厄运、人生困顿的生命韧性。

愿用三生来爱你,我的孩子。

用我三生烟火,换回你永远的光明。

## 父亲与闹钟

又过节了,一个失去父亲的父亲节,蓦然唤起太多回忆。

我上初中了,怕路途来回辛苦,父亲安排我住校。我耐不住想家,偷偷溜回家,有时晚自修结束了,也要冒着浓稠的黑暗,揣一颗怦怦跳的心,走三里地,在父母身边睡一个温暖的踏实觉。可是,身子正长个,常常沉睡不醒。

央父亲买闹钟,父亲买了闹钟,一个巴掌大的金属闹钟,玻璃罩子,白漆底子,一长一短两根黑色的针,分针走得急,嘟嘟嘟响;时针走得慢,悄无声息。闹钟背面有两个旋转钮:一个旋钮上发条,转到转不动,两根针才有气力不停转圈;一个旋钮调闹钟,睡前拨好闹铃时间,清早闹钟响起时,有一个凹陷在槽里的小按钮,一压,闹铃立刻无声了。

父亲与母亲是典型的传统联姻,男主外女主内。父亲是家里的搬运工,小至针头线脑,大至房子,都由他并不高大的身躯扛着,一点一点扛回家来,如蚂蚁搬家。父亲幼年丧父,家底单薄,三十岁才成婚,像待女儿一般娇宠小了十一岁的母亲。先后添了四个女儿,直到四十岁才添男丁,父老子少,能替父亲分担外面世界压力的,只有我们四个女孩儿。然而女儿身,小气薄力,能分担多少?父亲连母亲都娇宠,何况如花骨朵般娇嫩的女儿,哪舍得使唤?于是,大事小事,全独自一人默默扛。从不说苦喊累。他常常冷着脸,心里灼烧着。常常一语不发,枯坐,心里焦急着,旁人愣是看不出。

父亲那副担子挑得重,一村上千人的生计压着。20世纪70年代中期,处于计划经济时代,敢冲敢为,要冒天大的风险,他嘴里从来不说累。村企业上线了,企业厂房上梁了,他整日整宿守着,小家不顾了。

遇上再大再难的事,他肩挑背驮了,一声不吭地挨过了,回过身来,儿女情长,舐犊情深,我们再小的要求,再细的事,他都放心上。小家的寸丝寸缕,他都搁心尖。求他买闹钟,没多久就兑现了。

每天夜半,我调好清晨的叫早铃,沉沉睡了,可是,次日醒来,又错过设定的时间。

与父母同居一室,揉眼起床,天已大亮,便责怪父亲:"闹钟没闹吗?"

父亲实诚地说:"闹了。"

"为什么不叫我?"我气得跳脚。

父亲说:"闹钟压在你身子底都闹不醒,我怎么叫得醒你。"

我知道,这是父亲找话。他不舍得叫我,让正长个的我多睡一会儿。我就生天大的气,气呼呼地叫嚣,怨天尤人:"又赶不上早了。"

不是闹钟没闹,不是父亲没被闹钟吵醒,即便一家人都被闹钟闹腾醒了,他也舍不得叫我。我定的规则,他轻易轰毁了。我看看闹钟,这个可有可无的摆设,又恨又愧。

父亲只是笑笑。他为买了个闹不醒女儿的闹钟,招女儿埋怨,脸上不常见的笑颜,居然像六月的莲花开绽了。我就愤愤地想,他就是成心的。有时,闹钟背面的旋钮将毯子或枕巾卷成一团麻花,更让人来气。

上高中,父亲又给我添了手表,被我弄丢了。买了自行车,闲置家中三年,直到大学毕业,才颤颤巍巍蹒跚上路。原来,父亲的礼物没有功利的预制,于是,我就没有功利地漫不经心。

闹钟闹不醒的女儿,父爱一直醒着。从闹铃惊叫的那一刻,他就睁开眼,等着最恰当的时候,把我唤醒。闹钟响起,父亲床头的电灯开关也拉亮了,在光明的灯影里,父亲看着天一点点擦亮,而我依然徜徉在黑甜的梦乡里,浑然不觉他的守候,守候一个孩子期盼的光明和未来。

当我人生颠沛时,父亲却撒手西去,他只看到了女儿仓皇的人生,仓促的岁月,捉襟见肘的窘迫生活。父亲没有等来他疼爱的小女儿的人生光明,如今,我在父亲用一生的慈爱调成的生命闹铃里,警觉,不敢有一丝懈怠,在我五十多岁的人生站台上,积蓄好力量,继续前行。

但愿,今晚的父亲,在另一个世界,知道他疼爱的小女儿,敲击键盘,祝他安好。他能知晓,三百六十五天,就有三百六十五个思念,五年、十年、五十年,哪怕百年之后,他的孩子,也会在心里安放着父亲,念叨着父亲。愧怍的只是,无处可以敬奉他。

节日好!我的父亲。

## 奶奶的代销店

　　长巷清风缱绻，奶奶的代销店开在长巷里。长巷脚步杂沓，南来北往的行客匆匆过。

　　咯吱一声，开店门，店门是一双木门，还有一对半人高的矮门。晨光辉映在对邻的屋脊上，屋脊上的万年青拼花悬在晴空里，马头墙已经映在晨曦暖暖的光里。

　　取过篦子，一遍一遍梳理，取过爷爷买的头油，用木梳轻轻抿住飘逸逃窜的乱发，奶奶盘起乌黑发亮的髻子，缠了一绺红头绳，绕绕弯弯，绕住青丝，红头绳犹如青龙身上游走的花纹。她一手护发根，一手抓发梢，长发沿发根绕，缠缠绵绵，盘盘旋旋，一个发髻稳稳地兀立脑后，端正低调地贴合着头皮，取过银簪子，横过发髻，别住了青丝。奶奶的一天就开启了。

　　孩子们抱着酱油瓶，手里捏了二分钱，抬头盯着爷爷，只看不说话。爷爷笑眯眯的，戴着老花镜，一手把漏斗扣在酱油瓶口上，一手斜持竹斗，往酱油缸里舀酱油，舀了一勺又一勺。酱油缸黑乎乎，混沌一片，飘散出浓浓的不由分说的香，褐色深深，深不见底。夏天，奶奶总在酱油缸上蒙一块白纱布，好防那些不速之客——苍蝇。

　　男人们抱着瓷酒壶，开饭前匆匆来店里，打了酒匆匆走。爷爷用的是竹酒勺，奶奶喜欢叫它"酒尺"，木尺量布料，"酒尺"量酒，酒尺大小有三种：一两的，二两的，半斤的。爷爷实诚敦厚，勺子舀得满满当当，醇香的黄酒经由漏斗灌进酒壶，把酒勺倒扣在漏斗上，停歇一会儿，再舀第二勺。做买卖不短斤缺两，不占便宜，是爷爷奶奶开店的规矩，在商不言商，为乡供销社"代销"，便利乡里乡亲。一坛黄酒卖不了三五天就见底了，新酒开坛时，奶奶用榔头邦邦邦敲碎封坛的干黄泥，揭去粘实的箬叶，熏人的酒香在长巷里飘散开来。男人们不赶地里活的时候，卷起裤腿，坐在长条凳上，倚靠着柜台，手撮花生米，慢慢嚼，或压碎酥饼，细细品，喝一口老酒，微醺半天。奶奶喜欢攀谈，声音又清又亮，陪他们闲话。

　　卖酒的哪会不喝酒？天天熏陶，不喝也会醉。大姐三姐会喝酒，仰赖的都是家传的酒量和胆量，一身酒胆，脂粉英雄。午饭瞅个空，爷爷奶奶就在柜台里喝开了，小酌怡性，慢慢喝，日子有滋有味。据说，姐姐要断奶，奶奶用酒代奶。父亲有一帮喝酒的朋友，偶尔喝高了，大家就胡封雅号：陆一坛、潘一缸、胡一瓶、江一海，咱家不缺酒哇。

　　冬日黄酒销量好，夏日倒是白酒一路领先唱主角。庄稼人种地辛苦，每到夜间喝一大白碗，便能呼酒买醉，醉里沉眠。次日，又可以满血复活挑担种地了。白酒易消暑，酷暑时节尤讨人欢喜。

　　代销店只有一间门面，但油盐酱醋、针头线脑、香烟火柴一应俱全，可以满足农家大部分日常消费。奶奶有一杆称丝线的小秤，铜制的秤盘秤砣，小小的，秤盘掌心大小，宛如醋碟，轻巧透薄，精巧可握；秤锤像枚五角的小硬币。象骨的戥子，重量单位依次为：两、钱、分、厘、毫，戥子的最大单位"两"，最小单位"厘"，奶奶用它精准地称轻巧细软的绣花线，毫厘不爽。

夏日，女人们都爱在小店的墙根下乘凉，卖菜的、赶脚的，都喜欢在小店门前停留。奶奶一双手，可以帮中暑乏力的人扭痧刮痧，可以就着腘窝、腿肚子，替人"放血"。奶奶坐在青石门槛上，银针用火一烤，对着青黑的静脉一戳，一股浓黑的血沿着腘窝，像蚯蚓，向腿肚子、脚后跟蜿蜒，那些头疼脑热、腿肚子沉、小腿酸麻胀痛的，顿时松垮下来，庄稼人精神为之一振。总让人疑心，奶奶给的心理安慰多过她的如神手法。奶奶名声在外，常常有人找上门来，求她"放血"，她走到门外，在天光里，在微风吹拂的长巷里，轻轻一扎，手到病除。

奶奶和爷爷，真可谓一个秤锤，一个秤杆。奶奶叽叽喳喳，爽朗健谈，活泼灵动如秤锤一般爱折腾。有的新媳妇，跟男人吵了嘴，干了架，双双扭打着来店里，找奶奶评评理，奶奶会搬出一堆道理，做和事佬，东头劝，西头说，小夫妻各自退让回家去。

爷爷却严谨少言，像根公平公正的秤杆，稳当踏实。上了年纪好喝一口的庄稼人，酒不在多，也不求菜，一手握长长的竹烟筒，一手持燃着闷火的煤头纸，坐在小店里，沽上二三两黄酒，抿一口酒，吸一筒烟，有一搭没有一搭地，和爷爷说说话，竹烟筒时不时在柜台角上磕一磕，磕出烟灰，装上新烟丝。煤头纸一吹，一灭，就是半天。

青黄不接时,梁间燕子呢喃,邻村借粮食的人多了起来,背着细布做的豆腐袋或米袋子,挨家挨户地借。乡里乡亲的,有的面子上挂不住,就托奶奶私下寻访,有余粮的人家如果肯借,奶奶帮忙搭个桥,借粮免得碰鼻子,省得尴尬。

时隔三五天,奶奶会挑一个下午,将一挂铜锁扣在大门上,暂时歇业,她要跟爷爷去镇上进货。爷爷穿着中山装,挑着一双有盖的细箩,奶奶穿着月白色斜襟春秋衫,发髻盘得纹丝不乱,清清爽爽出门去,高高兴兴回家来。二个人走在村道上,一个一身书生气,一个轻巧灵动,走得云淡风轻。

三尺柜台,是奶奶做生意的疆场,也是她日常劳作、进餐请客的台面。和气生财,老两口深谙这朴素的道理,爷爷拿供销社的工资,在缺衣少食的年代,奶奶的小日子过得有声有色。因此惹来宵小之辈光顾,爷爷说:"不怕贼偷,就怕贼惦记。"

还真说对了。一日,爷爷奶奶睡得沉,小偷从窗户里爬进来,将红漆柜子抽屉的钱偷了个精光。那窗户那么窄,怎么就进了贼?亡羊补牢,赶紧给窗户上木栅条。没过半年,又遭了一次贼,小偷居然从狗洞里爬进来。这一定是一个会"缩骨功夫"的贼,不然解释不通啊。又过小半年,遇到的是"江洋大盗",居然在大门的左侧凿了一个大洞,破墙而入了。

爷爷奶奶睡得可真沉哪,奶奶说:"那贼一定用了迷香,不然,挖那么一个大洞,怎么一点声响都没听到呢?"还不是二老宅心仁厚,不设防?三次遭贼,痛定思痛,那就养条狗吧。养了一条小黑狗,全身黑毛,油油亮亮的,跟着爷爷奶奶十三年,店里再没遭过贼。

# 又 见

用青春去爱一人,用半辈子去怀疑人性的真纯。

深爱,就真心爱。重逢的那个秋天,注定是一场悲剧。

所有的期待和静候的藤蔓早连根拔除了,清晨与黄昏飞扬的念想早摁灭了,所有赊欠的漫想的车轮早卸下了。虽说初恋,早已是陌路人。

三十年后的秋天,又见初恋。

三十年前的那个秋天,刻骨铭心的相识相恋,换来无尽的猜忌,倾心相待却换不回半分信任。以为十分真诚可以收获十分真心,却在鸿雁传书中,满纸猜疑。

三年恋爱长跑几乎打了二年笔墨官司,旧的猜疑刚解除,新的猜忌又生。

子君生就女儿的身,藏着一颗男儿的心,豪爽,直率,仗义,好胜,爱交友。虽有朋友百十,却都是无性别交往,都是哥儿们的来往。孰料,她因此获得一顶"交际花"的高帽,为她加冕的不是别人,是爱之一百分都嫌少的初恋——涓生。

争吵中的青春变得苍白,异地相恋的交往变得不真切,像是陈年画里的一张饼，虚幻得如同海市蜃楼。在百般解释中，渐渐变了味，一笺笺书信成了千年前正人君子恩赐给她的道德评判，颐指气使搬着道德戒律，规制她桀骜不驯的灵魂，涓生以高人一等的姿态，训诫她做人做事不合格。

人，有选择爱的权利，也有选择不爱的自由。

经过三年漫漫长途跋涉，子君选择放手。与其高攀，不如放手；与其解释，不如沉默。尽管，所有的付出都如童年的肥皂泡一般稍纵即逝；尽管，所有心心念念、不计代价投入的后果有多沉重；尽管，青春的册页里，为守持一份至纯至真的情感，大学期间从不敢有歌台舞榭的涉足；尽管，快刀斩乱麻痛得撕心裂肺，用了多年时间收拾残局，才得以渐渐平复、淡忘。

杳无音讯，各自辗转三十年，兜兜转转，因为同学会，子君与涓生又狭路相逢在微信群。

一言不合，烽烟四起。子君成了将初恋情人一脚蹬开的小人，成了留涓生一生创伤的罪人。其实，爱情就是一场拔河，一旦松手，绳子两头都要受伤。其实，岁月是最好的疗愈，也是最自欺欺人的滤镜，滤去一切伤害人心的渣滓。

一个女人，原以为这样一段不堪重负的情感可以掩藏，因为岁月淘洗，当年所有的龃龉都可以淡忘，恩怨情仇化成一缕轻烟，只留下最纯真的模样。情深缘浅，有缘无分，都可以一笔勾销。

三十年后，涓生借同学会卷土重来，只为报仇，报当年被一脚蹬开的仇。可是，当年分手，明明是情不投意不合，明明是走不到一块去。

子君回到老家，捡拾起当年的日记和书信，看着捆扎整齐的信札，原以为可以留住一些美好的往事，美化圣洁的初恋。谁承想，三十年后，却沉渣泛起，那些用滤镜刻意美化的片段，再度染上分手时的血腥与苦涩。

涓生在微信群里大闹特闹，她忍不住接招，将三十年前未了的恩怨全面宣泄。她勇敢地拨通电话，电话那头根本不是当年的声音。

再见面时，彼此已找不到当年的影子。在同学会上，匆匆见了一面，子君把今生所有关于男人的那丁点美好的寄望，全都收了回来。

曾恋过，原来是畸恋；曾爱过，原来是错付。

苦和累，真与纯，守候与静盼，都不过是一个人不理智的一厢情愿。这个世界，所谓的男女真情，实有还是虚妄？

深爱不易，一辈子遇见一次；忘记不易，刀刀如刻痕。

爱，可以成恨，爱，也可以忘记。如果剥夺了信任和纯真，人性徒留空空的蝉蜕。

爱，是一杯酒，用三年的青春发酵，用无尽的年华窖藏，留给岁月品鉴，原以为滴滴见香，留一点用作往后余生里的念想。一朝重逢，三十年前的形象轰然倒塌，三十年滤镜中的幻影破灭，青春的记忆根本消受不起，索性全部泼洒，恩断义绝，不留半分。从此，满世界都是人性的渣。

再遇初恋，初恋早已不见，只剩故人，故人恰如初见。

重逢，徒留一地残局，慢慢收拾。

## 欢喜冤家

"不是冤家不聚头",夫妻是一种有趣的宿世奇缘,若无相欠,永无相见。

奶奶开了一个小店,叫"代销店",这名字那年那月全国通用。

三尺柜台,坐着一只圆乎乎的黑猫。爷爷须发皆白,坐在柜台里,戴着小框老花镜看《明史》。爷爷一辈子话少,顾客来了,起身招呼。顾客走了,爷爷继续读他的历史,不多言一个字,似乎这字也值钱,惜字如金。奶奶坐在柜台外,快人快语,声音轻细,一人将夫妻二人的话都说完了。她和爷爷是一对前世的冤家,爷爷缺的,奶奶给找补齐了;奶奶缺的,爷爷那儿明晃晃摆着。

奶奶精明但不尖利,爽快但不伤人,迎来送往多了,爱找她调解的欢喜冤家也多。

素素妈妈一辈子只坐在自家院子的墙根下,两棵硕大的枣树遮天蔽日,葱葱郁郁笼住庭院。素素爸爸是个怪人,终生不洗澡,不看病吃药,不进生食。女人断文识字,素素爸不准她读书看报,怕误事;不准她串门说道,怕自寻麻烦。他剪一头中年女式的齐耳短发，天灵盖上戴一只银色发箍，整天阴鸷一张黑脸，背着手进进出出，大树笼罩的院子更见阴沉了。

夏日里，女人手摇蒲扇，坐在墙根的竹椅里，孩子们围着她席地而坐，从她嘴里掏挖出一个又一个故事。也许，这是她一年四季最舒心的日子，也是才华被夫君淹没的一生里最敞亮的高光时刻。她读书越多，交流的人越少，自闭越深，无喜无哀，无怨无怒，一张刻板的脸，一副低眉敛额的姿态。无处可诉的境况，倒真的还给她无限自在，无上自由。她把话编成故事说给孩子们听，她走路的时候说给尘埃听，洗衣服的时候说给一池清亮的水听。除了睡觉，她无时不在说话，又无一听众。

这样一对超凡脱俗的夫妻，是孩子们最想亲近又最好奇的一双怪人，是男人统领天下，女人唯唯诺诺的宿世冤家。男人生病了，不肯去医院就医，素素妈找了善言的奶奶去劝说。在疾病跟前，素素爸居然服软了，七老八十，头一回吃了药，打了针。

庄户人家的男人顾家，不苟言笑，质朴踏实，过一辈子端端正正不邪性的日子。但也有走邪门偏道的，沾了好吃懒做赌博成性的毒。光光妈嫁给无父无母的男人，生下光光，男人开始夜不归宿，躲在茶店里押宝。幼儿嗷嗷待哺，农活积压成堆，光光妈也不恼，不回娘家搬救兵，家务农活样样不落，件件利索。男人输了钱，灰头土脸回家来。

"输多少？"女人稳住情绪，稳住嗓门，不疾不徐地问。

"五块。"男人有些心虚。

女人提起脚边的热水瓶，顺手就砸了。男人吓了一跳，消停了许多日子，不赌了。

又一个通宵，男人有些萎靡，晨光中回到家。

女人问:"输了多少?"

男人有些怯懦:"十块。"

女人操起剪刀,将卧房里的蚊帐绞烂了。男人又收敛了好长一段时间,心疼啊,竟然碰上比自己还败家的娘们。但终究耐不住嗜赌的性。一日清晨回家,眼里布满血丝,女人灶间起了身:"输了多少?"

男人说:"二十块。"

女人操起一把铁榔头,把铁锅砸烂了,白花花的粥流向灰膛。

男人慌了,没锅的日子怎么过?这是要拆家的节奏,败家娘们陪男人一起败家,他在赌场输多少,她在他跟前"败"多少。小门小户,哪经得起夫妻一起败?

男人从此金盆洗手,再也不沾赌了。一物降一物,魔高一尺,道高一丈。柴米夫妻家底本来就薄,贫贱夫妻百事哀,农家的一砖一瓦要靠二人齐心协力,梁燕衔泥。女人照准了男人的三尺,狠狠砸下去,根治了他的赌瘾。

奶奶对小芹娘说:"学学光光娘,自家的男人自己管,不要找人调解。"

小芹爹爱喝一口酒,人高马大,人五人六,可半斤三两黄酒一下肚,就六亲不认,五眷不分。媳妇刚过门,被他打得七荤八素。媳妇心善,不在人前揭他短,可动手的次数越来越多,女人也长得高挑体壮,不是打不过,分明是忍着。忍不住,哪肯吃亏?夫妻扭打一处,跑到奶奶店里论理。

奶奶小小身板,掰开男人的手,笑道:"你个大男人,怎么下得了手?自家的女人自家疼,你从小没娘,如今,有个女人肯跟着你吃苦,睡热炕头,吃热乎饭,穿周正衣服,哪有你挑的理?"

男人听劝,奶奶字字在理。她把话锋又转向了女人:"男人喝酒,你管着点。吃酒闹事,他不懂事,你躲远点;他脑子清醒,酒碗没沾,留点面子给男人,不跟他计较。妇道人家扯男人的裤子,闹得满街满巷,轰天沸反,人家也没脸过日子。"

这样满世界闹腾,隐忍的女人万不得已,无非图个安生日子。女人安安生生领了奶奶的情,认了自个儿的不是。夫妻二人梗着脖子来,带着颓势回,被奶奶各打五十大板,消停了好一阵子。

可是,女人最终回了娘家,不再踏入夫家的门。街坊里传言,男人酒后动手打人,酒醒后肠子都悔青了,举起菜刀剁手指,发誓,女人看着鲜血淋漓的半截手指,明白夫妻的情分到头了。男人的手捆了一堆纱布,苦着脸,央奶奶去说和。奶奶满脸皱褶:"你今日敢剁自个儿的手指,明儿指不定剁人家的脚趾,这不把夫妻缘分耗尽了吗?神仙也帮不了你。"

夫妻情分是一锅高汤,熬着熬着,有的成了经典绝唱;有的熬过了头,柴尽汤尽,人财两空。

奶奶不是万能的,许多欢喜冤家,因宿世的怨和今世的缘,走到一起,同一口锅里吃饭,同一屋檐居住,却说不到一块,走不到白头。

邻里卸金长得眉目端正,肤白清秀,家境殷实,解放初,他父亲戴了一顶地主帽,就这成分出生,三十出头才娶了妻。家境稍有回旋余地的,断不肯将闺女往他的火坑里推。女人娘家穷得揭不开锅了,图卸金村上集体收入高,男人长得周正。这男人细皮嫩肉,心也细如丝。女人过了门,才知男人的体面都是外罩的长衫,外面风光,内衬空乏。女人嘴巴紧,出自小门小户,不大肯说长道短,可渐渐地有些风声就传开了。大冬天夜晚,睡觉不准穿秋衣秋裤，费衣料；炒菜刷锅，刷锅水有点油腥就舍不得倒。下地干活，女人做饭，米瓮里白米平整，盖着米印防家贼，怕女人偷了米，顾娘家。

宁拆十座庙，不拆一桩婚，女人回娘家搬救兵，大舅哥小舅哥将卸金胖揍一顿，卸金因为地主成分，闷声憋屈。女人有时向奶奶诉苦，奶奶抬眼看看，手里依旧穿针走线不停活："卸金老实本分，吃喝嫖赌一样不沾，是个过日子的人。十指有长短，人品无十全，跟他安生过日子。你顾娘家有孝心，也没错，但要看有没有能耐，萤火虫屁股那么一点亮，自己能不能照亮？"

女人一肚子怨气消散，安安分分。之后虽然没有大富大贵，倒也穿着体面，温饱有余，日子一天比一天宽裕。

奶奶像一本婚姻的老皇历，年轻人翻一翻，能翻到姻缘"宜"或"忌"的那一页。那些在岁月里消逝的欢喜冤家，演绎的本色故事，仿佛今日的传奇，却实实在在翻动过那时的风云。

# 两位姑姑

江南烟雨，夏荷初开，细雨如筛，满眼浓绿。突然想起两位失了根基的姑姑。

爷爷兄弟七人，有一位叔祖只生了两个女儿，膝下无男丁。叔祖的遗孀——我的小奶奶，人见人避。她胸部长了瘤，瘤溃烂，脓水不断，缺医少药以至于白蛆蠕动入骨，无人照料，因为两个姑姑在异乡，按照传统不成文的赡养习俗，母亲不能随出嫁的女儿同住。两个姑姑每次回娘家，便哀哀恸哭。

到了我父亲这一辈，已有十几个堂兄弟，与两位姑姑虽是堂兄妹，却因一"堂"隔千里。正是食不果腹、衣不蔽体的年代，各忙各家老少的营生，少有人眷顾这位叔祖母。父亲仁慈，母亲古道热肠，拖着我们姐弟五人的家口，母亲常去冷屋里看看叔祖母，送点吃的，问个好，有一番情义在。那时，乡邻经过老人家门前，都掩鼻而过，母亲却总进门去，嘘寒问暖。我也曾随了母亲去，站在门槛外头张望，病床边叔祖母一头白发，屋子里飘着腐臭味，不敢靠近。

后来，叔祖母去世了。母亲跟父亲说，两个姑姑没了根基，烧完"六七",姐妹俩坐在冷屋里,哀哀地哭。父亲说:"你去看看吧,用娘家的礼仪去接待。"母亲以娘家的礼仪招待了两位姑姑,两位姑姑从此有了亲哥亲嫂,又有了娘家。

那时,娘家无人,出嫁的女儿没了依靠,没了根,会被村坊里的人轻看几分。一旦与婆家有矛盾,起冲突,无处可诉为人妇的凄凉,人心的凉薄便见了底。有娘家兄弟,邻里跟前说话做人可以硬气三分。娘舅是外甥的依靠,婚嫁、分家、家庭矛盾,只要老娘舅出面,调停斡旋,风波可以平息,大事有人拿主意。

那年四月,绿树满窗,太阳暖暖的,小姑姑派了两个表哥来。大表哥话不多,踏实稳重,年少腼腆,高过小表哥一头,一手揉着小表哥的肩;小表哥叽叽喳喳,像只快乐的麻雀,接我去做客。母亲给我穿上周正的天蓝色衬衣,扎上一对羊角辫,随哥哥们出发了。第一次跨上铁轨,一双短腿够不着两块枕木间的宽,蹦跳着走完长长的轨道,听到地动山摇的火车鸣笛,看到火车头喷出白茫茫的水汽,吓得直往路边高坡上躲。看到大表哥眼里的喜悦,我满心踏实。那一趟做客,近乎父母派出使臣,于父母,于姑姑,都有意义。

走了七八里地,这是我幼年走过的最远的路。远远地,看见宽宽的河、高高的桥、高耸入天的杨树,还有河边埋头洗涤的勤劳女子。

沿桥往里走,经过左右两口池塘,便到了姑姑家。

让人惊奇的,两位姑姑的家,墙挨墙。小姑姑叫爱云,剪短发,面宽脸方,嗓门洪亮,说话做事干脆利落,身材高大随了我的爷爷辈。小姑姑担任村妇女主任,并不是想象中哀哀无告的弱女子。大姑姑叫卸香,一张江南女子的瓜子脸,眼窝深深,梳着长长辫子，匀匀齐齐的麻花辫，像守旧的老式女人，细声细气，身材玲珑，喜欢看她说话做事。夜间灯下，她纳着厚厚鞋底，时不时侧起细细的针，送往发际里篦一篦。

让人惊叹的，两家门口有大大的青石地板。小姑姑家院略窄，厨房与卧房两对门，两间卧房里住着两位表姐、两位表哥，六口之家安排得很紧凑。大姑姑家的门前壁，全是严丝合缝的齐整青石，步入青石垒砌的台阶，是一个三厢三进的大宅院，前后有二处天井。步入高高的门槛，是一个大大的明堂，明堂底铺着青青的石板，开着明亮的第一处天井。左厢房做了厨房，姑姑把圆桌摆在天井边，吃饭的时候，看燕子双出双归，看星起星落，看雨一丝一丝落下来。大姑家的庭院真宽敞啊，想来是大户人家的府邸。第一进，靠大门右侧，右厢房是一间大大的厅堂，用木板围着，养了水牛，牛儿偶然兴来，哞哞叫两声，添一些热闹。大姑家的孩子多，三位表姐，一位表妹，两位表哥，大表姐的娃比小表妹还长两岁呢。大表姐在遥远的城里上班，她的娃脑门奇大，又睡得奇扁，我们戏称他"扁头"，扁头比我小两岁，可也得喊我"小姨"，谁让我是他长辈呢。

让人新奇的，走过一段长廊，是第二进，深宅高楼，雕梁画栋。木结构的二层楼，楼梯廊柱雕刻精美，地板用石灰泥浇筑，经年累月，光洁泛红又发亮，大暑天，铺了凉席睡觉，或用凉水清洗干净，直接躺卧，太凉了要加盖毯子。二进房也有天井，天井里有大大的水缸，有青翠的青苔，有假山堆叠。天井正对客堂，两边各有一厢房，卧室安排在这两侧厢房里，姑姑睡左侧，表姐妹们睡右侧，表哥睡在二楼。左卧房过道里有一处大门，不常开。

两位姑姑爱干净，家中一尘不染。姐姐们勤劳活泼，哥哥们朴实内向，不大爱说话。小姑父长得清瘦，喉间的青筋都看得清清楚楚，爱说笑，一笑，眼睛眯成一条缝，吃饭时喜欢一条腿叠着另一条。大姑父个头不高，长得壮实，脸方方的，皮肤黝黑，寡言少语。大姑父田间回来，我常常看着，他用残缺的小瓦片刮腿肚子上铁锈色的水垢。两位姑姑与姑父多么互补哇，他们似乎从不吵架，从不拌嘴。

因为我是客，姐姐哥哥们让着我，宠着我。谁家买了肉，便邀我上谁家吃饭。晚间，趣事多，跟姐姐纺棉线，制作塑料宫灯，跟姑姑纳鞋底。日间，姐姐哥哥上学，同龄的阿松陪我去田间地头，教我从田埂上拔一种草茎，白白细细，甜甜的。教我吃玉米棒里的芯，也是甜甜的，日子就这样简单而美好。那个村子，大人都叫"上山下"，直到前年，发现竟是延陵季子后裔聚集地。延陵季子是吴王寿梦第四子，是春秋末期的文艺理论家、外交家和预言家，是被黄河流域高看的南方大儒，与孔子并肩，南季北孔的"季"，难怪他们村庄的大姓都姓吴。村前有溪后有山，如今，梦里依稀，村前小溪的清凉似乎还能触摸得到。

有时，我赖着脸跟姐姐哥哥去学堂蹭课，那可是初中，我只能远远地看，涌起许多向往。纯白的茶花覆满枝，看那些如飞的身影，朝气蓬勃的校园，好像快要沉醉了。

更多时候，两家的庭院里，只留了我一个"无业游民"，围着姑姑转。有时看大姑姑飞针走线，有时跟小姑姑去田间地头。要过溪，小姑姑就一把抱过我，从这岸抱上了那岸。回到家，大姑姑的灶头，已经留着足够香足够甜的玉米或番薯。秋风凉了，挖了红薯，大姑姑要磨淀粉，我蹲在池塘边，出神地看她甩着乌黑光溜的长辫子劳作，她站在大大的木桶边，往撑开的豆腐袋里一勺一勺地加水，看得太出神，以至于脚底一滑，我全身滑进了池塘。

姑姑吓破了胆，从冰凉的水塘里捞起了我，谁让我是只旱鸭子呢。可那深秋的水，我一点都不觉得凉。姑姑不敢再留客了，只好让两位表哥送我回家。母亲说，我回家时，已是满嘴异乡话，带回满满两篮"节食"，那是二位姑姑以最高规格送客了。

后来，去姑姑家就变得熟门熟路。到了节日，我代表家人去走亲戚。家里分了年鱼，我挑着扁担去，两头挂了年鱼，一头给大姑姑，一头给小姑姑。要送年礼，我便拉上弟弟，一起做父母的"外交使臣"。表哥表姐从此有了娘舅家，脸上有了光彩。到了正月，几户同辈的伯伯叔叔也派代表去拜年，两位姑姑有了更坚实的娘家根基。

然而，自从我进城、出嫁、养孩子，种种生计压力，再也没能去一趟姑姑家。前两年，起了心意要去，又搁置了。两位姑姑相继离世，我没有送上一程。表哥表姐再见面时，名字都喊不全了。

然而，那个铺满青石板的两处宅院，曾那样形色皆备地温暖了我的幼年，敞亮了我的记忆。想念那段悠远的岁月，怀念两位失了家园又重回家园的姑姑。

感念我的父母，心里装满仁爱。父亲常说：家，吃不穷。如今，两位姑姑与父亲应该在天堂会合了。做子女的骨子里流淌着父亲的血液，如今所能做的，就是传承好父辈的接力棒，积淀做人的底蕴。

## 醉时，月色如霜

　　五十岁一过，日子越过越快，事情越来越多。翻翻备忘录，每天的行程都排得满满的，早上刚睁开眼，就是试卷，试卷。晚间，月色如水，疲惫困顿，居然到先生的酒瓶里，自斟，倒了浅浅一杯底，对着先生，道一声："喝。"

　　今晚，可谓平生第一次无缘由喝酒，对着满飘台开得绚烂的蟹爪兰，猛然想起父亲喝酒的样子。可惜，父亲已长眠于明月高挂的山岗。浅浅抿了一口故乡杨梅浸泡的烧酒，三年陈酿，色如琥珀，醇厚甘洌清纯。听先生啃螃蟹腿的咯吱声，生活中充满了烟火味。那些年，生活困窘，最受烟火困扰的日子，恰恰翘望最不食人间烟火的生活方式。如今，刀山火海跨过，悲恸旧事淡忘，生活安顿，日子少了烟火的意趣。

　　向往，是生活的替代性补偿。生活赤贫，内心富足。生活富足，心底渐渐虚浮。

　　先生嗜酒，我滴酒不沾，想着他满屋子的酒，却没有一人陪他喝一盅。于是，他每有饭局必赴，每有酒喝必酩酊，带一身酒气，在两幢楼房之间操着高八度的嗓门，将通讯录里的电话逐个拨遍，如此畅快率性！我没有这样的畅快，只记得父亲每回喝醉，倒头便睡，不言不语，被誉"酒品上佳"。

先生的日子与父亲的日子不同。先生喝的也许是寂寞，也许是压力，也许是无人知晓的孤独。父亲喝的是务实，是交游，是背后强推着的上千口人的生计，一口酒一口酒地喝，一桩事一桩事地谈判，求物资，求技术，求支援。他每每低头抿酒，是用尽一个庄稼人所有的虔诚，去喝，去抿。他的左手撑着油光的红漆八仙桌角，右手有些哆嗦地扶酒碗，呼！痛快地喝一口，满满一口。父亲很少扬手端碗，很少像今人酒席间高举酒杯痛饮，很少喝高档精致的杯子盛放的名酒，父亲喝的是沉稳做事、真实做人，喝自己酿的米酒，自己吊的高粱白酒、荞麦烧酒。

父亲自是安详地去了另一个世界，留给我的，是今夜，当我第一次主动地、无端地举起酒杯，喝下人生第一次讨要的酒时，默默思念父亲喝酒的样子，而他所有的眼神，所有的动作，所有曾经言语和不语的样子，都一起浮漾起来，成为真实的涟漪，宛如举杯对酌。然而，我这一辈子，不曾也不能陪父亲喝一口，然后，豪气地说："来一杯！"我举起岁月的杯，举向空中，为自己的开悟太迟，成长太晚，向父亲致歉。

今晚，我举杯向昨天。

我举起杯，轻轻碰了对桌而坐的先生的杯，我不善言辞，这么多年，并不知先生喝的是寂寞，满屋子的酒，他很少开瓶，不是不爱喝，是没人陪。

他居家的日子，少言寡语，却在酒席间，犹如昂扬阔步的士兵，慷慨激昂，笑话迭出，俨然贴着白鼻子逗人嬉笑的丑角，念唱做打无一不通。手舞足蹈，拍胸耸肩，嬉笑怒骂，一派率性天真。

今生，也曾醉过一回。滴酒不沾的人，举起杯，必是借酒浇愁一回。那一回，借一个聚会，喝了满满一杯，把自己灌醉了，那夜月色惨白，照满了空旷无声的操场。我伏在初冬连天的枯草上，看着如霜雪的月色，不管闺蜜如何劝解，哭到天昏地暗。

次日，醒来，满身酒疹，满脸虚浮肿胀，裹着头巾数日，才肯脱巾见人。人生的期待掏空一次，酒醉了。从情感的迷障里醒来，拔离非理性的旋涡，酒醒时，理性也醒了。

这样的酒，喝的不过是年轻和任性，为青春的失意拼一回，不为谁，只为自己。值不值？历史的烟尘弥漫了三四十年，越来越模糊，越来越不明晰。一场错失，一场错意，却甘愿醉一回。然而，身心不能承受，过敏性酒疹痛痒了青春许多日子。

现实和梦想，似乎从来都是桥归桥，路归路。

多想能在生命的所有场域，都沉醉到不省人事，然后，倒头就睡，不问曲直，不论可否。有酒喝，人生幸事；有酒醉，人生欢畅；有人对饮，人生赢家。每个人，都有一杯自斟自饮的酒，喝的也许都是寂寞，无人解意。子不能陪父亲痛饮，妻不能开解夫君的醉意，相恋的人喝了分手的酒，昨日柔软的梦与今日坚硬的现实喝了摊牌的酒，从此，各醉各的，两不相知，两不相欠。

今朝有酒，今朝不醉。曾经醉过，只为月色如霜。

为朝夕同处的人，不肯举起日子的杯，却为一个不再能竟的梦，歌哭沉醉，生命的旅途中，我们是否常常本末倒置？不肯为人生欢声高歌一曲，却不知为哪般心绪，呼酒买醉。

举杯向昨天，只问自己，不再问天。

## 掏羊锅

杨乃武与小白菜"奸夫淫妇案"是清末四大冤案之一，姐姐要为弟弟杨乃武讨一个公道，在铁钉板上来回滚动，全身千疮百孔，犹如米筛，血肉模糊，惊动京城，惊动了慈禧，在西太后过问下，重新翻案，得以昭雪。这江南妇孺皆知的故事的发生地在余杭，章太炎的故乡。每到秋冬，这片灵秀之地有一口独异的锅——羊锅。掏羊锅，吃大餐，品地方风情，是秀得出手的地域符号。

那儿去过两次。第一次，二十五年前，哥嫂新婚不久，跟在热闹的送亲队伍里，送小妹出嫁。住在富春江畔，严子陵钓台下，好山好水养育了小妹的灵秀聪慧，善良温婉，小妹圆脸似月，肤白唇红，乌发披肩，笑靥似桃，心净如泉。学业出众，以优异成绩考上县一中，20世纪90年代初顺利考上大学，与李家公子在西子湖畔的大学校园里相识相恋，水到渠成嫁入李家。

那一年天寒，呵气成雾，心里热腾。哥嫂跟随送亲队伍，去了李家小村，小妹此去远嫁。从桐庐到余杭，行程漫漫，经过两个多小时的车程，才抵达杭州城西——章太炎故里，日落西山，

今夜月色朦胧

时已暮。寒冬，天黑得早，李家院落笼罩在苕溪畔的夜幕中，一棵大树底下，林木森森，一条小河蜿蜒流过，景象清幽。室内宾客盈门，喜气洋洋。一幢典型的农家大宅，三层楼房在杭嘉湖平原上耸立。想着小妹嫁入小康之家，一对玉人情投意合，李家公公婆婆是当地精干的庄户好手，勤劳简朴，小两口大学毕业，工作稳定，日子一定能越过越红火。

第二次，2018年最末一日。小妹订了餐馆，约哥嫂一家三口掏羊锅。抵达余杭，雪后阴晦的傍晚，小妹约了滴滴车守在路边，穿一件暗红色的上衣站在寒风里张望。阴沉沉的天，灰暗的马路车水马龙。杭州城市化西进，阿里巴巴集团入驻，当地房价飞升，梦想小镇崛起，昔日村镇变身繁华闹市。沿途尽是掏羊锅门店，道旁停满了车子，家家户户张灯结彩。"这正是李家村，"小妹说，"提了多少年要掏羊锅，今日才带哥嫂成行。"

四个人点了小份羊锅，天光明亮，开饭还早，小妹引路，哥嫂随行，在李家村各处走走。到处是洋房别墅，灯火通明，路边有几个热情邀客的店主。一棵大树下，一幢三层洋楼黑灯瞎火的，笼罩在越来越深的暮色里，正是小妹公公婆婆住的房子，也是当年小妹的婚房。小妹推了推虚掩的门，门里一片昏黑，家里没人。溪边芦丛林立，那棵香樟树更加葳郁高大了。

家家户户飘出浓浓的羊膻味，有的门前挂着成扇的羊肉，有的敞着大水盆浸泡肥腻的羊下水，有的支起红伞做小买卖。掏羊锅成了杭州城西的一道餐饮风景，一个特殊的时令符号，每年深秋到次年春天，店家经营四五个月，有些生意火爆，需要提前预订。

回到饭店，菜逐一上桌。一只羊锅，煮着骨头、羊肝、羊肺、羊肠和羊肚等下水；一只羊血锅，漂着葱花；一盆羊肉，一盆羊蹄，蔬菜四样，另添两份主食，一份鲜虾，菜肴排了满满一桌。小妹只吃青菜，喉咙肿痛了七个多月，一年来肠胃不适，服药治疗导致药物性肝炎。掏羊锅，是她提出来的，她却一筷子未动，要尽地主之谊，带哥嫂感受当地的餐饮风尚。

还没动筷子，她先去找婆婆，叫来一起吃饭。婆婆匆匆忙忙来了，剪着短发，皮肤黝黑，操着当地口音，不会客套，象征性地动了动筷子，就匆匆离开了。小妹心疼她，六十八岁的人了，还在羊锅店做帮工，公公多年前帮亲戚造房子摔断了腿，终年坐在轮椅上，因为行动不便，没有一块过来。饭桌上，婆婆几度落泪，强忍着，象征性地吃了几口，就推说还有活计，匆匆离开了。

离开羊锅店，小妹埋头走在最前头，像匆匆赶路，晚风凄寒，她不想让哥嫂看到流满泪水的脸。

隐忍十几年，她蒙上瞒下，独自承受，为孩子苦撑一个塌了半边的家，直到孩子留洋出国，才于2018年了断这桩名存实亡的姻缘。婆婆知道儿媳的苦，十几年前，儿子变成了浪子，在外包养女人，嗜赌如命，心里无父无母，无妻无儿，老人家六十八岁了还在外打工，替逆子还赌博债。

十几年了，就算在最亲近的人跟前，小妹也不肯吐露一点隐衷，扛下所有经济负担与苦难，熬着，熬过青春，熬过中年，殷殷期盼"愿得一心人，白头不相离"，满以为，浪子会回头，晚年还有老来伴。2018年春节，她还在幻想：他万一病了，她愿意照顾他。然而，错过了青春相守，错过了中年相濡以沫，苦撑十多年，等来的却是一纸离婚协议。

2018年底，小妹在微信里告知嫂子，终于将所有欠款还清，孩子留学获全额奖学金。"桃之夭夭，有蕡其实；之子于归，宜其家室"，建起一个家，为自己，苦撑一个家，为孩子。

当她还清所有债务，身体和精神已全面崩溃。夜不能寐，靠药物支撑；日不能食，肠胃、喉咙、肝全面清算，身体的账，精神的账，秋后一起算，十多年的内伤，彻底爆发。

可是，她还是请了婆婆一起吃饭，旧情难舍，被辜负，被背叛，还是念着婆婆的好。痴情女子负心汉，渣男负心如此，抛妻弃子，孩子求学读书，一概不管；绝情如此，除了回家伸手要钱，从不进家门。

小妹独自走在夜晚的寒风里，远远的，圆脸瘦削，黑发翻白。

希望小妹的心底，做一次彻底的断舍离，苕水汤汤，与之长诀。新的一年，新的生活重新起航。然而，回得去的是草木春秋，回不去的是人生韶华。小妹一生的幸福完全葬送在这位浪子手里了，漫漫长夜，孤苦十几年，谁还她青春，谁还她幸福，谁还她公道？

掏羊锅，是他人欢聚的仪式，乐滋滋的季节符号。一段孽缘彻底毁了小妹，正当壮年，却疾病纠缠。

"桃之夭夭，其叶蓁蓁。"之子于归，何处是归？

哥哥嫂嫂两次去杭城西羊锅村，一次联姻，一次长诀。

## 午间初见，三道茶

长河里几星浮萍，经千万次汹涌，历千万里奔腾，某一汪然平静的浅湾，也许会偶然相逢。

人际交互，有如轻舟飞渡，无迹可求；有如皓月流光，洞幽察微；有如芝兰馥郁，幽香清徐。遇见周老师，如长河里的浮萍，纯属千万次淘沥后的偶然。

整一天培训，午饭后，无处去，蒙三位朋友相邀，去周老师的办公室喝茶。

办公室在四楼，层楼叠上，眼前之境大开，如入画中。行至三楼，周老师同事已经相迎，见我们感叹"如此风水宝地，得全城独厚"，有意往三楼阳台上引，说"风水尽在三楼了"。

步入阳台，三江汇聚，浩茫空阔，尽入视野，薄雾轻笼，秋水含烟，波光层叠秋光，澄江似练，古子城与婺剧院、彩虹桥等现代建筑交相辉映，一览无余。江心的燕尾洲轻笼秋意，暖阳下，汀渚间林木葱茏。

有人笑说："可不可就地倒卧，占尽好山好水，今晚住这阳台，不走了？"因为身在画中，大家都取手机互拍。

谈笑间，上到四楼。周老师一身烟灰色青年装，安然端坐红木沙发上，戴一副大框眼镜，笑意流动，犹室内袅袅升腾的檀香，轻灵自在，初见时的局促一扫而光，满室书籍，堆叠随性。

茶桌、茶杯、茶壶，精致玲珑，别有意趣，连用来装冷水的竹壳水壶，也泛着怀旧的光。烧水用的虽是电炉，电炉底座却是一童子执扇扇炉，平添情趣。

周老师端坐着，安然自若，我们各自围坐，无贵无贱，无长无少。主人如话家常，无一丝傲慢的距离或冷峻的压抑，客人随意落座，自在随喜。

午间短短一段时光，周老师烹煮了三道茶。

第一道茶，用透明的玻璃滤壶烹煮，初闻，茉莉香淡淡弥散，入口，荞麦般的醇香浅浅氤氲于唇齿，慢慢品，回甘正好。

用的杯，是青瓷大师的手作。每人斟上浅浅一杯，细闻、慢品，生活的步伐暂时停顿，停顿在半空里，流年、流光一时没了踪影。周老师示意："喝吧，温度变了，味道也就变了。"

第二道茶是普洱，换紫砂壶泡。倒残茶，洗杯，暖杯，一招一式，环环入扣，一杯一盏，尽显涵养。烹茶如品茗，精致、细腻、温润。

抬头见墙上尺幅，是明成化帝登基不久绘制的《一团和气图》摹本。茗茶闻道，体悟儒道释"三教合一"的博大，应了"谈笑有仪，俯仰不愧"的心境，渲染出"忘彼此之是非，蔼一团之和气"之氛围。

第三道烹的是一朵花，不知名，包装考究，来自西域，为友人相送，弥足珍贵。周老师说："今日女士多，必须泡来喝。"已近上课时分，周老师不急不慌，取水、洗杯、烹茗。

花在壶中一点点绽放,色泽一点点洇散,晕染,淡琥珀色中掺着浅浅的粉。

瞥见茶几上有一瓷碗,瓷碗里安放一木瓜,取木瓜细闻,不似普通木瓜甜腻,倒有兰的幽香淡远。端起瓷碗,南宋瓷,美中不足,碗沿有一缺口。

"那是我故意敲的,好东西不能藏,不然哪天死了,家人都不知道宝贝藏哪儿了。我敲了它,搁茶几上,天天可以看见。"周老师解释。睿智,达观,通透,把生活过成自己想要的样子。可惜这样的过法,这样的想法,很多人,很多时候,都只是放在明天的期盼里。

来不及喝这第三道茶,周老师取过纸杯,均匀分出四杯,让我们带去课堂。

取午间一段时光,以淡泊为水,以空明为炉,以秋光为壶,以闲适为杯,烹煮不同于庸常的滋味。天,朗润明净;江,薄雾迷离。

我一个禄蠹俗人,喝过周老师的三道茶,仿佛看到光阴的羽翼短暂收敛,停在膝头,可以聆听到自己内心久违的声音。

雍容的胸怀,是取上好的茶,用上好的杯,与三五同好,慢慢品一丝华年。浮华尽散,日子光亮如秋水。执念尽释,茶香漫卷,漫透心扉。

回到课堂,才知,周老师是我们的班主任。

生命激流里,三两星浮萍聚聚散散,太过平常,转眼间,不知彼此东西。然而,那个午间,我们都会记得,那三道茶。

# 第四卷
# 寻常巷陌

## 池塘旧影

　　池塘，是江南村庄的灵魂，村民的集散地，浮漾清晨，沉落黄昏，吞吐四季，承载欢笑，传递家长里短。

　　一个村落，池塘大大小小十多个，清幽或热闹，硕大无朋或娇小依人，各有名号，雅俗兼备。或孑然独立，远离尘嚣；或母子相依，功能互补。清清亮亮一池子水，或长满菱角，布满莲藕，或浮满水浮莲，漾满浮萍。池塘的样貌不讲规矩，方圆曲直，自在随性，活泼率真。池塘的色彩和风物，各美其美：绿树成荫，青翠的倒影便摇摇晃晃；木槿围绕，盛夏便开满紫莹莹的打碗碗花。金银花茉莉花装点盛夏，木芙蓉在深秋里晨昏变色，冬有白白亮亮如雪覆的乌桕子，蓊郁如伞，四季常青的是香樟。池塘的清晨，水汽袅袅缕缕蒸腾，像远山出岫；黄昏，落日余晖在水面碎金散银，水光染成瑰丽的晚霞。

　　最喜春天，一夜风雨的次日，满池绿萍，不留缝隙地铺展开来。惊异冬天，寒意不打折扣，冷得彻底，满池厚约寸许的冰块，清晨的阳光一打，晶莹透亮。池塘若整个儿冻住了，顽皮的孩子们用石块砸，砸出一堆堆白花花的冰粉，仿佛撒了一池雪。取火筷子，往火熜一烘，往冰块一戳，冰面生出密密麻麻的小孔，晨曦一照，闪烁璀璨的光芒。夏日，若有荷，满池田田荷叶，如覆满碧玉雕琢的华盖，在翠玉华盖中顶出粉嫩或莹洁如雪的荷包，有的菡萏半开，有的举盏盛放。母亲怕孩子们糟蹋了荷花，一遍遍教诲：荷花可赏，不能折，不能踏。于是，对于莲，对于生莲的池，有了不一样的情愫。

水浮莲密密匝匝的日子，一定是江南雨季，一朵朵卧在水面，挨挨挤挤，满池碧绿。小表妹玩水，掉进水里了，浮莲间仅剩一双白白嫩嫩的小脚丫，小表姐小表哥拍手喝彩，外婆见了，惊魂捞起，倒提表妹的一双小脚丫。嫩笋般的小脑门刚出水面，羊角辫上挂两朵水浮莲，忽地放声大哭，小表哥小表姐也哭了，一堆孩子一齐哭了，外婆惊惶的脸上却挂起了笑意。池塘孕育生命，也吞没生命，但挡不住孩子们对水的痴迷和贪恋。

最恋池塘夏日，太阳一落进乌桕的树梢，满池都是欢快畅游的鸭子，欢快戏水的孩子。女孩子穿花花绿绿的裙子，男孩子穿一条短裤，泡在水里悠游，把一池清水搅得七荤八素。潜水，跳水，游水，冲速度，争狠斗勇，使不完年少的劲儿。懂事的，循塘沿静静地摸螺蛳，捉虾；闹腾的，在池中打水仗，打得鸭子们嘎嘎嘎惊魂地叫。日落西山了，夜风已起，鸭子和弟弟一样贪恋池塘的清凉，姐姐扛一根长竹竿，一头赶弟弟，一头赶鸭子。等鸭子和弟弟都赶上岸，夜幕拉上了，池塘静悄悄，星星们偷偷地临水自照。留一池星星和寂静，萤火凑趣，水上一串流萤，水中一串流萤。

江南池塘，依循的是农耕作息，"鸡栖于埘。日之夕矣，牛羊下来"，地里劳作一天的人们，歇工后头件事就是去池塘签退。种植时，用瓦片刮去腿上的锈色水垢；雨季时，用稻衣抹去高帮雨鞋的污泥；收割时，洗去眉眼间的扬尘。"沧浪之水清兮，可以濯吾缨；沧浪之水浊兮，可以濯吾足"，池塘是农民的洗尘处，洗去俗尘，终日埋头黄土，偶尔抬眼看天，举目看水，借此卸下谋生的疲惫。池塘算得上出征士兵回京时暂时歇脚的关隘，咸阳城外的函谷关。足净踏红尘，池塘洗尘，可以复原一个眉清目秀的归人。

当然，清晨的池塘才是江南村居生活的浓缩，那是女人的天下。冬日，五更晨起；夏日，四更天已棒槌声声。池塘是称量女子勤懒的一杆秤，是评头论足的议事厅，传播见闻，也传递是非。这个开放的场合，汇聚三教九流，包罗万象。一个村庄有其自闭性、独立性，池塘却完全开放和包容，兼收并蓄，门派各立，存异求同，存在即合理。从来没有绝对的裁决，各自相安，算得上村居文化的折射。曙色未开，女人们携木盆、脸盆、菜篮去塘埠头边，棒槌、鞋刷、竹丝帚、丝瓜络全乎上阵，洗洗刷刷。埠头与埠头并列，人与人并肩，捣衣声声，水花飞溅，家长里短，全是人间凡俗。

奶奶一双小脚，惯常穿尖头的黑帮白底布鞋。她不赶早，把埠头让给年轻人，年轻女人洗汰后还要赶早下田。时已近午，只有一池碧水映蓝天，奶奶头顶一条素净毛巾，遮住脸额，屁股坐一草蒲团。夏天，她将脚挂进水里，瘦弱的身躯抑扬顿挫起来，板刷的挥舞，像是一场袅娜的舞蹈，挈领漂洗，像丝丝入扣的演奏，刷、漂、搓、揉、捣、拧，十八般武艺皆精，势将衣服的青丝白线还原出本色，一尘不染，纤丝不杂。奶奶对于水的钟爱，对于池塘的钟爱，全写进塘埠头了，那时，塘埠头和灶台是一个女人一生的主战场。

外婆旧居的门前是一口塘，新居门前还是一口塘，两池间有水沟，沟通有无和消长。新居在村子外围，一次搬迁，竟是整个村庄搬迁的预演。三四十年间，几乎家家搬迁，往村外搬，村子越来越大，村中越来越虚空。虚空了的还有昔日的池塘，以及池塘早晚的繁华。

池塘连缀老屋，连缀生活旧貌，它不只用以灌溉、防火、洗涤，更是农耕文明的浓缩。然而，村子的内涵渐渐被抽离，那些荒芜的池塘，成了许多空洞的眼，注视着这个疯长的世界。

池塘是童年旧影，躯体犹在，心灵不存。

## 凉亭生暖

亭台楼阁，画廊水榭，别有意趣。

滨水溪涧，细水柳畔，一座凉亭一冷月，就可"洗却胸襟万斛尘"。

山山水水，田间阡陌，山径蜿蜒，常有凉亭静立路边。有的翘檐飞角，四面透空；有的低檐方正，遮风挡雨；有的连桥续坊，雕梁画栋；有的两厢对开，中间穿廊。虽是暂借憩息之所，也成景中风物。

亭子是凉的。劳劳长恨，离离长亭，暮色古道，笛声城外，把酒饯别，恰是离殇时分。求学，经商，游宦，于亭中设宴，只为留恋半盏时光，眼看别路云起，离亭叶稀，此去经年，归期无限，一声慨叹："今宵别梦寒。"长亭更短亭，暮色风云，夕阳山外，全是离愁别恨。亭子，坐落于细水边，独立于高山巅，纵是天晴，宫柳长春，红花莺啼，怎奈"金风亭子入春凉"。苏舜钦贬谪吴中，筑沧浪亭，欧阳修、梅圣俞等于亭中吟诗酬唱，仕途蹭蹬的凄凉得以宣泄冲淡，"清风明月本无价，近水远山皆有情"。

亭子是寒的。不是上与云齐的高寒，是与世相违的孤寒，是清净尘不到的离世清寒。欧阳修贬至滁州,于山水间大醉,万千孤独,千古悲凉,倾听秋声飒飒,独太守一人而已。滚滚红尘觅食,布衣蔬食,与谁畅饮携美酒?与谁笑谈看云归?人生就像倚林困鹤,巡食饥鸟,卑微求稻粱,是俗世谋生的众生。雨花狼藉,侈谈知音,只好将流年侵入双鬓,莫向离亭仔细看,任白月流光,翠羽飞,年华空负,壮志难酬,盛年不再。

亭子是冷的。寂寂寥寥,年年岁岁,尘埃落定,千帆过,留一地寂寞慢慢拾掇。辛弃疾在北固亭悲怆高歌:"风流总被雨打风吹去。"英雄末路,美人迟暮,世态冷落,人情纸薄,人过茶凉,最难堪酒醒何处。亭子,是壮行的出发点,也是人生败北的归宿地。叶落归根时,于亭中,送眼寒江,漫吟前半生的峥嵘侘傺,溪亭日暮,缱绻儿女,满以为"一方席上长留客",到终了,梦已醒,不过是来去无踪落地云,寂寥苍凉,入眼,入心,三尺窗中只见山,一蝉飞去一蝉吟。

亭子是闲的。"轻岚嫩紫无朝暮,肯与闲情数往还",亭子供人憩息,舟车劳顿,暂借驻足。空山新雨,明月别枝,山河翻转,转过身,有柳暗花明,幽径花蹊。清工部郎中江藻建陶然亭,文人墨客奔着"更待菊黄家酝熟,共君一醉一陶然"而去,从此,红尘又多一处清净世界,藻卉之所,修禊之地。陆游入蜀,初有流落天涯之叹,登白云亭,见"天下幽奇绝境,群山环拥,层出间见,古木森然",大喜过望,以为大半个华夏"亭榭之胜无如白云者",公务完毕,起居饮食移师白云亭,其乐无涯,硬是将一个二三年无人肯补缺的职位,过成诗样年华。

亭子的温度,不在命运遭际,在人的胸襟格局。苏轼到扶风为官,筑亭逢甘霖数日,麦与禾得长,大喜,于是,亭以雨命名,称为"喜雨亭",以志其喜,以民生为喜,足见情怀。

亭子的冷暖,不在是非成败,在个人取舍。兰溪夏李村,夕照辉映,李渔所建"且停亭"白墙黑瓦,两座圆拱门廊前后对称,石子路穿廊而过。亭中有一联:"名乎利乎,道路奔波休碌碌;来者往者,溪山清静且停停"。李渔停下人生事功的脚步,选择归隐,莳花弄草,构筑伊山别业,耕读以欢,诗词歌赋以度年。下杭州,修"武林小筑",写剧本,训戏班。至南京,遍访名仕,著《闲情偶寄》,传承千古。红尘滚滚,太匆匆,何不且停停?

亭子是暖的。简陋的亭子笼在温暖的阳光下,浮泛空灵的春色,沉稳坐卧,仿佛岁月的一尊古佛。故乡有一座凉亭矗立小溪边,过石桥十余米,一间土坯灰瓦的泥房,没有栋梁,没有橡木支撑屋脊,简陋至极,但饱经风霜,沧海桑田,供路人歇脚去乏,遮风挡雨。婺城有祝风亭,一对温饱不保的拾荒夫妇寄居在这一处凉亭,领养十几名弃儿,小小凉亭撑起一处温暖港湾。

凉亭生暖,有过饯别的酒,送别的泪,有过千山万水奔波后的暂且驻足。外出云游、求学、谋生的人们,几番轮回,几许浮沉,凉亭是离家的界碑,也是他们回乡的指引。

凉亭,温暖的所在。凉为本名,时时生暖,如三月春风,捂暖人间过客的残梦。

长路漫漫,归期无期,祸福无兆,输赢不定。有一处凉亭,它是友人,是家人,是书卷,是画集,暂借一时,不问风雨,不问前程,不问因果,只做一宿半日的生活逃兵。向晚时,看凉亭暮色弥漫,只赏风云流散,只剩清风缭绕,草色入眼,不问长亭短亭,不问。

# 老 屋

也许冥冥中有预感，它将拆除，今年正月，特意为它拍照，存念。

暑期时，母亲说：上面通知了，要拆。

我说：能不拆吗？

母亲说：都拆了，保不住。

三四天后，弟弟在家族群里发了最后的图片，告知：老屋被拆了，群里一片肃穆，也算我们对它最后的默哀。

一个月后，我回娘家。

循着那条贯通村子的熟悉的路，沿坡上行，经过祠堂，祠堂被修葺一新。经过花厅基，昔日平整宽阔的晒场，我们童年游戏的乐园，全村大型活动的聚集地，光滑的地面沧桑三四十年，变得斑驳，斑驳的缝隙中开满了五颜六色的花，东边一角南瓜藤蔓延，杂草错生。

祠堂的最上层是我一、二年级的教室，老师采用复式教学，教室外侧坐一、二年级的我们，里侧坐四、五年级的学长。学长手持长长的竹鞭管教我们，敲得桌子啪啪响，尽管它从不曾在谁的身体上落下。

祠堂对面的院落,如今大门紧闭。那曾是小学高年级学生们的乐园,操场、办公室、厕所全在那扇小门里。透过窗玻璃,里面一片昏暗,一片狼藉。那曾是多少人童年的乐园!

花厅基边那些熟悉的房子全然陌生了!曾经,这儿以电线杆为界,一边有冬日的暖阳,爷爷戴着老花镜看《唐史》;一边有夏日的星空,枣子挂满枝头,大树底下,邻家婶婶摇着蒲扇给我们讲故事。

听完故事,我们或捉迷藏,或玩老鹰抓小鸡,或手牵手围成花朵,一人做花蕊,其余做花瓣。

"花瓣"问:花儿花儿,几年开?

"花蕊"答:一年不开两年开。

"花瓣"问:花儿花儿,几年开?

"花蕊"答:两年不开三年开。

"花瓣们"围着"花蕊"绕圈圈,在"十年花开"时,再做鸟兽散,"花蕊"到处抓"花瓣"!那敞亮的笑声仿佛还在花厅基的上空盘旋。当年生产队的粮仓紧挨花厅基,我家的老屋紧挨粮仓,然而,如今映入眼帘的只剩一片废墟!

一个人的成长记忆全然刻印在一所宅子里,用了十年,数十年,用了一辈子。然而,夷为平地只需一天半日。那些冷血的挖掘机!

我借着这空荡荡的地基,想象屋后曾有的一垄空地,那是母亲用来种花的,想象德德银囡家的厨房,有些不可置信,这样一个窄小的空间,当年何以腾挪出四间房?每当德德银囡妈妈炒豆子,那香味绕梁而来,我们就开始唱:"隔壁妈妈炒豆香,有我吃，好心肠，没我吃，烂肚肠。"德德银因妈妈就端了炒豆送过来，送给她的幺儿子吃——弟弟认她做"亲娘"。

然而，此刻，我没法分清，哪是那堵分隔两家的墙，哪是那垄种花的地！

我记得老屋有一个狗洞，奶奶养了十三年的小黑狗自由出入，有一天，狗儿奄奄一息，却挣扎着跳出门外，躺在门外"南砖路"上去世了。

我六七岁时，从姑姑家抱养了两只"洋鸭"，是典型的旱鸭子，它们不识水性，我就免去了邻家小伙伴每到傍晚的辛劳，不必手持竹竿去池塘里赶鸭子回家。它俩有血红的嘴，洁白的羽，胖胖的身子，白天乖乖地在门前屋后嬉戏，夜间住在我的床底下，安安静静入寝。它们与其说是家禽，不如说是我的掌上宠物。一个初冬的深夜，床底传出翅膀扑动的挣扎声，次日清晨，发现一只已命殒门前，被野猫拖出狗洞，吸干了血。我为此伤心落泪，责怪那个敞开的狗洞！

然而，那个狗洞在哪呢？

那个狗洞，也曾钻进梁上君子。

老屋有三间房，留了两间给奶奶开店，我们一家七口挤在一间小屋里。爸爸为了腾挪出空间，隔了路，在老屋对面，又盖了一间泥房。那真是用筑板和石夯建造的泥房，齐整响亮的哼唷哼唷的夯声犹在耳畔，我十六岁时搬了家，泥房灰飞烟灭，连同那块地基也给了邻居。

想着我们一家七口挤在一间窄窄的房子里五六年，留出两间房子给奶奶，奶奶做生意赚钱不曾给过儿子和媳妇。但我的双亲一直默默承受，毫无怨言，只有孝并顺从！

三间老屋，正大门开店，右边是奶奶爷爷的卧房，左边开了小门，是我们一家七口的起居室。双亲为了有一个会客室，用木头做墙，将蜗居分隔为两间。即便这样简陋逼仄的房子，母亲依然在窗外种了一垄花草。

大门口卧着一块青石板，江南大雨天，奶奶身披棕色蓑衣，头戴青色斗笠，秧盆里的水已积满，檐头水还狂注而下，她手持板刷，抹布拖把洗将起来，捣衣声嘹亮明快！然而，那块青石板在哪里？那扇大门又在哪里？

奶奶开店，遭了三回贼，一回钻了狗洞，一回砸了墙洞，一回钻了窗户。窃贼虽然可恨，却也让人心生好奇，何以窄窄的狗洞也能钻入？于是十分信奉邻居们杜撰的"缩骨术"。何以高高的一扇窗也能挤进来？于是十分佩服窃贼的飞檐走壁之功。何以一堵厚实的墙，村中临大路，也能被打个洞？窃贼何以能如此瞒天过海得手而去？于是十分惊讶于他的贼胆包天！

可是，如今，那修补过的墙在哪儿？那加了栅条的窗又在哪里？

那间正房，奶奶开的杂货铺，酱油的黑亮与浓香，黄酒的琥珀色与醇香，盐巴的晶莹与烟火味都在哪里？打酒打酱油的长柄竹斗在哪里？奶奶的店歇业后，和爷爷搬进左边房，我们一家七口换到正房和右边房。长弄堂的老屋，一个家庭的变迁尽在此间！

母亲的工作由粉干厂换到了布厂，我和弟弟也搬进村口的新校舍。姐姐们去了镇上的中学，她们带回了许多新同学，借回许多名著。等她们初中毕业，大姐去了农机厂，三姐去了毛巾厂，而我也上了中学。分田到户，二姐承包了家里所有农田。长弄堂的老屋，一个家族的成长尽在此间！

父亲干事业的劲头一天比一天足，家里的客人一天比一天多。三姐夜班回家，得在厨房里叮叮当当忙活，烧一桌子饭菜招待客人。身为人民教师的舅舅想着父亲的门面，逢年过节，都要将正房打扮得漂漂亮亮，焕然一新。母亲和姐姐们总要将家里家外拾掇得一尘不染，以接待父亲的客人。长弄堂的老屋，一个家族乃至一个村落的成长尽在此间！

　　爷爷奶奶在左边房相继辞世，诀别的每一个日子依然如在眼前。爷爷百年后，我和大姐住进左边房。长弄堂的老屋，一个家族的悲欢离合尽在此间！

　　站在这片废墟上，分不清哪是正中，哪是左右，哪是大门，哪是边门。墙与瓦，砖与木，一片狼藉！

　　这无形的手推掉的何止一所老宅，一起推翻的更有我们一家三代所有的记忆，生老病死，悲欢离合，兴衰祸福，点点滴滴的记忆都将成为虚空，无处附丽！推掉的是邻里睦亲，是寻常巷陌中的集体乡愁。

　　老屋正门对大路，这条路被誉为"长弄堂"，穿村而过，村里的人、邻村的人脚步匆匆踏过，那杂沓的声音依然在耳。每到夏日夜间，乘凉的左邻右舍摇着扇子，坐在弄堂的屋檐下清谈。日间，穿堂而过的风清凉，吹不散两边屋宇投下的阴凉，弄堂里坐满了不出工的老人，闲话家常。小贩们走街串巷，定会在长弄堂里歇脚，叫卖声像一只画眉，那声音从巷头直飞巷尾。那安宁祥和的村居风貌，鲜活在童年，附着于老屋，然而，从此，它们只有在梦里萦回。

　　更为错愕的，当我放眼环顾，对邻的四五户宅院全都灰飞烟灭！长弄堂万劫不复！只留下一览无余的空旷宅基地。顺着原来的长巷放眼望，一棵古老的樟树巍然挺立，那里曾被誉为"十字街口"，是一个村落的繁华之地。春天，当香樟叶子火红似枫叶时，一阵杏花雨后，树下犹如铺上一层艳丽的红毯。夏天，樟树下的几处菜园子，满垄青葱。

正是因了这些青青菜园，因了这左邻右舍的庭院老宅，我们去往外婆家的路变得深长。它们像是雕花的高手，在一览无余的长巷里赫然竖起一道镂空屏障。它们像是通幽曲径，让年少的我们，去往外婆家的路途变得曲折蜿蜒，景致幽远。然而，当我透过香樟，一眼就看到了外婆家门前的"荷苞塘"！荷苞塘边那个承载多少幸福记忆的两层小楼已经夷为平地！

母亲说，有人要高价买这块宅基地。

舅舅说，不卖，我要拿它种菜！

这哪里是种菜，分明是要保住心中所有记忆，保住家的根！

我不敢再沿着长弄堂往下走，不愿面对荷苞塘边的一片废墟！

没错，人事代谢，往来古今，然而，在人世奔波四五十年，回到血地，故园不再，老屋不再，连去往外婆家的寻常巷陌都不再，今日故园哪里还能承载我们的乡愁？哪里还存留梦归故里的依凭！

此前，纵然岁月回不去，时光轻易将人抛，好歹还有一处血地，让人凭吊时间的遗踪，供我们回首前尘！可是，从今往后，我们的故园、老屋、长巷只能在梦里依稀。

老屋拆了，它拆的不只是砖瓦，是一个时代的乡村样貌，是几代人的共同记忆，是我们再也回不去的故园！

从此，村庄凋零，我们的故园只剩城市记忆的翻版！

# 灶　台

母亲这一辈，围着灶台转，是乡下女子一生的生活写照。

农家的土灶台一般安两口锅，一大一小，大的口径二尺四，小的二尺六。人口多的家庭也有安三四口锅的。二尺六的平日空着，可总比二尺四的显得重要，就像那些平日派不上用场的人物，却总比庸庸碌碌的人有地位、有权势。大锅靠墙，小锅靠外，谁派的用场多，谁被使唤的频率就高。小锅净干些炒菜、烧饭、煮粥的日常活，颇像办公室里团团转的小职员，有焦头烂额忙不完的日常，一到年关写总结，却总写不出高大上的大事要事来。大锅三百六十天闲置，一遇大事喜事节日年事，做过年豆腐，烹谢年猪肉鸡肉，中秋煮粽子，全需劳动其大驾，用硬柴，烧大火，大张旗鼓，非要弄出锣鼓喧天、旌旗蔽日的大动静来，谁让小锅干不了这些活呢？大器大用，小器小用。一年到头派五六次差，大锅就功高盖世，它的得力劲似乎瞬间碾压了三百六十天都劳苦的小锅。

小锅盖配小锅，大锅盖配大锅，锅与盖讲究的是门当户对。全是实木做的盖子，爷爷或外公用桐油将它们漆了一遍又一遍，沾了油渍、受了蒸汽熏陶，它们带上了一圈油亮的光。年深月久，锅盖也变得资深起来，颜色明亮起来，略带一点褐色的红，而硬木的纹理反而更清晰好看起来。

爱洁净的女人，每餐饭后，必手提锅盖去往池塘，里里外外刷净，搁太阳底下晒。

小锅的日常忙叨，不仅炒、溜、蒸、煮轮番上阵，还要兼顾大锅前的一口小小锅。为了充分利用锅的余热，在镬囱口，常常安一口小小锅。数九寒天，烧好的菜易冷，有了这小小锅就省事了，它保温哪。每每午饭时分，一家人围着锅台吃饭，灶前的小小锅变身火锅，热腾腾的，虽是粗菜淡饭，却也甘之如饴，人生快意。

小锅与大锅间，常常砌一口汤锅，先前多锡制，"金银铜铁锡"，老人家喜欢用这口诀来给金属排贵贱的序，后来加工工艺精进，多用铜锅。这汤锅肚圆颈长，颇像化学老师做实验用的"烧瓶"放大版。汤锅用场大，炒菜时舀一勺热水烹饪，热水洗碗，真是物尽其用。汤锅因为口子深，储水多，夜间热水有余，还可以取水泡脚。民谚"木耳屑儿掉汤锅"，譬喻那些不着边际的期盼，小小碎屑遇汤锅膨胀，老人家总喜欢用地道的俗语，给年轻人泼冷水。

灶台与农家的南墙平行，又总紧挨东墙，东墙要吃一拳，凿个洞，那叫"烟囱"。连通烟囱的烟道一般不走直线，从小锅锅口开始，往东砌三个平台，一个更比一个高，贴近烟囱口这平台才往上拉直，这"一波三折"凹造型，不为别的，是要安一个灶君位。高于烟囱口，贴着东墙，砌一座灶君神龛，一般一掌见宽，一手见高，东墙中嵌入两片瓦是神龛的屋顶，一间微型的样板房就凸现出来了。虔诚的人家，神龛上方一定贴上斗方"福"字，顺着瓦檐，垂一副对联"上天言好事，下地保平安"，祈求家园安宁祥瑞。

烧火添柴在火膛，"万年上山"的江南，鱼米之乡的江南，烧的大多是稻草，稻草不易燃尽，灰多，色深。不似靠山吃山的人家，可以烧大柴硬木，灰少，色浅。农家对于稻草，费尽心力，晒，收，堆草垛，做草结，全是虔诚的活计。稻草带湿，烟熏火燎，点火费劲，烧火费劲，满是烟雾，遇上雨天，气压低，烟囱不畅通，所有的烟雾全挤在灶间，直熏得人涕泪交流。

早间，灶前有灰膛，灰膛里满是灰，担心死灰复燃，一般不退灰。除非农忙季，要去田里赶工，将饭钵埋进灰膛里，灰带着火，一铲一铲覆压上去，午饭可以吃一口现成的。每次生火做饭，头件事就是"退灰"，所以，灰膛口备了两件铁器，一件火钳，一件灰铲。灰铲手柄很长，身子平平整整，可以直捣锅底，将余烬铲净，空了的灶膛方便燃柴添柴。使唤火钳没那么顺手，颇费神，幸好它是筷子的放大版，把握好平衡点，找准用力的支点，使起来可以轻车熟路，行云流水。可是，孩子们退灰，弄不好就会灰头土脸，变成现实版的"灰姑娘"。

为此，灶肚子后来改良，灰膛躲进灶肚子底下，锅脐正下方不再封实，而是横放一块铁栅栏，栅栏底下做灰膛，既保障供氧，火势烧得旺，烈火干柴轰轰烈烈地烧，烧得忘情，烧得尽兴，又能确保柴火完成使命后，蜕变的灰烬能顺栅栏缝隙落入灰膛，失火的概率大大降低了，灶间的灰尘失去了四处张扬的机会。这番改良也就三四十年，却给主妇们带来了太多便利，再也不用一上灶台就吃一鼻子灰。灰铲几乎退出了历史舞台。哪会想到，干掉灰铲的不是银铲，而是一块铁栅栏？干掉实体店的不是同行，而是一个叫"网购"的家伙；干掉相机的居然是手机。

儿子们要分家，奶奶请了泥瓦匠来砌灶台，请了娘舅写了"分家书"，从此，各吃各的灶，各种各的田，分门别户。几家新灶台砌好了，刷了白白的石灰，贴了白白的瓷砖，媳妇们的娘家送来了馒头篮，万年青染红了根，亲家母穿着体面的衣衫来"看新镬头"了。奶奶从老灶膛取了火种，送到各家新灶台，新锅敬了油，煮了汤圆，新一代成家立业，自立门户了，新的炊烟从新的烟囱里浓浓烈烈地冒出来了。一口锅里吃不出两个人，夫妻生活一处日子久了，秉性甚至容貌都会越来越相近，但兄弟一场，分家后，不同的锅台会过出不一样的日子。俗话说，"树大分杈，子大分家"，分家三年，石宕变田，分家之始，始于分灶而食。

民以食为天，灶台是食物的加工厂，加工食物是母亲这一代人一辈子的职业，灶台是世世代代女人施展拳脚的阵地。如今，这个阵地快要退出历史舞台了，只是，老家的母亲不肯退居二线，灶台就稳稳当当地屹立着，屹立在江南农家的厨房里。

## 老街坊

人生就像满眼的草，明明是青青葱葱的少年，转眼已是遍野金黄，进入成熟甚而衰颓的暮年，挡不住四季的轮转，刹不住时间辘辘前行的车轮。相伴三年半的学生回家了，相伴一学期的学生回家了，四百来份卷子阅完了，女儿还没回来。

放下所有沉甸甸的责任，松弛所有绷紧的弦。于是抬头就看见蔚蓝的天，看见光秃秃的银杏树顶怡然停泊的黑八哥，看见它们黑得发亮的羽和美丽傲人的翎，放眼便满是灿若黄稻般的草，修剪平整，积攒了四季的丰盈。

人闲时才活得像个人，当所有繁忙都退居身后，当所有名利浮华都置之脑后，才看清我们心底还存留什么，精神世界里渴求什么，才不忘我们赖以走下去的初衷和勇气。

去往旧居小区，太阳悠然地照耀着熟悉的一张张脸，老街坊们凑聚在太阳底下，大妈们见了我，便问：你女儿呢？我笑着答：上大学了！引来一阵啧啧声：真快呀，孩子都上大学了。可不是嘛，太阳底下的大妈们个个满头青丝变白发了。

菜场外那对补鞋夫妇，悠闲地与街坊话家常，活计不忙，男人胖胖的身躯陷在布艺沙发里,女人用心擦皮鞋,修配钥匙的师傅又坐在对面小饭馆的餐桌上,与邻里对饮了。

补鞋师傅费了半天劲才把鞋面掉线处缝上,只收了我一元钱,硬塞两元钱还客气了一番。

去老面馆要了一碗炒粉干,面馆是一家夫妻店,在小巷里开了二十多年。小平老板面色红润,高高瘦瘦,老板娘满面春风,一脸和气,总是笑盈盈地喊我"老师"。老板往粉干里加了辣椒,特意多翻炒一会儿,一年半载没去也不打紧,他依然清晰记得我嗜辣,喜欢绵软的口感。吃过各种烧法的粉干,可每次去旧居都喜欢上老面馆,点上一份,那里有与老同事一起吃饭的记忆,更有老街坊的那份熟悉。

有时,活着就图个感觉。

走过水产摊,胖胖的老板娘朝我又吼开了:"今天的虾新鲜,给女儿买点。"知道我早搬了家,可这么一吼算是打了招呼。

炒货摊的山东大娘黝黑的皮肤一年四季都黝黑着,生意做得越来越红火。羊肉摊的老板娘高高挑挑,总是很精明地盘算着生意,可我也总喜欢去她那儿买,人的口味是惯出来的。

活禽店的老板娘一年四季都穿着雨鞋,眯缝着一双小眼,不苟言笑,做买卖却很实诚。

卖蔬菜的老板娘总占据很好的位置,一天到晚忙碌着,白白胖胖,左脸上赫然一颗大大的黑痣,笑盈盈的,特会算计,不知怎的,我总不大喜欢。

我常光顾的还有一处熟食摊,卤牛肉和熏鱼都做得特别好,老板和老板娘常在菜场里支起一口锅,烧的多是青菜萝卜豆腐。我有时会打趣:"卖青菜吃黄叶。"再就是一处面点摊,卖年糕、饺子皮、粉干之类,女儿喜欢她家的乌饭,母亲喜欢她家的甜酒酿,即使搬家很久也常去光顾。老板都换了两茬了,那瘦弱的母亲换成小巧的女儿,这女儿也人到中年了。人在江湖混,有时就混一张熟脸,特别是在中国这人情国度。

在老街巷兜一圈,仿佛在岁月的边缘兜了一圈,昨日熟悉的变得陌生,陌生的人事占据未来生活所有的版图,陌生也就成了熟悉的。

人总在通往未来的旅途上回顾昔日,捡拾那些温暖的记忆,那些即便夹杂灰暗、平淡的往日,也总给我们非常真切的力量。

我们总是敬畏陌生的人与事,不敢轻举妄动;而对那些熟悉不过的,却总有不大妥帖的迎头上脸,甚至欺诈、侮辱和盘剥。

每一次平凡的相逢都是一次历练的机会,每一个萍水相逢的机缘,都是善缘的积累,叠加我们善的相待,便是人生圆满的修行。岁月如歌,唱得婉转悠扬,更需绕梁不绝,才会从平凡中透出生命如交响曲的光亮。

在光亮中洞见生的意义,于平淡中回味人生的悠长。

## 去游埠，看水看街看过往

游埠成了新晋"网红打卡地"，去那儿喝早茶，成为短途游的标配。

那里，可以放慢脚步，在浓浓的烟火味中徜徉，看水看街看过往。那些熟悉的童年街景乍然重现，好似与昔日面对面，像时光隧道的逆向穿越，沿着岁月长河逆流而上，与三四十年前的生活图景重逢。

那年去四周绿水环绕的周庄，沉醉在江南水乡的沉静与古朴里。那儿不仅有保存完好的民国风街景、建筑井巷、流水小桥，连同生活方式也一起在水乡静静沉淀，看惯繁华的游客纷至沓来，只为与曾经的古朴重逢，周庄因水路凋零而闭塞了的昔日繁华，重放异彩。

走进游埠古镇，仿佛看到周庄的影子，当然，它比周庄更古朴，更原生态，它声名鹊起似乎因为原汁原味的早茶习俗。节假日，外地游客起个大早，去铺满青石板的古镇喝个早茶。这座滨江的千年古镇，曾是兰江沿岸最富庶繁华的商埠，商贾云集，市井熙攘，百姓安乐，日子祥和。近四五十年，陆路交通发达，高铁高歌猛进，高速公路崛起，水上运输这昔日巨人在时代风云中落败，英雄末路，美人迟暮。水路码头的繁华宝剑归鞘，美酒封泥，士人归隐，在历史的烟云里，喑哑窖藏，淡出江湖。

十年河东，十年河西，风水轮流转，人世里颠沛，岁月里挣扎，一座古镇如此轮回，如今，千年古镇游埠，也迎来它的高光时刻。点一份肉沉子，尝一口鸡子馃，游人咀嚼的是美味，回首的是往事。

如果它不具备自身的文化魅力，只一时造势，浮光掠影，顶多昙花一现，不出三五年又归沉寂，被岁月荡涤，了无踪影；带有鲜明的文化印记，呈现独有的地域样貌，蕴含丰沛的时间印记，才能不被红尘裹挟而大放异彩。

步入古镇，寻常巷陌，小桥流水，低矮的徽派民居，没有刻意地修葺整饬，没有整齐划一的招牌店铺，狭窄悠长的街巷被完好地保留下来，青石街面，古老的木板店面，老旧的长条茶桌，即使人潮涌动，脚步杂沓，青石板上的小花猫也顾自挠痒，不为所动。

游埠镇不粉饰，掉皮的墙，长青苔的巷道，古法制的酱油，手工作的染坊，一切街景原汁原味，古朴依旧。凌晨四五点，老人们坐在悠悠长巷，在长长木条桌的一角，泡一杯绿茶，慢慢喝，慢慢聊，馄饨、鸡子粿、肉沉子、酥饼、豆浆、油条、大饼，三四十年前的烟火气扑面而来，不！是百年、数百年前的辰光重现。它是传统集镇文化的活化石，很生活，很当下，不折不扣地遗存延续，经千年风尘而不败。

若有诗书藏在心，岁月从不败美人。花木荣枯，敌不过秋气肃杀，一座古镇的现代魅力在于传统根脉未断，且开枝散叶，一方水土供养的人执着地反哺这方水土,有传统制作的豆酱酱油,有纯手工的酥饼,有竹制器具,满大街铺展农业时代的文明。

岁月繁华,现代人远离的集镇生活方式,在古镇保留了下来,它似乎不与时俱进,相当保守落伍,刻板守旧。人总要反顾自己的童年,古镇以农业时代的文化沉淀反哺商业时代。商业文明鲜衣怒马,生活节奏一度加快,雄赳赳气昂昂,城市化进程辘辘向前,依然故我的古镇风貌难得一见。整齐划一的城市规划,无个性的商业街区装修,是对传统集镇风貌的摧毁。从北京古都老城墙开始拆,至东西南北全面开花的拆推,多少历史的印记在现代化的进程中成为回忆。

周庄之所以在众多开发的古镇中独领风骚,是因为它四面环水的封闭与"落后",躲过了强拆重建之劫,似乎在汹涌时潮中跟不上趟,落伍了。但正是它依然故我的文化自信,坚定传统审美的步伐,才使游客被深深吸引。庄上的百姓怡然自得,沉稳地过小日子,恰恰这种小日子,是老百姓乐过乐活的,"得天下有道,得其民;得民有道,得其心;得其心有道,所欲与之聚之,所恶勿施"。

后起之秀游埠古镇的崛起,也在于它的依然故我,不迁就,任世界风云变幻,依然保留乡镇生活的原生态。它是江南水埠的活化石,其魅力不只是旧样貌的凝固,更因为游人可以融入当地活生生的图景。人行走在大地上,历经几千年,沉淀出有着地方鲜明特色的生活景观,人们信守它,热爱它,它便成了一种文化。文化的力量根植于人的灵魂深处。因为古镇的生活方式古朴沉静缓慢,所以每一个踏上这片土地的游人,都会被它依然故我的气息感染,给行色匆匆的现代人以精神熨帖,给年轻一代以新奇。

酒窖藏十年，便成上品，古镇被遗忘半个世纪，但依然故我的倔强和执着，便成乡愁最好的安抚。

游埠古镇的魅力，在于它的个性。现代化进程中，不应消灭个性，而应多元并存，现代与传统各美其美，美美与共。

去古镇吧，那里，有水有烟火，可与童年相遇！

## 乡　愁

　　我感受的乡愁不及女儿浓。

　　那年，女儿第一次离开家园，前往北京上大学。一个学期，但凡有三天假期，她必要回归家园，那半年，我去了三趟，她父亲去了三趟，她自己回来三趟。那一年，我的白发像雨后春笋，极速蓬勃；那一年，我明白，人世间所有的名和利都可以抛弃，只要孩儿安好，一切就都周全了。

　　女儿感念的乡愁，是一个从未离过家园的孩子的惆怅，情感的孤寂落寞，生活的茫然无措，新环境的不适，选读专业与心中定位的巨大反差，就业现实与愿景向往的巨大落差，凡此种种，交织成现实强大的疏离感、压迫感，使得孩子回归家园，寻求心灵的庇护与安慰。

　　我离家早。早在孩提时，就为了陪伴上海来的知青，离开家园。后来又有邻家一对姐妹，因为父丧母嫁，两姐妹先后从寄养的姑姑家回到祖屋，母亲又应允了两位姐妹的央告，我成了她们晚间的小伴。上了初中住校，我倒怀恋起家园，每到周日该回校，总赖在家里，多待一个晚上也是好的。

后来，我上高中，上大学，家人从不担心，在他们眼里，我是出门"老江湖"了。

当父亲的病痛加身，沉疴日重，我对家的记挂多了，也深了。每每夜半清晨，家中的电话铃声响起，我都会心惊肉跳，热血上涌，哪怕寒冬，也会赤脚冲到客厅里接电话。有一两次接起不知名的骚扰电话，不恼，反心存感激，暗暗庆幸，并非来自家园的"不速之客"，排除了无妄之灾。

可是，真的到了父亲生命垂危之际，母亲举着电话，让我通话，我答应次日一早去看父亲，父亲微弱地说："好。"谁知，那一声"好"竟是父亲留给我的最后一个字，是永诀。母亲说，自此，父亲再无半个字，人就进入弥留之际。而当晚，我幡然醒悟，母亲吞吞吐吐没说真相，带着女儿和侄女飞奔回娘家时，父亲已经撒手人寰。我是父亲最疼爱的孩子，五个孩子唯独我没有送上父亲最后一程。这样的诀别，是我一生的痛。

前年冬至时分，我从父亲的墓地入口处，觅得几颗花籽，一种茑萝花，一种喇叭花，那是自在生长的花。前年中元节时，开得异样红火，在盛夏的太阳底，轰轰烈烈，绚丽灿烂。冬至时分能得几颗花籽，我如获至宝，带回城里，播在阳台的花盆里。果然，那花在夏日如期开放了。

今年暮春时，花盆里又长出了一棵茑萝，一棵喇叭花，我把对父亲的思念，对母亲的牵挂，栽种在自家的阳台上了。

我的乡愁埋在了城市的阳台上，看着那攀缘缠绕的藤儿、叶儿，我知道，我的乡愁不是淡了，是更其葳郁，更其坚韧了，如同这自然生长的两种花，它扎下深深的根，安营扎寨了。

今夜，春雨淅沥，我在雨声淅沥中，想念我的父亲，惦念我勤劳的母亲。

## 青藤缠绕的乌石村

夏日的第一缕凉意来自磐安尖山深处，一个海拔超过五百米的空中之村——磐安乌石村，入选2019年中国美丽休闲乡村榜单，入选2020年第二批全国乡村旅游重点村名单。

清晨，晨曦透过窗棂，民宿楼下浮漾起邻里交流的声音，零零落落，时近时远，仿佛天街呓语。一条宽阔洁净的街，空无一人，街面泛着清冷的光。村外有许多晨练的人，穿着宽松鲜亮的衣衫，异乡口音，在绿色环绕的大道上悠然信步，来此纳凉避暑，猎奇赏新。

乌石村的奇，奇在乌石。因此，它的精髓在村的东边，道路墙体全用乌石垒砌，台阶屋基也由乌石垒叠，那些巨大或碎小的玄武岩，不规整地挨着挤着，这些火山黑石千年不化。古老的村庄形同一个巨大的燕窝，完整保存了以风水理论建造的旧貌，村庄周边全是梯田，梯田层层，绿树环绕，群山连绵。

古老细长的巷道在乌黑的房子中间曲折蜿蜒，鸡鸣狗吠，丝瓜花攀爬，在乌金色的整体氛围中，有绿意盎然的瓜藤缠绕，仿佛姑娘乌黑发亮的发间，别一枝新采的花。

石头房前挂着褪色的红灯笼，勤劳的老人三三两两起了身，在房前屋后忙碌。他们从古井里汲水，在素朴的井台边捣衣，鸭子们蹒跚在村道上，旁若无人。劈好晒干的硬柴堆满了风雨廊，风车闲置廊檐下，晾衣的竹篁泛着经年累月的旧光，置身乌石巷，宛如重回悠远的过去。地里新摘的茄子番茄，带着鲜嫩的色泽，新掰的玉米裹着头须，安静地摆放路头，成了孩子们的简易地摊。站在古老的枫树下俯瞰，看高低错落的房子仿佛湘西古老的寨子，沉默在晨曦里，固守乌石房的老人升起炊烟，炊烟弥漫升腾，那样古朴，带着强烈的视觉冲击力，满怀开天辟地的坚韧。

清风扑面来，凉意阵阵。站在村北三四百年树龄的古枫树下，俯瞰清一色的黑褐瓦背，乌石堆砌的房子、巷道与台阶，仿佛穿越了千百年，又或千百年前的村庄样貌和村居生活方式在这大山深处静默了千百年。古老的村庄掩映在朦胧晨霭里，那些或薄或厚，或巨大或碎小的玄武岩，差互交叠，统领了整个村庄。它们坚硬如铁，堆叠成厚实的墙，四合而成遮风挡雨的房。在没有机械的岁月开采石块，一钢钎一钢钎掘进，一锤子一锤子敲击，一车子一车子拉运，然后铺成路，盖起房。"走石子路，吃玉米糊"，是曾经山区艰难生活的写照，这里的先民不用泥土夯筑，向坚硬无比的巨石问鼎，造就了千年不朽的乌石村。

为此，人们因敬仰乌石村的建造奇迹而来，奔着玄武岩的乌黑神秘而来，追慕远离尘嚣的释然而来，来到这儿的人，吹过山间的风，沐过绿树枝头洒下的阳光，采薇南山下的自然放松就此蕴满心怀。一方水土养一方人，环境造就灵魂，山的巍峨雄伟造就了村民的强悍与不屈，淬炼出坚韧不拔的意志，磨砺出征服自然的勇毅胆魄。尽管村庄隅坐在大山深处，被尘封，一旦秀出光彩,便焕发生机。

乌石村的新,新在民宿。村外大道上,穿红着绿的身影,全是南腔北调的外来客,他们来此居住一段时间,既为怀旧,也为赏新。乌石村的西边,整整齐齐地矗立着一幢幢四五层高的楼房,一层有三五间客房,这是古老村庄的新颜,是金华民宿的源头。入住乌石村民宿,店家管吃住,丰俭由人,所以,村中逛了一圈,也没找到一家经营早餐的店铺。晨练者大多退休了,满腔调的沪杭风情,来此养老避暑休闲,月支付两千四百到三千元不等,不用操持家务,在天然氧吧里享受清风明月,亲近田园,远离都市,远离三伏热浪,这里时值盛夏,平均气温只有二十六摄氏度。

新区与旧区隔着一条路,路上一溜排开十几家卖特产的店,天光尚早,只有三两家赶早的店铺开门做生意。外来客徜徉在绿色中,沐浴在安宁温馨的辰光里,领略乌石村活化石般的村居闲适。村民们为生活忙忙碌碌,外来客为养生养心养眼悠然自得。乌石村民以其一以贯之的勤劳和坚韧,再造新天地,再创新奇迹。

一座古老的村庄困守在偏僻的山区,它曾停滞,曾被遗忘,被历史的巨轮甩落,沦落成历史的活化石。它默默蛰伏,沧海桑田,终成一件历史的古董,一段凝固的记忆,一段可以触摸的曾经。又以其韧劲和近乎固执的坚守,再创新风貌。古风凛然,新风怡人,人们跋山涉水而来,步入乌石巷,徜徉乌石村,重温曾经的生活轨迹,捡拾风中消散的昨天,恍若隔世,恍如时光隧道的穿越。

站在新区,回望旧区,是一个时代向上一个时代的致敬,青藤缠绕的乌石房,凌霄花火艳艳绽放,花自在开,风自由来往。

## 花溪：一条释放天性的溪

世间有这样一条溪，河床是一整块巨石，蜿蜒数里，溪底没有石子，没有沙粒。没有惊涛骇浪，没有激流深潭，水面刚刚没过脚踝，人们逆流而上，与水同欢。湍急处，水声潺潺，平缓地，水貌清浅，调皮地与脚丫子嬉戏，脚踝边围出一圈白亮的水花，转瞬溜走。

这里是孩子的天堂，鱼兜五彩缤纷，水枪威力十足，草鞋五颜六色。一进入平板溪，打水仗、抓鱼都是副业，那些花里胡哨的装备，也可以通通不理。

玩水，才是正道。

在平板溪玩水，光用手脚是不够的。用手撩水，来一场痛快的水仗；用脚探水，来一场水底探险——都是小儿科！远不如：躺平身子，来一场水中打滚，上游翻到下游。做一回坐地僧，屁股擦河床，顺流而滑，过瘾的水中滑滑梯，典型的河床滑草，什么白T恤、花裙子都是浮云。找一处水涡，刚刚淹没肚皮，美美躺进去，仰望蓝天白云，做一场水疗，以泡温泉的悠然，独霸一方。

提起裤管，小心翼翼，亦步亦趋，那不是玩平板溪的范。

平板溪是一条没有暗礁的透明的溪，是一条没有城府和汹涌浪涛的溪，是一条赤诚坦荡、一览无余的溪。若来，就把你的信任带来，把你的天性唤醒，把童年所有的顽皮劲释放，把你的创意玩法尽情施展起来。

就连婴儿车也进了溪。八个月大的婴儿，在祖母的反抱中，脚踩手撩，冰冰凉凉的水在小手间滑溜。裤子湿了，脱去。衣衫湿了，老人拧了一把又一把。年轻的父母，坐在桥底，笑呵呵看着，一湿百湿，管它做甚！

驿动的心哪分长幼？涉水而行，清水按摩脚背，搓揉脚踝。烈日阻挡不了，石间青苔吓唬不了，怎一个清凉的世界！一位父亲手牵孩儿，脚蹬运动鞋，直愣愣踏进水底，一路高歌。一个男孩护佑女友，女友安然无恙，他自己脚下一滑，整个儿似水帘洞里刚回，身无一处干爽。

人们不禁感慨：难怪孩子喜欢，连大人都喜欢。有的趔趔趄趄，大呼小叫；有的张开双臂如蝴蝶展翅，力求平衡；有的顺流而下，笑声喧哗，心里那个藏了很久的童真出笼放飞了。仿佛重回四五十年前的雨天，戴斗笠满晒场上找水坑凹凼，脚蹬鞋踩，恨不能躺进水里打滚。仿佛七八个月大的孩子，棉鞋外绑上塑料袋，在外婆家门外的雪地里撒欢，小脸冻得红扑扑，小脚踩踢蹬全上，雪花四处飞扬。

这是一条释放天性的小溪，所有素日的矜持都可以放下。这是一条属于孩子们的溪流，放开胆儿，放松心情，与水相亲。它具备一切戏水的优势，水流潺缓，水底平坦，直视无碍，大人牵念孩子的那根紧张的弦完全可以松弛，老少同乐。石板滑溜，带几分顽皮，有难度的挑战，增添无限趣味，出丑露乖又何妨！孩子们穿上了色彩炫酷的布条草鞋，更可全力体验涉水之乐。水流潺缓，激荡情思，灵动活泼。溯流而上，仿佛层层剥笋，撩人遐思，急于揭开源头谜底。

水声喧哗，像一个个闹腾的孩子，溪里清凉，烈日当空完全可以忽略。

桥底阴凉，找块巨石坐下，清风徐来，满溪欢声笑语。

水花晶莹剔透，宛如玉雕温润。平稳处，水纹涟漪阵阵，逆流而上，水光潋滟迷人眼，使人不辨深浅，于是提心吊胆。落差大处，水花翻卷，纯洁无瑕，哗哗水声仿佛童年欢歌，一路伴奏。

上溯到水上秋千，岸上，一根十几米高的金属管道直愣愣支起，有四五个喷口，像一个个炮筒，喷涌着巨大水柱，水柱直对溪面，孩子们轮流操控水柱跌落的方位，哇，居然是巨型水枪。水枪喷薄出来的水犹如瀑布直直落下，人如果遭此一劫，只有鬼哭狼嚎，才可以把心中的惊恐释放。大家竭力避开那巨大的水龙，有的抬眼提防，左闪右避；有的打伞防范，只听得伞面暴雨如注，溪里一片欢乐惊慌的哀号。

水上秋千，网红打卡地。溪水两边搭起了巨型框架，像烤木色的紫藤架，上梁是平直的圆拱，庄重古朴，人行其中，仿佛走进一个又一个拱门，它们在向游人发出热情的邀约。直立的柱子粗壮，稳稳立在方正的石墩上，柱子间安了一架又一架秋千，孩子大人们粘在秋千上，舍不得离开。清风吹拂，秋千晃荡起来，身子在空中做单摆运动，像轻盈的蝴蝶，劳心劳力统统抛却。此一刻，只是少年。

一条平板溪，一条释放天性重温童年的溪，有着一石为底的传奇，珍存生命源头天性的样貌，在溪中游历一番，昨日就能重现。

　　回程是顺流，孩子们扎堆戏水，泡着，躺着，滚着，滑着。他们用肢体，不遗余力地在书写童年，像一堆堆彩色的泥鳅，徜徉花溪，穿梭在明媚的阳光和温柔的清风里。而大人们，只需一路观看，便拾得满满的童年回忆，与童年欣喜相逢。

## 有你的天堂

初入临安，第一站水上森林，天是一种澄澈的瓦蓝，再来几朵美丽的白云。时间地点具备，故事可以开始了。水上森林位于青山湖，此湖为人工开凿，海拔仅九米，用于泄洪、绿化和灌溉，面积约西湖的一点五倍。森林之木主要有落羽杉和池杉两种，混杂相生，据说落羽杉为美国总统尼克松访华时赠送，与本土池杉彼此交错。两杉俨然两栖绿植，既可土里扎根，也可水中安生。桥架于水上林间，两杉大多有四十多年的树龄，一入林中便觉神清气爽，清凉浸身。浅水中，杉木露出根须，根须硬朗又错杂，犹如张飞的胡子在水上错乱虬飞。水面漾着绿萍，漂着菱角，偶见碧绿的水葫芦中伸展着几朵娇艳的紫花。

阳光在林间和水间穿梭，像一群顽皮的孩子，水间的阳光有的反射向上，在树枝间荡起光的涟漪。林子深处的知了也不甘寂寞地唱着，不休不止，一刻也不懈怠。只可惜，幽林蝉唱入不了画面，拍不出照片来。

真正的乐趣是在林深之处，水已见深，却有一处较开阔的陆地，陆地上有十多处玩乐设施。我们的队伍有六个男孩、一个女孩，他们处于生命最有分量的幼年童年，他们也是这趟临安之旅的明星。孩子们在滚筒，直径二米的滚筒，横放，人立筒中，利用自身的重量，来回滚动，有时筒滚得顺溜，有时就是寸步不行，这就是滚筒的乐趣。用脚猛踩，用手往前狠推，筒又走起来了，快乐就呼呼传开了。双筒对滚，你滚你的，我滚我的，乐趣却是一模一样的。

这是走长桥，潘老师的公子王子涵已然熟练驾驭，如履平地，来来回回地跑，游刃有余，却怎么也跑不出妈妈的视线和诸多叔叔阿姨的镜头。孩子的快乐就是大人的快乐。好吧，站在长条悬空桥上与叔叔来一段对决，年龄悬殊，好胜之心却分毫不差，谁怕谁？不同频率的颠摇换来成倍的快乐！母子相向，潘老师像一只展翅的蝴蝶，翩然而飞，就在长桥中间，与爱子交会，孩子撒欢而跑，妈妈舞姿翩跹，是何等快意呀！

走独木桥，孩子的走法可以打破常规，来一场横行如蟹，不亦稳乎？人间最温馨的过桥法，是爸爸站在桥头，儿子站在桥的另一头。爸爸稳稳掌控生命的平衡点，舍一己之力，只为孩子安然无恙；孩子创造着别样的快乐，刷新别样的世界！

快乐是可以彼此感染的，是孩子引领着成人的童心，还是成人的勇敢激发着孩子的好胜？看看曹老师宝宝一脸所向披靡的果敢就知道，所有的旅人都愿为之让道。然而，隐身其后的李老师却稳健地践行每一处游戏，依然是江湖的英雄。看世间高手，谁与争锋！一代人有一代人的江湖，当童心与童心碰撞，江湖刹那间成了天堂。每个人心中都有一番自我超越的力量，不试试，谁能证明，我能行？

自从李老师稳稳过了这水中浮桥，这漂浮于水中、色彩不一的塑料浮桥就成为各路英雄一展身手的宝地。男孩们铆足了劲，有学青蛙跳的，有健步如飞的，还有一个女宝宝，看着哥哥们玩得酣畅淋漓，不禁哇的一声号啕大哭，她也要成为跨越浮桥的英雄。于是，一座浮桥，是孩子们的竞技场，也是新闻发布会，所有手机都聚焦于此。有孩子的世界，便是欢乐的海洋。直到梁老师曹老师的宝宝们都浑身湿透，方才收场。

此情此景，老夫聊发少年狂，我也按捺不住了，脱了高跟鞋，穿着袜子，爬上绳子穿结的高架，这不，手脚并用，毫无淑女风范，完全斯文扫地，坐在绳网最高处，犹豫不已，不知如何下地，巧遇清哥，这一幕被张老师抓拍了下来。好吧，在孩子创设的快乐天堂，大人们何不放下素日面具，完全回归自我一把？谢谢孩子们！有你们的世界，就是天堂！

离开挑战区，依然在水上森林中穿行，绿荫如盖的林间，金色的阳光努力地找寻空隙，在绿水间找几处落脚点，林中的光与影更其迷离。当绿道布满阳光，青山湖的风姿就一点一点地展现眼前。近处水波涵碧，远处水天一色，蔚蓝无垠。恰有三四羽白鹭空中飞过，便觉这一日的光阴全是绚丽的色彩涂抹而就。

孩子们跑出很远了，他们去拥抱这个湖光山色青天白日的世界，而大人们返回落羽杉与池杉交错遮蔽的绿荫里，心里装满孩子们带来的欢乐。谢谢你，孩子。有你的世界就是天堂！

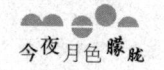

## 水上畅玩

今天可以穿拖鞋，可以带水枪，可以带上换洗衣服，今天注定要湿身！因为，今天在水上畅玩！

聪明的你，猜得没错，我们小分队今天进入天目山大峡谷腹地，来一趟水之旅。上午缓缓徐行，吹吹山风，泡泡山泉，"吹吹大天"，过过各式整蛊大桥，下午，进入紧张刺激的漂流。

不似昨日的山巅之旅在清凉的林荫道中漫步，今日的水道漫步，一般来说需要头顶似火骄阳，身披三十六摄氏度的桑拿服。不过，天目山大峡谷开发得相当成熟，可谓不被风霜雨雪掣肘的旅游点，所有漫步道全是水榭廊道，廊道依山修建，傍水向上，游人于廊道中缓步上行，无烈日暴晒之苦，尽可怡然赏景！

低头俯瞰，涧水清冽，水流时而潺缓，时而湍急若奔，平缓处，有溪鱼有小虾，怡然快意。巨石盘桓，如怪兽如奇物，岿然傲物。抬头仰望，浮云悠游，白净绵软若絮，青山叠翠，飞瀑直落。

许多巨石都被冠以名号，显得很有文化的样子。看看这两块，一块是金庸先生的手笔，上写"峡谷有灵性"，很雅吧？谷借名人之名，人萃峡谷之灵性，彼此相成。可也有这样的名号，叫"棺材石"，应了俗世众生求官又求财的心理。

一谷之中有大俗，有大雅，是众口难调也调了。

风雨廊道的阴凉哪里困得住放飞的心，男孩们的水枪有了用武之地。水花翻卷，何等清凉！浅滩戏水，何等惬意！水中圆盘刻着各州名号，我们小分队的人，脚踩圆盘，忘不了去踏一踏"婺"州，千山万水，怎会忘自己的州府。

这两大美女在高歌吗？先来个侧颜杀，再来个正面亮相！啊，原来她们在"吹大天"！看谁能"吹"，对着话筒"吹"，渐渐地就变成了喊，吼，用尽吃奶力气洪荒之力嘶吼。嗓门越大，肺活量越大，对面的水柱就升得越高，这真是一项"牛皮不怕吹上天"的游戏，若不服，你也来吹吹吧！

这儿人声喧哗，人头攒动，又有啥噱头？原来是水上吊桥和水上秋千桥。吊桥看似平整如坦途，但人行桥上，便晃荡如风筝，节奏和平衡全由不得人掌控，刚刚一个十来岁的小姑娘就落入水中，呛了好几口水，她妈妈没命地冲过去，连拖带抱带回岸边。可这丝毫影响不了我们团队对水的玩兴，老师们摩拳擦掌，孩子们流连忘返。看，连胖胖的胡医生也稳稳行走在浮桥上了。当然，为他做开路先锋的不是别人，是美丽可爱的陈老师。看着蓝天倒映碧水，碧水澄澈见底，即便掉进水里，喝它个痛快，也是甘甜的！

看着谢老师身轻如燕地飞过秋千索，胡医生又按捺不住了，两番上桥，两度落水，可落水又有什么关系呢？这样清冽的甘泉，不喝个底朝天，才真是对不起这大好河山！借此机会，来个狗刨式的畅游，也是相当有想法的将错就错。可惜，水深刚过膝，太浅了，浮个酒桶可以，要把胖胖高高的胡医生浮起来，还是有难度！

先前桥上人稠声闹，见缝也插不了针，从桥的那端返回时，只见桥为王之涵一人独有，爱咋走就咋走！如蜻蜓点水，如燕子在水上飞。无心恋战的就沿着廊道往上走吧，何处不成风景？可就一转眼的工夫，桥上又都是摇晃的人了，这劲爆的场面，谁能挡住诱惑？嗨起来！原来是著名的网红桥，有音乐助兴，有游人观战。

晃荡，晃荡，再晃荡。

摇摆，摇摆，再摇摆。

把桥当舞场，一起来尬舞！就这么溜，就这么快乐！因为水而惧怕，因为水而兴奋，为水而狂，挥汗如雨，只为宣泄后的快意，劲舞后的欢畅，人生得意须尽欢！挨着网红桥，是铁索桥，一条铁索闪着冷艳的光，过这座酷毙的桥靠的是臂力，还要挑战一点点恐高。

无心热闹的，找一处阴凉地，与闺蜜泡脚，见云飞鸟飞，蜻蜓盘旋，蝴蝶翩跹。沿着风雨廊往山上走，木桥飞架峡谷间，三两知己挤坐木凳，等清风徐来，等阳光跌进山涧来，纵然，眼不见耳不听，只是发呆，也能发出新高度，有青翠诗意从眼前漫过。

嘘！且放缓脚步，君不见，有潇洒俊男，此刻静蹲水间，在抓小虾，别惊扰，怕得鱼惊不应人。

伺机。逮住。功成。斩获。携归。

有余力者，有余勇者，怎肯就此驻足，他们要问顶青山，直走进白云生处，直走到无路可走。人生太需要这样畅游，不问成败，不拘泥某一种玩法，各取所需，各得其乐，各夙其愿，这样畅玩，应该是诠释自由的最好样子。

自由，是现代人的奢侈品，说着同样正确的话，选择同样处理问题的办法，承担各种各样的责任，被各种外在的因素羁绊。似乎忘了，应该尊重各自内心的声音，不被游程驱使，不必趋于一种玩法，完全回归自然，玩出自我的率性，在一样的景观里看到别样的风景。玩也要玩得百花齐放，才真正算畅游。

上山的路九曲盘旋，怎么下山去？当然需要盘旋而回，但，也可以飞回去。看，溜索来了。一条长长的溜索，一眨眼工夫，人就沿着峡谷，滑到了山脚，多酷多帅！

各行其道，各遵其好，岂不美哉！倘若滚滚红尘里也能彼此尊重各自的活法，便不会有猜忌、倾轧、嫉妒、算计。我自风情万种，与君何干？你自权倾天下，富甲一方，与我何干？各自尊重，彼此相善，岂不皆大欢喜，人人自喜，人人同喜？有尺度的距离，有温情的彼此尊重，这样的尘世畅游，谁不向往？

赶紧打开镜头拍视频，何以只有几秒钟的镜头？不是手机的过错，也不是手速太慢！溜索实在太快，人和手机都没反应过来，它已一溜下山，不见踪影！

水上畅玩，是为上午篇。

下午漂流，漂流地离峡谷有四十分钟的车程。记得张家界的猛洞河漂流，水势平缓，一艘皮筏艇坐五六人，孩子们提着水枪，带着水勺，用劲对泼，大人们裹挟其中，只有混战，分不清谁友谁敌，人人为敌，人人为友，直泼得天昏地暗，全身湿透，上了岸意犹未尽，依然对决，一程终了，只有打水仗的酣畅淋漓，至于两岸的景色全然不顾。记得武夷山漂流，水势平缓，两岸青山相对，多的是赏景，少的是戏水的乐趣。也记得温州楠溪江漂流，坐的竹筏,清水漫过竹排,竹排上安放清凉竹椅,人安坐椅中,竹排在浅水上滑行,有船老大顶着竹篙掌舵,竹排平稳行走,青山缓缓后移,水花翻卷,低头看水,抬头看山,云影天光,有的是"小小竹排江中游"的安闲,心中留下一幅青山绿水的画卷。

在天目山大峡谷漂流,想来也逃不出上述几种漂流模式。但孩子们早早期待起来了,连大学毕业的女儿也兴致勃勃,仁者乐山,智者乐水。但凡童心未泯,都爱水。上了皮筏艇才知道,这次漂流大异其趣。一人一支木桨,两人一艘艇,我和女儿同船,与其说是艇,不如说是老家的菱角桶,圆圆的,小小的,仅容二三人曲着身子坐着。艇离了岸,像被抛的挪亚方舟,速度方向全靠两支桨,母女俩根本不知如何划桨,皮筏艇在深湾里打转,我是旱鸭子,心里怕得要死,想着生死由命,嘴里还要安慰女儿:"慢慢来。"

用力划桨,可是艇根本不听使唤,不肯往前移动半米,一直在原地旋转,湾里几艘小艇如出一辙,五颜六色,缤纷绚丽,但就是原地不动,难兄难弟也,好像被人施了定身法。漂流不应在流淌的长河里吗?怎么在一个圆潭里过家家?

正寻找出口,女儿的努力见效了,小艇来到潭水出口处,岸边有一位工作人员,手持竹竿,用竹竿上的铁钩钩住艇上绳结,将小艇往下游甩,我和女儿赶紧扔下船桨,双手紧紧拽住艇上绳子,一转眼,小艇一头栽入落差两三米的下一个水潭。

落差大,重力加速度加持,小艇落潭,溅起巨大的浪花,水像猛虎恶狼直扑舱中,一瞬间,人就浸泡在水里了,我俩狼狈大笑,还没收住笑,又一艘小艇倒栽葱而下,一片鬼哭狼嚎的惊叫。漂流的刺激在毫无防备中开始了。

掉入第三个水潭时，舱里的水已经过半，身边，孩子们和青年老师全在打水仗，我俩拼命自救，一边小心翼翼避开激战区，一边用手往外泼水，不小心泼到靠近的小艇上，对方自作多情，立马热情回泼，全面敌对，哎呀，我的妈呀！没法洁身自好。

总结前两次落水溅起滔天巨浪的教训，是因为女儿做排头兵，我们打算调整战略，由我冲锋陷阵。很快，我坐的船头落入第四个水潭，还没来得及细看女儿在船尾下行的表情和动作，谁料，我的船头就有惊涛骇浪席卷而来，那浪花从我的头发、脖子、双肩全面倾泼，不留一处干爽，我成了彻头彻尾的落汤鸡，"全面湿身"了，积水没过舱面三分之二，漫过我的胸口。

这是一次错误的战略调整，我惊魂甫定，女儿大笑，突然游过来一群麻鸭，欢快地叫着，仿佛在嘲笑我这只自以为是的旱鸭子，嘎嘎嘎，嘎嘎嘎，我恨不得抓上两只压压惊。

魂飞魄散时，快乐飙升。我们悔不该不带水勺，要是有个勺子就能解决这快要淹没腰身的艇中大水！可是，哪里又不对了。原来，水潭正中，七八只小艇陷入水仗混战的胶着状态，八方受敌，四面楚歌。我们这些战战兢兢举白旗的过客，无一幸免，战火纷飞中，谁能侥幸逃避？雪崩的时候没有一朵雪花是无辜的，我们就不做"无辜"的雪花，要全面应战。湿脚的不怕穿鞋的，何况，我们从头到脚，每一个毛孔都沾满了天目山的水！

混战，还是混战，没有混战，哪来快乐？没有混战，哪来交情？认识的，不认识的，都一起来战吧。所有的敌人都是兄弟！

当小艇跌入第六个水潭时，工作人员不但没收了我们的桨，还要上闸拦截，不让我们通行，只只小艇成了不系之舟。我们原地待命十分钟，不解其意，为何没收船桨？为何要积水？不得而知！很快，池子里聚满了皮筏艇，像个颜料铺，五彩斑斓。女儿想起，脚上新买的皮拖鞋浸水要脱胶，一看，已见一道口子。赶紧揣进我怀里，不然，上了岸，她得光脚走回去！

老天十分给力，薄云浅布，我们停泊的地方一侧悬崖壁立，悬崖的倒影投在江中，一片阴凉，时值炎热的午后两点半，人泡在水里，让我想起了遮天蔽日的乌桕树荫下，老牛卧在池塘中避暑，何等悠然自在，气定神闲！

开闸放水了，巨大的水力把我们冲入落差三四米的河床，才明白，下行路线全是卵石河床，泻落的巨龙推动每艘小艇向前冲。那种巨大的冲击力，让人无法左右身姿，小艇在河床上左右旋转，有时三百六十度大回旋，不留一分钟的停顿，又猛烈划入下一节河道，眼看后脑勺要撞上岩石了，小艇又开始了新的回旋和下行。竖起每一个毛孔，紧张！吼起每一声尖叫，释放！

每多一次回旋，每多一次冲撞，艇里就多一次积水。积水没过腰线，将我胸口藏着的皮拖鞋浸没，皮筏艇进入了安静的港湾，在一座铁桥下，我们结束了这趟惊险刺激的漂流。全身无一处干爽，却开心到要飞起来，爽到要爆，连鞋子都想跟着一起爆裂了。

水上畅玩的句号，标得漂亮，完美！

## 城市印记

一座城，心仪一辈子，错失一辈子。

二十多年前，杭城求学，毕业之际，学军中学伸出橄榄枝，希望我能留下任教。人生是一场宿命，瞻前顾后、为他人顾虑重重的性格决定了今生，点点滴滴从底层垒筑，垒筑起想望中关于生命的高度，不敢贸然撇下驻守故乡的另一半，选择回乡。

一心努力向上，获得硕士学位后，母校缺师资，我想脱离原单位，去往新平台寻找新的发展空间，然而，夫君阻拦，原单位领导劝说，我左顾右盼，为所谓的知遇之恩，在痛苦的抉择中，留在原地。在逼仄的空间里，教书育人、相夫教子。

后来，事业进入仓皇期，午夜醒来，噩梦初离，回味梦境，莫不是身躯被关押在窄小的铁笼中，连头颅都不能伸屈辗转，更别说人生的腾挪跳跃，这样的梦境，一次又一次出现。诸多现实的钳制与挤兑，权势威胁，流言遮蔽，想要突破一切枷锁，俨然梦中景象，挣不脱，躲不掉，逃不走，哪怕转动一下身躯都艰难。那一年，省城正值中专升格高职院校，一所金融院校希望我前去任教，兼任学科带头人。可是，杭城扶摇直上的房价，使人望而却步,带着年幼的孩子在人头攒动的高层次人才招聘会上,一步三回头。一个女人,要想在事业的旅途上向前跨一小步,都是步步惊心,困难重重,剑戟森森。

其后五年,诸事更迭,几位至亲先后罹患重症,缺乏社会保障,没有医疗保险,小康之家渐入困顿。人祸又起,缧绁之忧,婚变惊梦,我身无分文,在东奔西走之间,风起云涌之际,苟延残喘,第一要务就是生存。每一个小家,孩子都尚幼年,家族的未来和希望寄托在他们身上,然而,家族不幸,也使他们跌落凡尘,人生只能从零开始,像莽原中的野兽,这一刻不知下一刻的命。我的周遭,仿佛布满了捆缚的绳索。

我再也没有了翘望向天的奢望,埋首顿地,日日踽踽而行,在泥泞的路途里跋涉,像猛水中的纤夫,像高山上的挑夫,其实远不如他们,我只是一位手无缚鸡之力的书生,手不能提,肩不能扛。不能在人前哭泣,而要春风满面,百岁艳阳。只因在我的身后,是一个家族的阴霾,贫与病交织的家园。

当孩子上了重点高中,我辞去公职,毅然去了一所民办高校,仅仅因为工资比原单位多两万元钱。人是很卑微的,在求生存之时,不得不屈就生命的基本要义,先要活下去,才能求发展。生存,成为我生命中的第一要义。虽然,如今回想八年前的选择,在专业发展上、个人发展上,都是一次错误的决定,但是,这一生不容人后悔,不容试错,只有一路向前,砥砺奋进,人生没有退路。到了新单位,各路豪杰利益纷争,工作氛围乌烟瘴气,索性两耳不闻,远离钱权名利的核心,只做我的书生。

然而,这岂不是妄想?人在,江湖在。诚然,我的职业生涯中,多想坐进书斋,只做学问,不问红尘;只问阳春白雪,不问柴米油盐,可是,谁给我这样的资格?

今生,我选了一个最"无用"的专业——中文,作为谋稻粱的铺路石,那是最风花雪月的专业,最象牙塔的差事,我今日所有的心性,全赖它所赐;而专业与我性情的相投,又全赖于自己曾经有过柴米油盐酱醋茶无须担待的原生家庭。是的,正是我的父母给我一个衣食无忧的青少年时代,我才比同龄孩子多了一些傻傻的天真,多了一些衣食外的性情,是父母筑起的物质家园,让我在衣食外去觅寻精神上的滋养,那在生我养我的那个时代,全然是一种奢侈。

当我站在中年的门槛上,父母赠予的奢侈突然就断链了,物质供给不足,只有埋头刨食。为五斗米折腰,所有的心高气傲,所有的无病呻吟统统歇菜,"草盛豆苗稀"成为日常的担忧,何能采菊东篱,悠然见南山?

那座心中的城池——省城,从此就是生命天幕的一颗明星,它闪烁它的光芒,我脚踏自己人生泥泞的土地。一生之中,会错失很多人,错失很多事,当然也会错失一座城。

2019年元月一日,我从开发商手里,接过坐落在这座心仪了半辈子城池里的一间房的一把钥匙,那一刻,我知道,我的梦已经收场,等待开启这扇门的主人,叫作女儿。

安居乐业,有多少人的事业之梦,都被一把居所的钥匙拒绝了,拒绝得掷地有声。

物质是生命的基础,是婚姻的基石,是事业进阶的踏步。

想着事业奔波三十年,当一切都随风而逝时,我们能做的,有且只有,告慰自己,这一路走来,脚印深浅,都不曾敷衍,矢志不渝的,是踏好人生的每一步。至于这中途,我们曾遭遇了什么，忍受了什么，都不那么重要。至于，未竟的梦，那原本就是一个梦，梦想的殿堂，离我们多远，都不是我们为之倾心付出的一切所能决定或改变的。

因为，除了梦想，这一辈子，我们需要打理的太多，需要眷顾的也太多，比如亲情，比如恩情，比如夫妻情，尽管有时，人情比纸薄，但我们的心中，应该如火如荼，给世间的凉薄添柴加火，加热，驱散冷漠。

不能轻装上阵，那就负重前行。

## 寒冬西湖

元旦，新年伊始，去往杭州。一切都是新的，一切都刚起了头，一切都充满了希望，预示着新的纪元，新的篇章。去往杭城，这是一座布满记忆的城池，关于青春，关于梦想，关于爱情和婚姻的城市。

然而，行走在城市的东与西，仿佛置身在一个抹去一切印记的陌生地，历史的印记已然从记忆的仓库中清零，永久删除。十年沧桑巨变，二十年河东河西，历史的车轮飞速向前，一座城市的旧日印记随城市化的进程而湮灭，湮灭在过去的岁月里。

历史是残酷的，人事代谢，往来古今，秋风团扇，过客皆烟云。犹记得，二十多年前，春日里，全体同学在年轻班主任的带领下，绕城骑行，走钱塘大观，走九溪十八涧，走云溪龙井，走虎跑，一路到底回到下宁桥。暖阳里，初阳台上温习功课；初夏时分，曲院风荷听蝉；初秋时节，平湖秋月观残荷；初雪刚降，清晨冒着寒风骑车去断桥看雪；郁金香盛开，在浩荡春风里，徐行于太子湾公园；夏日时分，租船荡舟湖中……多少往事，一切随风逝。

坐上2号线地铁，想着去往西湖看水，选择凤起路出地铁。出了地铁，一时分辨不出东南西北，靠手机导航，到环城西路才发现，下车要选的站点却是龙翔桥，龙凤不分，南北不辨，只等抬头赫然见到保俶塔，才明白离北山路已经不远。于是，暗自感叹，这座美丽的城池，也曾于这方水土求学的人，已模糊了当年的记忆，还有什么可以用来追索逝去岁月的踪迹，充当找寻通往今日和明日的索引？

也许，人生就是一场不断拥有又不断抛却的征程，抛离的不只是时间和空间，还有那些往日浮雕般明晰的记忆，莫不是，从今往后，只能且将红豆寄无聊？

如果说，还有什么值得拥抱入怀、令人喜极而泣的文化符号，还有什么可以誉之为珍藏、永恒不朽、沉淀真切、稳定不变的美好，也许，有且只有十年、数十年后，还有一些标志性的事物，让人很快因之而让历史在脑海里重现，这样的标志性事物，甚至可以让人跨越千百年。那么，一座城池，留给人以资通往过去与未来的符号是什么？

我是人间惆怅客，眼底风光留不住。知君何事泪纵横？断肠声里忆平生。

我抬头看天，天不是；俯身看地，地也不是；身边快速掠过的红男绿女，他们更不是；仔细搜寻灯红酒绿的街景，它们是那样日新月异，市井间最多变最易变的，非它们莫属了。等闲变却故人心，却道故人心易变，易变的何止是故人心，更是江山。

从凤起路出站，一路辗转，循着导航，看着保俶塔尖，走向了北山路，走向西湖。终于看到烟波疏淡的西湖，一湖冬水平静似练，湖水清澈，犹如温润的碧玉，远山层层叠叠，远远近近分明，高高低低错落，像一群搭肩合照的少女，呈现浓淡有序的浅蓝，像是素净的女子穿着月白色绮罗，淡雅从容，安娴素净，端庄中藏妩媚。满以为天阴的冬日，傍晚的西湖只有一色昏暗，谁承想，竟是这样一派明媚的安然。

湖边没有一丝风色，岸边柳叶焜黄却并未落，静静柔柔地垂着，沿湖西行，渐次见到了北山路上叶子未落却着了霜色的法国梧桐，见了湖畔居边萎败却别有风致的枯荷，见了白篷桐油船身的游舫，见了湖滨满园虚无人坐的桌椅，见了香气萦绕的美食，见了各色摆拍的游客。掠过这些倥偬穿梭的景象，最终得以紧紧抓住眼球的依然是一汪湖水。

西湖是江南文化的浓缩，是自然的眷顾，经千百年人文元素的叠加，成为一种鲜明的文化符号。暗淡了吴越争霸的剑戟森森，淡远了吴越王钱镠的光芒，模糊了白蛇青蛇的神怪奇异，抛却了梁祝化蝶的忧伤，疏离了白居易苏轼的佳话，只记得自己与这一湖水曾经有过的一段渊源，然而，岁月也用数十年滔滔不绝的钱塘大潮冲淡了这段深藏的记忆，人间过客的我，唯一可以用以明证我曾在湖畔客居，我曾在湖堤拂柳下驻足，我曾在烟波舟上迷醉的，只剩这一湖的水，以及水边高高耸立的保俶塔。

世事沧桑，我们都是历史的匆匆过客，西湖边人潮汹涌，湖畔的神话一个续接一个，然而，这一切都会被后来者的声音淹没，被后来者的脚印替换，被后来者的话语覆盖，只有这一汪湖水依然沉静，平和相应。

今日的水，因为没有风色，静得犹如江南丝绸，平滑细腻，细纹如丝，清静又明亮，澄澈又温润，像一块养护了千万年的绝世之璧，被天地之精华，人文之灵秀滋养。伫立在古老的香樟树下,深深感喟,人,太渺小,太微不足道了!谁能抗过岁月的遗忘,抗过历史的淘汰,抗过生命风尘的摧折?

匆匆的行程中,那些我们记忆中的人和事,也将一并被冲淡,直至杳无踪迹。只有这一湖冬水,倒映着远山,演绎着永恒的美的旋律,回荡着碧波粼粼的绝响。

走在越来越浓的暮色里,湖光山色完全被梦幻般的城市灯光秀取代,我们走向一处杭帮菜馆,那里有一道菜,十年前一个价,十年后的今天依然一个价,可惜忘了点它。结账时,走出大厅,孩子说起这道菜,细心的服务员接了一句:"这道菜,十年前这个价,今年这个价,十年后还是这个价。"

幸好,还有一些符号可以穿越时空,驻留曾经,驻留每个个体深切的记忆,从而超越了符号本身的价值,固化成一种温暖的情怀。

人与世界交流留下痕迹,那是岁月的见证,然而,时间一刻不停地潮起潮涌,不断冲刷,抹平。"天空没有留下足迹,但我已飞过",这样的胸襟固然豁达,但是,风行水上不留痕,人终究会变成精神的荒芜者、心灵的流浪者。

不断地逃离过往,却又忠实地驻守过往;不断地背叛历史,又虔诚地皈依历史。在匆匆的征程中,总有一些符号,留待我们追怀,比如江山,比如一湖静静的寒冬之水,让人为之深深鞠躬,道一声:谢谢还有你,让我们还能回得去过往,找得着历史。

## 入乡随俗

入川已四天,第一天入蜀便吃上了"陈麻婆豆腐",第二天吃上好评如潮的"蜀大侠火锅",一位"麻婆",一位"大侠",听听店名,似乎就能琢磨出成都的美食里,满满的人味、烟火味;浓浓的诱人垂涎三千的川味,主打的就是这红红火火、油油旺旺的重口味。

第三天,当我们吃完成都小巷里的串串,咽喉紧结,涕泪四流,怀念起家乡清淡的口味。人的积习可怕,因循十数、数十年的饮食惯性,异地而食,仿佛疾驰的高铁突然被叫停,哪里刹得住车?

"走遍天下娘好,吃遍天下盐好",真正恰到好处的,当然是熟悉的娘家饭的味道。昨天逛完成都人民公园,翻看网评,就近去了一家"老妈蹄花店",点了清炖蹄花、素菜大王和冰粉,外加一份宫保鸡丁。因为连续四天吃辣,不觉开始怕辣、畏辣、谈辣色变。那菜品不仅辣,而且麻,麻到舌头仿佛打了麻药,半天回不过神。那辣,辣到寒冬腊月,汗从脚底透到天灵盖。吃一顿辣,全身能冒火一整天,从咽喉到九曲肠子,无处不火辣,无处不劲爆，辣到让人抓狂。不怕辣，辣不怕，怕不辣，这似乎是蜀地人民天不怕地不怕的精神渊源，江浙人民向往辣，又辣不起。等蹄花店服务员上齐了菜，一看，就宫保鸡丁有川味，别的菜品一色清汤寡水，深得浙北杭嘉湖地区风味三昧。来自浙中婺江畔的人凭这份口味的隔壁亲，赶紧动筷子，往招牌菜"老妈蹄花"里舀了一口汤，天哪！入口也太清淡了，三十多年前的味蕾记忆突然引燃，瞬间爆棚。

那会儿上中学寄宿，饥饱不匀，落下胃病根子。父母四处打听，得了些偏方，其中有两道食疗补胃大方，那味道从口腔直接嵌入心脏脑髓，一辈子刻骨铭心。一道野猪肚，走的是"吃啥补啥"的老路子。父亲托人去深山老林买回野猪肚，装入糯米、大蒜、姜，煮透，切片食用。虽吃不惯大蒜，重口味磨人，倒也因为调味适当，还算甘之如饴。可另一道炖猪蹄，那既浓烈又寡淡的汤汁，着实伤人心伤人肺。母亲将猪蹄炖烂，不加一星半点佐料，连一颗盐星子都吝啬，炖烂后放冷，去油，再加热，撒胡椒面。在家人的眼皮底下，硬着头皮喝汤，那厚重的汤汁不带丁点咸甜味，满嘴腻腻的，喝一次反胃一次。

摆在大红油漆八仙桌上的老妈蹄花汤，猪蹄煮到糜烂，汤汁浓稠纯白，喝一口，所有的记忆倾巢而出，三十年前生厌的情绪翻江倒海，席卷而来。女儿听我一说，也停杯投箸，怔怔而言："我也腻了。"

急忙喊来店家，要一小碟红油，一小碟生抽，夹着白花花的猪蹄蘸着又咸又辣的酱汁吃，川味又回来了，一转眼，娘儿俩吃得风生水起，咂吧有声。

女儿笑话："老妈呀，你一入蜀，就被同化了。"是呀，刚入蜀时，吃辣冒汗，天天笑谈蜀地人民太"重口味"了，可这才刚刚吃一顿不重口味的，立刻嫌弃其清淡，似乎难以割舍红油和生抽了。

刚出店门，女儿又大笑："天哪！这是天下最寡淡的饭菜，好思念川味呀！"

我也笑了："吃了几天重口味，再回清淡的日子，受不住了吧？"

由俭入奢易，由奢入俭难，过惯清汤寡水的生活，记忆里那点曾经的繁华多半会成为清贫落魄时悲凉的记忆，就像鞋子里暗藏的小沙子，每前行一步都生疼。过惯清贫的日子，偶尔的开荤打牙祭，倒是会成为镜花水月般的安慰。

家道中落时，运势颓败时，心头涌起的意绪也相仿吧。由小康陷入困顿，鲁迅心中的痛需要用童年的欢乐去疗愈，"朝花夕拾"便是。杜甫赶上安史之乱，京都繁华一夜凋敝，大唐由盛向衰，"致君尧舜上，再使风俗淳"成为他点燃未来希望的引线。走过历史的繁华，每一次回望都是疼痛，再铸辉煌，要在历史的波云诡谲中左冲右突，那么，起起落落，浮浮沉沉，都是平常事。

当晚，回宾馆途经"蜀大侠"火锅店，要了一个号，排序第115，知道等不及这遥遥无期的号，网上点外卖。外卖送达，清一色川菜，有麻婆豆腐、素菜大王、鱼香肉丝，盖子还没揭开，辣香、麻香已满室流芳。

碗筷齐备，清一色火红的辣油，清一色半碗菜半碗油，重回"川味时代"。举筷下嘴，居然是温和的辣，温和的酸甜口，好似苏浙沪的味道与川味的嫁接，是两种风味的中和了。

翻看网评，全点五星，看来颇合网友心意。有两条差评特别惹眼,因为它们太鹤立鸡群了,尤其抢眼,大意是:"为了讨好外地游客,变异了川味,俨然十恶不赦的川菜叛徒。"看着这反差极大的网评,我们娘儿俩食之爽然,大快朵颐。难不成,我们是浙菜口味的叛徒?等回到婺江畔,我俩也会邯郸学步般可悲,自己的传统口味回不去,川地的口味又不能完全融入?

改变积习,看来也简单:浸淫其间,入乡随俗,即可。

想孟子当年就举过一个例子:"有楚大夫于此,欲其子之齐语也……一齐人傅之,众楚人咻之;虽日挞而求其齐也,不可得矣。引而置之庄岳之间数年,虽日挞而求其楚,亦不可得矣。"楚国的大夫想让儿子学习齐国的语言,结果一人传授齐国话,一堆人用楚国话去干扰他,一事无成。将儿子扔到齐国的庄岳之间,即齐国都城的"王府井大街",几年后,要想他说楚国话,即便用鞭子打,也难上加难了。

入乡随俗,只需四天,改变就已发生。好抱歉,我们是江浙口味的叛徒,不信,你入蜀试试?

## 昨夜残茶

在鹤鸣茶社喝茶，女儿点了黄芽，我选了竹叶青。我的茶青翠碧绿，经沸水一泡，犹如复活的春日野丘上的嫩芽，看着，闻着，就已然赏心快意。呷一口，满嘴流芳，满腹生辉，淡淡的茶香在唇齿间流动，犹如雪经春阳融化成澄澈的水，蜿蜒盘桓，曲曲弯弯绕芳甸，剩下的只有甘醇和余香。

正月的天府之国，虽处盆地，也挡不住刺骨的寒风。在公园临水的敞轩下，坐在成都茶馆特有的硕大竹椅里，四周毫无遮拦，耐不住正月料峭的寒，才泡了二道水，快快离座，一位难求的茶社，也只能不舍离去。仰慕多时的成都人的慢生活已然体验，于是，将茶盏中业已唤醒的茶悉数倒入随身带的保温杯，也算物尽其用，情尽其愿吧。

随后一路迤逦辗转，口干舌燥时，轻抿一口，便觉茶香氤氲，由青涩到慢咽的回甘悠远，非独解渴的快意，犹有韵味深长。回到宾馆，杯中水尽，茶叶翠色欲流，依旧不舍弃去，留得今晨。

今晨辞别成都，见杯中茶叶青翠如昨，而白色茶盖、杯罩都轻染上浅褐茶色，想起"不喝隔夜茶"的遗训，忍痛弃茶而去。

洗刷杯盖杯身，还杯子爽然一新，低头见白色餐巾纸上残茶率性泼溅，一枚枚绿意盎然，纵然不舍，已是明日黄花。想着翠绿嫩芽，过了一宿，便成隔日残茶，想着过往的人事种种，少不更事的情愫，孜孜以求的梦想，误以为可以矢志不渝的目标，都在历史的车轮下滚滚遗落，或断然舍离，或不言而别，人生意绪别样。

打开冰箱，一只放了三天的汉堡，两只蛋挞，一盒隔天打包带回的粉蒸肉粉蒸仔排双拼，打包时"物尽其用"的心意，美味不忍弃的心绪，兴冲冲怀抱而归，放入冰箱，但无处翻热，打包之物变成一堆鸡肋。而今，落一个"暴殄天物"的恶名。尘世间，动不得的念头，犹如打包而回的美食，初衷尽美，世易时移，因着万千身不由己，万不得已，初衷成隔日之残羹冷炙，一丝一缕当思物力维艰，然而，身之所历、目之所见，却受身外种种不能夙愿的局限，昨日美食、昨日翠色欲流的香茗都只能拱手给历史的垃圾桶。

带不走的是昨日，轮不回的是岁月，尘世间有多少良辰，多少佳人，都付诸昨日笑谈。昔日之境已随事迁，昔日之情已随境变，任佳肴香茗留待昨日的暖阳或细雨里。

悄悄地，我走了，正如我悄悄地来。人生百年，挥别尘寰时，也是这般境况。挥一挥衣袖，不言别，让一切留给历史去书写，有多少人读得懂，便懂得；读不懂，便成历史的一粒微尘，被未来的轻纱悄然拂拭，暖阳里轻轻浮动，静静落下。昨日残茶，昨日肴馔，昨日人事，都不过历史的微尘，回味再好，也只属于昨天。

## 第五卷

# 逝水年华

## 见字如面

"从前的日色变得慢/车,马,邮件都慢/一生只够爱一个人",天涯海角,一封书信寄相思,从书写到展读,成为漫长又满怀期待的翘望之旅。

慢的日子,天之涯,地之角,人各东西,相约月明夜,无边牵挂托圆月传送,可是,明月寄相思,奇妙的慰藉毕竟虚浮,不如托鸿雁传书。"马上相逢无纸笔,凭君传语报平安",他乡邂逅旧知,欣喜至极,口耳相传,这份拜托何其厚重踏实愉悦,开心得怕要飞起来。可是,传语,总不及见字如面。

书信,复刻着古典主义的浪漫。写一封信,铺开信笺,取笔细细写来,风微微,雨细细,坐思良久,才肯落墨,惜字如金,字字千钧。怎么称谓?给双亲的,毕恭毕敬写上"双亲大人:如晤",笔落下,心也飞回桂树底的家。给老师的,写上"尊敬的恩师:您好",字落款,心底已千恩万谢。给闺蜜的,俏皮放诞开来,明明二字名字,偏偏漏写一字,以显亲密专属;真姓大名不写,偏偏"东西""南北"乱用绰号,仿佛近在咫尺,非要以口语行文,才显死党情谊。换作异性朋友,措辞又拘谨起来,仿佛不是写信，是拆弹，生怕语言差池，哪里不妥哪里就爆了雷，分寸拿捏不准，书信就成重大的外交事故现场，就是雷池。

第一封信写给初识者，交浅言深，毫无顾忌，放开笔墨纵横。读初中时，去县里参加朗诵比赛，住在教工招待所，认识了几位选手，彼此交换地址，一回校就写起信来，写不完。上高中，初尝离别滋味，同窗分隔两地，每每提笔，字斟句酌，搜肠刮肚，严阵以待。年少争强好胜，知交好友也怕被对方占了文字上风，收信回信俨然变身作文考试，写一次信，打一次笔墨仗，生怕吃败仗。字里行间，看似你好我好，春风雨露，遣词造句真像一段吃力的来回拉锯战，摸得着的刀光剑影，看得见的烽火四起，亦友亦敌。写信，读信，绞尽脑汁，又甘之如饴，彼此消耗，又彼此助长。

上了大学，有的开启异地恋，用"踮起脚"来描述盼信的心情，不夸张。课间十分钟，负责取书信报纸的生活委员匆匆忙忙，从收发室取回一堆信，往课桌一放，大家如过江之鲫，趋之若鹜，如群蜂围拢鲜花。取到信件，做鸟兽散，赶紧躲回座位安静读信，教室里仿佛突遭空袭，一片寂静。没取到信的，催促生活委员下午再跑一趟，等不及，自己跑收发室，对着鸟笼大小的信格子张望，等信的执念在回响："第一时间，第一时间！"收信，比新闻采写还追求时效性。

回信人兢兢业业，像学生对待作业，生怕审题错了，回信语焉不详，徒生误会；又怕漏题了，解题不完整，信息不对称。思绪万端，下笔千言，又怕胸中藏墨不多，表情达意打折。龙飞凤舞一番，又担心字迹不美观，影响卷面颜值。这样来来回回折腾，信笺写了揉，揉了写，写好底稿，又誊抄，直到文辞妥帖，格式规范，内容完整，字迹漂亮，才折叠起来。有时，塞进信封，糊了封口，贴了邮票，还要取出信笺，最末一行写一字"附"，补写一段突然想说的话，用"又及"二字收尾，纸短情长，笔收，心未收，言已尽，意犹深。贴了八分钱一张的邮票，投进绿色邮筒，一颗心就跟着插了翅膀，飞到伊人身边去了。

飞到良人的梦里去了。满以为满纸情深，回信却说："哪有一点情书的味道？全是家长里短。"唉唉唉，每每适此，就懊悔胸中沟壑不多，平铺直叙；情愫不够，干瘪无味；缠绵悱恻不足，小情人的味道全无。写着写着，干脆写成专业探讨，人生感悟抒发，说好的情书呢？20世纪80年代的情书多是这种路线，写着写着，抒情变成了议论，叙事变成了说明。

见字如面，无论多远的距离，收信的那一刻，有"如晤"的神奇，似乎因记挂而紧绷的神经，因此放松。可是，刚刚回复一信，记挂的潮水又涨起来。写信，回信，就成了一场潮起潮落的循环剧，周而复始，一浪退去一浪高，滔滔不绝，念念不息，"朝朝潮，朝朝落，朝起朝落"。

见字如面，有时，写信不如见面，见面不如怀念，文字表达有歧义，误读就会衍生误解。"郢书燕说"，因为郢都人错写"举烛"二字，燕国国相误读，以为"举烛者尚明也，尚明也者举贤而任之"，欣然禀告国王，一次笔误，误读成任人唯贤，燕国得以治理，歪打正着。"常恨言语浅，不如人意深"，在人意与言语之间不能画等号。

爷爷去了海宁姑姑家，寄信回，我展读爷爷的来信，是纵列直排的版面。爷爷真是句读不分，一律用圆圆的句号做标点。信是写给奶奶的，却由我这个小学生来读，我便疑心爷爷的体己话不会写在纸上。奶奶戴着老花镜，听我念，又让我按照她的意思，回一封信，有时爸爸也会附言几句。于是，我毕恭毕敬地写："爷爷，您好！家里一切都好，请放心。"奶奶自从收了信，就吃了定心丸，安心等爷爷如期回来。书信传递的内容，一如信中所写，爷爷的信虽然短，但内容却做到了"信达"——不折不扣传递讯息。于是，这不得不让人怀疑，文字堆叠多了，反而以辞害意。爷爷奶奶那一辈，收信的人理不理会信中意，跟文字多少无关，跟书信内容无关，写信，择要事表达，读信，无非读一个平安。心有灵犀，无须过度读解；纸短情长，不需文字，也在彼此的心里。读信时代，有时，见字不如见面。书信的读解，是人心的读解，人情的揣度，人性的破译，有时读得累。不如爷爷奶奶，一个字就有一个字的分量。

工作三五年，开始收学生来信，回信好似课堂延续，开启售后服务模式，少不得开解人，灌心灵鸡汤，以过来人的视角，宽慰、鼓励、褒扬、警醒，像导师又像朋友。等孩子上大学，用电子邮件写家书，从穿衣打扮到人际处理，从学业规划到能力锻炼，引经据典，深入浅出，深情款款。殊不知，孩子不吃这一套，根本无暇细读。是书信如鸡肋，弃之不舍食之无味，还是因为鸡汤文，年轻人不爱喝了？

通信发达，信息传递越来越快，人际交互平台越来越多。给八十多岁的母亲打电话，她说："不必记挂，打个视频电话，啥都看得清楚，我好着呢。"见视频如见面，音容笑貌，触手可及，嬉笑怒骂，所有的表情都在线，何来误读误解而伤神？

写了那么多年的书信，不知所踪了吧？收藏了那么多年的书信，纸张脆化，字迹模糊，散失殆尽，不知所往了吧？

文字里沉淀的故事，书信里藏着的秘密，都会化为秋日里的一缕暖阳，随风散失。不过，写信的心境，收信的心情，在历史的卷帙上，如墨色清丽，力透纸背，如刀刻石凿，突兀在曾经的岁月里。

如今，还有人在每年的结婚纪念日，要求先生写一封情书，非常智慧的做法。见字如面，白纸黑字，逃不走的海枯石烂，比誓言真。

见字如面，见面容易，见字已难。

# 童年的天井

五岁，我被邻家青姐姐挑了去，做她夜间的小伴。自此五六年，我打开夜间流浪模式，成了邻家姐姐陪伴专业户。

姐姐家高门大宅，门额上方有石雕。成双的大门有木轴，门面有铜铃，大门外罩一对矮门。矮门高过我五岁的额头，矮门后一对重重的大木门，大门后一条长长的过道，五六米，门缝裂开一指宽，吱呀一声，便见高高的天井。

那是一处典型的徽派建筑，白墙黛瓦，方方的天井——它，俨然是幽暗童年里依然敞亮的一个豁口，一处异域。

青姐姐的父亲离世，母亲改嫁，奶奶暂居千年古樟下的家庙里开茶馆，庙宇年久失修，断了香火。姐姐从城里姑姑家返乡，老家方言唤同辈年长女子叫"姊姊"，青却强要人唤她"姐姐"，标准普通话音，带着城市生活的风向标，她的衣着与言谈一度是乡间年轻人的范本。姐姐细巧玲珑的鼻，不点而红的唇，翻飞灵动的手，宛如古装剧中初下绣楼的金枝玉叶，在窗台下绣花，织毛衣，女红做到极致。

我的童年用以驱遣邻家姐姐的寂寞，可我的寂寞，无人知晓。

童年的悲喜，我懵懂；童年的去留，我无权；童年的天空，我孤独。家园那样近又那样远，像隔岸的花，隔空的月，隔篱的燕。

春天，燕子在天井里进进出出，叽叽喳喳，颉之颃之，欢乐无比，深深的天井，偶有白云在天，偶有清风入帘。

夏天，长方形的天井底，青幽的青石板长满青苔，密集长条的雨帘从檐口直冲下，如垂瀑一般，围成一个长方形的深长"口"字，整夜喧响。天明，青苔更幽绿，青石铺的天井泥石皆无，不留积水。

我倒满心希望天井里积满水，连绵雨季，积水来不及排外，蓄得满满，清清亮亮，大有漫过中堂的阵势，又若即若离。这大概是高宅大院有天井的妙处了——似漫不漫，似近犹远，似人和人的距离，似水中月，逗引人又不亲近人；似隔篱的花，闻花香又不见花影。天井青石缝里，几棵细凤尾蕨，伸展碧绿的锦旗般的长叶子。有了积水，邻家哥哥就会手握竹竿，找准泥沟，速速疏浚。至今不知泥沟在哪儿，天井下水道系统有怎样的奥妙，如人在这世间来来回回的周遭，不知来时因，去时果。朦朦胧胧，迷迷瞪瞪，未尝不是福气。既然不必知，又何必事事通透，人心明澈不如囫囵模糊，雾里看花。

冬天正午，一片方正完整的阳光投进天井，将深宅大院映照得熠熠生辉，四壁光亮，融融暖意携细小的微尘，在精细浮雕的牛腿房梁间，游弋，起舞，使人误以为自己是一颗微小的尘，轻轻来，轻轻行，轻盈，透明，不知何时何处落下来。

青姐姐家的正堂背靠一堵木墙，墙顶到墙底全实木，誉之"堂"，堂门后是楼梯间，搁一口棺材，姐姐祖母备用的"寿材"。我，一个未受文明浸染的淳朴孩童，对死亡有本能的恐惧。每每夜半起身，心中恐惧如黑暗，漫无边际地漾开，棺材离马桶一尺之遥，每一次如厕，都如受一次小刑。不敢叫姐姐，不敢告诉妈妈。夜深起床，只好抬眼看天井，天井有一方微微的亮，些微星子的光。赖着那一星的光，从没想过，要逃离，要抗拒，要回自己的家园，咬咬牙，顶过去。

人的宿命，是否如此？与生俱来，为着某种使命，为着前尘的因，余生的果。我为驱遣邻家姐姐的孤独，童稚之年就要直面死亡黑暗的恐惧，以及不可知的莫名世界。想着尘世五十多年，匆匆而行，遇到的人，经历的事，容不得人细想质疑，即使惹不起，也需坦然赴命。烟云尽散时，尘埃落定后，才明白当初某些事、某种场景，才了悟其间的玄机和因由。

可是，相同的场景、相同的角色倘若在并不长远的生命场中反复，一唱三叹，是否可叫"宿命"？青姐姐出嫁了，满以为，我可以快快乐乐回归家园。然而，七岁那年，又被一位上海知青挑了去，做她夜间的小伴。

上海知青翠姐姐是一个人高马大的家伙，粗鲁得像个野丫头，一双细长的小眼睛，两道淡到近无的眉毛，一个运动员的身板，配一副大嗓门，活脱脱一个女汉子。然而，人高马大的家伙，却胆小如鼠，怕黑暗，怕一个人独眠。住在一幢两进深的带天井的旧式房子里，房子外面是阡陌纵横的田畴。房子大得像迷宫，用高高的墙隔开，住了几户知青。东边住着一位七八十岁的爷爷，络腮胡子，天井正里头住着县城来的平姐姐，另外几家知青记不确切了，好在有一方不曾隔断的天井。

每到夜间，我便被耳提面命去了翠姐姐家。那会儿，我刚上小学，正受启蒙。翠姐姐一颗大都市练就的年轻的心，带天井的房子困不住她。一晚，一群年轻人呼朋引伴，消失在无边的黑暗里。一盏台灯辉映出案前一方光亮，我枯坐在硬木靠背椅子上，所有作业都写完，所有课文都读完，翠姐姐还没回来，陪伴我的，只有案前一方光亮，忽远忽近的狗吠，还有来自天井的些许星光。

夜深深，所有声音都沉寂下去，所有狗儿都熟睡了，只有爷爷的呼噜声穿过天井，震天塌地响起来，仿佛要把房梁、楼板缝隙里的灰尘震下来。恐惧远大过睡意，多希望姐姐能早早回，我不敢洗漱，洗漱了也要挨姐姐严查才可上床。照姐姐的规矩，洗漱完，手不准再碰任何东西，扶一把门框也得重洗。

我迈出房门，在漫天黑暗里，借天井的一丁半点星光，摸索着，轻声喊："爷爷，爷爷！"可爷爷的呼噜似乎更响了。冬日的天井，寒风凛冽地沉下来，浮漾在宅子的每一个角落，深黑的天幕有几许星光，天井里的我寂寞，孤寒。那大概是童年时，我第一次真切感受无助与孤独。

翠姐姐何时回来，不知道，在寒冷中我趴伏在台灯的光晕里沉沉睡去。我带着使命来陪睡，一为母亲的仁慈，二为父亲与翠姐姐父亲的故交，这份使命，承受了两年。

那次迟归后，姐姐并未收敛，也许，她不觉得有何不妥，反而变本加厉。依然呼朋引伴地外出，依然咋咋呼呼地推开沉重的门，依然踢踢踏踏地穿过天井的青石板，出洞觅食的小鼠也吓得四处乱窜。关于迟归，我不敢问询姐姐"去了哪儿"，抑或告知母亲。我陪姐姐驱遣孤单，姐姐却将孤单赠予我。仿佛注定，有些不得已而受的命，必须受着。

姐姐不孤单，白天，她和一帮知青去农场上工，农场的活比田间耕作轻松不少。夜间的黑暗哪里困得住青春激情，生活丰富多彩，却要在夜间，找一个小伴，给她捂脚。姐姐回来的寒夜，我是为她留灯的人，是给她一处温暖被窝的小伴。姐姐仗着大城市的出身背景，又仗着我双亲关怀，没有人胆敢在"太岁头上动土"，何况那一身毛躁的小姐脾气，小眼紧锁，细眉怒提，谁都惹不起她。

清晨，天井透出一点点黎明的光，我动身去学校早读。偶能遇见隔壁平姐姐在天井里刷牙，她天生温柔，鹅蛋脸，一对又长又粗的辫子，一对黑亮的眼眸，天井熹微的光投射在她温润的脸上，她柔柔一笑，我就得着一些真切的暖意，清晨的风霎时轻盈起来。也正是这样一段童年的天井生活，让我走进那个特殊年代的知青世界，用我弱小的身躯去完成翠姐姐不以为意的使命，用一个农家孩童的暖去驱遣城市知青的孤单。

翠姐姐回上海去了，保送工农兵大学，我终于可以回到家园，在父母的床侧，安卧。

然而，没过多久，红姐姐——青姐姐的妹妹从富春江城回乡，肤白花貌，笑靥迷人，毫无悬念地，我又成了她夜间的小伴。又要回到那个高大天井，满壁木墙，堂门背后躺一口棺材的高楼大宅去了！从此，我的夜间，唯有天井穿透的星光，是赖以幻想的迷彩。设法逃避，不去那高高天井的深宅，但总找不到借口。熬到年关，母亲让我回家过团圆年，在父母身边安稳睡觉，在长姐跟前嬉闹。可元宵一过，红姐姐又跨过青石门槛，邀我去她的家，那个高高天井的底下。母亲不假思索地应允了，红姐姐握着我的肩，像捡了稀世珍宝，笑盈盈地带我回到生长着凤尾蕨的天井下。

红姐姐也在农场上班，采茶叶，种萱草，摘果子，少了农田劳作的日晒雨淋。姐姐温顺热情，生性懦弱，每到夜间，天井底下，高朋满座。然而，这些"高朋"，多是开罪不起的蛇鼠之辈。

我的双亲在村里说话做事掷地有声，夜间有我这小伴在侧，姐姐得一赖以庇佑的护身符。每到入睡时分，可拿我做挡箭牌，下一道"逐客令"，我这"小小护身符"，可抵一阵人性的卑劣与龌龊。

独居女子借我微弱的童年之光，驱散难以言说的黑暗；而我，却在颤抖惶恐中，度过天井底下的三四年。好在当年懵懂，心思单纯透明，不曾思量，不懂权衡，不问天井底下的发生过或正在发生的故事，只知奉行母亲的旨意"邻里要帮衬"。直到我上中学住校，才离开那方天井。

红姐姐出嫁了，嫁得不好。有一位知青常客，到天井底下死缠烂打。不久，知青返城，弃红姐姐如敝屣。乡间独居的女孩，名声很难周全，她只好把自己嫁了。

有些因果不可问，天机不可悟。童年的那方天井，带我历经三位女子的生命春秋，她们诗样的年华里，不曾意识到一个小伴的恐惧和孤独。而日后，这方童年天井，成全了我，像堂吉诃德般自诩英雄，像许褚一般一腔孤勇，在人生深沉若子夜的日子，可以无惧无畏。这番生命的强劲和坚韧，来自天井底下的历练，关于死亡的恐惧，关于遗世的孤独，关于人性的美丑。

天井，成了童年的一个豁口，一处异域。童年的天井，是生命初长的窗牖，越渐年迈，越见那时的澄澈，一如天井上方深邃宽广的青天，也越加明白，失怙的女孩生之艰难。人性的深渊，母亲看得透彻，尘世间有太多看不见的手，觊觎姐姐们的青春和圣洁，女性人格的侮辱、欺凌与践踏，瞬息之间。对女子的压迫和羞辱是弥漫性的，无处不在。在姐姐们身边安放一个小小的我，犹如天井中投射进几缕温暖的光，护佑她们花样年华一段周全的旅程。

人生像牌局，不到最后，不知底牌。

## 虱子与跳蚤

父亲有两位堂姐妹,她俩上无兄下无弟,叔祖奶奶去世时,正值衣不蔽体食不果腹的年代,父亲却认为"亲戚来了吃不穷",认了这门堂亲做至亲。

我那时尚在学前,未开蒙,两位姑姑派了表哥来接我去小住,从春末住到深秋,回家时改了乡音,也带回一头虱子。夜间睡觉,头皮发痒,用手一抓,指甲里就带出一只肚饱肥圆的胖虱子来。

母亲爱干净,家里又多长发的姐姐,生怕传开来。母亲用了许多法子,折腾好多天,又是篦子梳篦,又是热水烫杀。可是虱子的繁殖力很强,一粒初生的虱子过了一宿就可以荣升太婆。母亲到我的发间细细地翻寻,逮住了用指甲对扣。有棕褐色的,那应是成虫,好对付,胖得有些笨拙,许是它们的身体已长至极致,停了生长期,留些口德,咬啮得不凶,逮起来也容易,篦子一篦,哗啦啦就从发梢滚落而下。

可那些小小的幼虫最可恶,全身雪白,吸饱了血,身子充满了人血,全身透着嚣张的红,喧嚣着旺盛的生命力,吸附在头皮上,看得真切,抓得繁难,用指甲抠都不易。它们制造的痒像是刻意放大了的，似乎专为做"太婆"而去，专心一意趴伏在头皮上不间断吸血，一刻不停地生长。星星之火成燎原之势，母亲刚刚用高难度技巧干掉一拨小"吸血鬼"，又孵化出一拨新的兵将。

母亲只好剪去我的长发，到短发的根部抓虮子，那些饱胀滚圆发亮的虮子藏着生命，瘪塌无泽的是空壳，不论虚实，见到就剥离，用食指大拇指对抓，一把揪抓下来。后来又打听到一种叫百部的中药，熬汤洗头，用毛巾裹住，热腾腾闷杀。

折腾了好久，总算除净了虱子，还全家一个安宁。而两位姑姑也终于有了娘家的归宿。兄妹密切来往，并未因一头虱子有所减损，我多了两位疼人的姑姑，表哥表姐有了可以依仗的娘舅，人前人后挺直了腰杆。我俨然成了娘家派出的亲善大使，连接了一段兄妹长情的传奇。

我的夫君由外公外婆拉扯成年，我嫁入夫家，年年陪伴外婆过年。头两年去老家，家徒四壁，夜间住在木结构的楼上，风从瓦缝里往床头刮，睡到后半夜，如同野外露营，这样的日子在娘家一天也不曾有过。然而，外婆已年近八十岁，陪一天少一天。

我的孩子出生后，除夕前接外婆来城里小住，这对一个终生在农村生活的老人是一种折磨，然而，为了我们这个小家，外婆还是肯顾全，委屈她自己。我忙着家务，没人陪她说话，她有时坐在沙发上打盹。老人家的手不能高举，连盘发髻都困难，但她总把自己拾掇得干干净净，高鼻深眼，肤白唇红。每每过完除夕，大年初一，老人家就急着要回老家，断不肯多留一两天。

那年春节，外婆回老家后，连着两个晚上，我与孩子都遭了大罪，满脖子红红的小疙瘩，奇痒。打电话求告母亲，母亲说估计有臭虫，等人睡熟时才出来"咬人"。若真是臭虫，恐怕很难灭，因为臭虫会躲进床底下。外婆一人独住，年近九十，腿脚不便，房子朝北，长了臭虫也未可知。

第三晚，我硬熬着不睡，孩子睡沙发。派了夫君做诱饵，躺进被窝，看着夫君睡熟了，我便用力推他，原本仰躺着的，愣是被我翻侧卧，这一翻果然逮着了一怪物，吸在夫君的脊背上，饱胀了肚子，用力猛拍，连同那番恐惧一起拍扁，夫君被拍醒了，两个人却傻傻分不清为何物。用白纸包裹了那尸身，留作罪证，也做考据之用。等到周末回娘家，一家人齐聚时，翻开白纸来，研究半天，结论是跳蚤。外婆因为独居，夜间一只老猫睡在床侧，染上跳蚤再正常不过了。母亲于是笑话我好久，连个跳蚤也不认识。说来也怪，逮了那个"罪犯"后，我们娘儿俩再也没遭罪了。然而，不知怎的，是夫君说漏了嘴，还是风里胡传的言语，外婆知悉了此事，自此，再不肯上小家来小住。

次年春节，因为婆婆家盖了新房，希望我们一家去她那儿过新年，我执意不肯，担心外婆太孤单，会多想，夫君说已做通了外婆的工作。然而，就在这一年农历二月，外婆永远地离开了人世。与其说一粒小小的跳蚤，阻断了外婆来城里小住的路，不如说做晚辈的太过矫情，太过张扬一粒跳蚤的痛痒，让一位年近九旬的老人心生卑微。如今想来，深有愧怍。那是含辛茹苦抚养夫君长大的外婆！而在外婆生命的尽头，未能陪她过生命里的最后一个年，给以家的快乐祥和、幸福温暖，一粒跳蚤冷寒了老人的临终日月。

童年里的虱子，记载着兄妹的长情，跃动着沉寂的往昔。生命中的跳蚤，瘙痒着昨日的肌肤，疼痛着今日的灵魂，挥之不去。

# 刷　墙

活了半辈子，刷了三次墙。

当马克·吐温笔下的汤姆提着姨妈给的粉刷桶，拿着姨妈给的刷子，他的内心有多不痛快，然而这种不痛快，很快就转嫁了出去。蓝天、白云，芳草，矮矮的墙垛，汤姆是如何春风得意呀，意气风发，他略施小计，便将附近所有的孩子都忽悠过来，帮他卖苦力。孩子们甚至要用糖果玩具贿赂汤姆，才能换一小段围墙的粉刷权，当长长的一堵围墙粉刷完工时，孩子们几近破产。

汤姆的机灵是值得称道的，带着狡黠，带着饥饿营销的策略。孩子们无非想以粉墙来证明自己，证明个人的价值。因为，汤姆说，谁够聪明，谁够能干，才能粉墙。

而我粉墙纯属例外，跟证明自己无关。我处在讨要生活和在有限的物质范围里，讨一点心中想望的样子，仅此而已。因为，世界给予的，所有的不如意，不顺心，都得承受，然后去适应和改变。

公元1989年的秋天，暑热未退，骑着自行车，去往离家三里地的镇上，那里有我谋生的第一个单位，一所中学。单位给我分房了，一间斗室，新中国成立初期所建，十三四平，窗户是铁栅做的，用搭勾上锁。陋室名副其实，一个书柜，一张写字桌，一张床，别无他物。

房子处在教工宿舍最边沿，紧挨教室最东头，远离西边生活区。每个单位，都有先来后到的规矩。分到一间这样的房子，房门对着教室，白天孩子们吵得底朝天，到了晚上，长长的走廊，黑魆魆的，只有晚风掠过窗外冬青枝头的声音，只有秋虫在墙根嘶鸣。漆黑深沉的夜，是寂寞的，甚至瘆人。

窗外的冬青繁茂，隔出了一个幽暗的世界，墙面潮湿，霉斑点点，墙皮脱落。于是，去总务处借了泥桶、白灰、刷子、报纸。报纸铺地面，长竹竿头里绑刷子，刷子往白粉桶里一浸，桶沿一刮，墙上一刷，墙上的浑黄霉斑更鲜明了。一道一道刷，刷子在墙上、天花板上一遍一遍走，有时石灰水不听话，开溜，落下来，淋淋漓漓，滴滴答答，砸在地面的报纸上，报纸也湿乎了。

墙面一处一处涂上石灰水，最终，不留一丝空隙，到处湿乎乎，黏答答，摘下草帽，收起工具，一个巨大的工程终于竣工。

秋高气爽，气息是清爽干燥的，只过三四天，再进斗室，便满眼白墙，雪一样白。又买了墙纸，离地一米处，完完整整糊一圈，墙上凿一枚铁钉，挂一把吉他，扣一顶细麦管编的玲珑草帽，一个清爽洁净的居室就算装修一新了。

这可是我人生的第一个独立空间，是独属个人的闺房。亲手去打造，去布置，在贫瘠单调的岁月里，尝试着改变，改造赖以生存的空间。何等轻车熟路的做派，仿佛天生的粉刷匠，天生就有改天换地的孤勇。日子再贫乏，也要经营自己的美，并付诸实践。

那间粉刷了几天的房子,我只住了一年。第二年,新员工分配来,我便有了一点往西迁移的权利,往人气更旺的西头靠了靠,虽然还是人远地偏,至少,熄灯以后,我能听到校园西边大道上,偶尔的人声,大风的日子,松涛阵阵,清晨时分,还有西边池塘里的捣衣声。

这样的粉刷匠,没有经验值,只是奔着改变境况的一点本能,一点冲劲,说干就干了。

七年后,我调往城市工作。弟弟到了谈婚论嫁的年纪,我怀着五个月的身孕,一手提粉刷桶,一手执长柄滚筒刷,屹立在娘家的堂前,要为弟弟的亲事贡献一点粉墙的经验。那一晚,是寒冷的,窗外刮着腊月的大风,玻璃震得砰砰砰地响。有了最初的刷墙经验,那一晚我变得老到多了,知道如何运筹帷幄,有步骤地实施计划,如何从中堂到侧房,一间一间地刷。家园原就是美好的家园,在十里八乡也算家境殷实,朱红油漆的家具满堂,可是为了弟弟能够花好月圆开启的人生新阶段,不这么刷上一遍,似乎不够隆重,不够有仪式感。双亲沉沉睡去,或许根本睡不着,我腆着有些隆起的肚子,拖着有些肿胀的双腿,一会儿爬凳子,一会儿上桌子,酣战不歇,直到满堂皆刷,才安然睡下。

至今都没想明白,谁给自己这样的底气,要自作主张去帮弟弟大张旗鼓地做准备。

历史的车轮轰隆隆向前,川流不息,奔腾不止。当我跨过五十岁的门槛,在禄蠹生计的奔波里,近十年几乎全年无休,而家事的操持,除了一日三餐,四季衣裳,几乎少有谋划。作为家庭的专职司机,专业家庭教师,养家糊口的顶梁柱,专业厨娘,区区粉墙算得了什么?住了十几年的墙,有一天墙皮脱落了,阳台上的瓷砖一片一片掉了。眼看女儿留学就要回国，看着斑驳陆离的墙壁，上网搜，买了一堆补墙材料。戴着老花镜，在得空的夜晚，坐在板凳上，一小块一小块填补，补了又掉，掉了再补，而后，终究失去耐心，因为，这墙凹凸不平，非我区区刷墙本领可以对付。对于自己力所不能及的事，有时，需要躺平。

人生半辈子，想一个安静素雅的栖身之所，身体力行，原也并非为了省钱，似乎一直想以此来确证内心满满孩子气的尝试，想要用一己之力去改变不那么完美的现实，殊不知，事必躬亲从来不是明智之举，专业的事就要交给专业的人去干。可倘若没有这般孩子气的蛮干，内心缺那么一点冲动，人生一定会缺乏许多意趣。想着被汤姆忽悠刷墙的那些邻家孩子，我也成了他们中的一个，因为，我的内心也许受着与他们没有二致的蛊惑。所不同的只是，我没有贿赂谁，便可以获得粉墙权，但就是这致命的"爱涉猎，不服输"的倔劲，我输掉了今生半百诸多机会。难道，这个时代，埋头苦干者远远不如巧言令色者得志，实干远不如指挥人干更聪明？喜欢埋头苦干，我天生不聪明，即便如此，耳边依然萦绕这样的旋律："我是一个粉刷匠，刷墙本领强，我要把那新房子刷得更漂亮，我刷了房顶又刷墙，刷子飞舞忙，哎呀我的小鼻子，变呀变了样。"

那旋律是明快的，即使做蹩脚的粉刷匠，亦无悔。

人，降格以求至此，还能被诟病吗？我不怕为人诟病。

## 当个小官不容易

她，小学高段时当了班长，唯老师马首是瞻，老师的话当圣旨，维护班级纪律铁面无私，还真像那么回事。

1980年五年级，冬天一日，班上的姚文元同学带了跳跳球来，在班里大肆喧哗，一只小小的球可以弹跳二三米高，他坐在临窗第一排，往地上随意一扔，球就可以飞奔到后门的最末排。至于跳跳球的材质，女生们并不知道，她们一下课忙着打牌，据说由姚文元自行研发，亲手创制。每到下课，跳跳球就带动起男性族群的满室喧哗，她，作为女人族的首领兼本班的"执政大臣"，这些都可以容忍，但容忍是有限度的。

某日下午自修课，班主任回了老家，跳跳球开始在桌底传动，竟至于浮出桌面，满室跳荡，男生们嬉笑，传递，抢夺。"叔叔可忍，婶婶不可忍"，她跳出座位，一把抢过球，义正词严地呵斥姚文元。他生性并不顽劣，属于"孺子可教"系列，可争取人类，一下子哑了嘴巴，像个秋蝉，噤了声。跳跳球这祸根一旦拔除，满室汪然平静，瞧这小班长，当得蛮有气势。

转眼进入寒假，一日，姚文元亲临她家门口，并不敢靠近大门。老房门前是一条宽约三四米的巷子，他站在路中，她便料他不够胆儿。他大了声讨要跳跳球，她没理他，心想："我没收了你的球，又不挪作自己用，只想让它归了尘，从此眼不见，班里不烦，少了惹事的祸根，我行得正，坐得端。"谁知姚文元一日来，日日来，班长懒得理他，他悻悻来，怏怏回。

第四或第五日的样子，他带了四五个男生来示威，班长更懒得理睬他了，瞧她犟脾气，杠上了就是头倔驴，脾气臭到"你越搅局，我越寸土不让"！一群男生败下阵，扫兴而去，她大获全胜。

可是，转眼间，她家门前那条长长的弄堂，所有墙上都写满了她父亲的名字，外加前缀"打倒"二字，还加一个大大的感叹号。去池塘洗衣服，赫然发现，满路都是这复制的墨写标语。如此受人侮辱，怎肯咽下这口恶气！

待查证这墨宝真迹出自皮王之手，她操起竖立门后的锄头，直奔皮王的家而去，和企业下班回家的母亲撞了个满怀，母亲夺了锄头，饱了她一顿老拳："你胆子真不小！想要闹出人命吗？"那是她第一次被母亲痛打，也是唯一一次。先仇未报，又被母亲暴打，她放声大哭。

皮王妈妈得知了此事，提了水桶，抓了抹布，一路擦拭着那惹起风波的句子。从弄堂到池塘，不知那位母亲用了多长时间，费了怎样的老力，才把那些墨迹一一擦除，以一个母亲的善举给班长撑足了面子，证明孩子没错的面子。

事过四十年，如今的姚文元也许早忘了这一茬，当年的皮王也端正行事，许多事、人都模糊远去，可想着这样一桩童年往事，让她反省这四十年来自己的脾气和性子，依然刻着年少的烙印，认死理,不变通,有时依然手执正义正直的幌子,犯着愣头青的浑,做着得罪人、伤自己的事,却少有人来喝止,少有人以邻家母亲的仁义保护她大大的自尊。比如不信顶头上司淫威的邪,不认弄虚作假报的课时和加班,不给吊儿郎当的学子开绿灯,义正词严退了函授学生的集体送礼,自然得一个"不上道不识时务"的标签。

这样的脾气,倔着,硬着,也臭着,从幼时,直到今天。

# 过年集结号

过完腊八就是年,腊八一过,过年的集结号就吹响了。

脚不沾地,一趟一趟往外跑;两手不空,一趟一趟往家搬,街坊邻里忙碌开来,七亲八戚走动起来,村子里镇子里的人气闹猛起来,炊烟闹腾起来。农贸市场、水果市场、商城、百货店全是黑压压的人。过年,要的不就是个气氛嘛。

小寒之夜,酒缸里的缸米黄已经滴波滴波闹动静了,悬挂檐下的香肠酱肉已在风里喧哗了,喝了热乎乎的腊八粥,一切事务和物事都与"年"字有了瓜葛。

父亲、长兄挑一担黄灿灿的晚稻去加工厂,出了工厂挑回两细箩白花花的新米,美名曰"年米"。挑选绵软精细的粳米碾成粉,母亲郑重其事,找了坛子或塑料袋,剪了斗方红纸,束之高阁,美名曰"年羹粉""催耕粉",取谐音"彩羹粉"。正月初一,加入豆腐、青菜、萝卜丝,熬一锅菜羹,接新年祭拜天地,讨一个新年彩,期盼大吉大利的新肇始。

母亲、长姐跑到邻村,恭迎裁缝师傅。挑过缝纫机和裁衣作板,裁缝师傅戴着袖套,踩霜而来,踏月而归,早赶晚赶,替一家子老少男女量体裁衣，缝纫熨烫，把衣服平整熨帖地交给女主人。夜作变得平常，灯下，炉边，女人们编织新毛衣，制作新布鞋新棉鞋，用秋天新采的棉花，百货店新裁的布料。新年的行头置办周全了，里里外外焕然一新，宛如绿树换新叶，红花换新颜。新鞋新袜，新裤新衣，咯吱咯吱，挺括闪亮；新帽子新围巾新手套，毛毛茸茸，暄暖绵柔，一切都有了温暖厚实的依托，一切都是崭新玲珑的初始。三百六十五天，周而复始，万象更新。

灶前，案边，男人们忙不迭地切米糖，切完米糖切花生糖，切完花生糖切芝麻糖，炒花生炒瓜子、炒地瓜片炒年糕片，家家户户灶膛火热，灯火通明，何等热烈，何等兴旺。稀里哗啦，稀里哗啦，大街小巷，前弄后堂，铁锅铁铲翻炒的尽是沙子，沙子里烤炙的全是年节里消闲的美味，村里村外飘散的全是香香甜甜的味道，年味浮漾开来。

"初三、十一，不用择日"，腊月初三或十一是除尘最好的日子。除尘，最具仪式感的一次集体大扫除，桌椅板凳、碗柜八仙桌，全架到池塘边，洗刷刷，洗刷刷，窗帘帐子洗好了，床铺被褥洗好了，爱洁净的媳妇们恨不得连坛子瓮子氅子也要翻过来洗一洗。腊月的日子就这样脚不着地，男男女女一派风风火火，日子像开了挂，劲头像吃了兴奋剂。门前水塘要开个光，突突突，水泵抽三天三夜的水，水塘见底了。男人们撒网捕，徒手捞，捕鱼捞虾。凛冽的朔风里，满晒场的鱼，一堆堆，写了签。挨家挨户抓阄，抓了阄挨着签认自家的份儿，这分的是"年鱼"。年鱼年鱼，年年有余，鱼米之乡不缺鱼。男人们邀请山里的朋友来家里赴鱼宴，一住就是四五天。女人们剖鱼修鱼，做熏鱼，做腌鱼，小孩挑着扁担，两头挂着大鱼，走亲戚，一家一家送。男人们穿上背带下水裤，挖塘泥，塘泥给旱地补给泥土和肥力，清洁池塘，为来年庄稼灌溉做铺垫。

小年一过，人人忙得像陀螺转悠。女人们做豆腐，做豆腐讲究庄严肃穆，老老少少不能吃香的喝辣的，尤其不能嗑瓜子吃花生，据说那样豆腐结不了块，更不能拌嘴。手里忙活着，水汽蒸腾着，嘴里却沉默着。水豆腐做成，做豆腐干，炸油泡，事儿一桩又一桩。男人们杀年猪，请了镇上的屠夫，借了饮食摊的三星炉，架木梯，放秧盆，开水装入稻桶，把孩子们一律远远支开，不让见血腥场面。四五个壮汉捉猪蹄，扯猪耳，肥头大耳的毛家伙转眼就成了白花花的案上肉。这头放倒的猪叫"年猪"，年猪是农家年货的三军统兵，一切迎来送往、八大碗十大碗，撑门面讲排场尽盛情讲礼仪全靠它了。杀了年猪，猪心猪肺去了外婆家，猪腿猪头进了腌缸，摇身一变，成了火腿和腌猪脸，猪血猪肝猪肉走门串户，成为邻里、亲戚间的一种礼尚往来，猪肠猪肚是大年三十的招牌菜，谐音"常常（肠）有""样样都（肚）有"。

十二月的银子六月的雪——说化（花）就化了，腊月的银子花得如流水。大街上摩肩接踵，摊位上啥菜都有，切笋干的、切墨鱼干的小贩全冒出来了，各色海鲜，干的、鲜的全上市了，泡发肉皮的油锅支棱起来了，卖硬柴的山里大叔早早等在寒风里，竖着扁担，立着两垛柴。女人们开始蓄鸡蛋，买了一篮又一篮，为走亲访友备"年节"，"年节"中鸡蛋属当家花旦。糕饼店里全是松松软软鸡子糕，红丝绿丝掺杂芙蓉糕，浓香逼人麻酥糖，粉面桃花双喜糕，蜜糖齁人莲华糕，外脆里松糖枣儿，五彩缤纷百子糕，入口即化脆桃酥……糖果糕点按亲戚户数买，一家至少得备下四样糕饼。店家装扮了红纸长条，包扎了席草，蓬蓬松松、庞然大物搬回家。男人们挑选年菜，干的鲜的，荤的素的，山上的海里的，传统的尝鲜的，一股脑儿买，一天买不够，买两天，两天买不够，买半月。要把厨房塞满了，楼梯头，墙角边，全填满了，安安生生过大年。

孩子们开始走亲戚，送"年节"，穿得体体面面，手提肩背，七大姑八大姨，外公外婆舅公舅婆，走个遍。正月里虽拜年，但年节礼数要在年前先行。孩子们喜气洋洋，成了外交使臣，大人们欢天喜地，迎来送往，好不热络。

年是三百六十五个日子的总结，也是开启。一切厄运都将一笔勾销，一切好运将从头开始。年货办的不只是衣食温饱，也是日子越过越红火的见证，打造生活能耐的体现。办年货，是庄稼人对自我的犒赏，内心富足且安详。白岩松说：中国人很多人不信教，但过年，是国人的信仰。年是生命的计量单位，没有人不可以不敬畏，敬畏年，就是敬畏生命。

## 票据时代的残痕

四年前因为贸易战，肉价飞升，某地出现了猪肉票。恰好在上海财大学习，参观了票据展馆，往事如泉喷涌，许许多多，历历在目。

那日，先到保险馆，当年的保安行是保险公司前身，安保行的标志由"同水生寿"四字竖式合体形成，做了一面鎏金招牌。展厅里有互动屏，我和同事们相继投保，只要选险种，定年限，签字画押，就能得到一份电子保单，扫一扫二维码，可以存单于手机。

第二个展馆是钱币博物馆。从贝币和布，从足空首布、尖足布到新布，看的都是实物，这些货真价实的钱币来自捐赠。看到圆孔圆钱、方孔圆钱，不禁失笑：孔方兄是也！自从有了孔方兄，世间钱币都长一个德行，从隋唐到五代，从北宋南宋到明清，没有一枚不是外圆内方的孔方兄。

对不起，交子没看到，但看到了一枚镇馆之宝，它是钱库做镇库用的，不能流通，经历史淘洗，无用之用成了大用，它在众多流通的银两前，有最尊贵的身份。又看到了面值千万、百万的金圆券，看到了成套的纸币。衣食住行，哪一样都要钱，孔方兄万万少不得，但看看博物馆展厅，也不过就布和孔方兄两种而已！所谓的钱财，不过是捆缚人的身外之物，为了这碎银几两，人人活得那么艰辛，那么卑微。

第三个馆，是票据馆。票据时代是一段短暂到可以忽略的历史，却因与我们这一代人曾经的日常密切相关，让人觉得亲切，怀旧的氛围拉满。

民以食为天，首先面对的是粮票！20 世纪六七十年代，兜里揣有全国粮票，足以羡煞旁人，持之即可行遍天下，在那样一个相对封闭的时代，有几张全国粮票，似乎就拿到了周游天下的通行证。我上大学了，国家供应三十斤粮票，我一下子成了"吃皇粮"的人。早饭吃三两，中晚饭各用二两，每月花二十一斤粮票，余下的全送给男同学。因为，三十斤粮，班上大多男生不够吃，每逢月底，都要跑回家扛米，很多女生就把多出的粮票送男生。粮票里的斤与两，维系着肚量，维系着生命，"半斤八两""短斤缺两"这些度量衡历史，十进制、十六进制这些精准的算法，于今天的年轻人而言，相去已远。

不当家不知油盐贵，看到油票，想想当年的生活印记，非常淡远，它不像粮票那样触摸可感，毕竟饿一顿就得慌，有没有油水似乎隔了层玻璃，体会没那么深切。读大学时，领过油票，去人民路下坡处买油，搭老乡开的车子提油，车子未停，我开门一脚跨下车，结果人滚落而下，踉跄倒地，车轮碾过我的发梢，把老乡吓得面如土灰，一时间，街道两边的人都往我这边汇聚，我一个鲤鱼打挺起身，那时候，面子比生命重要，觉得脸丢大了。幸好，除了膝盖擦伤，别无大碍，不过轮子只要再偏离几厘米，后果不堪设想，我算不算大难不死之人呢？哈哈！

　　提了油送给同学，翻山越岭坐长途汽车，车上遇见了六个骗子。他们用三支彩笔博彩，少不更事的我多了一嘴，说破他们的把戏，身边刚好坐着一位青年人，他义愤填膺，立刻起身阻止，结果遭了殃，直到他亮明《萧山日报》记者的身份，司乘人员才将车子开进派出所。在颠簸摇晃的途中，他挺身揭露，义正词严。霎时，闹哄哄的人群回归理性，博彩之徒一时失了江山，押了宝的旅客撤回赌资，四位暴徒将他围殴。我也算经历了"祸从口出"的波澜，虽然逮住了其中一个同伙，另五位暴徒还是中途溜走了。怕被报复，我只好改道回校，被两位师兄骂个半死："就你爱管闲事！爱逞能！"

　　刚参加工作，让弟弟上街买猪肉。卖肉的是亲戚，原想买点瘦肉打牙祭，偏偏长长的队伍里有父亲。父亲开口跟亲戚一说，弟弟提回一块大肥肉，天晓得，我和弟弟"滴肥"不沾，只想吃瘦肉。亲戚真心给父亲示好，父亲实意疼孩子，偏偏，我和弟弟不领情，黯然神伤了好几天，耿耿于怀好几年。那个年代，买到肥肉是面子。

　　一只谷黄色的木壳闹钟，让人想起四十年前横条桌上摆放的钟，每天擦桌子，第一个对象就是它，后来不知去了哪里。橱窗里的它油光锃亮，在当年，它代表的就是现代化，是未来的生活指南。一把竹壳热水壶，太亲切了！小时候，谁家打碎了一只水瓶胆，似乎谁家就出了个败家子，不多久，路人皆知，坏事传千里。

　　又有冰箱票、缝纫机票、手表票、电视机票，而且都配有那年那月的实物展出。见到一只军绿色冰箱，我结婚时的两门冰箱就长这样，颜色和款式都像极了，一个很要好的同学结婚用的冰箱也类似。一台蝴蝶牌缝纫机，太熟悉了。转眼四五十年，缝缝补补时，家中的老母亲还在用，姐姐们结婚陪嫁都有这么一台，当年行俏货，有钱了也不一定买得到，因为都要凭票，好在父亲好客，朋友多。

上海生产的手表，父亲给我买过，又被我丢过。第一次戴手表，是个春天，戴着姐姐的大手表，站在外婆家的池塘边拍照，颇有显摆的意思，跟如今的年轻人各种炫没啥区别。照片洗出来，画面上那块表出奇地大，十分抢镜，显摆的效果是出来了，丑也丑到家了。

后来，父亲买回一台西湖牌彩色电视机，高中同学看到了，惊呼："不得了！是直角平面哎！"我啥也不懂，傻兮兮的，这么三四十年就过来了。人家稀罕的，我都不知为何稀罕。"二"有"二"的好，当我赤贫时，不以为意，这大概就是傻人有傻福。倘若我为物质所困，为物质所累，这二三十年的颠沛，早已心力交瘁，人比黄花瘦了。可在赤贫的世界里，我依然能自得其乐，傻傻地乐呵。

还有一些稀奇古怪的票据，它们很好玩，不一一赘述。

补充讲一下布票，差点忘了这茬！温与饱，人生两件大事，"仓廪实而知礼节，衣食足而知荣辱"，感谢母亲，善于持家，即便穿得旧，穿得朴素，却也未见补丁，让我们体体面面生活。

看到展台上的知青专用票，我有话说。我家是知青的据点，我娘面薄，我爹好客，得！家里好吃的全给他们掏摸了去。小如酱油，上海知青翠姐一来我家，拎起酱油瓶就拌饭，吃不完，倒给鸡吃。那时想想，我连家里的鸡都不如，翠姐一拌饭，她脚跟前的那只鸡，跟着吃酱油饭，吃它个爽，可是接连好几天，我连酱油汤都喝不上了。又如番薯，妈妈放了一木桶番薯留在初春吃，开春了，提过木桶，空无一物，全被知青吃光了。母亲一问，他们毫不掩饰地说："婶婶哪，过了冬的番薯就是好吃呀，又香又甜，哪里扛得住！"

好吧，我们姐弟只好看着空桶咽口水。

一到化肥农药票类，我还是噤声，平日我说自己出身农民，可一说到农事，对不起，我连"伪农民"都没得做！我不事稼穑，一窍不通啊！

肥皂票还有印象，常听母亲说，一块肥皂被奶奶分割成一条条，国家给百姓限供，婆婆给媳妇限供，那就是权力的体现。媳妇终有一天熬成婆，等到母亲变了婆，却要受着媳妇的规矩。要说时代变化太快，母亲这一代的感受最特别，要受两头的气！

展馆的最后，列出了各类票据横空出世到销声匿迹的时间表，这个表一目了然，直观清晰！

好吧，走出历史，回归当下吧。校园里的树木青葱，上海八月底的天气炎热！

走过历史，你成不了历史的一行一页，历史压根与普通人无关。那就留个影，做个美篇，留住历史的印痕，告诉自己，我的微观世界也精彩！

走了几个馆，还是觉得票据类最来劲，走过那么多钱币展区，不为所动，只觉得尘世的钱，都是孔方兄，冷冷的，刻板的，缺乏温度。是钱未曾亲近我，还是我天然对它不敏感？见钱眼不开，是我今生最大的幸运。

## 生命太重笔墨轻

那天，二月底晴朗的傍晚，我去看花。

太阳欲落未落，玉兰或谢或未开。一个个血肉之躯，魂魄横飞，离恨九天；一个个家庭，家破人亡，妻离子散。

逝去的十年，经历过家中种种劫难，亲人因罹患重疾离世，一个小康之家，七八年陷入困顿，那种疼痛让人肝肠寸断，大难之后的心理重建何其难！父亲离世七年，我至今未能走出那场被劫夺的灾难，黎明醒来，常常惊悚睁眼，周身冷汗。生不能相拥，死不能相送！

听说江边的玉兰花开了。

不敢走远，就在江边走走。玉兰花开败了，像逝去的生命无法挽留，未开的依旧青涩。不敢动笔写，怕每一次书写，面对消逝的生命，都太轻飘，太渺小，太矫情。

先生在家族群里说，报名参加增援，下班后有些落寞，年轻同事上了前线。是的，我们已经步入单位老人的行列，胸中的热血和激情虽还在，但如这暮色沉沉的斜阳，快被岁月的西山遮蔽了。英雄末路，利剑藏锋，匆匆忽忽半辈子了，我们的价值在哪儿呢？

无论是什么价值，比起生命，都微不足道。倘若生死可以不顾，心中可以无畏无惧。然而，这次，在死亡面前，有太多的逆行者！他们也是普通人，但因为职业担当，使命使然，便义无反顾，一路逆行！

死生之间，除非人祸，冥冥中天数早定，命运早做了安排，这样想，人可以活通透，活明白。淡然处之，置之度外，世事沧桑后，知命豁达，像这一江春水，奔腾而去，没有谁能更改。

赫然抬眼，见江边未发的光秃枝丫间，一个鸟巢孤零零高悬，正是倦鸟归巢的黄昏后，可如果家庭分崩离析，覆巢之下安有完卵？

宿年的枯苇像宿世的灵魂，不屈地指向半空，但隔年陨落的生命不过是历史掸子下的一粒轻尘，一旦拂落，再难清扬！

江边的一群鸟突地从芦苇间蹿起，不安地飞起，在水汀的荒草里落下，生命的起起落落，是这般惊慌。

不敢开笔，每一笔都是苍白。后街的玉兰花开满了整条街，剧院前，水滨开满了郁金香，梅园的蜡梅红梅已香消玉殒，这个春天的诸多良辰美景我们注定要错过。眼前，只看到太阳一点一点隐没到无叶的林梢后。

纵有满腔悲悯，在宏大的历史叙事跟前，只剩不足挂齿的飘忽，无足轻重的销声匿迹。枯槁的苍耳半卷半展的叶子间两只白蝴蝶时飞时停，一盏浅浅的蓬花迎着斜阳，面朝天，草色衰败之中有了几分绿意。走过斜坡，下到水边，且借一江春水，为那些逝去的亡灵默哀。

最是无足轻重的便是这文字！

## 俗人养兰

一介俗人,总有那么三两次,树起一面略高于日常水平的小旗,暂时疏放一回,忘乎所以一回,小小地挣脱生活的羁绊一回。这种心血来潮的作为,如果有什么比较吻合的标签,有什么妥帖的比拟,养兰大概算得上。

一个傻丫头大抵是不敢奢望成为娇小姐的,就像一个平民人家的孩子想象不出奢华的生活范式一样。人,关于欲望之舟的出发和航行,大多基于船自身的能耐,对于跳脚伸手可得的目标,可以奋力挣扎,为之拼一把;而对于望尘莫及、高不可攀的星辰,明知无望,不如不望,不如相忘。

面对一株高贵的兰,我有些自惭形秽,就像年少时面对心仪的高校,自知能力不逮,与其觊觎,不如美好地错过。兰花,恰如镜花水月,似近实远,似真实幻,我不知其雅号,不懂其品类,不谙其习性,不通其花语,只在书卷间,俗语中,知道它归于"花中四君子"之列。

君子是小人的对立面,是凡夫俗子做人修为孜孜以求的高地。孔子曾在小人与君子之间画了一条分水岭,"君子和而不同,小人同而不和"，依据孔子划分的标准，试将小人与君子的楚河汉界想得明白些：也许，德才兼备，誉之君子；有才无德，谓之小人；德才兼平，即为庸人、凡夫、俗人。俗人一生的修行，无外乎超越平平才德，成为君子，避免道德滑坡，沦为小人。至于超仁成圣，那是绝尘之境，是德位兼备的至境，非俗人凡夫要思考，能抵达的高度，那是君子们才需要腾跃的龙门。

君子之兰，是天际鸿鹄，是阳春白雪，是高山流水，是北冥鲲鹏，何其高远，何其曲高和寡，何其卓尔不群！像高山不可亵渎的雪莲，像心中圣洁的贝加尔湖，只可远远注目，不可攀附亵玩。

然而，一日访友，见琥珀色的几案供奉兰花一盆，叶片苍翠细长，以特有的弧度飘逸散射。花期正盛，在幽幽暗暗、影影绰绰的黄昏，这折射着玲珑的月色之花，闪耀着羊脂玉般的淡泊内敛光泽，有着骨瓷一般的温润质感。幽香如青烟，娉娉袅袅，又飘飘忽忽，似靠拢又远遁，似出尘而去，又奔红尘而来。

想着朋友也是凡夫俗子一枚，心中便有了效颦的冲动，设法种下一株。

一日菜场买菜，见一农妇脚边两丛兰花，说采自山中。逡巡三顾，不问贵贱，欣然买下，特配两只高脚青花瓷盆养护，立在北阳台的浩荡春风里。浇水、施肥、松土，两丛植株绿叶葱茏，油亮生辉，喜不自胜。养兰，花期观花，平日赏叶。

春去暑至，江南闷热的梅雨时节翩然而来。其中一盆，兰叶由绿转褐变黑，叶面陡长黑斑，短短数日，叶子们相继失了生命，心疼焦虑又徒然无奈。

端午过后，知我喜欢莳弄花草，老家的同学托人带来菜籽饼，说是上佳花肥。护花心切,急急施肥补给,不日,即见花叶枯黄,惶惶然,向母亲求援。

母亲让我换土,清洗兰花根部,重新栽种,谨遵母命一一照办。又向养花能手好友求助,煤饼渣、花生壳当是养兰沃土。求烤饼摊老板讨煤饼渣,央母亲蓄积花生壳,一应齐备,换土移盆。眼见兰花挨过了掉叶、烂根、长斑等种种劫数,新芽终于初长,欣喜不已。隆冬时节,移兰入室,以座上宾之礼厚待,安放飘台,又怕太阳过暖,光线过于直接,抱至落地窗前。

冬去春来,燕子的羽翼带来新的生机,然而,兰花日比一日憔悴,叶片像中年的发,接连不断地落,有穷山秃秃之势。起底再植,赫然发现,所有的根系均已腐烂,只剩空空的皮囊。寻摸根须,好不容易发现两颗指甲盖大小的硬颗粒,母亲电话里鼓励说:放心种下,一定可以成活,估计水浇太多,阳光不足。

大兴土木,大动干戈,腾出阳台石榴根部一小片区域,将花盆放置在石榴植株的暗影里,阴阳兼备。满以为创设了一等环境,殊不知,一度春风过后,那棵兰花气数殆尽,杳然归去了。

自此,三年,再不敢养兰花。

花市中,只是看兰,绝不问兰。

今年秋天,常去光顾的菜场边新添一花店,花店里有兰花数盆,向老板讨教。老板热心和善,说,养兰的诀窍在于通风避阳,最重要的少移花盆,如果移动了,让兰花适应环境,服盆一段时间再施肥浇水。

只知道蒲苇韧如丝,不知兰花有本性。兰花,它只认曾经的环境,原有的故地,原不是水性杨花之物,天性带着自然的迂,不似瞒天过海、媚上欺下、见风使舵的势利主,兰花只认死理,只赖故地,只承秉性。不甘为外物所囚,不愿被阳光、水等外物所困,宁可一叶一叶枯死,也绝不苟活。它原本出自深山,只要一方幽谷,活在清风明月里。自在自为的本性,是它活得出彩的源泉,超然物外,孤芳自赏。

不被尊重,不幸被驱遣,纵有阳光惠顾,金屋储身,也不如率性而死。

德位兼备,方为圣,兰花一丛,德行醇厚如此,是真君子。

俗人养兰,不是呵护,倒成戕害。与其亲近,不如远远致以注目礼,给不了,就放手;供养不得,就真诚地错过。

俗人养兰,不如不养,免得捉襟见肘,照见自己粗鄙的花艺,庸俗的灵魂。

## 亲爱的螳螂

秋风乍起,秋凉乍至,午后办公室的窗台上突然钻进一只螳螂,一身翠绿,趴伏在黑色的窗框上,一动不动。

木木惊喜地喊出声来,用笔盒将它挪进一盆植物里,但它就势爬上了白色的木窗格,木木要给它拍照,逗它,它就倒挂身子,一动不动。它身躯长过半支笔,因为传说有两把大斧头,他不敢用笔逗它,尽管,它的头憨憨的,身子憨憨的。不知它是饿了还是冷了,贸然闯进三楼办公室。它一会儿给个背影,一会儿迎面相向,一会儿倒挂金钟,很希望抓住一个美的视角,可它就像不谙世事的一只蜘蛛,倒挂在木窗格上,露着瘦瘦的上半身,伸展着细如牙签的翠色长腿,兀自不动了。

每一个生灵都是一种自为的存在,谁又能奈何得了谁呢?

办公室进来两位安装电脑系统的小师傅,木木起身让座,端水浇花。突然,手机震动了一下,有短信,大意是读了今日刚发在某媒体上他的一篇小文,很喜欢,发信息的是一位久未联系的老上司。

上司与员工,领导与被领导,一生中谁都会遇见知遇恩人。

受恩者当图报，辛勤工作，献计献策。他知恩，薪水微薄但情义不薄，他埋头工作无怨无悔，然而，世事繁复。十年前，他被命运的手抓去上级部门做苦差，便开始了"两头不着地"的尴尬。有人以为他走上层路线，有人散布"忘恩负义"的风言风语，单位给他留了一个空闲职位，却再也回不去了。等完成苦差，重回原单位，冷嘲热讽扑面而来，至于职位，已经换了，像被不知何处伸出来的脚，一脚踹进冰冷的地窖。生性不愿依附之人，谁肯为五斗米折腰？

世事看透，便没了恩怨，人与人之间应有的情分都偿还了。他断然离职，去往另一单位谋差。然而，阴魂不散，有人的手掌大过天，手臂长过空间，长到可以遮蔽半壁江山。木木想，可以，从此不登台！君能奈我何？做一介无阶平民，做一只无声无息的蝼蚁，做一株匍匐于地讨口饭吃、苟延残喘的蓬草，君敢奈我何？无欲则刚，我无三寸，君如何拿捏我三寸？人能虚己以游世，其孰能害之？

盯着手机出神半日，回了两个字："谢谢！"谢谢今生拜君所赐！一生都在您这位恩人的阴影里，不得翻身。也有人扬言报复，木木不屑报复！麦克白纵使弑君篡位，但麦克白夫人终究疯了，那双沾满人血的手，岂是权势可以洗刷干净的？纵有十里的名声，哪来十里的威风！

他抬头看窗格，螳螂依然乖乖地待着，它那翠绿的头晶莹剔透，它那绿色的眼睛失了往日的光彩，而它那身子有些枯槁，干涩无光泽，它的腹部窄窄的，似乎忍饥挨饿多日。螳螂那两把让孩童惧怕的大刀似乎也缺乏锐气，也许，它也是一只暮年的螳螂，因为生活无着，误入窗台，也许为了避寒驱暖，也许是无力再度前行。

木木看着它,觉得那是一面生命的镜子,照见他昔日的情状。可他真的懂它吗?他再一次将它挪移了,挪到更大的花盆里,一大片翠绿的叶子中间,它静静待着了。

赫然想起一位朋友,多年前被抽调到某单位挂职,而关系放在原单位,朋友每天早起,晚上夜归,年终考核评级,原单位给他定最低等。人心如此,凉过秋水,再有才华,也要做好人际平衡,这就是现实,职场上的人谁没经历过这般那般的事?

做一只自在的螳螂,跌跌撞撞,迷迷茫茫,今日不知明日的命,明日不知冬日的归宿,连同昔日敢冲敢拼的刺刀也钝了,徒有一尊翠绿如玉的头颅,闪烁昨日的光辉。

亲爱的螳螂,明天,如果你还在我的窗台,我依然待你如座上宾,木木痴痴地想。

# 到北山去看雪

昨晚，在微信朋友圈发了英雄帖"上北山看雪"，得到许多温馨细致的建议，但是，愿意同去者无。既然发了英雄帖，孤独求败也要上北山！

北山，金华城的最高峰，客居小城三十年，不曾登顶。这次，雄心勃发，只为一场罕见的雪，下了一天一夜，壮观的江南雪。听说，山下薄霜，山尖就有雪；城里下雪，山巅就会像北国一样冰封雪覆。

今晨，娘儿俩穿成狗熊状，帽子围巾手套全副武装，独缺登山杖，为此，跑大超市、文具店、小百货店、小摊，空手而返。偶然发现一处杂货铺有色彩艳丽的长柄刷，旋落刷子，长柄就成了两根手杖。有时，人需要一点英雄气概，出发！

## 一、寻路

跟着导航，沿着坑洼崎岖的乡间小道，转入陡峭山路，虽是水泥路，但路途逼仄，刚好又修路，道路一半封闭，剩左侧硬路基通行。上山路越来越陡,路面窄,连续几个大转弯,副驾位上的女儿连连惊呼:"好危险!"平日只在市区通衢大道驰骋,哪见过这样蜿蜒盘旋十八曲的阵势?我嘴上连连安慰,心底却波涛汹涌,生怕前途难测,因为有几处背阴路段结冰,这老爷车可什么武装都没有,装备不足,英雄也会气短。

行到一处无名村,导航结束。抬头仰望,满眼雪山,几处梯田因白雪镶裹,层层叠叠,层次分明。但路两边雪峰林立,分不清哪一方是北山之巅。车子漫无目的地沿路行驶,穿透村子,拐过一个弯,是四五十度的入陡坡铺展向上,路面泥泞,心中一慌,不敢再贸然前行。低头一看,油表只剩一个刻度,大吃一惊,忘了加油,盘山路油耗快,怏怏然掉转车头往回走。不出百米,遇见一位村民,他热情指引,村后有一条路况一流的盘山新路,路标明晰,路面宽阔。于是,盘旋上了一处高地,仿佛吃了定心丸,一时领到了土地爷爷的恩准,顿时,有了挺直脊梁的英雄底气。

路基渐升渐高,放眼四望,众山变小,村子被甩得远远的,一时没了人烟。出城后一路行来,几乎没有同方向的行驶车辆,看来大雪过后,大家都不愿冒险,娘儿俩真要"仗剑独行"了,而迎面开来的出山车子也只有二三辆。边开车边摸索,开到盘山路的一处高地,路边有一块空旷平地,皑皑白雪上停着一辆白色轿车,车头直对一处雪峰。仿佛在茫茫雪海中突遇知己,我喜滋滋地泊车,与之并肩。与女儿一合计,沿车尾所对山峰出发,看上去,它是群峰中的高个子,应是我们此行的目的地!准备好拍照用的三只手机,一台平板电脑,轻装上阵,水和零食一概不带,因为亲友团建议"必须步行来回六小时",显然,这是一场硬仗!

## 二、上山

村民说,有一处消防水箱是山峰入口,沿着它步行上山,四五十分钟就可以到达山巅。老天眷顾!车尾正对着一只大大的方形水箱,水箱左侧一条草路蜿蜒向上。

可惜,翻山越岭来看雪,路却很吝啬,象征性地铺一层稀薄的雪,路面裸露着大团枯草,大片黄泥,正午时分,冰不成冰,雪不成雪!放眼看,群峰被雪覆盖,高低错落,若隐若现,天阴晦得像失意苦楚的中年人,群峰间起了一些不太玲珑的雾,让人有些压抑沉郁。出发了,开弓没有回头箭,荷戟在肩,只能前行。

路面的冰开始融化,坚韧又湿滑,洁净又泥泞,磕磕绊绊前行了百余米,猛然一个大转弯,我们仿佛走进了一个纯粹的冰雪世界,犹疑一扫而空,两边树木茂盛,从树顶到地面全是冰雪,温润洁白,剔透晶莹。路面的雪闪亮,枝间的冰窸窸窣窣落下来,落成寸许长的透明冰条,像是顽皮的孩童一路逗引我们。初战告捷!

突然,女儿惊恐地说:"妈妈,你听到什么了吗?"凝神静听,天与地间只有冰雪统领,阒静无声。

"妈妈,你再听,会不会有狗熊?"我驻足,返身看向孩子,她左侧的树丛猝不及防轰然下了一场雪!

"丫头哇,哪有狗熊,是树上的雪化了。"

女儿顿时开怀了:"真有意思呀!仿佛又下了一场雪。"正说着,从天而降的粉屑朝女儿倾覆而来。我的心在那一刻完全悬空——出发前怎么不想想:万一遇野兽觅食,万一遇不良之徒,如何了得？两英雄弄不好要成狗熊。

可是，这番担心很快被脚底的旋律赶走。走在层层交叠的冰雪里，发出嚓嚓嚓的铿锵之音，这声音替换了一切恐惧。路两旁，树木被冰与雪裹覆，冰一层，雪一层，枝头欲滴未滴的水，受了寒气瞬间冻住了，冻成形态各异的珍宝。有的树枝环裹一层冰凌，冰凌上神奇地压一层雪，仿佛透明的白色冰糖葫芦外粘一层白糖糊，淋一层糖霜，冰雪交错，令人惊奇：先下雪再裹冰，还是先结冰再覆雪？是鸡生蛋还是蛋生鸡？枝叶上垒成雪被，叶尖挂满冰凌。

每走几步，身后便盛开一场落雪迎宾礼。尘世间有多少扰攘纷争，这雪山就有多少安宁静谧，小小的步行震动，就把树上草间的冰雪唤醒了。可是，人对自然的惊扰真有这样大的威力？怕是堂吉诃德大战风车般自视伟大，痴人说梦不自量力吧。抬眼远眺，青峰依旧岿然不动，青山被冰雪封冻，呈现出寒冷悠远的青黛色。脚下声音脆脆地变奏着，嚓嚓嚓之曲渐成咯吱咯吱的交响乐。山势变陡了，路上的积雪越来越厚，融化的痕迹越来越稀，人迹也越来越少了。

越上行，山间岔路越多，植被越密，积雪越厚，路面积雪与坚冰交错，脚往路边白雪顽皮一踩，瞬间陷进一个深深的雪坑，鞋面不见了。人开始疲累，想要找地儿歇歇，无处可依。将一黄一红两根登山杖横卧路边岩石上，屁股刚挨着拐杖，雪就吞没了屁股。只好起身立定，权当小憩。原来这场硬仗没有敌人，有的只是如何战胜自己。

岔路口树上悬垂了许多鲜艳的红蓝丝带，这是登山者留下的标记，像雪山馈赠的几缕暖意，在茫茫雪海中那么明亮。可惜，它们不带明确的方向印记，色彩又太杂乱，不知该跟着谁的标记走，让人莫衷一是。女儿非常机灵，开始做路标，每到岔路口，就将牛肉糖外的包装纸，轻轻压进雪中，用木杖扎扎实实顶着推压，以免山风吹跑，幸好有了女儿的这些路标为下山指点迷津。原本就不知路况，四周又全是雪被，没有它们，估计要困在山中。

饿了，渴了，吃牛肉粒，包装纸全变成了路标，然而，比起山间阒静无人的冷清来，饥渴微不足道。真正困厄我们的是四下无人的冷清，是这场"硬仗"开战以来的头号威胁，用兵之道，攻心为上，不战而屈人之兵，只因心理防线垮塌。

路面的冰越来越少，雪越来越厚，行到一段陡坡，路面出现了一条长长宽宽的印迹，像宽阔的独轮车碾压过，无车轮齿痕，是天外来客君临，搭乘神秘的交通工具？人的欲念如饮鸩止渴，出发初的登顶情结，像诡谲的巫婆，在灵魂深处一刻不停地蛊惑我们一往无前。在人间行走，有时，感性战胜理性，本能又攻克感性。我们这次心心念念登顶，冒冒失失，完全是跟着感觉一路走，既无导航，也无向导，当体能消耗到快支撑不住时，感性将听本能使唤。

山势越来越陡，走在树林里，树木被厚重的冰层裹覆，重重复重重，密不透风，像全副武装的冰侠客，从头到脚武装着笨重的冰铠甲。许多灌木承受不住沉重的冰雪，失去招架之力，生生折断了，横卧在路中，我俩只好攀住坚韧的枝丫，侧身而过。许多阔叶大树，被冰雪压得往一侧倾斜，轻轻一推，就倒伏而下。横在路中的树枝，形成大大小小的冰柱拱门，我们猫着身子一个一个钻过，甚至贴地爬行。

观览世间奇景，需超越孤独的锐气，披荆斩棘的信念，战胜饥寒的勇气。我完全被眼前景象震慑,壮美与柔美兼备,雄奇与秀丽俱足。人生五十,第一次见到这奇特的美景,高举手机,边走边拍,惊喜替代了饥饿、疲劳和恐惧。人间游走不过如此,前路坎坷,只要有追美向善的热情,就可以战胜冷寂和恐惧。

树越来越密,没有一片树叶,全是光秃秃的枝丫,树身裹着指肚一般厚实坚硬的冰,玉树琼枝,枝柯交错。我们像误落冰绳穿结的网罗,误闯玉树琼枝虬结的冰球。抬头,看不见山巅何处,太阳何处,天空也被冰树枝分割成昏暗的一片一片小网格。地面厚厚的积雪,人迹未至,雪野苍茫,仿佛东北雪山腹地。使人新奇,兴奋沉醉,手机忽上忽下,忽左忽右,转着圈贪婪地拍照录像。全然忘了,女儿被丢在身后,远远的。

"妈妈,你在哪儿?"在寂寥的冰川间,女儿的声音骤然响起,慌乱,惊恐,惧怕。

"女儿,快来,这儿太美了。"我独享其乐。

"妈妈,我们可能迷路了,还是回去吧。"

我心有不甘,说好的要登顶,此刻山巅在哪里?

女儿循声而来,我们继续艰难前行,想探探登顶的路。然而,脚下延伸远去的是一条陡峭的下坡路,白茫茫一片,看不清尽头,它是通往山巅的正路,还是陷入绝境的死路?那一刻,不得不承认,我们走了一条歧路,脚下的每一寸土地,都被冰雪完好封冻,是不曾打扰的圆融世界,无人涉足。抬眼看,要找一块巴掌大的天都难,四下除了冷寂,还是冷寂。女儿头戴红线帽,系着红围巾,白里透红的脸写满担忧和疲惫。刹那间,满腹英雄气化为乌有,被山风吹走了,英雄气短。

我忽略了女儿的感受,因为登顶的狂热激情,忽略了这一路走来可能遭遇的种种危机：饥渴、野兽、人祸、雪地随处失足悬崖的隐患。转身见到女儿的那一刻，涌起无限歉疚，决定下山。

能屈能伸，能上能下。英雄末路，就该归江东；迷途，就当知返。

## 三、返程

我们一路跌跌撞撞，蹒跚返回，此时，太阳从高耸入云的松林间探出头来，将女儿淡淡的身影投射在雪地里，脚下的雪与冰欢快地吹奏英勇进行曲。大树高耸入云，山间一片寂静，白垩纪一般寂静，可以清晰地听见自己微喘的呼吸。

下山路更难走了，冰被太阳唤醒，像一头北极熊复苏了知觉，调皮地捉弄人，走一步打一滑。时而叉开双脚，踩住路两侧坚实的积雪下行，时而用力将拐杖深深刺入雪中，强行下滑。满眼冰雪，荒无人烟，分不清东西南北，遇见岔路口，每每疑心走了回头路；遇见倒地不起挡去前路的大树，担心走不出大山；遇见融化的雪从树巅倾覆下，害怕被砸中压垮。行路难，娘儿俩互相打气，为对方撑住枝丫，交替打头阵，有时弯腰俯身，有时觅路绕过，海拔越低，积雪坚冰化得越烈，脚下越滑。

人生路途，前行时一鼓作气，气吞山河，返程时，暮气沉沉，挫败感满满。也许，我们都太在乎成败，不接受无功而返，不愿面对自己的平庸。所以，返程的每一步都谨小慎微，患得患失。

噗噜噜，噗噜噜，哗啦啦，哗啦啦，身后大树上的积雪瞬间倾覆而下。

噗噜噗噜，嘎吱嘎吱，哗啦哗啦，冷不防，大树被融雪压垮，全身倒伏路中。

　　女儿被山中的凄清氛围困扰,心生害怕,可质朴如璞玉,仁爱如幼童,让她不时停步,举杖为倒伏的大树灌木,敲落坚冰积雪。与自然造化这大手笔相比,孩子的举动杯水车薪,可她将赤子的暖意传递,置自己安危于不顾,尽其所能,倾其心力,为路边的树卸去一些铠甲。

　　渐渐地,地面的黄色泥土开始裸露。上山时横放木杖的地方,躺着一张十元纸币,沾满泥浆。

　　"这钱谁掉的?"我问女儿。

　　"上山时,并没有钱。"

　　"说明有人上山了?"

　　"不可能!是你掉的?"

　　我掏口袋,买木杖找回八十元,口袋里有七十元,少了十元。"没错,正是!"

　　我捡起纸币,用手擦拭。不寒而栗!母女俩摸索来回五个多小时,这山间,没有第三人通行。

　　我不敢明说,为着所谓的探险,所谓的英雄帖,冒冒失失置自己和女儿于危险之境,万一有闪失,不堪设想。匹夫之勇,空有情怀,出发前缺乏周密分析,没有应急预案,盲目闯入雪山,没有折戟沉沙,能够全身而退纯属侥幸。人生半百,碌碌无为,就是这样的率性不计后果无准备所致。

　　坐进车厢,薄棉袄、围巾、帽子湿透,它们吸饱了树上融化滴落的雪水,鞋底鞋帮裹了厚厚的黄泥。太阳躲进厚厚的云层,放眼遥望,大山笼罩在白皑皑的积雪中,山间氤氲起薄薄的雾。

　　没有找到传说中的山巅,北山之巅停留在向往中,凝结成一个遥远的不可期许的清梦。能让人逐舞飘扬的从来都不是沉重的生活，是一个个不可期许的梦。

纵使来路千难万险，回程心惊胆战，有过这样的征程，就不负心中的烂漫。

# 旺　仔

你的生命终止了，我心憋闷而酸悲。

十二年，开门那一刻，你总在门边迎接，欢呼，跳跃，嚷叫，纵身绕膝。

十三年，出门那一刻，你总屁颠屁颠紧跟，我们把着门，生怕一不小心，你先蹿出，关门刹那，门内的你，眼巴巴望着，呜呜抗议。

春夏秋冬，无一日例外。送别，是你，迎接，还是你。

醒来第一时间，你第一个到床前，谁醒了，就趴在谁的席梦思边。夜半如厕，你放心不下，像个老母亲，紧紧相随。阴晴圆缺，无一日缺席。醒来时有你，入睡时有你。

出门散步，你喜欢带路，远远地往远处跑，撒着欢，左右摇晃，最淘气的样子，却又恰到好处地，在不远处适时停下，徘徊等候。

你的眼里，只有我们。为这个家，你信守了一生，践行了一生，以人类最难以守持的忠诚，肝胆昆仑，赤胆忠心。

都说你通人性，十三年前的那个初夏，五一节，我和姐姐初见你时，毛茸茸的，像个小球，雪白的毛，又圆又大的眼睛，又黑又亮，与我们一对视，你就生出熟稔已久的亲切感，当姐姐抱你入怀的那一刻，就注定，你要将完整的一生交给我们。

你将一生交给我们，然而，我们给予你的只有零碎的目光、碎片化的时间和施舍式的喂养，不曾专注于你。尤其在我，你只是姐姐的专宠，与其说爱你，不如说，为宠姐姐而爱你，给予你的不过是爱屋及乌的余温。

姐姐要分房单睡了，怕她孤单，有你守护在侧，我们才能安枕而卧。你，一条二月龄的乳狗来到我们家，恨不得天天挂着奶瓶的你，天生就有保护欲，一切唯姐姐马首是瞻，若有谁说"打安安"，你就没命地朝谁狂吠，狂轰滥炸。你成了姐姐童年、少年乃至青年最重要的伙伴，一陪就是十三年。

外婆家原来养了两条土狗，其中一条名叫"旺旺"，姐姐和哥哥喜欢至极，每有肉骨头，都舍不得扔，积攒在冰箱里。回老家时，给狗狗们投食。后来因为家庭变故，姐姐再也见不到它们了。当你来到我们家，姐姐因为思念它们，就给你起名"旺仔"。每每有人问起，还以为借用了牛奶品牌名。

就这样，你拥有一个响亮的名字——"旺仔"，我们也喜欢叫你"仔仔"，"狗狗"。你全然敏感，全都应答。

起初一段时间，你喜欢喝奶，吃软饭。不知怎的，有一次喂你家乡的小鸡蛋糕，你钟爱异常，从那以后，小鸡蛋糕成了你的主食。

常常地，你会叼一块鸡蛋糕，在卧室的廊道上炫耀，我们经过，你就做敌视状，护着蛋糕，夯拉着尾巴，十二分警觉。也因此，你常常讨厌扫把拖把，仇恨到刻骨。你的狗窝里，藏满了骨头和蛋糕,你是多么富有的狗哇。

你爱喝水,给你备了水,还不满足,我在夜间泡脚,你总喜欢凑近我的脚盆,放开豪饮,喝完了总会舔舔我的小腿。

姐姐说你真是一条不折不扣的哈巴狗,爱撒娇,爱讨乖,你总跟着姐姐,舔她的手,舔她的脸,每回看见,我都忍不住呵斥姐姐,要她保持人与狗的距离。可是,你就会狗仗人势,在姐姐怀里,朝我吼,干脆不屑一顾,懒得理我。

前前后后给你做了几个狗窝,你当然满意,可你最满意的是姐姐床边的沙发,一不小心,你就从沙发跳到姐姐床上。姐姐蒙头大睡,你在她的脚后,蜷着身子蒙头大睡。我一进姐姐卧室,你就以迅雷不及掩耳之势往下跳,还要凶凶地朝我发牢骚,噌一声,躲进床底。

假期,有时,我刚离开姐姐卧室,你又登堂入室,跳上姐姐的床。姐姐就假装委屈地说:"妈妈,狗狗又跑到我床上了。"我就愤愤地说:"你不会赶它呀?你还怕它呀?"其实,姐姐也喜欢你陪她,我知道。

她到哪儿,你就跟到哪儿,即使去了卫生间,你也要跟着。姐姐就说,这是一只小色狗,连女孩上卫生间都跟。姐姐把你关在门外,你就眼巴巴坐在厕所门外,盯着门,盯累了,就卧守着,寸步不离。

姐姐是特殊时期的特殊一代,因为独生子女政策,我们没能给她添一弟一妹。她的孤单,也是你的孤单。可细细想来,你到我们家,就此失去了玩伴,你的地盘限定在一百三十平方米的房子里。我们上班、上学,你眼巴巴等着,孤单单守着。晚上回来,你欢呼雀跃,姐姐在哪儿,你就守在哪儿。

后来，姐姐去了北方上大学，我们想念姐姐时，故意问你："仔仔，姐姐呢？"你就睁大眼睛，竖起耳朵，似乎听懂了。我们就叫姐姐的小名"安安，安安"，叫得很响。你听得仔细，两只耳朵紧紧贴在脑门上，贴得很久很久，像个哲学家。

我明白，你也会思念。

你喜欢外出，每次跟我们出门，坐在车子里，前腿搭在车窗上，身子拉得很长很长，眼睛贪婪地看着外面的世界，你也向往这个光怪陆离的世界。可是，几次带你去江堤散步，一不小心，你就会被凶恶的大狗袭击欺负，以至于，在江堤上，你也心有余悸，总躲躲闪闪。外面的世界很精彩，外面的世界很无奈，你所面对的也正是我们面对的。我们没法避开人性之恶，没法躲过尘世之痛，也只有回到家中，关起门来，自我舔舐，自我疗伤，自我治愈。

爸爸也喜欢带着你，那个外婆手编的篮子，是他带你外出的必备神器。你一听钥匙声，一听"去玩"二字，就乖巧又迅疾地跳进篮子，或者像个雪球，一路滚下楼去。而车子只要一停，安全带扣环一响，你就迫不及待蹿出车外，你害怕被遗弃，害怕落单。我们又何尝不是？我们这样平凡的一家三口，多年在外奔波，以一己之力挣扎，也怕被红尘遗弃，被生活的波涛淘汰，被权势碾压。你的担心，也正是我们的担心，你的忧虑，也是我们生之颠簸的忧虑。

爸爸也害怕孤单，每次夜晚出门，他都喜欢带上你，驱遣寂寞，驱遣胆怯。

他需要用你来壮胆，从姐姐小学六年级，到初中高中，七年时间里，每当放学，校门外常常站一位手提狗篮的男人，那差不多成为许多人记忆里凝固的风景。多年以后，姐姐的老师、同学家长，每每提及，都能清晰地描述，一个男人和一条狗的剪影，你与爸爸成了标配——他在，你也在。狗仗人势，人仗狗势，没有依凭的家族，靠一只狗来撑住。

我戏谑了好多次，一个男人提一只狗篮，像什么样？他姑妄听之，或根本没听，只憨憨地笑，他的寂寞，其实不比你少。而我的寂寞，是懂你们的寂寞太迟。这样一个喧嚣的时代，一个不愁吃穿的时代，人和人的距离那么远，彼此驱遣孤独的耐心和能力越来越薄弱，唯有你，无论受多大的委屈，依然不离不弃。

你爱喝水，也爱用尿在家中划地盘，因此，你没少挨骂挨揍，但转个身，你又摇着蓬松的尾巴，露出灿烂的笑，迎候在玄关。我只要一声断喝："你又小便乱拉了！"你就如临大敌，如犯滔天之罪，夺路而逃。若说你的不完美，源于你的本能，用尿液占领江山。

即便如此，你只哀哀低吼，绝不记仇。你重情重义，胜过人间多少伪君子，胜过多少忘恩负义的小人！相识容易相处难，相爱容易相守难，你却不计前嫌，全力以赴来爱家中的每一个成员。

你个子小小的，有玲珑精致到无可挑剔的脸。初来时，你只有三斤重，慢慢地，长到了六斤。带你出门，人们总是好奇地问：什么品种？我们不曾问店家你属什么品种，不问出身，不懂出处，第一眼看见时，只是对了眼缘。查了资料，似是博美，又似是京巴，与纯种比，又似乎都不是。于是，有人说，你是这两个品种的杂交。

之所以不曾确定你的品种，因为于我们而言，你的品种是什么，是否纯种，都不重要。重要的是，你已融进我们的生活。家里来访的小客人都喜欢你。过了许多年，他们在电话里问起的依然是你——旺仔。

去年，我和姐姐去泰国一周，回来时，发现你奄奄一息，因为扛不住天热，你趴伏着，不能动弹。姐姐抱着你，跪在地板上，号啕大哭，肝肠寸断，外婆也被深深震撼了。姐姐说你是她的弟弟！我深深愧疚，作为母亲，一位奔波忙碌到没有假期的母亲，给不了姐姐陪伴，是你在全天候弥补。

姐姐与你的情深，胜过手足。

她疼爱你，买狗粮、饮水机、按摩棒、洗发露，置换狗窝，她给你置办了全新的行头。这一年，于你，是最幸福的一年。她在家刷分准备留学的一年，她全力以赴、无微不至地照顾你。天冷天热，她都为你开全天空调。然而，就在她前往美国前夕，我们举家去临安疗养，回来时，发现你的情况变得不妙：右眼突发白内障并发症，左后腿发炎。我内心天天祈祷，希望你能熬过这一关，也好让姐姐安心出国。

你果然坚持着，眼睛炎症消除，腿疾康复，爱吃猪肝和红薯剁细的肉泥，爱吃冬枣和葡萄，尤其爱吃梭子蟹。姐姐出发前那一晚，你痛苦地号叫了一晚。也许是感应，也许是预兆，也许是悲伤，也许都是，你舍不得姐姐远渡重洋。可姐姐出发的那两天，也是我最担心的那两天，你却坚强地熬过来了。

你似乎深谙我心。

姐姐不放心你，离开家园时，她抱着你痛哭。她说，也许这是诀别！

爸爸说，他送姐姐去机场，也没得到姐姐给仔仔的这待遇。

姐姐的预感是对的，一语成谶！姐姐离家后。一日夜深，我和你在卧室吹空调,你听到敲门声,知道爸爸回来了,激动地窜来跳去,招呼我去开门。等我开门回到卧室,你迟我一步进门,突然,你趴在地上不会动弹了。

爸爸闻声进卧室,抱起你,白沫从你的嘴角和鼻孔喷涌而出。我示意喝醉的爸爸赶紧把你放到地板上,你缓过劲来了。那一晚,我们生怕你会离开,那一晚才知道,你得了心脏病。

你对蛋糕越来越没兴趣了。也许,你怕糖分增加心脏负担。

又一日,我去楼下取水果,你开开心心地冲下楼去,可当我打开车门,只听你凄惨地号叫,你躺在柏油路上没了气息。

我抱起你,你没了呼吸。我一时慌了手脚,不知如何是好,想起老家有人曾说,狗的心是泥做的。我赶紧把你送到桂花树下的泥地上,轻轻安抚你,渐渐地,你缓过气来。我欣喜若狂。双手抱你回家,才发现,你漂亮的外形,全靠洁白的毛,绒绒地撑着,撑出美丽的假象。

一个月,你寸步不离地跟着我,我在卧室,你守着卧室;我在书房,你守着书房。

一天,我在书房阅卷,你痛苦地哀号,躺在卧室的走道里,后腿瘫痪,不能动弹,身体一侧,小便失禁。我顾不得许多,在你背上抚摩你,轻轻安慰你:"没事没事!"没多久,你勇敢地站了起来,蜷卧在我脚边。

有一天,我一早出门上课,你躺在书房门外,我摸摸你的头,你安然地看着我,我以为一切都安好。你的眼疾已经康复,你的腿疾也完全好了。爸爸刚给你洗了澡,干干净净,关键是最难熬的夏天已逝去,秋天即将来临。

那天晚上,我上完课,开门进家,直奔卧室,低头在床底下搜索，不见你踪影。我想，你会不会像先前一样，找一个心仪的窝，比如客厅沙发，悠闲地躺着。可当我返身客厅，你安详地躺在地板上，把身体和四肢伸展得很大，很大，静静地，没有一丝声息。

我呼唤你，抓你的腿，摸你的背，你已毫无反应。

我有多后悔，那天为何忘了开空调？为何那晚要去上课？我看过一位老师写的关于爱犬离世前的症状——爱喝水。这个夏天，你也是大口大口喝水，为何不能多陪陪你？你的腿和身子还软软的，离世没多久，一定是心脏病发作，等不得我们了。要是有人在跟前鼓励你，安抚你，你一定能熬过秋老虎，只要进入凉爽的秋天，就能熬过冬天，等到姐姐回家。

你安详地躺着，神色安然，只是眼睛睁得大大的，你也放不下我们吗？你依然咧着舌头，留给我们一个顽皮的面容。

可是，如今，无论如何呼唤你，都不顶用了。你选择了中秋前一天离开我们，正是姐姐离家满一个月。

第二日，是中秋。我用洁净的纸箱和衣服入殓了你，把你放进纸箱的那一刻，你的眼总算合上了。想把你带到老家安葬，可是爸爸觉得你生长在城市，你去了那边，耐得住冷清吗？就在月明之夜，他将你安葬在桂花树下，正对着卧室的窗外。

憋闷了多日，总想找一个机会，一个人偷偷落泪。前天傍晚，坐在桌边，泪像线一样，垂挂下来。每天，打开家门，第一个迎上前来的是你；端起饭碗，可以一起分享的是你；洗脸洗脚，埋头脚盆猛喝一气的是你；起来如厕，绕膝前后的是你；关门离家，依依送别的是你——十三年，你已经融进了我们这个小家的每一个日子。可如今，你杳然无踪，乘鹤西去，只剩满室空荡。

今天,是你的头七。我憋了七天的疼痛,终于化成了文字。当我刚要坐下码字时,猛然发现窗外的白云化成了你的模样,你似乎大笑着,升天而去,给我以安慰。但愿,天堂的你,远离一切痛苦和困厄。

你的生命终止了,你在我们身边待了十三年。十三年,哪里能轻易将你放下。

愿你安息!仔仔。

爸爸说,再买一条狗狗吧。我断然拒绝,多年前,姐姐就说"养宠物,注定是一场悲剧",今天,我深切地感受到这一点了。就仔仔来看,已经算健康顺利的了,但依然要离我们而去。你的离去,我的心绪久久不能平复,几度不能转移注意力,还要面对的,怎样瞒过远在大洋彼岸的姐姐。这样的悲伤,有人能懂吗?

一个生命的消逝,是一场大恸,于不相干者,只是一朵轻微的波澜。旺仔死去,让我想起了亲人离世,如果生者不用笔墨去叙写,不用言语去讲述,逝者离世的那一天就算淹没在历史的风雨里了,从此,化为黄土,化作烟云,一切虚空。

生命如此无常,一条狗的生死如此不足挂齿,生的意义是否就此一笔勾销?但它确实在我们的生活里鲜活了十三年。而我们的亲人呢,不仅给了我们生命,还赐予了灵魂和开启人生旅程的底气。逝者长已矣,托体同山阿,唯在有生之年,珍惜每一天,留下足够的分量,留下值得珍藏的生活画面,才能展示生命的意义和价值。

但愿,天堂的仔仔,快乐安详!

## 第六卷 春华秋实

## 采采芣苢

　　瀫水之畔，幽兰之乡，老家兰溪，自古中药业辉煌，史上有名的中药材集散地。年少，耳濡目染，采药成一项烂熟于心的活计。

　　春末夏初，惠风和畅，天光初放或余晖未尽，小伙伴们一手提篮，一手拎锄，去野外寻草药，车前草、三角犁头、野葱、半夏、蒲公英便呼啦啦从茵茵绿草间冒了出来，像飞瀑一般活泼俏皮，像蝴蝶一般遍布原野。

　　三角犁头名紫花地丁，叶子三角形，身子低矮，一长一窝，像爱群居的小姑娘，热热闹闹话家常，一片连一片，像漫堤漫坡的连载童话。堤岸、洼地、绿林常见紫莹莹的群落身影，开疆拓土，是它一以贯之的野性。紫色小花风中轻摇，率性烂漫。我们席地而坐，一寸一寸挪移，不消多久，采得满满一篮。

　　野葱像邻家大妈，亲切随和；又像二愣子，傻乎乎地探身草丛，鹤立鸡群，丝毫没有"被贼惦记"的忌讳，长叶披挂而下，风里飘忽自在。我们短柄锄一掘，白葱根在松软泥土里暴露无遗，焯水、晒干，送中药房，不亦乐乎。葱根可发汗散寒、消肿健胃、治头痛发烧，老家的人偏爱葱叶炒饭煎蛋，浓香馥郁，唇齿留香，微微有点甜。

半夏娇贵，长两片小叶，对生，再长两张巨型叶，冒一根"冲天辫"，"辫"里放种子，招引人们去采收。其实，它不招摇，韬光养晦城府深，卧虎藏龙，需顺着深埋地底的茎，曲里拐弯下探两锄柄深，才能摸到它的老底。药用成分在根，挖根的时机太早，淀粉不足；过迟，根球难去皮，淀粉量打折。发酵、去皮、干燥，赶在梅雨淅沥前做成干果，这主子逼人赶工呢，难伺候。

蒲公英名黄花地丁，叶子不及半夏美，绿中仿佛调了点营养不良的黄，花朵轮廓匀致、色彩娇嫩，麦子收割后，一片白色剔透的小绒球轻立在春光里，轻盈通透，十分玲珑，所有刻板和停滞为此消散，春风一吹，白绒花着了魔，轻舞上扬，满世界飞，"飘似舞，絮如纱，夏来志趣向天涯"，童年的心绪随之飘舞，率性无边。

吟诵《诗经》"采采芣苢，薄言采之；采采芣苢，薄言有之"，竟不知芣苢即车前草，俗称蛤蟆草。杏仁状长圆叶子，满地蓬蓬勃勃，花梗细长突立，花穗淡青若无。茎短匍匐于地，任人践踏，仍葳蕤葱绿；叶面布满泥浆，依旧舒枝展叶。它生不择地，名字轻贱，卖价低廉，却能治病救人。

一首《采采芣苢》，一唱三叹，一咏三叠，让人不禁遐想，数千年前的暮春，一群红装鸦鬟的女子，在绿意盎然的野外，采撷象征多子多福的芣苢，"化行俗美，家室和平，妇人无事，相与打此芣苢，而赋其事，以相乐也"，一片陶然，一路欢欣，何等美好！想起八百多年前的春天，南宋朝廷在兰溪设惠民药局，兰江码头药商云集，大街小巷药铺林立，名医荟萃。普通民众也熟知诸多中药,村里有一个叔叔认识许多中药,人送雅号"百识"。外婆年过期颐,初秋时节,还会去野外采叶片小开紫花的地锦草,晒干备用,治痢疾药到病除,邻里乡亲求药就送。跌打损伤,敷一味采自橘林的绿草,消肿止疼,立竿见影。上了岁数的妇人都懂苎麻根的妙用,专治滑胎流产,妙手回春。家乡遍布自带情怀的草药,一座古老的药都,称雄江南中药市场,风云千百年。

人生恍惚半百,每到春花开透,油菜籽结满顶,就会忆念采药往事:呼朋引伴,原野绿意无涯,春风浩荡,有一搭没一搭下锄,有一茬没一茬采药,风自在吹,鸟自由飞。书本里、墨香中那些益母草、决明子、白芷,茂盛在童年的田间地头,蓊郁葱茏。

从前,人和自然的距离近,和认知的距离远,诗意栖居,天然拙朴,师心自用,浑然不觉。而今,人和认知的距离近,与自然的距离渐行渐远。"采采芣苢,薄言采之",生命不永,认知无涯,在有涯的有生之年,将诗书之雅与现实之俗对接,用时光的逆流呼应,凡俗的光阴由此带一点诗化的光芒。

# 春秋佳日挑猪草

落下第一笔，在想，对待一棵猪草，用什么动词呢？

"扯、采、摘、割"都不妥，"扯"太粗制滥造，"采"太精细曼妙，"摘"太轻巧快捷，"割"太大刀阔斧，猪草不是牛草，没那么粗放；不是蔬果，没那么精细。那时候，养满一年出栏的猪，叫年猪。杀年猪是一个很隆重的日子，猪肉是上等佳肴，农家用来犒赏自己，也用来走亲待客。商品匮乏的年代，年猪是农家合法饲养的牲畜之一，是不用票据即可得的美味。养年猪，孩子们责任在肩，舍得费心用力。不让猪草与杂草一色，用心挑，费力拔，对待一棵猪草，用"挑"字最贴切。

挑猪草在春夏，猪们并不缺粮，会过日子的母亲，将米糠、剩饭菜混入将养。可是，猪们像杂食动物一样贪嘴，食量惊人，进餐时间一到，它们就在猪圈里不安分起来，嗷嗷急吼，像恃宠而骄的妃子，怠慢不起；像正长个的小伙，得罪不起。大人们居安思危，派了孩子，去田间地头挑猪草，以防青黄不接的秋冬日子。挑猪草既是未雨绸缪高瞻远瞩，也是生活中的急行军，不必花大把时间去捯饬。只要有一点点空，放学后的傍晚，上学前的清晨，一有空就可以出发。约上三五个伙伴去野外，猪草像星星一样多，鲜嫩多汁，不消半个时辰，就能采得满满当当。

猪们最爱革命草，革命草最爱沼泽地。池沼、水沟、低洼地，都是猪草们的福地，是猪们的私家菜园子。不用汪洋泽国，土地但凡有一点积水，革命草便能大片大片生长，茎节又长又密，不费周章，一采收，就能牵连不断拔起来，喳喳喳，一片清脆的断节声，那声音真是猪们的福音。革命草，名字土得掉渣，长势真的很"革命"，如燎原烈火，不出三五天，刚采收的地方又长出了一大片，密密麻麻。它是来自巴西的外侵物种，有很好听的名字，如喜旱莲子草，如空心莲子草，这名字跟它在我们幼年的记忆里一样，郁郁葱葱，光彩照人！它还爱开花，花密密匝匝，攒成花球，像个多情的美人，从五月到十月，努力开花，恣肆葱茏，自在美好。

孩子们也爱鸭拓草，因为多汁丰美，它不仅可以把年猪喂得膘肥体壮，还令人赏心悦目。梨花刚落，蓝花就像翩跹的蝴蝶绽放，张扬地翘着轻翼，停泊在翠绿发光的叶子上。一大片，一大片，如绣毯，如锦缎，拥有这样细致的美，竟然是一棵猪草！它美名"野蝴蝶花、半日莲、碧竹子"，内敛灵动，却贱为猪草，长相脱俗，但生来就是一棵猪草。生得大雅，遭际却大俗，命运跟它开玩笑开过了头。可它安身立命，贱草兰心，田间地头随处可长，知命惜福，随遇随喜。孩子们挑它做猪草，也挑回一季春色。

还有一种草叫"旱莲草墨旱莲"，猪吃了长膘快。席地生长，不怕旱，茎暗红，叶细长，娇嫩多汁，爱遭虫，这样一棵不起眼的草，开小太阳似的花，花白如莲；籽盘墨黑，称得上向日葵籽盘的缩略版，一颗颗小籽，随处落，随处长，非常茂密，孩子们真是喜欢至极。"黑墨草"也叫白花磨琪草、墨斗草、乌心草,一大堆名号,一棵猪草坐拥十多个名号,算不算草界的名角?但对单纯明净的孩子来说,名扬天下或寂寂无闻,都不及它是猪草本草重要。关于猪草的情愫,不在猪草之外,而在猪草本身。倾情关注,满心喜悦,都因为它是一棵猪草。

猪草挑回,要切,要煮,要腌。春荣,夏盛,万物繁荣,水浮莲、水葫芦这些上佳饲料繁茂异常。村里多池塘,带了竹耙竹篮,又捞又耙,满当当沉甸甸提回家。摆好脚盆和案板,当当当当地切猪草。一手抓水浮莲,一手刀落,再提刀,案板上赫然一个刚砍下的蛇头,血淋淋扭动着,吓得魂飞魄散,扔了水浮莲,抛了刀,夺命出奔。南方池塘多水蛇,好在无毒,不然,一篮猪草变身蛇窝。切猪草的真功夫在剁,剁得要细致,要精准,每个农家孩子的指头都有三四处疤痕,那多半是切猪草留的纪念。

切剁后,猪草或煮或腌。煮过的猪草直接犒劳猪们,腌渍的猪草防秋备冬。

春天,紫云英开遍原野,粉盈盈的紫,雪星儿一般白的蕊,翠色欲滴的叶,与黄灿灿的油菜花平分春色,很夸张地霸占良田。"嘿嘿嘿",农民把犁耕耘的声音震天响,尾音拖得长长的,紫云英被一篮篮,一笼笼,一簸箕一簸箕地搬回农家院,用菜刀细细切了,装入大大的陶缸,腌猪草的活计开场了。姐姐们切,弟弟们踩,誉之"踏草子",俨然一桩游戏。陶缸大又深,站在缸底的弟弟三四岁,初时露出两道眉,姐姐们一簸箕一簸箕往缸里倾倒细草子,弟弟的眼鼻浮出来了;姐姐们再倒,弟弟的肩膀露出来了。弟弟的视线一旦越过缸口,顽皮劲就蹿上来了,他沿着缸口跑圈圈,抬起白嫩的脚丫,将细碎的紫云英踢得飞起,像一场快乐的舞蹈，像狂欢节的放浪。姐姐的刀停工，弟弟也收了脚，紫云英就变成一缸碧玉。

深秋入冬，野外的草渐渐枯槁，猪们青黄不接的日子到了，好在有腌猪草备荒，食而无忧。深冬初春，胡萝卜和白萝卜主打，猪们的吃食再度丰富起来，又娇生惯养起来。白萝卜胡萝卜和萝卜秧子切碎煮熟，烧成糊糊喂，让猪们"吃一口热的"，充分发扬"猪道主义精神"。当满锅猪食蒸腾时，猪们就开始吼吼呼呼叫，拱着猪圈，拱着猪槽，嗷嗷待哺。熟食入槽，冒着白茫茫的热气，大冷天的，猪们顿顿热饮，暖如三春。

童年里的猪草，繁荣葱郁，它们也开璀璨的花，也有响亮而雅的名字，也许，每一棵草都为自己下一局输赢的棋，尽管命运的棋盘上，它们注定喂猪。春秋佳日挑猪草，童年里的我们，见过猪草的恣肆汪洋，也见过猪草的繁花茂密，然后，在快意的劳作之余，见过命运的成毁荣枯，也见过生命的腾挪与随喜。

如今，时过境迁，在老家的原野上，汪洋恣肆的猪草们，年年岁岁，春秋寂寥，却也扭转了命运的棋局，只以草的名义自在活着，汪洋成海。三四十年，沧海桑田，对命运的棋盘不理睬，对命数天定不计较，一棵猪草也能活成它自己，这是童年的我们不曾料到的。

## 拖青稻秆

浙中丘陵，没有高山，祖祖辈辈精耕细作，高高低低的地全开发成良田，旱地种大豆麦子油菜，水田植稻。靠山吃山，靠水吃水，稻秆、豆秸是农家最重要的柴火、最主要的燃料，二季稻草供应四季柴灶。

稻子收割后，有一项农活叫"拖青稻秆"，就是将脱粒后的稻秆拖出水田，晾晒。

水田中央摞着一堆堆小山似的青稻秆，它们笑看我们姐妹仨去"愚公移山"。适逢双抢，收割完的水田马上要翻地插秧，种晚稻，地里的稻秆必须当天清理，犹如影院放映，一波观众前脚刚走，立马清场，恭迎下一波观众。拖青稻秆，是农活中的急行军，不可延时。手拖青稻秆，行水路，上干路，小气薄力的我们仿佛过五关，斩六将，困难重重。

庄户人家缺男劳力，女孩干农活的时候，心头总会掠过一丝奢望，家有孔武有力的哥哥该多好！父亲一生忠于职守，天亮出门，擦黑回家，精干矍铄，脚不沾地，用大禹治水"三过家门而不入"来形容他,丝毫不为过,他每天忙完村上的事,忙厂里的事,家事不管,拖青稻秆这样的小农活更不顾。母亲做了半辈子纺织女,日日守在布匹检验台上,一丝不苟,下班回家操持家室,照顾年幼的弟弟。

我们四朵柔弱的"金花",只有二姐扛锄头。大姐在农机厂守刨床,天天跟铁块打交道,我和三姐在学堂,读书写字。田间地头,二姐是全家唯一的代言人。她生来体弱,豆蔻年华人还没长开,细皮嫩肉,一双大大的圆眼,黑黝黝的明眸闪烁,鼻梁精巧轮廓分明,小身板不到八十斤,十四五岁却扛起一家七口的农活。整个生产队,她最辛苦,尤其盛夏,庄稼人赶早,凌晨三四点出工,正午回家歇凉。午饭后,男女老少躲在家里扇风,避暑,小憩,唯独二姐小小的身影奔波在田间,老天似乎特别怜惜,太阳越晒,汗越酣畅,二姐的肤色越白。她戴着大大的斗笠,穿着厚厚的棉布衫裤,一马当先,冲锋陷阵,带领我和三姐,去拖青稻秆。

稻子刚收割完,稻茬龇牙咧嘴地卧在水田里,这些稻茬都是我们作业的拦路虎。水没过稻茬,水面漂浮着一层薄薄的黄釉,稻田被盛夏无遮拦的太阳晒得发烫。三姐白嫩如雪的脚丫子一伸入水田,旋即缩了回来。咬着牙,又将白白嫩嫩的脚丫伸出去,踩进泥糊糊滚烫烫的泥窝里。我不怕滚烫的水,却畏惧水里四处扭动的蚂蟥,如畏虎,它们黑黝黝,扭扭捏捏,鬼魅般伸伸缩缩,忽长忽短,在浑黄的泥水与稻茬间蠕动。又有冷不丁的米虫,突然蹿进绑了稻草的裤管,咬啮一口,让人龇牙咧嘴,疼痛半晌。

我刚上小学,三姐读四五年级。稻穗已经脱粒,青稻秆扎成捆，捆扎的一头尚轻便，稻秆根部却裹着层层叠叠的稻衣，吸足了水，饱饱胀胀，死沉死沉，夏季的稻衣泛着青，犹如浑不懔的"愣头青"，带着年少的执拗和一根筋的倔强。一手拖一把，已沉重难负荷。姐姐们要强，左右开弓，想要一手拖两把，手小，抓捏不住粗及海碗口大小的稻秆头，人往前行，稻秆在布满稻茬的水田中迤逦，每走一步，都要经受水和稻茬的百般阻挠，抵赖又刁难。大大的草帽低压，汗珠一串串从鬓边往腮帮流，由脖颈往脊背流，棉布的长袖衬衣紧紧粘住身体，田间掀起一片又一片热浪，不透一丝风色。

终于迈上田塍了，偏偏高及脑门的青豆秆挡道，阻力重重。农村因地制宜，田塍两边播种了大豆。豆秆扯住青稻秆，纠缠不休，长长的田塍，漫天盖地全是开小紫花的豆秆，豆叶繁密，豆秆颀长，每往前走一步，身后的青稻秆都被豆秆缠绕一步，无休无止，人只好倒退两步。田塍全是坑洼不平的泥路，有些泥土韧劲十足，雨天的泥脚踩出一道道棱子，经酷阳一曝晒，那些棱子成了未开封的刀刃，刀刀磕脚。为了提高效率，我们都光着脚，步步艰难，步步惊心，步步疼痛。

才出水路，又上干路，才离贼窝，又上海盗船，更是百般费力了。拽着这些脾气倔、使性子的"愣头青"青稻秆，拖过长长的田埂，去往坟堆或塘堤找晒场。二姐在前头开路，寻找稻草们的落脚地。劳力充沛的人家，早把就近、地宽的地盘抢占了，我们只好"远涉重洋"，用单薄的身板和臂力，应对各种"反动派"，仿佛八方受敌的远征军。找到晒场，将青稻秆撑得像一把小圆伞，立在没过脚踝的漫漫荒草里，让太阳晒，然后，又折回水田，继续艰难的旅程。

一日正午，我们姐妹三个拖完青稻秆，我已觉天昏地暗，全世界白茫茫一片，一头栽了下去，在坟堆边的一条田塍上，就着乌桕树的树荫，倒了下去。那时并不懂得，我中暑了。姐姐唤我，我艰难起身，姐姐挑起高高的畚箕，叠合着我的畚箕，她在青豆秆中左冲右突，还时不时回身眷顾我，她的心有多大呀。我一手抓住她身后的畚箕，一手抓摸青豆秆，走一步，抓一把，朦朦胧胧，跌跌撞撞往家里走，所有物象全惨白。不知走了多久，不知趔趄了几回，姐姐一边回头看我，一边费力朝前开路，她也是小学生，不过大我三岁。

而我的二姐，晒完青稻秆，匆匆吃完饭，又汇入浩浩荡荡的农活大军！她挑食，暑天的许多蔬菜都不吃，食量又小，真不知道她的韧性和毅力来自哪里。歇凉时分，她分秒未歇。她姣好的面容上罩着一条湿毛巾，遮着一顶大檐斗笠。她穿着的棉质长袖衬衣，针脚绵密，空空荡荡地罩着她瘦弱的身躯。

农业生产队时，二姐是家族的顶梁柱；土地承包到户后，她更是庄田的好把式，巾帼不让须眉。

她曾在插秧时，面朝黄土背朝天，因为低血糖，晕倒在水田里。要不是肩挑秧苗的父亲和大姐及时赶到，也许窒息，也许溺水，后果不堪设想。父亲惶恐惊悚地扶她起身，二姐惊魂甫定，用手往蜡白的脸上轻轻一抹，一串水珠从脸颊上滑落，她竟嫣然一笑，像春花灿烂绽放，驱散父亲和大姐心头的愁云。这是一个豆蔻女子的韧性。

她曾和大姐一块耘田，轻轻地拨动稻田的水面，调皮地说：

"姐姐，我有好东西送你。"等大姐反应过来，一条水蛇，悠悠然向她游去，吓得大姐魂飞魄散，夺路而逃。二姐，屹立不动，俯身耘田，云淡风轻。这是一个豆蔻女孩的从容。

她曾和大姐、父亲一块给枣树秧疏苗，大姐瞅见田垄中卧着一条蛇，尖声大叫，二姐一个箭步，俯身一把揪住蛇尾，往空中一抖，再抖，如无形手，如筛糠舞，一条毒蛇就殒命西天。这是一个豆蔻女孩的果敢。

家有二姐，眉眼清俊，窈窕娉婷，气势若男。

收稻草最怕邂逅蜈蚣和蛇，一次，三姐刚提溜一把干稻草，稻草底下卧着一条蛇。她转身夺路而逃，身后的稻草下又钻出一条蛇。天哪，原来，稻草成了蛇窝，一窝小蛇刚孵化出壳。她左冲右突，闯入秧田，衣裤全湿，花容失色，才算捡回了小心肝。又一次，她刚提起一把稻草，一条长长的褐红色大蜈蚣就咬了她一口，狠狠地送上一份超级豪华见面礼，然后，不紧不慢地钻进草丛溜走了，姐姐痛了一天一夜，直到次日公鸡打鸣，疼痛才缓解。

烈烈艳阳，等青稻秆变成黄稻草，我们挑了高高的竹畚箕，走过青青豆秆的田塍，去收稻草。十个稻把捆一捆，挑回家压实，束之高阁。人先上楼，从楼上的窗口放下一个铁钩子，铁钩子落地，勾住一捆稻草，楼上的就忙不迭收绳，一捆稻秆晃晃荡荡上了楼，这晒稻秆的春秋大战才算告捷。

大多时候，我们晒干的稻草，不能及时挑回家，尤其秋收后，晒干的稻草在野外就近叠成稻草垛。叠稻草垛是技术活，结顶有讲究。我这种田间劳作的"小白"，一直只做递稻草的帮手，叠垛的活没沾过。深秋时，乌桕叶红，枣树叶黄，高低起伏的田野里，只剩下一个个圆锥形的稻草垛，它们泛着金色的光芒，藏着成熟后的沉寂，成为装点荒原的最后一片风景。

然而，痛心的，我们的稻草垛，一次被人偷了三个。巧嘴的三姐婉言询问，招来一顿狠狠的责骂，不仅丢了稻草垛，还生生被抢白。童年的稻草垛，见证农家女孩的艰辛。可在二姐看来，没有比拖青稻秆再省力轻巧的农活了，我这个不事稼穑的书生，只能用一点文字，重温这段岁月。

## 酷夏晒谷

酷夏双抢，农民忙得脚不沾地。我家弟弟年幼，只有"四朵金花"，缺劳力。承包到户时，有人等着看笑话："分田到户，可要苦死他们了。"

哪知，承包到户后，我家"缺劳力"的短板，反而不"短"了。因为，父亲慷慨，母亲仁爱，亲戚邻里都会帮衬一把。双抢时，好似下了召集令，亲友邻里七八人，姑父、表哥、堂哥都来了，割稻，打稻，翻地，插秧，齐伙上阵，干劲冲天，因为密集型抢收，通力合作，一气呵成，多快好省。短则三两天，长则四五天，我家双抢的农活就拾掇完了。

双抢时节，烈日酷暴，令人发怵，我下不得水田，进不得旱地，每年的任务就是晒谷。

晒谷头几天，要蜕三层皮。那可是水田刚打上来的湿谷，晒干它们非得三四个大太阳天。堂哥表哥体格魁梧，肩挑大箩筐，扁担颤颤巍巍，步履摇摇晃晃，箩筐摇摇摆摆，田埂上一路走来，七八人排成一列，豪气冲天，像跳一支原生态的舞，野性的张力狠劲十足。我手持一把长柄木耙，一支竹扫把，立在晒场边，待命。

　　正午，七月的太阳流火，哥哥们汗水吧嗒吧嗒穿成水链子，箩筐底部渗出的水珠子，落在白晃晃的水泥场上，顷刻蒸发。他们卸去拇指般粗壮的藤箩络，手推膝顶，拽住箩筐口，倒扣在场子上，抓住箩筐底，肆意狠泼，一百五六十斤的黄金稻谷撒了一地，一堆堆，像金色的小山丘。谷丘里夹杂青黄稻衣，像一柄柄锐利的剑。要赶下午场，哥哥们挑着空箩筐，一阵风似的往家里赶。双抢的日子，母亲和姐姐在灶间忙碌，从清晨到黄昏，热火朝天，精心侍弄十几口人的大锅饭，煎炸炒熘，十八般厨艺全上阵。

　　我的阵地是晒场，那就来一场晒谷快舞吧，道具有木耙、竹耙、畚箕、竹筛、扫把。用木耙将谷丘推平，稻谷薄薄一层贴在烫人的水泥场上。用竹耙爬罗剔抉一阵后，扫把上场，一寸一寸轻扫，将那些镶玉掺金的稻衣，往场边扫，扫得有些阵势，笤帚的竹丝如同千军万马，从谷子上方掠过，一列一列走，一行一行扫，攻城略地，不落一处，不放过一丝稻衣。既运筹帷幄，又丝缕必争，兵工探地雷一般扫荡，势必要揪出稻衣。来来回回横扫千军三四遍，最细碎的谷衣过了竹筛，才完工。

　　谷子均匀又稀薄地铺展开来，接受酷日的炙烤，等它们表层些许发白，开始一道新工序——"翻谷"。

　　给谷子翻身，很像煎鸡蛋，一面煎熟了，翻一翻，将另一面再烤烤。翻谷，先将铺展匀薄的成片谷子，划分成一垄垄，接着用笤帚扫，垄与垄之间露出一条条狭长的水泥地，湿湿的。谷子呈条状聚拢，既给稻谷翻身，也为了给这湿湿的地面晒干。一时间，晒场上隆起一条条金黄谷龙。垄间的地面晒干了，再把谷子铺匀,磨刀不误砍柴工。江南的水稻,名副其实带"水",出田的稻谷水淋淋,湿漉漉。地处丘陵,无法机械作业,全靠人工。手持镰刀割稻,脚踩机器打稻,稻桶里用簸箕搬谷子,一簸箕一簸箕倒进箩筐,水和谷子俱下。一百二十多斤的谷子,带水出田,暴增三四十斤。挑谷进晒场的全是田间顶梁柱,这些庄户人家的正劳力,双箩在肩,步出稻田,开拔晒场,称"出田担"。没有健硕的体魄,无法胜任"出田担"的活。土地承包到户前,这些挑"出田担"的好手,拿十二分工分。

开垄翻谷,仰起木耙,耙丁向上背靠地,从晒场一端开干,给谷子分垄,很像给女孩梳头分头路。抓住耙柄来回推,人行耙走,从场东到场西,十几垄窄窄的谷垄因此诞生。木耙是开路先锋,活不细致,垄中落下薄薄一层谷,再派扫把策马出征。操起扫把,清除垄间的谷子,力道重,谷子容易撒到隔壁垄,做无用功;力不足,谷子扫不彻底。晒垄翻谷仿佛开山辟路,木耙前后推,扫把左右扫,活看似枯燥,上手却有余味,像节拍明快的街舞,像饶舌聒噪的说唱,这就是劳作的愉悦。

此刻,晒场空无一人,正午的太阳直射而下,花草树木耷拉着,顽皮的鸡们躲到篱笆下,掏个土坑,乘凉去了。我头披湿毛巾,戴一顶草帽,像一片被榨干的叶子,汗滴滴答答,棉质的长裤湿透,紧紧吸附在大腿上,脸艳若红李,身体里似乎灌满了热力,憋一股子劲硬顶。垄晒干了,顺着木耙将谷子推匀,看看满场金黄灿烂平平整整的谷子,像得胜回朝的将军,志满意得回家去。

可是,推开家门的刹那,我像一团抹布,摊在地板上,原先憋着的劲泄了气,英雄豪气尽失,我就地"阵亡"了。中堂吃饭谈笑的亲友们，轰然起身，掐人中，喂药，抽背筋。等我缓过神来，地板上拓下来一个湿湿的人印，这中暑晕倒大戏的剧情似乎年年上演。好在身子骨好，骨子里有韧性，睡一会儿午觉，又天下太平，重上战场。身为农家女，晒场是我唯一的用武之地，连它都守不住，怎么配称农家的女儿？

渡过双抢第一天的劫，以后都是顺境，每天只需翻晒干谷。清晨，大姐挑谷到晒场，我将谷子推平晒匀；傍晚，拢谷，装谷入筐，等姐姐下班挑回家。小日子优哉游哉，看书写字，清水涤衣，蔬食淡饭，馨香醇美，尽还我云淡风轻，闲云野鹤，自在快乐。邻里赶双抢，赶太阳急行军，七八天将谷子晒透，玩的是"抢"。我有的是长假，就来一场晒谷"马拉松"吧，慢慢来，不着急。父母怕我中暑，去企业上班前再三叮嘱："晒场管好早晚两头，中间不翻谷。"

也有焦头烂额时，午后阵雨说来就来，风雨雷电疯狂肆虐。雨点比豆子大，噼里啪啦，砸得水塘里汤圆大小的泡泡四起，泥土四溅，泥腥味儿四散，我搁笔扔卷，直冲晒场。晒场上全是田里赶回的人，戴着斗笠，古铜色的手臂在雨水的滴答声中发着光亮。晒得干爽发白的谷子，吮吸了暴雨，泛起湿青，家家户户扑火一般抢收谷子！扫把、畚箕、箩筐，一片喧哗。有几次抢不及，晒场变成河流，骤雨将许多谷子冲进场边水沟。有时，连下几天雨，家家户户犯愁，没晒干的稻谷发热长芽，春播夏收的辛劳不说，到手的粮食就这样糟蹋了，那是农家半年的收成。

晒谷，重任在肩。

每到下午三四点，就开始察看天上的云。偶尔午觉睡过头，乌云如狼烟四起，阵头云气势汹汹像海浪滔天，一浪高过一浪，不消半刻钟,东边刚起的云脚,转眼间就遮天蔽日,乌云压境,白云变灰,灰云变墨,墨云变雨,倾盆而下,懊悔不迭。父母仁慈,晒谷有再大的失误,也不恼火,只怪天有不测风云,我就躲过旦夕祸殃。

余晖斜照,十七八岁的大姐挑起百来斤的谷子,颤颤巍巍往家里走。正午烈日,二姐挥汗如雨从田间回来。晨光熹微,三姐企业下夜班,纵然睡意困顿,也要烧好一家人的午饭。我,一个可以忽略不计的打杂工,手不能提,肩不能扛,只有晒谷这杂活,做得有那么点滋味,暗暗想,终究,我还能派上点用场。

## 小学生守梨

喔喔喔，公鸡清亮亮的嗓门扯得大，啼晓的高音像冲锋号，催人起身。七月，凌晨四点。背上细竹条精编的烟黄色竹笼，戴上青烟色斗笠，出门去农场守梨。

那一年，我，十一岁；巧仙，十岁。

出门一片昏暗，星星寥落在高旷蓝黑的天。许多窗户透出黄晕的光，双抢农忙，庄户人家要赶早，寅时都出工了。祖辈们用南砖竖砌、青石铺就的康庄路，蜿蜒伸展，村道角落都平平整整，"修桥铺路"是深入人心的善举。有了这南砖青石路，雨雪绵绵，村民们的鞋子从不沾泥星。乡亲们领受祖先庇荫，感戴绵延的慈惠福泽，延续他们敦厚善良的品质，演绎一以贯之的乡风。嗒嗒嗒，我踩着南砖路，一路小跑，去凑巧仙。

巧仙，我的小伴，一双细长丹凤眼，一头稀疏柔软的发，声音脆脆柔柔。她有五个哥哥，一个姐姐。她是家里的掌上明珠，却不娇生惯养，农家的孩子很少偷懒耍滑。她家在村口，门前一沟渠水默默流淌，沟渠边长满青青芒草。她家两扇木门大开，灯光氤氲，甜香满屋，漫到沟边，是发糕炊熟了。

她妈妈立在灶台边起发糕。一双大眼睛,齐肩短发,眉间有一颗美人痣,身材瘦削玲珑,老家每一位妇人都这般质朴,四季勤劳,无怨无悔。她三点起床,赶在家人出工前,操持一家八口人的早饭。白粥,熬好了;发粿,蒸好了,白白的米粉和上红红的酒糟,发酵,经蒸屉一蒸,简单的日子就带上了鲜艳的色彩,浓香的味道。蒸汽催发的发粿表面光滑透亮,内里绵软多孔,贴锅的一面烤得脆香,咬一口,甜香、柔韧、松脆全面掺杂,口感荟萃,每一个味蕾都被熨帖地抚慰。

我和巧仙,两个小学生,嚼着红红的酒糟发粿,甜甜糯糯在唇齿间,细细咂摸。清风缱绻,我们走得噔噔噔脆响。她妈妈挎着一只腰子形的大竹篮,去池塘赶早。隔日的暑气蒸腾着一池清水,池塘上飘漾起二尺多高的轻雾。轻烟笼罩下,乒乒乓乓的捣衣声连成一片,女人们都下塘埠头赶早了。我们蹦蹦跳跳,去往池塘边的八山守梨,每天挣二点五个工分,对待生平第一份工作,又开怀,又敬畏。年少种下的因,耳濡目染父母辈的勤勉踏实,乡里乡亲的仁厚勤恳,成年后,收获经营日子的果。

八山,江南低矮小丘,高不过五六十米,斜坡平缓,为村林场所有。林场发展副业,活计轻巧,知识青年下放村里,仁爱善良的村民都会关照这些城里娃,让他们上林场干活。八山的坡上种橘,山边种梨,山间套种萱草和茶树。乡亲们一直敢为人先,20世纪60年代,开山种果,多种经营,成立林场,养猪,种茶,种梨,栽橘,树李,植黄花菜,林场的工人除了知青,就是村民。梨林环八山脚铺展,南北蜿蜒三四百米,东西宽四五十米,上千棵梨树,密密匝匝,浓荫叠翠。稻田沉静在梨林东边,橘林俏皮在梨林西头。林间,有一条小道穿山而过,蜿蜒曲折。仲夏,萱草不遗余力地开花，金灿灿遍布山坡，茶林安静沉寂，终年浓绿深稠。

七月的梨子长得圆润饱满，早熟的已经非常甘甜。夏日天亮早，乡亲们出工更早，我俩帮林场守梨，要在天亮前赶到梨林。

晨间的梨林中，晨雾轻起，像薄纱，像稀释多遍的白云，在枝丫间婉转跌宕。稻子不再偷偷灌浆，细小洁白的稻花变成颗颗青稻粒，一穗穗挺立着，叶尖悬着碎碎的露珠，在朦胧的晨曦中，挥洒下安宁与祥和。

七月的梨子出落得滋润饱满，像豆蔻年华的姑娘，像弱冠的小伙，齐齐整整探头在枝叶间。清晨的雾像昙花，天边刚露鱼肚白，它就转眼消散了。梨林从暗沉沉的深绿变成青绿，阳光轻轻一抚，又成了亮绿。梨树们风华正茂，树身三四米，树龄七八年，正是挂果的黄金期，它们生儿育女，孜孜不倦。它们清一色高矮胖瘦，连接成林，枝干茂密，树身洁净，树皮光滑，大有君子之风，很像淳朴自守的乡亲们。

风调雨顺，物宝天华，一片贫瘠的黄土山地，乡亲们种下耐旱耐涝的梨树。这一片林子大多是沙梨，也鹤立几棵异种。沙梨有两种，一种果皮谷黄，果肉脆甜，沙糯爽口，口感略显粗糙；一种外皮青褐，小小的麻点点缀上面，清晰明了，果肉细腻，汁水四溅，带一点酸味。林子里还藏着几棵独异的品种：一种青皮梨，果子顶部和底部比沙梨凸，梨皮翠绿色，很像青苹果，隐隐有一些棕色小点，像长雀斑的小男孩；另一种叫苹果梨，外皮深绿，不长雀斑，长起了老年斑，果形扁扁的，像个拨浪鼓。还有一种，果形略长，全身青绿，向阳一侧一片浅浅的玫红，像见人就脸红的小姑娘，果肉细糯，水分饱满，甜中带酸，口感大不同，它就是如今很受追捧的香梨。一片林子，像不像一间梨子微型博物馆？

我俩的职责是巡逻，严防死守小毛贼。每天从北端走到南端，从南端又折返北端，往返不歇。七八月的阳光毒辣，待在林子里，梨树叶叶覆盖，枝枝交错，满眼青翠，累累果实挂满枝头，太阳下的甜香更浓了，不觉酷暑之苦。怕雨天，割了林边疯长的茅草，在林中搭起简易凉棚，用棒槌整平地面，山顶洞人的住宿条件大抵如此吧，从此，不怕风雨骤至，下雨的日子，凉棚地面也是干干爽爽的。

我们两个小学生有模有样地转悠，林子里青草稀疏。很想抓一两个手脚不干净的家伙，可是，守了一个暑假，毛贼的一根毛都没摸到。听说邻村守果园的，抓了好几个小偷，罚了好几场电影。我俩也想猫捉老鼠，人赃俱获，罚放一场电影，多痛快。有时，故意躲进密密匝匝的稻子里，藏进茶树垄里，埋伏在高及人腰的草丛里，等贼上钩，可根本没"贼"来配合，比守株待兔还可笑。明明有一条小路穿山而过，是村东口通往田野的必经之路，村民们早出晚归，来来往往。那会儿有些农户连吃口饱饭都难，但贼影子愣是没见着。

天下无贼？不见得。有段日子，我俩盯上了一个个子不高的女人，家庭成分不好，头发苍灰乱蓬蓬，又硬又短，往天上飞蹿，像颗炸弹。她每天早出晚归，会不会瞅准我俩出工收工的时间下手？我们如临大敌，不敢含糊了，中午回家吃饭，轮着来，一个回家，一个蹲在林子里把控局面；出工更早了，接过巧仙妈妈的酒糟发粿就出发；收工更迟了，月上林梢才歇夜。

一天，天已全黑，起夜风了，凉爽的风吹过林梢，哗啦啦一片响,蚊子也开始聚拢来,嗡嗡嗡地叫,找了缝隙就叮一口。我俩蹲在大树后,紧盯小路,大气不敢出,连可恶的蚊子也忍了,小不忍乱大谋哇。果然,昏黑的暮色中,目标出现了,一个肩扛锄头的身影,短而蓬松的头发,慢悠悠晃过来,越来越靠近林子了,只要锄头一钩,衣襟一兜,成串的梨子就扑簌簌落进她怀里。可是,人家直直勾勾走路,直直勾勾往村里去,只留了一个嘲笑的背影,一头短而蓬松的头发,太无趣了!太让人失落了,蹲守半天,挨蚊子叮咬,收不到一点成效,没贼的日子也太单调了。殊不知,"瓜田不纳履,李下不整冠",是大人们挂嘴边的古训,在我们两个小学生听来,简直就是天下无贼的头号"罪人"。一地的民风淳朴如此,林中的日子也太单调了。

我俩是林场的临时工,从来没人来监工。林子那么大,林子里的一切似乎都是两个小学生的。每天,林子里只有风进进出出,太阳东东西西,露水闪闪收收,梨子偷偷生长,一切都那么静悄悄。每天午后两三点,林子才热闹起来,林场的大人们,一拨来了二三十人,腰间挂着竹笼,采摘正处花期的黄花菜,小学生很想跟他们"攀攀亲",可是,他们戴着大大的斗笠,双手忙不迭地采花,根本没空看我俩一眼。黄花菜就是萱草,未放的花蕾是最好的,所以他们采下一批就要送到另一个小山头叫"壬家殿山"的林场总部去加工。

等暴雨来过,守梨的节奏才有些许变化,两个小学生变得神气又忙碌。雨后的林子,雨珠如钻石般闪耀,金龟子们忽闪着翅膀,钻进一个早熟的梨子里偷吃,深绿色的树叶在风中吹起口琴,与吵闹的知了一争高下,蚱蜢青蛙常常误闯入我们的凉棚,躲躲雨,蹭蹭荫。暴风雨将枝头的梨子击落,地里躺了很多风落果。

两个小学生扫雷一般地毯式搜捕，一个个手到擒来，将果子捡进竹筐，使出吃奶的力气抬着风落果，走二三里地，送到林场总部去。总部设在壬家殿山的寺庙里，壬家殿是陆氏家庙，因为破四旧，部分庙宇改成养猪场，落果被送去喂猪。林场里的猪，是吃头口梨的家伙，真是好口福。殿山脚下，也有一片梨林，有两个与我们年纪相仿的小学生，也在那儿守梨。这时候，可以与他们碰个面，喊两句话。返回八山的时候，他们会将成熟的果子，偷偷送几个给我们尝。至于八山那片梨林，会不会遭贼手，不用操心，林子里只有一群金龟子，抱着甜美的果子上下其口，淘气而无畏。

清晨，太阳刚刚升起，我们爬到林子尽头第一棵梨树上，站得高高的，看村中炊烟袅袅，稻田翻起金灿灿的热浪，听鸡鸣狗吠。收工时，小学生腰挂竹笼，肩背斗笠，走过池塘，总能引来池中小伙伴的羡慕眼光——这二人居然开始赚工分了！是的，小学生的暑假光辉灿烂。

第二年，我，十二岁；巧仙，十一岁，因小学生工作认真，林场又聘了我们，去守梨。

守了两年梨，未擒一个贼。

童年感受的善，是未来生活的光。在四五十年的辗转中，宁可信奉人性之善，即使漫漫岁月饱受跌宕，经历煎熬苦难，那两年守梨生活所宝藏的真情蜜意，来自民风的质朴和纯真，也足以治愈一切疼痛，疗愈一切人性恶之花的蜇伤。

## 童年鸡经

孩子们喜欢养鸡,毛茸茸的嫩黄小球,一身滚圆的老母鸡,毛色油亮骄傲无比的大公鸡,都是最爱。淘气的小伙伴,手拽鸡尾巴满地跑;胆小的邻里妹妹被大公鸡直追,满弄堂跑,一边跑一边惊恐地大叫。

农家养鸡,一般用鸡笼或鸡栅。鸡笼用竹子做,半人高,上半部竹条稀疏,顶上编一个圆口,供主人们伸手抓鸡;下半部竹条紧密,靠近底部开一个方形门,鸡们可以进出。爱惜鸡的人家,会在夜间将鸡笼高高挂起,或改用鸡栅,因为鸡栅用木板做,安全牢固。百密也有一疏的时候,某只可怜的鸡就落入黄鼠狼的魔爪,狡猾的黄鼠狼会开鸡栅鸡窝的门,半夜里,主人熟睡,鸡们一到天黑又全成了瞎子,所以,黄鼠狼总会得手几次,咯咯咯咯一片惊恐的鸡叫声,谁家的鸡又遭殃了。

鸡们遵循"日出而作,日落而息"的规律。公鸡不仅是鸡群的王,保护领地里的所有母鸡,为捍卫领地和尊严常常展开搏斗,还是活力四射的闹钟,天天司晨,从不误事。鸡叫头遍,主妇们下床忙开了,洒扫除尘,洗衣做饭。很快,村子里的打鸣声连成一片，此起彼伏。男人们扛起农具下田，春天吆喝水牛把犁耕耘，播种耘籽，夏天赶双抢。启明星闪耀着白光，田里全是插秧、割稻、打稻的身影。公鸡声声催迫，农家很少有偷懒耍滑的人。

农家的早饭花样单一，酱菜白粥发粿，最好的待遇是一双白煮鸡蛋，这是家养母鸡的大贡献。勤俭人家，养一大群鸡，天天攒下一堆鸡蛋，换取油盐酱醋茶。家有高朋贵客，主人烧一碗水潽蛋，撒葱花，淋酱油，搁猪油，热情招待。客人离去，主人送上七枚鸡蛋。娶亲出嫁，产妇分娩，亲友都要送鸡蛋随礼。鸡真是农家的吉祥物，一笔天天有产出的财富，家家都会好生养护。它们又听话又好养，啄食青草，觅食小虫，投喂点粮食就咯咯咯欢叫，生下鸡蛋贴补家用，真是农家克勤克俭的好帮手。

鸡们恋家，蛋儿产在自家窝里，肥水不流外人田。也有傻乎乎的鸡，也许想自立门户，也许想藏私房钱，也许想当母亲，偷偷藏起来孵小鸡，这些有私心的"反贼"有时将蛋产在茅草堆里、稻草垛里，结果不言而喻，一帮年幼的孩子，见者有份，人手一枚蛋，喜滋滋回家去了。鸡主人跟踪这些反贼，一旦发现确凿的证据，就把鸡逮回家关禁闭，邻家孩子少了一份捡鸡蛋的惊喜。

母鸡下蛋，可威风了，一产下蛋，它就声音响亮地喊报告："咯咯咯盖！咯咯咯盖！"前庭后院、大街小巷到处溜达，到处报告，生怕别人不知它刚立新功。狡猾的狗子偷偷窜进鸡窝，偷了就走，闻声而来的主人扑个空，破碎的蛋壳只剩几滴蛋清。捡鸡蛋这样的活交给孩子最妥，孩子上心哪，他一听母鸡绕着院子叫，就冲向鸡窝，捡起带母鸡体温的笨鸡蛋，放进抽屉里。农家的鸡蛋都放抽屉里，约定俗成似的，抽屉一推一拉，鸡蛋来回滚动，不易坏；又或放进米缸里，保鲜。

对孩子来说，最有挑战性的是放鸡，跟遛狗遛猫一样欢乐。农家养鸡，一等一环保，吃菜叶青草，喂剩饭米糠。鸡们是温驯的家禽，鹅呆萌又有小脾气，弄不好被它反着追，鹅就像少不更事的愣头青，情商不大高。情商高，会做人；智商高，会治人。情商不高的鹅，像个老爷，天天昂首阔步，目中无人。鸭子干脆就智商不高，一副憨傻样，只对水有兴趣，下过一次水，哪口池塘哪条小溪，哪怕距离三五里地，它也能凭记忆，千里迢迢大摇大摆而去，还呼朋引伴。下了水的鸭是榻上的无赖，沉湎水中，戏水成瘾而忘归。非要等到日落西山，小主人扛着长长的竹竿，一竿子一竿子打着水面，在规规规、啰啰啰的声声呼唤里，它们才雍容大度地上岸，不情不愿，面对主人，愣是一点敬畏心都没有，不看主人脸色。唯有鸡们情商智商皆备，读得懂主人声色，看得懂主人颜面，唯命是从，深得主人欢心，鸡们的才智真是训练有素。近水识水，近山识山，鸡们与人朝夕相处，打小识人。鸡们的智商与情商，跟着主人都学上了。

小主人将半人高的鸡笼往门边一放，鸡们看见了，立刻鱼贯入笼，知道小主人要带它们出远门遛弯儿，去野外觅新鲜吃食。清点好鸡头数，小主人用一条扁担挑两只鸡笼，吱咕吱咕，一路欢欣，往田野赶。

此时，秋天的夕阳快要落山，晚霞将西天映得通红，刚收割的稻田里零星散落着谷粒，乌桕叶绿中翻红，豆秆上挂满饱胀的豆荚。找一处干了的稻田，打开笼门，鸡们就四散开来，它们欢快地觅食，平日爱叨叨的也变专注了，一心只挑食，将遗落的稻粒一丝不苟地捡拾入肚，运气好的，还能逮到蚱蜢之类的小昆虫，那就开荤了。放鸡的小主人，啥事不用管，只管坐在田塍上看日落，看晚霞，看秋风将乌桕叶一日日吹红，将余晖吹散。

夜幕初降，鸡们进了鸡笼。它们太知道自身的短板了，绝不逞强，因为与生俱来的夜盲症。方言把夜晚不能出门的人叫作"鸡盲"，要说，鸡有什么不值得称道的，这大概算唯一一条，天生自带的弱症。这也是夜间主人要把它们高高挂起的原因，免得惨遭黄鼠狼或野猫猎杀。

童年养鸡，是一件日新月异的美差，跟养花似的，养花日日鲜艳，养鸡日日新奇。每到重阳节，雏鸡们羽翼丰满，母亲就会杀了鸡，用新姜炒得香糯鲜美，犒劳长身体的孩子。大年三十，爸妈给孩子们布菜，男孩吃鸡头，"鸡冠"谐音"官"，预祝长大升官；女孩吃翅膀，寓意"远走高飞"；读书的孩子要吃鸡心，希望孩子要"专心"；鸡爪绝不给读书娃吃，怕写字像难看的鸡爪子。奶奶晒干鸡纳，为日后谁家孩子积食消化不良备用；晒干鸡毛，等着换糖，换糖的货郎一时没上门收购，奶奶戴起老花镜，坐在长长的巷子里，用它们做一个结实的鸡毛掸子。岁月给了一地凌乱的"鸡毛"，奶奶有一双绑鸡毛掸子的巧手，生活百事皆顺。

童年鸡经，像一个轻巧的鸡毛掸子，拂去岁月的尘埃；农家的诸多细节，像是遗落的轻尘，在阳光里，闪烁真实的光彩。

## 毛脚女婿踩黄泥

踩黄泥,应该是江南人的专利,可惜它渐行渐远,淡出了现代人的视野,悠然留在昨天,成为一卷特有的旧年籍册。

幼年,大到建房筑墙,小到搓捏煤球,踩黄泥都是一种有趣的场景。

江南素有"鱼米之乡""丝绸之府"的美称,农作物生长在旱地水田里,水田一分一亩皆沃土,世世代代祖祖辈辈赖以生存,精耕细作,良田沃土掬一把,挖一锄,全是棕褐色的精细泥,尽是细腻绵柔实打实的水稻土。旱地种番薯、玉米和麦子,泥土坚韧粗糙,一经太阳曝晒,褐色的泥土常常翻白,显然,不适合砌砖糊墙。

黄土黏性好,质地细腻,与旱土和稻田土截然不同。下雨天,若从黄土垄上走过,雨鞋就会裹上密密匝匝的黄泥。矮矮的山丘全是黄泥,铺成绿茶与萱草最爱的温床。放眼一望,春夏秋冬四季满垄翠绿的茶,满目生辉;盛夏一到,萱草金灿灿的花开漫坡,勤劳的村民割舍不得春荣夏盛的丘土。

想取一抔黄土,水田给不了,旱地给不起,茶林舍不得,江南人"爱土如金"的心性可见一斑。山不转水转,黄泥取材最好的去处是水渠,它们经夏涨秋枯的细水冲刷,经年累月,质地柔韧,用铁锹抠挖,用畚箕搬运,既疏浚了水渠,又大展黄泥拳脚,是一举两得的美事。

不过,要想让黄泥进一步蜕变,变成绵柔自如、延展自在的泥浆,还需一双白嫩又坚实有力的脚,千万次踩踏,千万遍碾压,一脚一脚,一圈一圈,反复踩踏才成。

踩黄泥,一种简单又独具韵味的活计,在江南可算得上一个颇有喜感的仪式,是考量毛脚女婿内涵与能耐的一份卷子,卷子出得近乎完美。出卷人会挑日子,避开春风桃李、秋月桂菊的佳期,偏偏择一个冬日,某个响晴的日子,天瓦蓝瓦蓝,像高山湖水般澄澈,蓝得纯粹,蓝得彻底。晒谷场聚拢一堆晒干的黄土,经由钢筛子筛选,细碎如粉的黄土拱成一个圆锥形土堆。推平圆锥尖顶,变成一个圆台,圆台中掏出一洼小坑,往坑中注水,毛脚女婿脱了鞋袜,将一双白嫩的脚踩进土堆,转着圈,有节律一脚一脚地踩,有频率一勺一勺添加刺骨的寒水。这寒水连同黏韧的黄泥,一起测量一位青年的心性。

春日般温暖明媚的阳光,投射在年轻女婿黑而浓密的短发上,矫健的身影转着圈子,一点点踩得细致,一圈圈踩着踏实,脚趾渐渐失去知觉,又渐渐变得灵动。黄土的黏性一点点滋长,枇杷黄的土经了水的滋润,变成耀眼的橘红,蓝天,白皙的脚,橘红的土,寒冷的天,明媚的阳,青春的力量,这踩黄泥的场景,真是多彩又流动的画卷。

谁也不用帮忙,这是留给毛脚女婿的专属活计,是一场深刻的考验。

大家歇在一边，泥瓦匠、木匠、帮工，不必心疼踩黄泥的那个人，相反，大家带着喜悦和赞赏，欣赏眼前这一幕。

水与土水乳一般深深地胶着在一起，细腻的土犹如被揉搓千万遍的面团，韧劲十足，绵软十足，这时，待在一旁的人们开始行动起来了，糊墙的糊墙，砌灶台的砌灶台。

小孩们搬走筛选出来的一些粗颗粒，也在晒场的一边，找了一片自己的地盘，一只大大的铁桶，倒入水，把黑油油的煤块与黄泥颗粒均匀地搅拌一处，伸出双手，团出一个个黑黑的煤球，在暖暖的阳光下，排出整齐的阵容，犹如将军布下的浩大阵势，横一排，竖一排，气势恢宏，黄泥全然淹没在黑色大染缸里，再也找不出一丝橘黄本色了。小小煤球，在朗朗的太阳底下晒足一周一旬，便可用纸盒子一个个码好，送入灶间，待母亲家用。

孩子们团煤球，是经营生活的起步，是打理生活的演习，是连带付出、劳作和责任的别样童年，多年后，慢慢地，那些记忆就成了生活的一枚印章，挂在岁月的胸口，再也没了当初艰辛的模样。踩黄泥，是岳丈大人给女婿布置的家庭作业，是小小的测试，也是小小的惩罚。精明能干的女婿总会借此大显身手，在岳丈大人的邻里亲眷跟前大展拳脚，讨一个满堂彩。

# 柴火：烟火的遗珠

没有柴火，就没有人间烟火。

鱼米之乡，炊之柴大多用稻草。早稻晚稻，颗粒归仓，留下满田垄的稻秆，晒干，垒成圆锥形的稻草堆，深冬季节，一个个暖色的稻草堆矗立在冷清寂寥的原野上，是江南取之不竭的炊饭源泉。

清晨，天未放亮，勤劳的主妇已在灶间忙活了，生火，划拨火柴，点起一只稻草做的蝴蝶结，熊熊火焰在"蝴蝶结"的一端摇曳舞蹈，长长的火箸夹着另一端，轻轻压进灶膛，火势蔓延开来，乌黑的灶膛顿时在红与黑的较量中，开启一天的烟火。曲突的烟囱，冒出缕缕白雾，炊烟袅袅上升。

早年的灶，若气压低，通气不畅，稻草返潮，黑烟浓重，钻不出烟囱，灶房里便被浓黑的烟笼罩，添柴的人被熏得涕泪四流，七荤八素。江南人，对稻草，有着不一样的情愫，郑敏用诗描绘《金黄的稻束》："金黄的稻束站在／割过的秋天的田里，／我想起无数个疲倦的母亲，／……历史也不过是／脚下一条流去的小河，／而你们，站在那儿，／将成为人类的一个思想。"

柴是一家人开锅的刚需,缺不得,庄稼人视柴如宝,仿佛战备物资。农家将硬柴和软柴都存储得满满当当,灶间里里外外堆满了,码得整整齐齐。庄户人家的楼房,底楼住人,楼上大抵叠压着柴火。软柴就地取材,江南平畴没有山地,农作物的梗、茎都是灶中宝,春收的油菜秆,夏收的麦秆,秋夏收的稻秆,秋收的豆秆,晒得脆脆生生,收得齐齐整整。连散落的豆衣、油菜籽夹、麦芒都舍不得扔弃,添柴的时候,随手送一把入灶,火架得烈烈的,旺旺的。秋天的落叶松针,木作留下的木屑刨花,风谷剔出的谷糠谷壳,都被纳入"软柴名录"。

软柴资质如蒲柳,柴质脆薄,不耐烧,坐在灰膛口,离不得人,火势又不旺,火力不足,用于炖、煮、蒸之类,可以慢慢熬,慢慢蒸。仿佛南方人的性子,温婉含蓄,柔柔软软。原本应该用硬柴猛攻,可是,清早农家一锅粥,便可这样悠然自得地熬,慢条斯理地炊,母亲们用早起来抵消软柴慢工细活的缺憾。软柴熬出的一锅粥,黏稠香糯,爽滑绵柔。

赶上家中来客,遇见性急的母亲,耐不住软柴慢吞吞的性子,要换硬柴来烧,仿佛军情严峻时,换了主帅才可以出征。硬柴火势烘烘,烈焰腾腾,灶膛架上几根木柴,灰膛口就可以腾出人手。锅中水呼呼沸腾,油滋滋旋转,入锅的菜肴欢腾。"急火肉,慢火粥",快火烫肉,瞬息出锅,菜香肉香,那叫一个痛快;"上塘鱼,下山笋",整饬干净,入锅煎,入油炒,姜蒜酱爆,浓香鲜美,那叫一个美味。

硬柴是硬木,"半肩风雨半肩柴,竹杖芒鞋破碧崖"。硬木出自深山,山里的樵夫为了妻儿老小,会挑一担硬木,到镇上售卖,"一担干柴古渡头,盘缠一日颇优游"。生活在平畴的男子,清早去镇上赶集，卖柴的樵夫早排成了一列，他们腰间绑着手巾，一担柴火比肩还高，待价而沽，柴间横插一条扁担。讲定价钱，樵夫就喜滋滋地回家转，手持一根扁担一路荡回去，如头顶清风明月，脚下生风，待明日重来。平畴的男子挑柴回家，院里已经摆好了斧头、木砧，要劈柴。劈柴是技术和力气兼备的活，男儿上阵，粗壮健硕的农妇也不让须眉，啪啪啪，半日劈柴，木屑木条四溅。

　　每到秋冬，平畴上的乌桕、南京枣、泡桐、苦楝树都脱光了叶子，光秃秃的，立在苍凉的原野上，勤劳的人们，带上柴刀，砍下干枯的树木和枝丫，扛回一堆硬柴。勤俭持家，是农家孩子的人生早课，每当深秋，落叶飘零，他们带上竹耙，背上部笼，耙松针，扫树叶，拾稻衣，不亦乐乎。深秋初冬的稻田里，男女老少，堆叠起一个又一个黄金稻草堆，储备下半年的柴火。有时也烧煤炉，炉中煤熊熊燃烧，为了耐烧，大家学做煤球。后来有了蜂窝煤，火势更盛，三星炉、四星炉，再而就有了煤气灶，火焰万丈。

　　死如灰烬，心如枯槁，是书生理想湮灭的表达，"有心莫成灰""雄心操已灰"这类诗，不够贴合实际。农家的灰，雄心犹在，软柴烧成黑灰，硬柴余下白灰，是上好的洗涤用品，去油腻特效，湿指头沾一撮灰，茶杯碗碟的污垢瞬间祛除，洁净又环保。主妇们以灰汁洗头，用灰汁炊糕，做灰汤粽，都是化腐朽为神奇的生活妙招。每到年关，家家户户做豆腐，水豆腐蜕变为老豆腐，少不了用灰做干燥剂。冬天雨雪湿了鞋，把鞋子放进灰膛，装上灰，次日，鞋子就可以干干爽爽，一等一地好。因为灰吸水性好，时间倒推七八十年，许多女子用灰袋做卫生巾。灰，是农家上好的肥料，春来秋去间，撒灰是常见的农活，又肥沃又防虫。

寒食之日，介子推与母亲坐在绵山的一堆灰烬里，重耳虽贵为春秋霸主，却要用后半生的痛来忏悔。外族践踏，锅盔灰让许多大姑娘躲过红颜劫。

灰，是不起眼的农家柴炊之遗珠，是农家生息繁衍诸多传奇的媒介。

而柴，在现代洪流的东冲西决中，是人间烟火的遗珠，温暖过岁月，怕成历史的灰烬，飘撒在现代的风里，渐渐散失。

在老家，若有人乱发脾气，会被戏称为"吃生米"。生米怎么下咽？炊烟袅袅，晨炊晚炊，在宁静的乡村，才有人间温暖。被温暖的人不会"吃生米"，行事说话不会夹枪带棒。

第七卷

春秋佳日

# 过大年

习俗是一种惯性，人熟习了这惯性，渗透到骨子里，便是传承，走到哪儿，积习都难改。

母亲像个钟摆，分秒不差地计算着过年的每一个节拍，毫厘不爽地重复每一道礼仪。做子女的，血管里流淌的每一滴鲜血，都分毫不差地复写下母亲恪守的传统，只因为，耳濡目染，年深月久。

过年，母亲作为三军统帅，要做好两件大事：一是"外交"，二是"内政"。"外交"，要将所有亲戚的礼数都顾及，家家户户送年鱼，送年包；还要顾全左邻右舍的和睦，杀了年猪，猪血猪下水挨户分发，给东家孩子送压岁钱，给西家长辈送水果糕点。"内政"，做好子女分工，派好每份差，预演每道仪式，以教徒般的虔诚去践行。

首先是清洁。夏商周三代，祭祀器皿由王后亲自保洁，而母亲的清洁要求几近苛刻，瓦间每一寸缝隙，楼板每一道楼栅，房子每一个屋脚，不能留一丝尘埃；堂前、灶间每一样家具，每一样餐具茶杯器皿，统统搬到池塘里清洗；枕被衣物不能留一点污渍，总之，不带一粒微尘跨年。从腊月初三到二十九，要做的功课全是洗刷刷，洗刷刷。都道"门户有风水"，此话不假，从奶奶到母亲，从母亲到弟媳，都一个"德行"——爱干净。做子女的，清洁稍不到位，便引来母亲河东狮吼，不惧神生气，害怕母后发威。

这还是三级战备，小打小闹，进入二级战备，母亲大规模做年菜，那是大动干戈。

做年菜，菜谐音"彩"，菜多多，彩头多多。辛苦的是父亲，他一趟一趟往家里搬年货，不会骑车，全靠两手，从腊月初一直搬到廿九，"搬运工"不曾闲着，指挥官母亲更马不停蹄，某日炒瓜子花生薯片，切冻米糖芝麻糖花生糖；某日做豆腐，炸油泡，蒸馒头；某日蒸糯米，替父亲做黄酒打下手；某日腌渍，熏蒸，包裹，油炸，样样出手，做熏鱼，灌香肠，腌酱肉，炸响铃，做肉圆，煎藕夹，摊葱花肉，剁汤圆馅，炖茶叶蛋，裹豆腐包，炒八宝菜，从不知什么叫"累"，像一条永远吐不完丝的蚕。她精准掐着时间点，捕捉战机，一天不贻误，一刻不耽搁。

进入一级战备，火力全开，统帅斗志昂扬，冲锋陷阵。腊月廿九一早，杀年鸡，煮"双刀"猪肉，谢天谢地谢祖宗，这是谢年。谢年鞭炮响过，一级战备升级为实战，过年的战役打响了，我们个个听令，痛痛快快沐浴，里里外外换洗，吐故纳新，改头换面。弟弟父亲理新年头，旧貌换新颜。

年三十大清早，水缸的水挑满；卫生间垃圾桶，不留一星污物；干湿衣服，统统下架；房前门后，扫了一遍又一遍；堂前卧室，地拖了一茬又一茬；一对红皮甘蔗，绑红绳红纸，根部、标头各绑一处，紧靠门后，大门后搁两对，小门偏门放一对，"从根甜到头",渐入佳境;院子里松柏桂树全贴红纸,吉祥如意;大门贴对联,边门贴斗方,大大小小、高高低低的柜子、灶台贴剪纸,无一漏网。大家分工协作,里里外外,走马灯似的跑,好在人丁兴旺,手脚勤快,武器装备精良,作战部队训练有素,能打硬仗,只一个大清早,就把过年的红火渲染出三五分。

按理,这中饭应犒赏三军,可母亲一切从简,她是持家能手,老家的母亲哪一个不是高手?中餐不留剩菜,习俗上以新迎新,年夜饭绝不吃剩菜。母亲动用了军中妙计——望梅止渴,她抄了曹丞相的作业,让孩子们瘪半个肚子巴望年夜饭。为了满汉全席,孩子们铆足劲冲锋陷阵,耐心等饕餮晚宴。

正午一过,个个上火线,战地是厨房,煤炉油炸,大锅蒸炖,煤气灶快炒,个个成大厨。烧菜大战开场,制高点是佳肴,攻克一个一个山头,缴获一道一道美味。每道菜都有讲究,有学问,人人都会玩语言大转盘——用方音给菜取名号,赋吉祥。下午三时,第一攻克高地是肉圆,枯荷熏蒸的肉圆,带一股异香,寓意酒肉丰盛,团团圆圆,饿着的馋虫一股脑儿被勾出,孩子们个个举筷,身手敏捷,补了中午瘪肚子的缺。占领最后阵地的一道菜,不像烧菜,倒像焚香沐浴斋戒后参佛,锅需要刷两遍,案板菜刀必须洗三道,做到不沾荤腥,以最洁净的方式,用素油烧青菜炒年糕,寓意"清清洁洁,年年高",期望来年无病无灾,节节高。很快,厨房里堆满山珍海味,可吃团圆饭必须人人围坐,一个不落,才开席。难不倒母亲,她架起大柴,烧旺大锅,搁蒸屉,储沸水,年菜烧一盆,往蒸屉里聚一盆,直到撤火停锅,天幕黑沉,菜依旧冒着腾腾热气。年饭烧上,红印馒头、发糕蒸上,人头火熜生上。

天沉沉黑了下来，母亲派人去正堂数菜，菜品需逢双，派人做水果拼盘，派人将所有的灯全点上，所有帐子窗帘门帘全放下，所有鞋子衣物全入室。按人头生的火熜安置桌底，寓意人丁兴旺。年菜上齐，红烛点起，焚香迎祖，碗筷摆齐，酒斟满，甜茶泡好，首席留两个空位给祖宗。洗脸梳头，换干净衣裳，虔诚感恩岁月馈赠，感恩天地风调雨顺，年夜饭开吃了。

　　全家举杯，这一晚必须说吉利话，开口不带脏字。第一筷，青菜炒年糕，母亲领诵，大声齐喊："清清洁洁年年高！"其后，任筷子笔走龙蛇，指点江山。互相敬酒，大声祝福。父亲定规矩，每句祝词都不同，大家就抢着先干为敬，生怕落后，抓耳挠腮词穷，祝酒词抄人家的。神奇的是，每一道菜，都有谐音吉语来对应，香肠、白切肠，"常常有"；肚片，"都有"；萝卜豆腐包，"洋钿包"；藕夹，匹偶成双，百年好合；冬笋，虚心有节；豆腐，富裕……处处藏彩，道道吉祥。鱿鱼、冬瓜不上桌，怕"炒鱿鱼""烧了东家"；鱼不能动筷，留给来年，岁岁有积余，年年有余庆。谢年的白切鸡，母亲要给大家布菜，鸡腿给儿子，祝身体武威健壮；鸡翅给女儿，愿展翅高飞；鸡头给父亲，愿顶梁柱官帽高戴，鸡冠谐音"官"；我年年轮到吃鸡心，期望我读书求学专心（方言中"专心"与"鸡心"同音）。母亲将鸡爪们藏了，说孩子吃了，写字丑得像爪子，我们奉之若圭臬，不敢越雷池一步。一桌盛宴品多，量大，馒头、米饭再也装不下，母亲就顺口唱个大诺"存了明年吃"，年夜饭，恰恰不吃饭。

　　觥筹交错的当口，母亲或父亲手持纸巾，冷不防在某个孩子的嘴边一擦而过，遭遇突然袭击的那个主立刻大声嚷嚷，做壁上观的边抗议边大笑，只怕成为下一个被攻击的目标，双亲则开怀大笑——他俩将孩子的嘴视同屁屁,只要纸巾摩挲过,此后两天,孩子说的任何胡话鬼话脏话都可不作数,视同放屁,大有"甲马将军"道符功效,"纸巾在此,百无禁忌",双亲捡了孩子们的大便宜。

曾听说,大表哥四五岁时,闹过一段"佳话"。正吃年夜饭,有人敲门,按年俗,年夜饭没结束,不能开门。深知忌讳的大表哥被敲门声吓得心惊胆战,人噩地站到凳子上,挥舞双手,压低声音,宣布:"我们都没气!"爷爷听得直跳脚,"没气"不就死人吗?瞪了他一眼,顺手用纸在表哥的嘴巴上摩挲,笑脸更正:"是没声音!"

拿孩子取乐的双亲,需来一点温暖补偿——送压岁钱,送出一个,祝福一个,母亲还会将外公外婆、爷爷奶奶提前送的压岁钱也——递上。我们恭恭敬敬接过红包,压进枕头底。

母亲一边喊着"元宝滚进来",一边拔门闩,父亲手持燃香,去院子里放鞭炮,弟弟跟着点烟花。左邻右舍听了我家的开门炮,蜂拥而至,好客的母亲瓜果绿茶糕饼全乎呈上,大家脚烘火熜,聊天守夜。

守的是长寿夜,年少贪睡,即便眼皮耷拉,也要熬过子夜十二点。泡脚洗脸,母亲说,三十夜泡的是"洋细脚",泡得暖暖和和,来年才可以发大财,母亲三军统帅的话如圣旨,我们知道,不是她在发号施令,是一种叫"年俗"的借母亲来指挥,节奏,程序,每一个节拍都不曾有误。泡了脚,净了头面的士兵们可以沉沉酣眠,而指挥若定的大将军母亲,此刻却一人独坐中堂,埋头包粽子,给正月拜年的访客准备新年彩。包好粽子,她又起身去了灶间,捶捶酸疼的腰杆,动手烧菜羹,准备接新年。十二点的钟声刚敲响,窗外,新年爆竹声连成一片,彻夜不绝。

离家转眼三十年,出嫁的女儿不可回娘家过年。身居城市,山珍海味不缺,西餐中餐都能接受,但每到大年三十,母亲身边耳濡目染的所有过年流程都喜欢走一走,母亲手把手教会的传统菜肴都喜欢一一做来吃,食材普通,但味道异样。也许唯有这样,才能凸显"大年三十"的"大"字,这个字,写一辈子都不觉烦琐,也许,文化基因的传承是一种本能,是一种惯性,刻入骨髓。

## 欢天喜地拜大年

欢天喜地拜大年,新年伊始,孩子们最快乐的莫过于走亲访友。

拜年有许多讲究,排资论辈第一。

初一只拜年,不走亲。许是为了安抚操劳终年的母亲,家家户户闭门谢客。许是因为腊月的忙碌过度,年三十的急急如令,需要新年有片刻的松弛。乡间便流传许多说辞:大年初一是扫把"天赐日"。初一真是女人们的解放日,地不扫,因为扫把生日;衣不洗,因为棒槌生日。于是,扫尘,可以懒一懒;洗汰,可以搁一搁。母亲们早在子夜烧了菜羹,接了新年,此刻,天已放白,她们可以沉沉睡一觉,赖一回床,这一日,衣不洗,客不迎,菜肴全是旧年的"有余",热一热,男人们就可以端一碗酒,美美享用了。

孩子们不能闲,要给祖宗拜年,母亲早早催促:"快快起来,吃了菜羹,上坟!"守了长寿夜的孩子们也要赖一赖,舍不得温暖的被窝。父亲催促第二遭:"还不起来?太公太婆等着你们了!"不情不愿地起床,院子外早有勤快的堂兄堂姐等着了。于是,浩浩荡荡一干人马，往祖坟去，嘻嘻哈哈，叽叽喳喳，上上下下打量，彼此照看新衣新裳，新鞋新帽，推推搡搡，打打闹闹。到了祖坟，点了香烛，朗声道："太公太婆、爷爷奶奶，给你们拜年了！"炮仗齐鸣，白烟四起。生命的源头，追根溯源，缅怀感恩，是拜年第一站。拜了年，路经竹林、茶园，或去松树柏树上，摘一堆绿枝绿叶，回家插在大门铜环上，算是祖上给的新年彩，采回一年的吉祥和幸运。竹林经冬犹翠，松柏葱郁，茶园暗绿，白茶花正盛开。父母去了祠堂，祠堂上烛火通明，糕点小山似的堆起，祖宗画像一一高挂，顶礼膜拜，认祖归宗，坐不改姓，行不更名，才是真汉子。于是，父系的血亲得以一次次认同，一次次强化。

大年初二，母亲一早摆好了糕饼，鸡蛋糕、麻酥糖、千金糖、芙蓉糕、百子糕，煮了一大锅鸡蛋，泡了一大壶甜茶。招呼着孩子们："快来吃糕饼茶，甜甜蜜蜜，年年高。"孩子们于是喝一口甜茶，吃一口糕饼，剥一个鸡蛋，母亲又高声唱道："剥剥壳，去去旧，换换新。"孩子们就知道，拜年的前奏开启了，新的征程开启了。出门了，出门了，母亲又嘱咐："做客时，要懂得客气，不要见到好吃的尽吃，鸡蛋吃一个就够了。"

初二拜年，拜的是母系的亲戚，奶奶的娘家放第一位，拜的是太外婆、太外公、舅公舅婆。太外公太外婆已挂上了墙，最喜欢舅公舅婆。父亲是舅公的翻版，眉眼像，性情像，父亲待之如父，心底里许是有"外甥像娘舅，家里样样有"的莫名欢喜。何况，舅公任大队会计，绝顶聪明。远远地，他手提铜火熜，头戴军绿棕毛翻盖帽，在大路上笑盈盈迎客，对我们自有隔代溺爱。舅婆属天下第一热情好客之人，她有着明净的高额、深陷的笑窝，梳着纹丝不乱的发髻,临别时,相送依依,送过小巷,送过水井,走出村子半里一里,夕阳斜晖里,她瘦小的身影依稀立着,直到看不见。

初三拜年,拜的是外公外婆。外婆灶间忙忙叨叨,外公堂前一杯一杯泡茶,一封一封解着玫红纸袋的麻酥糖,抓过一双鸡蛋,咔咔咔磕声一片:"剥壳剥壳,好事成双。"我们客气推让,只剥一个,外婆从灶间赶来,抓起另一个鸡蛋,利索去壳,塞到我们的嘴边:"新年头一回,怎可只吃一个?都你那老虎娘教的!"我们于是快乐从命,大快朵颐。撤了糕饼茶,外婆的"十碗头"就上桌了,座位上掇满了红艳艳的"缸米黄"——那是外公用自己做的酒曲酿的酒。我们家的孩子多,外婆特意加了菜,我们爱吃的粉丝、荸荠、猪蹄髈,都加了双份,东边一碗,西边又一碗。弟弟站在上横头,举着筷子,挑起长长的粉丝,大有"外甥皇帝,娘舅狗屁"的架势,此刻,盖了红印的馒头也上了桌,乌肉(即扣肉)也上了桌。馒头夹肉夹粉丝,嘴边留一圈油。弟弟鼓着腮帮子,外婆才得了闲,坐到桌边向父亲敬酒。舅舅提前从他的丈人家里赶回,招待他的姐夫和外甥儿女们。

初四开始,兄妹、姐妹互拜。兄弟给姐妹拜年,称"回年",姐妹互拜看年龄长幼,小的先给大的拜,大的回年。初四,我家给姑姑回年,姑姑家离得有些远,我们约了叔叔家的两个堂弟,同村的几位表哥,十几个人,浩浩荡荡步行去拜年。有时恰逢雪后初晴,乡间山野一片莹洁,油绿的麦苗藏在雪被下,偶尔露出一点点缝隙,偷偷瞧一眼暖暖的阳光,又偷偷睡去。松树上的雪化了,调皮地从细细的松针上滑下来,砸进我们的脖子。我们穿着高帮筒靴,恣意地踩踏,团个雪球,往队伍前的某个背影砸去,于是一场边走边打的雪仗就开始了。

到了姑姑家,弟弟们淘气得不得了,世间没有谁比姑姑更疼娘家的孩子了。姑姑上的菜没有一道不被风卷残云扫荡的,弟弟们在长辈跟前的敬畏一扫而空,不仅强讨红包,更有一次,我们打算回程,发现三位弟弟不见了。找了半天,才发现,他们躲进谷橱,把姑姑家的花生、瓜子、薯片吃了个底朝天。我的天!姑姑开怀大笑,姑父更把他们宠上了天,哪有半句责怪?姑姑家的年要拜好几回,要待好多天。正月十一,姑父拉着独轮车,接奶奶看龙灯,小兔崽子们就帮奶奶压车子,奶奶坐一边,他们坐一边,姑父笑呵呵推着他们走,直到元宵龙灯闹完才肯打道回府。

迎客的程序也有讲究,迎客入门,第一道是糕饼茶,第二道是煮鸡蛋,第三道是中午正餐,第四道是点心。正月初的点心很用心,工序复杂,耗时费力的咸汤圆,早一晚,就在灯下做好,寓意团团圆圆,年年有余庆。客人告辞,主人呈上压岁钱,送上由糕饼、糖糕、水果糖、甘蔗、七个鸡蛋组合成的新年彩,还放了柏枝和斗方红纸,暖洋洋,福满满。奉命拜年的孩子们喜气洋洋,神采奕奕,男孩们藏了压岁钱买鞭炮;女孩们藏了压岁钱,买心爱的头饰衣服;也有乖巧体贴的,转手将压岁钱交给母亲,解家中钱荒,十二月的银子如雪花,融得快,正月又何尝不是呢?

日子只要不出正月,拜年就不算完。拜年的主力大军是孩子和男人,女人们必须守着家,等客上门,不得怠慢,她们回娘家,需偷一个无客的空。小孩盼过年,大人怕过年,"怕"的背后是举家的生计和新年的运道。

可是,孩子不懂,孩子只有欢天喜地,喜欢拜大年。

## 闹元宵

北宋钦定下诏延长春节时间，元夜成了春节的尾声，也是高潮。春节的旋律一路高扬，拜年的热情只增不减，过完元宵，旧历的年味才冲淡。人们珍惜春节的尾声，像中年人抓紧青春的尾巴，总要闹出点像样的动静来。于是，元宵节是用来闹的，隆重与虔诚的程度不亚于大年三十，各道程序重演一遍，成了除夕夜的缩小版，这还不算，还要做汤圆，接灶君，猜灯谜，迎龙灯，大小鞭炮震天动地，烟花流星四处开绽。

元宵节，家家户户备小年，父母烧一桌山珍海味，家口哪怕三五人，十碗菜也要做得实打实，图一个万事周全，十全十美。母亲带女孩，奶奶带儿媳，做汤圆，做一竹筛咸汤圆，菜肉馅；做七个甜汤圆，芝麻白糖馅，祭灶君。小年夜饭热腾腾上了桌，家中所有灯点亮，门窗紧闭，窗帷密布，在庄严肃穆里开席，吃团圆饭，喝酒行令，不亦乐乎。新年馒头，发发发；水米糖糕，甜甜甜；最后上桌的是带了小尾巴的咸汤圆，团团圆圆庆有余，撒了葱花、搁了琥珀色酱油，鲜鲜鲜。

若说除夕年夜饭是绿柳拂堤的春景慢赏，需细嚼慢咽，细细品尝，元宵年夜饭则是急行军，匆匆吃完，意不在舌尖，全在闹元宵，人坐席间，心早去了人声鼎沸处，急急出门看龙灯，猜灯谜。

祠堂里张灯结彩，小孩子们打着灯笼出门，灯笼上书"陆府世家"。据说这"世家"二字，可赢得四邻八乡刮目相看。《史记》纪传体例中有三十世家，世家的传主拥有大夫的品阶，陆氏家族能在灯笼上书写这二字，沾了祖上大夫官阶的光。孩子们都爱提着灯笼往祠堂跑，祠堂里挂满了灯谜，一条红绳横绑在两根柱子间，红绳上贴满了用小楷写得端正秀丽的谜面。猜中了，中了秀才一般骄傲，赶紧揭下谜面去领奖，不分大人和孩子，人人喜欢一展身手，赢一个满堂彩。

猜灯谜图的不只是雅，同宗的人聚在一起，人丁兴旺，热热闹闹，真正闹腾的还数动人心魄闹龙灯。

迎龙灯，元宵盛事。龙灯分龙头、龙身和龙尾，龙头、龙尾由宗族制作、装扮，放置祠堂正厅。元宵午时，鼓乐齐鸣，彩旗飘扬，龙头龙尾准时出圣，装扮一新，威武雄奇。龙头头角峥嵘，龙颈披红挂彩，含珠舞爪；龙尾精雕细刻，红漆鎏金，八面威武。放在祠堂的龙头落地了，由村中有威望的长辈主持，村民们一一上香烛，敬三牲，祈福求祥，隆重祭祀。而后，招展旗号、喧天响器在前头列队，鸣锣开道，引领龙头龙尾绕村三周，一路分发馒头，寓意发财发福，挨门挨户鞭炮齐鸣，家家设案欢迎，请龙灯，一片喜庆。

户户做龙灯，做的是龙身，一条板凳一节龙身，称"一桥"。板凳不是凳，只是选用木条与板凳形同，木条两端各凿一碗口大孔，大孔安插木栓，木栓连接一桥桥龙身。木条正中设两盏灯头，灯头插蜡烛，外扣竹架油纸糊的灯罩，灯罩上描龙绘凤、花开富贵，元宵日再添花卉装扮，十分喜庆，各家的愿景与祈祷都描画在灯罩上了，异彩纷呈。派年轻力壮的后生迎灯，一桥灯两人护卫，一人扛板凳，一人辅助接力。迎龙灯的多是大寨子，户头多，人丁旺，一条龙从头到尾，有数百桥，长二三百米，四五百盏灯笼图案各异，有的统一祥云，形似龙鳞，讨吉祥如意的彩头。

灯桥与灯桥连起来，蜡烛点起来，鞭炮响起来，锣鼓打起来，一条长长的巨龙在宽阔的场院里蜿蜒腾挪。风华正茂的后生们呐喊起来，长龙游起来了，举龙头的人们像旗手，举着全村全族的新年希望，半点不含糊。八个大汉护卫，龙头一走，龙身就高高地腾跃而起，灯火通明，烛光冲天，沿村里的大路蜿蜒，是为"走灯"。打铜锣的节奏很均匀，后生们脚下呼呼生风，沿路的家家户户放鞭炮，燃香烛，一路助威，然而，这不过是迎龙灯的前奏，是试水，是热身。跟着游龙的孩子们前蹿后跳，十分兴奋，叽叽喳喳，他们知道好戏还在后头。

重头戏在盘龙和解龙环节。龙灯来到大场院或空旷的田野，盘龙灯开始了。只听锣声和鼓点急促起来，举龙头的汉子们跑了起来，往场院正中跑，身后的龙身紧跟而上，一桥一桥追，巨龙旋起了圈圈，只听得杂沓的脚步声，急迫的呼吸声，急促的锣鼓声，一股巨大的力量被龙头拽着，龙头旋的圈子越来越紧，龙身曲曲弯弯的圆周越来越多，多到五六匝时，所有的灯桥被高高举起，红烛映照的一盏盏灯笼，火红一线。高处看，像巨龙在浪花里腾跃，在黑暗中翻涌；远处看，像巨龙在撼动天地，搅动蓬勃而来的春气。此时此刻，锣鼓暂歇，巨大的爆竹声四面响起，人们欢庆这个热闹的节日，祈祷新春的祥瑞。

爆竹的硝烟尚未散开，迎龙灯的又一看点到来——"解龙"。锣鼓声又起，在四面紧紧盘旋的龙身中，龙头一个三百六十度大逆转，它要突围，往外走，龙身依次往外盘旋，一桥桥走，拼的是速度，是节奏，是有条不紊，后生们迅疾如风。然而，龙头要突围，并非拆解，而是边破边立，一边往外冲，一边将龙尾困守圆心，几分钟的工夫，一条龙头昂扬到最外围，龙尾盘踞中央，逆方向的盘龙出现了，这就是"解龙"，那令人震撼的场景，闹过一次元宵便终生难忘。

年少时喜欢去同学家看龙灯，去姑姑家迎龙灯，滂沱大雨也浇不灭闹元宵的热情，消解不了年轻人盘龙解龙的那股子冲劲。在全员迎灯狂欢中，祈求平安祥和丰收，龙是祥瑞，行云布雨，驱邪避瘟，消灾赐福。

元夜，是春节的尾声，也是高潮。

## 此时正清明

"明时的雨,谷时的风",这样的词句即便只是想着也是美的。清明,柳条吐绿,燕子归来,正是江南好风景。

此时的布谷鸟成天嘹亮地啼啭,新的生命正在孕育生长。风轻盈,雨绵密,绿色稚嫩,叶子油亮油亮,像孩子的脸,闪耀通透的光;像孩子的手,娇嫩细柔。

母亲烧好一锅水,将泛着香的籼糯米粉倒入,沸水像在白粉间流动游窜,转眼不见,锅铲沉重又迅捷地翻炒,黏黏的象牙白的米粉炒成。腾挪转移到案板,宽阔的案板平躺地面。象牙色的炒粉分成三份:一份揉进了青,一份揉进了红砂糖,一份保有它的本色。母亲卷着袖子,两手左冲右突,抹平所有的黏腻,仿佛要抹平孩子心头所有的委屈和尘世的不顺遂。揉匀青皮和糖皮,不仅要有力道,还要有耐心和速度。乌黑的青丝扎成的两根粗壮麻花辫,时不时跑到胸前,晃荡着,旋又被母亲甩到身后。

孩子们布置了小案板,案板上摆开三五个粿印,粿印有长手柄的,有翻盖的;粿印的图案有福禄寿喜,花鸟虫鱼;粿印里已经遍刷了菜籽油。案板的一角搓好了红粉条、青粉条和白粉条,做成一颗颗豌豆大小的记号。板油葱花馅、芝麻白糖馅、雪菜猪肉鲜笋馅一一安顿好，就等母亲揉熟揉透的粉团上场。

麻雀在院子的桂花树上叽叽喳喳欢唱，布谷鸟在不知名的远方啼叫，东一呼西一应，燕子轻捷的身影双双穿过天井，在木结构楼房的梁间筑巢。

母亲将白的、青的、糖的粉团搓成长条，切成均匀的剂子，做成一个个小碗，小碗里或抹葱花板油，或盛白糖芝麻，或装雪菜笋肉，左手旋转着碗身，右手收了口，孩子们赶紧接过，将白、青、红的记号压在粿面，扣入粿印，不大不小，尺寸刚好。孩子们不遗余力又精巧准确地按压起来，按压的似乎不是美食，倒是一件艺术品。先用手腕手掌按正中，压一个鲤鱼跳龙门，压一个孔雀开屏；再用指肚压圆周，一圈一圈压，压三匝，压出清晰明朗的锯齿花边；撑开五指，力道均匀压粿底，势要压出一片一马平川的平原。

在故乡，做清明粿叫"打印粿"，粿子美不美，颜值高不高，所有的劳作押在最后一道工序上——"打"。孩子们举着粿印手柄，左一磕，右一打，一个轮廓分明，图案清晰的粿子出现了，被端放进竹筛。若说粿子正面是清明节一帧美丽的封面，粿子的馅料便是殷实多彩的生活底子，粿子的封底又是孩子们领受生活技能，含藏美善底蕴的训练。

每一位母亲都是调色调味的高手，糖皮的按青白两色记号，白皮的按青红记号，青皮的按红白记号。一经孩子们知轻知重、知浅知深的按压，封面上新扣的两粒记号，与粿身浑然一体。白皮只扣一颗岁月的胭脂红，裹雪菜笋肉，寡淡的皮佐以丰沛的鲜美馅料；甜甜的红糖皮，佐以咸香的板油绿葱馅；带有浓郁春天野菜的青皮，佐以芝麻白糖馅，这样的调配，是要将寡淡的日子润色得多滋多味，缤纷绚丽，每一位母亲都是生活的好手，不折不扣。

而村子的另一头，门前有亮亮的清水塘，有飘絮的绿柳，外公在干爽的案板上，做着红的花轿、红的鲤鱼、白的山羊、白的肥猪、红冠的公鸡、胖胖的白鸭，更有一对白白的赤脚丫。外公太知道孩子们的喜好了，等外婆用蒸笼蒸透了，用平坦宽广的敞盆盛放，双手谨慎地端着，走过池塘，走过红叶飘扬的香樟树，送到孩子们的手里，孩子们开怀大笑，这岂不是面塑的狂欢吗？

此刻，在热气蒸腾中，母亲将一笼笼清明粿摊开了，青、白、靓褐、色彩明丽鲜亮，籼糯米软糯的香、糖皮甜甜的香、野艾嫩嫩的香，纠缠、交织、氤氲、荡漾。孩子们忙不迭开吃，软糯、咸香、甜蜜，各取所需。母亲率先挑了七个，提了酒肉、豆腐饭，携了香烛，带了孩子，去扫墓。

田塍上满是亮着眼睛的蚕豆花，青青的麦子长野长疯了，满垄满野，翠绿逼眼，翻耕的水田里，青蛙们咕呱咕呱调皮地叫，柳条柔软细长，爬满了嫩叶。

让人忽然遥想公元前363年的春天，绵山上青春萌发的柳枝，柳树上靠着烈火中消逝的两尊去意已决的生命，介子推母子相守终老。那烧焦柳树的某一截做了重耳的木屐，历史深处每每传来他那"悲哉足下"的自责。来年寒食节，焦木逢春，柳条新发，愧怍的晋文公折柳祭奠。眼前盘旋的是介子推割股奉君后蹒跚的步履，耳畔萦绕的是他用生命写就的警策之言"臣在九泉心无愧，勤政清明复清明"，愿天下人人用寒食向君子致敬，愿君临天下者能以勤政清明自省。

祖坟圹位多，母亲一圹一圹分辨，一次一次讲解："这圹是爷爷的，紧邻的圹是太公太婆，往左是大爷爷，再左是四爷爷……"每次去，只记得爷爷的、太公太婆的，其余全混。中元节冬至再去，母亲再讲解，不厌其烦。扫墓，生命源头的回望，每次回望，都是生命的感念，历史的礼敬，岁月的追溯，慎终追远，返本归宗。折一堆柳条，兴冲冲回家，生命的力量连同满野的春天，齐聚心间。

打清明粿必在寒食前一天，吃了清明粿就可以赤脚下地，父兄们早盼这一天，吃了软软糯糯、甜甜鲜鲜的清明粿，双脚不再惧怕地气之寒，清明粿也成了"赤脚粿"，繁重的春播春种开始了。

农家的每一个节日，都是生命的一次修行。

## 彼采艾兮是清明

花褪残红,柳色新绿,艾叶翻翻白,各地的青团以逼人眼的绿,傲人眼的形,馋人嘴的味呼啸登场,可是若论工序的繁复,做工的精细,外形的精致,都不及故乡的清明粿。

"彼采艾兮,一日不见,如三岁兮。"故乡的清明节,并不采艾,清明粿的青用隔年生石灰沤好的苎麻叶,取米筛,在清澈的水里漂洗,洗净的苎麻叶,糜细成泥,色泽碧绿,留一段清香独异的宿年历史,窖藏逝去的秋往春来,刻录下母亲经营日子的精细。

母亲已在灶台上炒粉,那粉不必按籼米和糯米的数字比配制,单用方音叫"农毚"的长糯米,口感比圆糯米硬,黏度稍逊,但做粿更利索,不粘手,不粘筷,不粘牙,吃起来筋道,有风味。鱼米之乡的人这般任性,因为米的种类繁富,爱哪样选哪样。

炒粉是个硬活,水烧开,倒入米粉,不断翻炒,米由纯白变成莹洁的象牙白,出锅入盘。盘中揉粉,腾挪跌宕是力气活。炒粉韧性大,仿佛上了气性的小姑娘,明明温柔可人,一交手,不好对付,十分功力需全用上。揉好的粉团像一堆汉白玉,光洁温润。可母亲还要揉进苎麻叶糜，揉成一团碧色的青皮；揉进甜甜的红糖，揉成一团蔗红的糖皮；揉进艳艳的红色，做记号，做贡品。

一时间，案板像开了颜料铺，绿、白、蔗红、艳红，各色粉团，各赴使命：绿皮裹甜馅，豆沙、花生、芝麻糖随意；白皮包笋肉雪菜馅，鲜咸美味，不二经典；糖皮填葱肉馅，咸甜鲜香，独老家所有；红皮被孩子们搓成小点点，做了各色粿的记号，与白点点、绿点点、糖点点，点缀粿面。而外公有一双面点师傅的手，做了红花轿、红鲤鱼，捏出红白绿三色赤脚粿，塑了白兔子、胖白猪、糖小鸭，全是孩子们的心头好。

清明粿，在粿印中完成新的蜕变，犹如毛毛虫变身花蝴蝶。粿印木料雕刻，一个半圆螺旋花纹的深凹槽，半圆穹顶镂刻一颗小圆点，刚好扣合粿团上的红记号。沿穹顶而下的是流水纹，印出粿的视觉印象可用"阳光四射"来描绘。白色的粿团扣压进粿印，手掌的肉垫不停按压粿团，手的指肚子细细走过粿印的边缘。按压清明粿是一个精细活，粿的形状和粿面的花纹，全在指掌之间。等压细按实，手持粿印手柄，左一磕，右一磕，咔咔咔，清明节前，家家户户一片打粿声，此时，梁间燕子已双飞，一颗点缀着红心记号的"光芒四射"印的粿子也诞生了。

半圆形的粿印专做白团笋肉粿，而青团、糖皮团的粿印更讲究，粿印由两个木质扇面组成，一面刻着花鸟草虫，全是吉祥图案，有牡丹花开富贵，有凤凰呈祥，有鱼跃龙门，不一而足；一面可以自由开合，镂空一个圆，圆内壁刻出锯齿形花边。二扇面一合，底里刷一层菜籽油，粿团往里一扣，一压，指肚子一寸一厘沿着边边旋走，手掌垫再行均匀按压，扇面一开，一只印花清晰的粿子就闪亮登场了。它将印模的花样丝缕毕现，轮廓分明，锯齿的"蕾丝裙边"毕肖，怎一个俊俏了得，若是清明粿界选美，家乡的粿子当拔头筹。垒叠在竹筛里，便成一道五彩辉映的视觉盛宴，即使上锅蒸，出笼后的粿子依然花印玲珑立体，如二八芳龄，是颜值担当。

　　离开家乡，所见多用艾草、蓬或鼠曲草做的青团。春草离离，天气清朗，"帘前白艾惊春燕，篱上青桑待晚蚕"，春意正浓，彼采艾兮迎清明。所采嫩艾，捣烂成汁，和粉呈绿，不用炒粉，不用粿印按压，随手包成半月形，食指与拇指压出波浪形的花边，水汽蒸熟，咬一口，是春天的味道，正是《诗经》所祈祷的美好——"君子万年，福禄艾之。"离家多年，虽然已完全融入采艾迎清明的习俗，然而，心头喜好的依然是老家的清明粿。

　　清风脱然至，追思怀远时，忆念那些逝去如风的往事，更有去往另一个世界的亲人。

　　一日不见，如三岁兮。

## 蒸一锅乌饭迎接夏天

端午要吃雄黄酒,立夏要吃乌饭。

农历三月,春意正浓,商家抢了先机,采泛红油亮的南烛嫩叶,捣了汁,染了米,炊了饭,采了桑叶。炊熟的乌饭切成方块,垫一张翠绿油亮的桑叶,像新娘在镜头前追了光,金银首饰在盒里衬了丝绒布,光鲜亮丽地摆上摊。颗颗米粒乌黑发亮,闪烁温润的光,覆一层鲜甜的红糖,清香挟甜香,大人小孩都被深深吸引,抢一口鲜。乌饭,小小一方,可满足春浓时舌尖味蕾,孩子们满足地咂吧小嘴,舔舐指尖残留的饭粒糖粒,仿佛季节更替的典礼,全在这方块之间。

时近立夏,农家的母亲趁曙色刚亮,露水晶莹,草尖碧绿,走过氤氲雾气的田间小路,到低矮山丘,挨着高高低低的枝丫,采摘脆薄蕨蕤的南烛叶。城里的母亲去往菜场,花俩小钱,买回沾着露水的叶子,兴冲冲回家。细细叨叨地切,寸寸缕缕地揉,放入瓷盆,浸泡一昼夜。取淘米篮,滤去叶渣,留深褐色叶汁,"岂无青精饭?使我颜色好",杜甫的"青精饭"就是染汁成色的乌饭。精选糯米入盆,顷刻被叶汁吞没。

据说，唐人做乌饭，经九浸、九蒸、九曝。如今做乌饭，摘叶、取汁、染色和炊蒸，也磨人性子。取汁一昼夜，浸米二十四小时，滤去叶汁，米粒们身子胖鼓鼓，刚出大染坊，染了墨色又被米白色中和，蓝非蓝，黑非黑，像个"黄毛丫头"，不出彩，不炫酷。可是，上锅一炊，蒸屉一打开，水汽一蒸腾，一屉乌饭立刻炫出发亮的风姿，黑黑亮亮，颗颗饱满，油汪汪，历经"青出于蓝而胜于蓝"的演绎，像吸足了油，喝足了蓝黑墨水，那蓝黑，像靛蓝，像固了色的蓝丝绸，丝滑明亮，瓷实润糯，清香袅袅。

第一个吃乌饭的绝非饕餮之辈，不为满足果腹之需，敷衍口舌之欲，定是有闲有识之士。做，精工细作，吃，讲究雅致，挖空心思，大费周章，使蕴满天地灵秀的南烛叶与江南稻作上品糯米，邂逅于晚春，纠葛缠绵，你中有我，我中有你，慢慢做来。这饭吃了多少年，传了多少代？汉代已有人美美食用，魏晋追求长生，南朝人也在精细实践。稗官野史也好，汗青正史也罢，将糯米染了色来吃，可谓"半缘修道半缘君"。

吃乌饭趁冷，少有出锅即食的。冷饭的风味，能让南烛叶的香丝丝缕缕地呈现，纤毫不减。浓浓清香，仿佛母亲深巷呼唤，声色兼备，"其色黑，其味甘鲜，口不能言其妙"。铺一勺红糖，晕染洇湿，仿佛水墨在宣纸间游走，点染皴擦齐上。染色糯米因为炊蒸，控了水，颗粒之间似离却黏，似黏又离，是一种恰到好处的离合。冷却过后，糯米的韧劲更足，米的韧和叶的香，恰如其分地胶着于唇齿间，交错留香。

冷脸难看，冷饭好吃，乌饭骨骼清奇，久贮不坏，南烛叶自带防腐锐器。江浙乌饭，蒸熟后做贡品，真命天子也惦念这江南的好。农历四月初八，寺庙做乌饭布施。乌饭在江南传播，受佛道两家影响，嫁接各地传统，形成不同习俗，湖南人用以祭祀，湖北人用以待客送礼，江浙人将它日常化、节日化。

立夏，江南的蚊子雄赳赳气昂昂地嚣张起来，立夏吃乌饭成了习俗。乌饭"久服能乌须黑发，返老还少，令人齿落重生"，既养生，又驱蚊，蚊子们闻之色变，退避三舍。因此，不怕做乌饭的烦琐，仲春一过，南烛叶葳蕤发亮，灶间的母亲们又忙开了。

## 走亲送节

亲戚之间要走动，走着，亲着；不走，慢慢就淡了。

老家走亲不能空手，手提的点心叫"节食"，小时候对"节食"二字望音生义，理解为"迎接孩子的零食"，在物资匮乏的年代，它是重礼。纵是家人出远门，也要给孩子带"节食"。爷爷奶奶去镇上，逛完街，给弟弟们一人带回一个香脆的酥饼或一根金黄的油条。都说"筷头亲"，孩子年幼，对爷爷奶奶的"节食"自然心仪。

亲戚走动若空手，视为失礼。礼节最重的有端午、中秋、过年三大节，大节行大礼，一定得走亲。

盛夏将至，满庭芬芳迎端阳。女婿一手提肉，一手拎一篮鸡蛋鸭蛋。新割的猪肉，席草绳穿结，一路晃荡，走街串巷，引得路人指指点点："这肉大，四五斤？""这肉油水足，净肥膘。"当年买肉凭票，四五斤双刀肉，该排多长的队，该有多大面子，该仗多大来头？丈母娘见了高兴得合不拢嘴，礼数重，有排场，丈母娘看女婿，越看越欢喜。

那时，猪出栏率低，人尚且食不果腹，猪食可想而知，光吃不长膘。乡下人吃一次肉，肥肉熬油，物以稀为贵，荤油比素油香，受人青睐。吃剩菜剩饭、野菜菜叶的猪长得慢，像节食的美女骨感美，出栏才百十斤，国家统一收购的"标准猪"就一百二十斤。"要嬉外婆家，要吃丈母家"，丈母娘好酒好菜招待，女婿带回一篮咸鸭蛋加土鸡蛋，正是"鸡子·鸭子送端午"，礼尚往来。

丹桂飘香，月上中秋，月饼当家。母亲派了孩子们，提上用草黄的糙纸包的月饼盒，盒外一条呈"十"字形包装的席草细绳，一条红纸像桌箭，鲜亮地点缀着拙朴的外包装，外婆、舅舅、舅公、姑姑、姨妈一家一家走亲，亲戚们择一个空闲日，一家家回礼。有些时候，亲串亲，亲加亲，自己送出的月饼，亲戚间巡回演出一番，又回到自家的八仙桌上。玉兔当空，皓光千里的夜晚，一家人坐在月下品茶尝饼，尝的最多的属广式或苏式月饼，椒盐味、桃仁味、芝麻味，几十年的老味道。外婆常常在节前一天，送来热腾腾的肉粽和豆沙粽，吃饼吃粽，赏月拜月，甜蜜圆满。

三大节中，过年礼节最烦琐，年前送了节，拜年还送礼，收了礼的主家又来来回回还礼，一来二去，真像"李郎送张郎，张郎送李郎，送到大天亮"。过年礼常有四盒糕饼，外加烟酒。小孩子对烟酒没兴趣，眼睛只盯糕饼盒：鸡子糕，寓意年年糕，子孙满堂；糖枣，小朋友最钟爱，甜甜蜜蜜，香香脆脆；芙蓉糕价格美丽，白白身子掺绿花红花，米粉夹核桃仁薄荷条，口感颇似未切的云片；麻酥糖有浓郁诱人的香，红红油纸一揭，谁挡得住团成"回"字形小方块的诱惑？鸡子糕礼最重，是给长辈送节必备神器。麻酥糖像条回形小黑龙，盘踞在油纸正中，底下铺芝麻屑，香甜扑面，包装最具创意，备受孩子青睐。外祖给孩子们送礼，除四样糕饼，必要添红红绿绿的百子糕、松脆香酥入口即化的桃酥、白芝麻裹覆的千金糖、米粉裹覆的麦芽糖等，更有花生、瓜子、花生糖、芝麻糖，仿佛开了个糕饼铺，一应俱全。正月拜年，还得手提水果篮、馒头篮。

"新年彩"是拜年辞别时，主人准备的回礼。新年彩，主人不给，便失礼，一失就一年，待客大忌。有些远亲，走着走着，不再来往，多半受了怠慢，主人礼数不周全。新年彩的"菜单"相似，七个鸡蛋，一堆糕点，一把糖果，几节甘蔗，人头红包。正月拜年，少不得红包，所以大年三十，吃过年夜饭，许多主妇得一点空隙，便坐在灯下，包红包。我外婆一百零五岁辞世，生前四代同堂，儿孙满堂，人丁兴旺，为人宽厚，受人尊敬，远亲近邻，都希望得到老人家祝福，许多企业老总，也希望沾沾她的长福长寿，于年前讨要红包，即便十元、二十元也不嫌少，外婆每年包三四百个红包，蔚为壮观。

过年礼节，需在除夕前送达，若搁正月送，心就不诚，因为老家习俗"正月不收礼"。至亲包红包也有讲究，年前的叫压岁钱，正月的叫红包，外祖给外孙压岁包、红包，两样都不能少。

除了三大节要恪守礼仪，家乡还有一些特殊的日子，礼节十分隆重，新娘过门三天的三朝节、过门头年的端午节和中秋节，娘家准备的礼物要肩扛担挑，送到婆家后，向左邻右舍、七亲八戚分发。孩子的满月、周岁，至亲的逢十岁大节点，都要送礼祝贺，生老病死，概莫能免。

走亲送节是年深月久约定俗成的礼节，讲究亲戚间往来频繁，多走动，人情温暖，在乎的不是礼之轻重，是彼此的在乎，不走不送，就淡了，冷了，甚至老死不相往来。

## 立秋的水晶糕

立秋这一天，家家户户清早起来做水晶糕，水晶糕算得上是又古老又日常的夏令饮品。

"凉粉——水晶糕哦！"被萦绕街头巷尾的叫卖声蛊惑久了，孩子们眼巴巴等着立秋，等了很久。

天气暑热，挑担子的小贩，肩挑一担水晶糕，一头挂小瓶子、小罐子、小壶子，壶子装醋，罐子装糖，瓶子装薄荷。最妙的还有一只保温桶，里面藏着晶莹透明的冰块。

叫卖声在午后沉寂的巷弄响起，将许多睡意驱散：先是馋嘴的孩子，精气神儿被暑热压得蔫蔫的，此刻，连同食欲一起被叫醒了；接着是躺在竹榻或躺椅上，用蒲扇遮脸酣睡的奶奶；而后，是下地干活的主劳力，三更天下地，正午时光，白墙黑瓦下，斜倚在阴凉的竹床上歇凉的人们。爷爷的水烟袋也睡着了，可"凉粉——水晶糕哦"，一声吆喝，硬把这些庄稼人全唤醒了。

孩子们端了碗盆，出了门，奶奶跟着出了门，小黑狗懒得驱赶陌生人，吐着大舌头在屋檐下的阴影里乘凉，慵懒地看一眼歇担而立的贩子，不搭理，不吠叫，趴伏下去，惬意地闭上眼。

小贩们戴着大草帽，脖子上挂一条大毛巾，憨厚的脸受太阳的熏烤，染了重霜后的枣红色。来了生意，他掀开担子一头的炊巾布，露出一只大大的搪瓷托盘，盘里漾了凉白开，润着水晶糕，刀子沾水，润润，手起刀落，横切切，竖切切，方糖大小的水晶糕就进了孩子们的碗盆。孩子们盯着刀头，看着碗头，仿佛数十条小鱼滑进水池，活泼泼，晶晶凉。倒一勺醋，搁两勺糖，取棉签在薄荷的小瓶子里一蘸，往碗底一送，倒半碗凉白开，搁几颗冰块，哇，一个夏天的凉爽都进了孩子们的碗盆！不！还有酸酸甜甜，爽爽滑滑。

孩子满心欢喜地回家，所有夏日厌食此刻都成了谎言。取过白瓷勺，开始狼吞虎咽，风卷残云？不是的！是一勺一勺地品，一小块一小块地任唇齿咂摸，冰冰爽爽，QQ弹弹，这神奇的半透明小吃，养眼又解馋。唇齿甘甜酸爽，舌尖冰滑滋润，喉鼻薄荷芬芳，好似一曲交响乐，抚慰每一寸被夏日炙烤的肌肤，被暑气熏蒸的肺腑。看看空盆，不留一点残山剩水，只有翘首等立秋。

立秋日，吃水晶糕，母亲要给孩子兑现承诺。

母亲一早起来，取几勺番薯粉，倒入白瓷盆，加水，搅拌，沉淀。混混沌沌一盆，似鸿蒙初开。母亲性子不急，让水和粉静置，搁半响，像面对闹腾的孩子，冷处理，像面对家长里短，过一宿再搭理，事缓则圆嘛。母亲不紧不慢，像处理生命中的一切大事，临危不乱，有条不紊。

她生火添柴，锅中下了水。白瓷盆里的水粉交融的喧嚣已经消停，泾渭分明，水是水，粉是粉，桥是桥，路是路。小心翼翼，母亲将水悉数滤去，粉中杂色滤去，还它质本清白。农家番薯粉，秋天加工，经秋阳曝晒，封入瓮中，粉量大，赶太阳，来不及美化，淀粉带象牙色。做水晶糕时，母亲先给它们乔装打扮，改头换面。

乔装过的粉白净，添加井水，取剪刀，抠明矾，细细搅拌，水粉一家，不分彼此。水沸了，一手持盆，一手持铲，水粉入锅，不停搅拌。锅里起了黏糊状，锅底起了泡泡，好似透明的胶水，转成晶莹的雪花膏，火慢慢停了。

母亲像千手观音，像上天派驻凡间的天使，护佑每一个庭院，那双手操持家务，呵护孩子，生变出千百双手，刚刚还是粉糊沾染的白瓷盆，一转眼，已洁净如新。她搁一小碗凉白开，先润盆，再一铲一铲挪移，"雪花膏"乖乖入盆。

没有冰箱的岁月，母亲有冰镇的法子。门前古井水冬暖夏凉，大夏天，井水饥寒入骨，汲两桶水，往陶缸里一倒，一只天然冰箱就做成了。白瓷盆搁入水缸，浮漾着，凉爽着，孩子们热切的心也镇得凉凉，又静静。

母亲看看墙上的日历，这一年已经撕去了大半，秋天的节气已经来临，但秋日的凉爽远远没有到来。有的年份，立秋时分在清晨，母亲们似乎得了赦免，仿佛秋天的快意已经天赐。有的年份，立秋的当口值正午，母亲们便担忧，秋老虎的尾巴威猛着呢，炽热的日子还长着。

午休刚刚醒来，母亲说："起来，吃水晶糕哟。"霎时，暑日懒困烟消云散。母亲取一碗白开水，轻轻泼在圆实的"雪花膏"上，半透明的样子，晶莹剔透，清爽可人。用水润了润刀刃，深深地切入盆底，沿着刀把，水晶糕的韧劲就传了过来，那一点点明矾起了作用。白开水跟着刀刃走，仿佛刀刃的马前卒，逢山开路遇水搭桥，刀刃爽爽利利，没有丁点沾染。取过半个砖块大小的"雪花膏",母亲横剖竖割,左切右切,薄薄的,晶莹玲珑,仿佛水晶;温润饱满,仿佛琥珀;色泽纯正,仿佛玉佩,一早的"乔装美化"起了作用,母亲做的水晶糕,比起小贩卖的,更筋道,更白嫩,更好看。

装了水晶糕的碗一字排开,冰镇过的凉白开冲进碗底,孩子们的那份快意自不待言。爱甜的加糖,白白的糖霜,搁在象牙白上;爱酸的搁醋,白瓷碗里的水晶糕浸润在琥珀色的酸甜的糖水里;爱清香的搁薄荷,唯独这薄荷,不敢使劲加,不然,会涩口发麻,适可而止为上,为美。

勺子开动,连汤带糕送入口中,唇齿互动,甜甜酸酸,冰冰凉凉,润润滑滑,幽幽薄荷香,种种,开启了一个秋天的序幕,这便是立秋的仪式。

春秋代序,薪火流转,水晶糕是故乡的一树枣子,笔杆一拨拉,所有的记忆便簌簌落下。

## 中元祭祖米糕香

农历七月半，中元节，双抢刚过，新稻刚收，新米刚碾，家家户户将丰收的喜悦寄予一方甜甜的米糕，祭天祭地祭祖宗，感念风调雨顺，感谢自然恩赐。

夏商周三代，天子有两件头等大事，一是祭祀，二是军事。然而，野兽、野果不做祭品，祭坛上必须用家养牲畜和田收五谷供奉，视五谷为尊，牛、羊、猪为太牢，俗称"三牲"，三者缺牛为"少牢"。不能用野兽、野谷、野果敬奉神灵，神灵考核天子一年的政绩，要看劳动成果，要看种植和养殖的成效。冬天大祭，天子供上"太牢"或"少牢"，就像当今单位考核，要提供各种文字图片资料做台账，苍天对天子一年工作的督查考核叫"绩效"。社是土地神，稷是谷神，将"社稷"借代江山，上天绩效考核官的地位可见一斑，祭祀是何等重要的大事。

土生五谷，江南水乡盛产稻米，稻米原是谷物精华，用谷物翻转的舌尖花样，异彩纷呈，让人眼花缭乱。米碾成粉，粉经过精细的网筛，经水揉碾，经酵母催生，经蜜糖加持，静候半日，米粉变得蓬松暄软。在蒸笼里腾挪跌宕，香香甜甜软软糯糯的米糕,是对一年四季出没风雨、辛勤劳作的人们以告慰,用它祭天祭地告慰祖宗,自豪宣示对上苍的不曾辜负。

中元节,家家户户蒸米糕。米糕,江南地区特色传统小吃,历史悠久,汉朝称它为"稻饼""饵""糍"等,西汉扬雄《方言》一书中已有"糕"的称谓,魏晋南北朝时期流行开来。七月,甜酒酿氤氲着甜蜜的浓香,白花花的新米碾成,细腻柔滑的米粉和上酒酿,静躺在搪瓷盘里,清风明月夜发酵。次日清晨,天光未亮,农家的炊烟袅袅升起,一同蒸腾的还有发酵得蓬松软糯的发糕的甜香,掀开二尺四的锅盖,白白的蒸汽腾空而起,新摘的荷叶上,一个圆整的洁白发糕蒸好了。等过了蒸汽,一刀一刀切成方块,摆好碗盆,连同猪肉、豆腐、米饭,送去祖坟,祭祀先祖。

让人牵念的还是赤豆糕,被清水泡得发胀的赤豆,拌入糖水浸渍的米粉,米粉变得美艳动人。赤豆糕无须发酵,蒸好的糕深紫,切成菱形,横切面上,只看到无序安放的红豆子,有的豆粒被拦腰切开,露出雪白的豆心,糕和豆子呈现诱人的深紫,那种暄软绵香让人欲罢不能。

米糕的制作不一而足,6世纪的食谱《食次》就有米糕"白茧糖"的制作过程,"熟炊秫稻米饭,及热于杵臼净者,舂之为米咨糍,须令极熟,勿令有米粒⋯⋯"将糯米蒸熟后,趁热舂成米粢,切成桃核大小,晾干油炸,滚上糖食用。江浙人的麻糍也这般制作,用的是糯米,舂的是石臼,裹的是红糖,粘的是豆粉,若放在菜籽油中一煎,香、甜、糯的口感全面爆棚。

整个仲夏,家家户户都沉浸在早稻丰收的喜悦里,这份喜悦不能自胜。每日凌晨,三四点钟,被红酒糟发酵了一晚的发馃贴在锅沿，围了一圈，锅底坐的圆隆的饭甑上，也覆满了发糕。禁不住大火猛攻，一锅发馃膨胀起来，像年少的一个个梦，闪耀艳丽的光芒。锅沿的馃，一面生出脆香的锅巴，一面发得蓬松软糯，轻咬一口，发糕的夹层里除了无处不在的甜蜜，还有发酵充分的小孔，从里到外色泽艳红。鱼米之乡的人，不负风调雨顺，在流火七月，收获了沉甸甸的早稻，又种下秋天充满怀想的晚稻，一年两熟水稻，滋养一方土地上的众生。众生对稻米的精心打理，烹调出生生不息的活力和苦尽甘来的美味。

家乡的水米糕也是一绝，糯米浸泡，细碾，过滤出米浆，倒入铺好蒸布的竹制蒸屉，慢慢蒸炊。炊出的糕，爽滑弹嫩，可以存放许多日子，堪称一绝。它跟中原特色的糯米糕点相近，将米磨粉制糕，北魏贾思勰所著《齐民要术》记载了制作方法，先将糯米粉用绢罗筛过，加水蜜，和成硬一点的面团，将枣和栗子等贴在粉团上，用箬叶裹起来蒸熟。

老家的扎糕，过节时的礼品，长方条，大小如香烟壳，米粉洁白如玉，用模子打压，印出凹凸有致的浮雕花纹，用红印色子盖了印，婚丧嫁娶，都少不了它，它天生携带端庄厚重的气质，是谢天谢地的祭礼，是走亲访友的伴手礼。

## 夏至麦熟

麦子熟了,直指向天的麦穗,一串串,四颗一层,层层叠叠,在麦管顶端组成一尊宝塔,宝塔沉沉垂下,不似饱满熟透稻穗的弯,不似大麦麦芒万千凌厉直立,而是拱成一道弯月的圆弧。

芒种抢收,月色清朗,明星在天,麦子割倒,捆扎成两个大圆"麦桶",一根榆木扁担穿过"桶心",重担压肩,走过青草漫布的田塍,在竹架上挂晒,在道院上铺晒,借五月的骄阳,晒得金黄,连枷轻轻落下,麦粒一颗颗躺进竹箪。晒场的灯彻夜不眠,风车待命,麦粒经风车的大肚,在疾徐适度、张弛有节的风里分拣,沉秕分明,秕谷扬风,沉实滑进箩筐,那是从冬到夏的期盼,解决青黄不接的第一拨粮食,农家新年第一季坚实的希望。童年里的春末,提着土布米袋的农民,各处籴米借粮,小麦成熟,缓冲了饥荒,希望之火点燃。

收了新麦,家家户户飘起炒小麦的浓香。熟麦细磨,拌糖,是孩子们的零食,取名"麦喷香",麦的香,糖的甜,恰如其分混合,绵软醇厚,牛皮纸卷成漏斗,课间,孩子们清一色仰头吃,生怕漏了一星一毫,那仰望,似感念粒粒辛苦,感念天的恩赐,感恩丰衣足食。香满唇齿，超越了果腹的意义，滋生满足的喜悦。生命因单纯而美好，欲望因简单而纯粹。

新磨的面粉变着花样吃，做面饼，拉面条，烧面疙瘩，包馄饨，蒸包子，煎饺子，麦麸也做成面筋，是日子的翻新，是生活的经营。

新媳妇过门后，第一个端午，娘家要烙许多麦饼，做许多麦秆扇，肩挑手提送往婆家，新媳妇挨家挨户送，"新人报到，请多关照"，是一次女红大检阅，睦邻好时节。麦饼叫"薄皮粿"，粉要韧，皮要薄而匀，薄如纸才显娘家厨艺，新媳妇自带相夫教子的光芒。扇要精细，麦管剖开编，扇花针针绣得精美，"一扇"谐音"一世"，送一扇子，相亲相善一辈子。

日常做饼，厚薄随性，最爱水蒸粿。干菜五花肉、豆腐青菜肉或四季豆肉，包裹齐全了，沿铁锅贴实，蒸屉下躺一勺水，白茫茫的水汽将一锅麦香肉香全唤醒。白白的粿胀得胖胖，咬一口，汁液鲜美伙着面皮软香，那美味形神兼备，虚实相生。如今，城里各地风味的饼信手可得，但老家的"鸡子粿"依然鹤立鸡群，风味堪称乡土一绝，是兰溪"有戏有味"的当家花旦。

面条韧劲十足，刀切，手擀，手拉，做法花样多。最喜欢拉面，面团铺于案板，压得平而薄，底和表都抹了菜籽油。水开了，一家人围着锅台，切一条拉一条，烧一大锅面，初入锅和末入锅相隔时间长，父亲说：不打紧，面条讲义气，第一条会等最后一条，一块儿熟。真是神奇，面条也讲江湖义气。将油爆的干菜、榨菜皮入锅，将炸香的肉丝入锅，新收的土豆、新摘的南瓜早做了黄黄绿绿的铺垫。一勺辣酱，一把绿葱，以最简单又最隆重的礼仪，将面条的闪亮登场烘托得热烈缤纷。离开家乡多年，没有一碗兰溪拉面不能解的乡愁。

拉面是农家春收后的全家庆典，做面疙瘩是做饭的急就章。童年喜欢戏谑贪吃又懒得精工细作的伙伴："田鸡头，蛤蟆眼，要吃又偷懒。"形状不规则的面疙瘩戏称为青蛙的头、蛤蟆的眼，真是再形象不过了，口感美味让人着魔。

夏至到了，家乡的红苋菜、绿苋菜长势喜人，家家户户包苋菜馄饨是传统俚俗，不只尝鲜，还要讨一个彩头，万一不慎落水，也会像胖胖的馄饨漂浮水上，平安无恙。

民以食为天，鱼米之乡，麦子熟时，向五谷致敬。

## 炒粉干

对炒粉干，情有独钟。

年少时，家中来客，母亲或奶奶都会炒一碗香喷喷的粉干，它不只是肴馔，更是待客之道。热情好客的左邻右舍，无不如此，贵客到访，即便家中无隔日之粮，也要变出一些花样。母亲的奶奶，前门来了客人，泡了茶，她一双小脚就匆匆迈出了后门，向邻居借粉干去了，要体体面面地待客。这个细节母亲说了好多遍，我们从不厌烦，倒觉得，这倾其所有的待客之礼充满了暖意。

去亲戚家做客，得这样的礼遇，血缘亲情真是美好无价，淡忘了当年许多家庭还在贫困线上挣扎的窘迫，心里只剩富足。

我最喜欢的口味还是母亲炒的粉干，天下儿女都只好母亲的配方和火候。母亲年过八十，不忍心让她下厨，但她若说为我们炒一锅粉干，很难抵挡这诱惑。

母亲将玉质的粉干下到开水里，微微煮软，白白的米浆略微渗出，用笊篱捞起，过清水，沥干。锅中倒小半碗菜籽油，切了薄薄的肥肉煎熬，熬得香香，荤油尽出，油渣呈金色，放入肉丝煸炒。取过白瓷碗，倒半碗生抽，将已熟的瘦肉、油渣和荤素混合的熟油装入白瓷碗。吱吱冒着油花的肉们遇见生抽,简直是伯牙遇见了钟子期,贪婪地吮吸生抽的鲜咸,生抽则安之若素,尽情地享用肉丝的油润。

柴火烧得旺旺,锅里炒了白萝卜、茭白或青菜,粉干跟着下了锅,在锅里扑腾着,母亲就势端起白瓷碗,碗中的油和生抽一块儿倾泼下去,加料酒烹饪,粉干如饥似渴,犹如海绵遇见了水,痛快畅饮,白白的粉条转瞬呈鲜润的酱色。筷子与锅铲齐下,柴火更旺了,翻炒再翻炒,柔软的粉干渐渐有了韧劲,酱色中透一层油亮,油亮中带一番煎烤锅巴的脆香。

在铲与筷的协同恭迎下,炒粉干横空出锅了,母亲盛了浅浅一碗,停手,夹起肉丝均匀地铺一层,再挑细长的粉干将肉丝藏起来,母亲装碗,似乎要把所有的慈爱都装进去,又要将这份热情委婉深藏,这样含蓄的表达,情深意长。"悦亲戚之情话",传统的亲情不善说爱,反要藏三分。继续装盘,粉干高出碗沿一座山峰,山巅撒一把翠绿的葱花,看看油亮的酱色,亮眼的翠绿,真想立刻挑一筷子往嘴里送。在食不果腹的年代,家家户户都不吝情,好客热情,克己之中更显真和暖。

赶紧动筷子,每一筷子都是惊喜,葱香、酱香、锅巴香,浑然一体,菜糯、粉韧、肉鲜,圆融天成,视觉味觉嗅觉充分享受。

炒粉干不仅深藏血脉亲情,还是重阳过节的幸福密码。家乡的重阳节,炒粉干是过节仪式。早在八月底,母亲就预告:"快重阳了!"

又说:"要吃婆娘看重阳,重阳过了,没看场!"

我们听不懂,母亲就解释,重阳是阴历下半年最后一个节日了,再想过节就得年关了。于是,孩子们对重阳的期盼胜过中秋,对炒粉干的珍爱胜过节日本身。逢节必过,母亲从不赊欠。不过,过重阳节,似乎更给人庄严和紧迫,仿佛老天催促,一年的日子很快就过完了。挑着细细长长的炒粉干,每一根都像逝去的光阴和岁月。

炒粉干,不仅是简单果腹,更是食物精细呈现的方式。我年幼时,母亲在粉干厂上班,白白的米放进大缸浸泡,浸泡的米放在压浆机上压榨,沥干的米粉放入长方形的灶台蒸,蒸熟的粉团投入机器,加工成细细长长的粉干。成型的粉干挂在桂花树下,农历八月,那扑鼻的饭香和着桂香,氤氲了我懵懂好奇的幼年。那些复杂的工序,那些细腻的步骤,何尝不是生活的精细打理,超越了"吃饱"的范畴,是生活的精雕细刻,是生命向度的体现。

每回娘家,母亲总要炒一锅粉干,还是半个世纪前的烧法和味道,母亲炒得很透,很筋道,很香!唉,就好这一口!

## 今夜月色朦胧

喜欢月亮，胜过照耀万物、照耀古今的太阳。

因为月色清寒，杯水可揽，朗润可鉴，亲近可人。

因为半明半暗，禅意深藏，引人参悟。

还因为，看不见生命的底色，看不见未来的模样，看不见万物的色彩，却分明看见月光如水水如天，看见了月，也看见了心的底片，看见了魂魄的成色。

越中孤月一轮，案上枕畔，眉间心上，便只剩昨日、今日与明日的月辉轻洒，便只有生命底里，漫透胸怀的岁月篇章：道不尽沧海桑田，写不完春夏秋冬，思不尽梦里繁华，念不尽红尘难舍。可是，伤心千古，也不过夜凉如洗，明月一片。一抬头，一轮明月在望，便可释尽千古悲欢离合，人间恩怨情仇。

春天望月，当月辉满垄，清辉满袖，拂袖绿堤，绝尘而走，然而终究拂不去阡陌纵横间，柳堤湖畔里的相望相守。相守相望终究是昙花呀，一现之后，留给后来的，只剩春宵的花香与月明，只剩翘首遥望的隔山与隔水。

夏日望月，当松间萤点流离，清泉石出，汩汩轻流，山月似盘,月华如练。所有的猜忌和疏离,飞短与流长,膨胀与卑微,都可于寂寂人定后,随夜沉沉碎落,化作轻烟,随凉风散。

秋天望月,当满河回转,绕溪清流,熠熠灼灼,纵然竹林散淡,太上忘情,也忘不了孤寒夜,轻叩门扉,做月夜的不速造访。然而,此后,人各西东,只剩下"月生海上,天涯与共"的旧约前盟。

夜朔风,霜月当空,时移世易,人事波澜,生离死别,一家悲欢,几多离愁,都在月夜一点点蔓延开,又消散去。清冷的高岗,并肩而行,就此定格。有些路很短,却一生也走不出;有些路很长,走着走着,就断了去路,断了前行的欲望。

昨日的,回不去,来日的,看不清。来来去去的途中,只能望月怀远,"今人不见古时月,今月曾经照古人"。

月下的今人,何曾走得出古人的情怀?

晓风残月,皓月当空,寂寞的还是寂寞着,孤独的还是孤独着,惆怅的还是惆怅着。楼高处,高墙上,哪里不是寄愁于月的伤怀?

春江月明之夜,江畔的月色那样朦胧,披挂而下,倾倒成满河的星光,长堤里两岸花香,坡岸上清寒梨花簌簌落,华灯掩映下,樱花炫舞起烂漫的魂。然而,热闹又如何,繁华又如何,谁曾驱散过落寞的华羽?一片片,一片片都是无人赏读的孤独。

中秋之夜,夜已三更,三更之月,在阳台与浩瀚天宇之间,屋檐下,独自一人,披衣起身,惆怅望月,故园难回,望乡如云,月华与清风落满阳台。故乡月明,今夜露白,异乡的城池,送人庭前月一轮,万般皆空,心事浩茫,纵使有人并肩共赏,也不过乡心邈远,此时此刻难为情。不休不眠的月明欲素之夜,忧愁怎能将息？一寸寸，一寸寸断离的都是思乡的柔肠。

　　明月朗照，苍茫云海，半轮秋色，海水暗流。江清月近，清秋深锁，梧桐寂寞，大雁南飞，斜光穿树，年少不谙离人泪。人到中年，春潮晚急，明月洞箫，试问二十四桥何在？月满西楼，试问锦书尘封何处？赊买月色，纵然春风无边，已经没有了那年那月那人的从前，归途已断，月明披云，愁思渐成。一缕缕，一缕缕翻寻的都是"不提也罢"的追悔。

　　月如钩，把酒问天，月在青天几圆缺？飒飒风过处，银杏叶黄，缺月斜挂山岗。生死茫茫，不思难忘，故乡的墓园里，父亲躺在冰冷的水泥地里，可有灵知？蓝田玉暖，沧海月明，星月皎洁，明河在天，一桩桩，一桩桩，莫不是舐犊情深的往事陈年，催人泪流到天明。

　　人生难堪酒醒处，梦醒时，红尘万丈转眼过，陷入命运黑暗的无尽谷底，愁云惨雾深锁，如何收拾残局？唯愿在花明月暗里，轻笼所有的往事和尘俗；朗月清风里，忘却人生的芳菲。明月是万千孤独赐予的勋章，悬挂于寻梦者的胸口，独上高楼时，穿透灵魂。明月是跨越万千台阶后获赠的桂冠，佩戴在圣贤者寂寞的头上，不胜寒的高处，与月同孤。汀岸蒹葭凉月色，飒飒茅花秋声里，山光水色苍茫，一笛寒透冰心，梦想的裙裾，已被命运的巨剪，剪碎一地。

　　月亮，是冷是温，是圆是缺，都不过是人心的托词。

　　明月是一杯秦朝汉室的酒，浇灭悲伤，忘却凡愁。东升西落，今夕何夕？悠悠远去江湖，秋月何处停歇？前尘往事，都归于忘却；笙歌宴席，都散落浮沉；浮光掠影，都扬洒江天。邀月共舞，呼酒买醉，零乱之间，释放内心的真实，对忆花间，忘怀得失，随雁声远去，忘了初心，忘了曾经，忘了心心念念的物是与人非，忘了明月相照彩云归。从今往后，只有白云千里万里，只剩明月前溪后溪。

明月代言了疼痛与忧伤，生前身后，留一张人生的底牌吧，万物皆空，君不见，富贵权豪到终了也不过是"山高月小，水落石出"。那一刻，人悄悄，月笼万水千山。空山残照里，一切人事都将归于水落石出的空明！

明月明年何处看，此生此夜不长好。

明月朗照下，寻找自喜的愉悦，皓月冷千山，冥冥归去无人管，是何等洒脱闲散。放逐自我时，从扰攘的尘世剥离而出，绝尘而去，只剩空灵的随喜自在。闲适之间，散淡之中，月色如练，天地容纳的人初本真亦澄清。这样的心怀，便有明月别枝的清新，一溪风月碎琼瑶的激荡，风定池莲船笛参差的悠扬，月中寻桂月移花影秋色恼人的小矫情，溶溶月色新梅初落的烂漫。

那样的日子，一定属于梅花开时窗前月的年少，春江一道月分明的浩浩青春，凉月如眉春涧月出的淡泊中年，清寒梨落玉盘无声的暮年。

从此，对酒当歌，月色无边。与岁月，与命运，握手言和。

# 后　记

散文集《今夜月色朦胧》，二十九万字，九十多篇，是近几年的灯下漫笔，是对故土的一次回望，是对童年生活的一番梳理。

文集聚焦本土文化，集中书写乡村建筑、民俗、传统节日、风物、传统美食、农家生活、童年往事等，钩沉乡村记忆，记录祖祖辈辈的村居生产生活方式，反映本土人情世态。回忆是为了更好地沉淀，本土文化的根基在乡村，地域文化传统性的呈现方式就是乡村生活的展开方式。描写一地风貌，以散文笔墨去叙讲，去还原，去追述，以童年视角去记录和回望。

全书七卷，由风物光华、菜根滋味、浮世三生、寻常巷陌、逝水年华、春华秋实、春秋佳日组成。

第一卷，风物光华。选择性地展示近半个世纪的乡村生活风物，如八仙桌、爆竹、闹钟、水缸与水桶，再现一些消逝的生活方式，如染布、做布鞋、定做新年衣、看露天电影，记录一些特殊的仪式，如新生、染红鸡蛋等。

第二卷，菜根滋味。回忆渐行渐远又或依旧鲜活在当下的菜肴小吃，记录传统饮食，如烂松菜、米糕、鸡子粿、麦饼、霉干菜、甜酒酿、大饼油条、蜜枣、姜葱蒜、童年三饭等。

第三卷，浮世三生。记录当下的生活样貌，表达亲朋好友至亲骨肉的深情，人生浮沉的不易，有生于斯长于斯的老一辈人的生活样貌，有历史钩沉，有当代人的生存状态呈现。

第四卷，寻常巷陌。书写盛开在记忆深处的村居生活，有老屋、池塘、菜园、凉亭、茶馆记忆、城市记忆、老街坊等历史烟尘的记录，也有当下深浅履痕的勾画。

第五卷，逝水年华。以童年回忆为主，追忆逝水年华，有票据时代、虱子与跳蚤、童年天井、过年集结等，也有近两年的生活写实。

第六卷，春华秋实。不行耕耘，哪得秋收？踩黄泥、卖柴火，记叙往日农事，采草药、晒稻谷、挑猪草、童年守梨、童年养鸡等，回忆童年农活。

第七卷，春秋佳日。记叙春节、端午、元宵、清明、立夏、中元、重阳等传统节日。

记录，是为了更好地出发。书稿是对故乡的一次回望，是对生我养我的故土的一次深情回眸，是献给故乡一首朴素的歌。我所经历的田园牧歌时代，既非乌托邦的世外桃源，也非逼仄压抑的乡野市井，它只是一个时代的印痕，是一代人的集体记忆，它鲜活在童年的每一个晨昏，鲜活在四五十年的岁月辗转里。它是江南丘陵的一支短笛，时时奏响在灵魂深处，它不够嘹亮但绝不喑哑；它诠释生活本真的样子，没有宏大的历史叙述，没有波澜壮阔的事件背景，只选取乡村一隅，描绘农家的日出日落，带着春花秋月的温度，温暖着离乡人，温暖着被岁月逐渐驱逐主场的暮年人。它是一杯自酿的酒，不求国宴佳酿般众人皆赏，只是江南的一杯农家酒，愿意醉的自然醉了，不屑沾染一星半点的雅士，它只是粗粝的农家腊酒，且已浑。在有限的视域中，近半个世纪乡村文明的本真样貌，虽是一番虔诚的回望和梳理，但生活的影像渐渐淡远，记忆日渐不真切，于是将此书稿题名为《今夜月色朦胧》。记录，是为了真切地面对自己。之所以用《今夜月色朦胧》命名，是因为想用童年视角构筑一个世俗又不同于俗世的世界，疏离现实，守持一点诗性浪漫。

此书稿得以付梓，得到上海财经大学浙江学院学院发展基金的资助。《今夜月色朦胧》是 2021 年学院的立项课题，得到上海财经大学浙江学院院长、上海财经大学博士生导师马洪教授的悉心指导和深切关怀，在此深表谢意！

此书稿得以入选"风起江南"系列散文，得到了中国散文学会副会长、浙江省作协副主席、浙江省散文学会会长陆春祥老师的悉心指教，亲自执笔作序，是我莫大的荣耀！

此书稿"今夜月色朦胧"六字，由上海国艺馆执行馆长、田英章上海第九书院副院长、海棠书画院院长徐后超先生题写，是我莫大的荣幸！

2023 年 12 月 31 日于婺江畔